KB147988

니시 가즈토모 시론집

(西一知詩論集)

니시 가즈토모 시론집(西一知詩論集)

초판발행일 | 2015년 11월 7일

지은이 | 니시 가즈토모(西一知)
옮긴이 | 한성례
펴낸곳 | 도서출판 황금알
펴낸이 | 金永馥

주간 | 김영탁
편집실장 | 조경숙
인쇄제작 | 칼라박스
주소 | 03088 서울시 종로구 이화장2길 29-3, 104호(동숭동, 청기와빌라2차)
물류센타(직송 · 반품) | 100-272 서울시 중구 필동2가 124-6 1F
전화 | 02) 2275-9171
팩스 | 02) 2275-9172
이메일 | tibet21@hanmail.net
홈페이지 | http://goldegg21.com
출판등록 | 2003년 03월 26일 (제300-2003-230호)

값은 뒤표지에 있습니다.

ISBN 979-11-86547-15-1-03830

*이 도서의 국립중앙도서관 출판예정도서목록(CIP)은 서지정보유통지원시스템 홈페이지(http://seoji.nl.go.kr)와 국가자료공동목록시스템(http://www.nl.go.kr/kolisnet)에서 이용하실 수 있습니다.(CIP제어번호: CIP2015028859)

니시 가즈토모 시론집

(西一知詩論集)

니시 가즈토모(西一知) 지음

한성례 옮김

황금알

서문

치열했던 초현실주의자의 시론집

오쓰보 레미코(大坪れみ子)

저는 이 글을 통해 니시 가즈토모(西一知)가 살았던 1929년부터 2010년까지의 81년간이 어떤 시대였는지 그 역사를 날카롭게 마주하며 이 글을 쓰고자 합니다. 가즈토모는 3세 때 아버지의 직장을 따라 당시 일본의 식민지였던 조선의 원산으로 이주했고, 그다음에는 철원으로 옮겨 갔습니다. 그러나 가즈토모의 부모님은 의견 차이로 다툼이 끊이지 않았고 어린 가즈토모는 일본과 조선 사이를 여러 차례 오가며 생활해야 했습니다. 결국 부모님은 이혼을 했습니다. 가즈토모는 10세 때 여동생 세 명과 함께 어머니를 따라 일본으로 돌아왔습니다. 일본으로 돌아오는 날 아침, 가즈토모는 홀로 임진강 강변에서 신비로운 파란 꽃 한 송이를 보았습니다. 옷을 말끔히 갖춰 입고 마지막 가족사진을 찍은 뒤 아버지에게 작별 인사를 한 가즈토모는 열차에 몸을 싣고 기나긴 여행길에 올랐습니다. 차창 밖으로 하염없이 저녁 해만 바라보았다고 합니다. 자신이 다른 친구들과는 달리 기구한 운명을 가지고 태어났다고 생각한 모양입니다. 역사에 농락당한 한 가정과 소년 가즈토모. 저는 니시 가즈토모의 시의 원점이 여기에 있다고 생각합니다.

일본에 돌아와서도 전쟁으로 인한 차별과 수많은 부조리를 체험했습니다. 그리고 일본은 패전했습니다. 니시 가즈토모는 개인을 구속하는 기존의 가치관이나 권위에 맞서 끝까지 싸우리라고 결심하고 17세 때부터 본격적으로 시를 쓰기 시작했습니다.

니시 가즈토모는 시를 대부분 전쟁이 끝난 직후인 1940년대 중반부터 썼습니다. 그런데 일본에서는 전쟁을 찬양한 예술가나 문학자에게 그 책임을 묻는 일이 거의 없었기에 시 세계에서도 전쟁 중에 활약하던 선배 시인들이 그대로 시단의 중심 멤버로 자리를 잡았고, 그런 분위기가 다음 세대로 이어졌습니다. 니시 가즈토모는 도저히 그런 풍조를 용납할 수 없었습니다. 자연스레 일본의 시단에 반기를 들기 시작했습니다. 시단과는 선을 긋고 시행착오 끝에 1975년 시문학지 『후네(舟)』를 창간했습니다. 『후네』를 토대로 자신의 시 활동을 이어가는 동시에 젊은 시인들을 키우는 데도 힘을 기울였습니다.

모진 유년시절을 겪은 니시 가즈토모의 시와 시에 대한 바탕에는 '나는 왜 태어났을까? 내가 있어야 할 곳이 과연 여기일까?'라는 불안감이 늘 감돌고 있습니다. 필연적으로 초현실주의에 깊이 공감했습니다. 동시에 무언가 커다란 힘이 자신을 이끌어 간다는 종교적인 감각도 갖고 있었습니다. 보이지 않는 무언가를 믿고 그것에 도달하기 위한 여정을 살아가는 일, 그것이 니시 가즈토모에게는 시였습니다.

"나에게 일어나는 일상의 모든 일들은 어떤 커다란 의미가 숨겨진 신호이자 시련, 그리고 비의(秘儀)이다. 나는 욥(Job. 구약 성서 「욥기」의 주인공. 가혹한 시련을 견뎌내고 믿음을 굳게 지킨 인물. -옮긴이 주)처럼 비의에 숨겨진 의미를 풀어내기 위해 살아갈 것이다. 그러기 위해 나는 내 직관력을 더욱 날카롭게 연마해야 한다. 또한 자아에 대한 다소의 집착과 자기 과신을 완전히 버려야 한다. 그때 비로소 시는 선명한 모습을 나타내 주리라."

–「시에 대한 단편」 중에서

"시를 추구하는 방법은 결코 방자해서는 안 된다. 사람의 지혜로는 역부족이기 때문이다. 시를 향한 길은 천지자연의 법칙에 합치해야만 한다."

–「시에 대한 단편」 중에서

니시 가즈토모가 말한 시의 방법론은 가장 정통적인 시에 부합한다고 생각합니다. 그 목적에 도달하려면 시인은 온갖 유혹과 함정, 미궁, 끊임없이 등장하는 난관에 대해 외경하는 마음을 가지면서도 정면으로 돌진해야 합니다. 세속적인 지위나 명성, 생활을 위한 시시한 욕망 따위를 버려야 함은 말할 것도 없습니다.

시인이란 마땅히 이런 사람이어야 합니다. 시를 읽는 독자는 당연히 그렇게 기대하며 시집을 펼칩니다. 하지만 실제로 그런 시집을 마주할 기회는 그러 많지 않습니다. 그렇지만 본질은 언제나 변하지 않습니다. 시는 간단히 만들어낼 수 있는 것이 아니며 한 사람의 시인이 탄생하는 일도 드물고 귀한 일이리라 믿습니다.

아련하게 추억하며 철원을 배경으로 시를 쓴 어느 일본 시인의 치열했던 삶이 한국과 일본을 잇는 시의 가교가 되기를 간절히 바랍니다.

차 례

서문 | 오쓰보 레미코(大坪れみ子) · 4

1. 시에 대한 단편 1 • 13
2. 리얼리티란 무엇인가 • 19
3. 속 · 존재의 시 • 25
4. 시에 대한 단편 4 • 32
5. 형태에 대해 • 37
6. 전위성이란 무엇인가 • 43
7. 시의 전체성 회복 • 49
8. 감각과 상상력 • 54
9. 시로 무엇을 할 수 있는가 • 59
10. 작품 이전 • 64
11. 보편성과 고독 • 70
12. 개인을 생각하다 • 75
13. 시를 읽다 • 81
14. 두려움 • 86
15. 시와 보편성 • 89
16. 시가 시작되는 곳 • 92
17. 존재와 발견 • 97
18. 상상력과 현실 • 101
19. 시란 아무것도 아닌 것 • 106
20. 모든 예술은 시다 • 111
21. 메타모르포제의 삶과 시 • 115

22. 시인 마쓰모토 아키라 • 120
23. 시와 청춘 • 123
24. 시 이전을 다시 생각하다 • 128
25. 시의 행위성 • 132
26. 시 쓰기와 시 읽기 • 136
27. 감성과 사물 • 140
28. 존재와 시의 행위성 • 143
29. 사물과 상상력 • 147
30. 시와 존재 • 151
31. 평이함을 중심으로 • 155
32. 신비 감각과 리얼리티 1 • 159
33. 신비 감각과 리얼리티 2 • 164
34. 앙가주망(참여)에 대하여 • 168
35. 기적에 대하여 • 171
36. 먼 곳을 향한 정열 • 175
37. 태초에 말씀이 계시니라 • 179
38. 감성과 이성 • 182
39. 책을 읽다 • 185
40. 존재의 시학 • 189
41. 개인(자아)의 변모 • 193
42. 시와 무의식 • 198

43. 나는 나 자신의 증인 • 203
44. 과정을 둘러싼 메모 • 207
45. 시는 어떻게 읽어야 하는가 • 211
46. 시의 보편성에 대하여 1 • 216
47. 시의 보편성에 대하여 2 • 220
48. 시의 보편성에 대하여 3 • 225
49. 시의 보편성에 대하여 4 • 229
50. 사물과 상상력 • 233
51. 비유에 대하여 1 • 237
52. 비유에 대하여 2 • 241
53. 시와 비전 • 244
54. 시와 비전 • 249
55. 시를 어떻게 읽을 것인가 1 • 255
56. 시를 어떻게 읽을 것인가 2 • 259
57. 신변잡기에 대한 고찰 • 264
58. 감수성과 상상력 • 268
59. 픽션(허구)과 현실 • 272
60. 삶 그리고 시 • 276
61. 하나의 실험 • 280
62. 시의 주제 1 • 285
63. 시의 주제 2 • 290

64. 침묵을 시작하라! • 295
65. 형식(표현)과 본질, 새로움이란 무엇인가 • 299
66. 시는 생활에서 부수적 존재인가 • 304
67. 시에 다가가는 법 • 308
68. 미지와의 만남 1 • 312
69. 미지와의 만남 2 • 317
70. 그냥 부르고 싶어서 부르는 것이 아니다 • 322
71. 시와 로고스 • 326
72. 나는 무한정 먼 나에게 다가간다 • 331
73. 시의 표현에 대하여 1 • 334
74. 시의 표현에 대하여 2 • 338
75. 작품이란 무엇인가 • 343
76. 무수한 우연 중의 우연 • 348
77. 고독, 내가 사는 곳 • 353
78. 표현과 체험 1 • 359
79. 표현과 체험 2 • 366
80. 열매는 나무에서 나오고 • 371

니시 가즈토모(西一知) 연보 • 376

옮긴이의 말 | 한성례
시 쓰는 행위를 통해 자유를 추구하다 • 382

1. 시에 대한 단편 1

— 존재의 시

당신은 시를 쓸 때 작품을 구상하고, 꼼꼼하게 메모를 하며, 이런저런 고민을 거쳐 기승전결을 나누고, 여러 번 퇴고를 거쳐 완성하는가? 시는 당신의 감정과 생각을 누군가에게 전달하기 위한 편리하고 효과적인 수단인가? 그렇다면 묻고 싶다. 일본에는 시 외에도 단카[1], 하이쿠[2], 소설, 에세이 등 일본어를 이용해서 표현하는 문학 장르가 다양하게 존재한다. 그럼에도 당신은 왜 굳이 시를 쓰려고 하는가?

사실 이는 매우 기초적인 질문이어서 더 깊고 세심하게 파고들 수도 있다. 그러나 이 질문에 명확하게 대답한다고 해서 반드시 좋은 시를 쓰는 것도 아니므로 이 정도에서 넘어가기로 하자. 다만 이 질문과 대답 속에 시에 관한 중요한 열쇠가 들어 있으니 곰곰이 생각해 보았으면 한다. 또 오랫동안 시를 써온 사람이라 해도 이 문제를 명확하게 파악하지 않으면 결코 자기만의 독특한 시를 쓰지 못한다. 간과하지 말기 바란다. 결론부터 말하자면, 오랫동안 시를 발표해 왔고 독자들이 찾아 읽을 정도의 시인이라면 자기만의 시론을 제대로 갖춰야 한다.

내 주변에도 수도 없이 퇴고를 반복하면서 시를 쓰는 시인들이 많다.

---

1) 단카(短歌) : 31자 5 · 7 · 5 · 7 · 7의 음수율로 이루어진 일본 고유의 정형시
2) 하이쿠(俳句) : 17자 5 · 7 · 5의 음수율로 이루어진 일본 고유의 정형시

하지만 시는 형태만 갖춘다고 해서 좋은 작품이 나오지는 않는다. 실용문은 독자에게 필요한 사항을 정확하게 전달하기 위한 글이다. 만약 시가 그러하다면 얼마나 지루하겠는가? 좋은 시는 언제나 신선하고 짜릿하다. 그런즉 많은 시인이 착상(着想)과 수사(修辭)를 고심한다.

그러나 아무리 멋있는 수사일지라도 내용이 부실하면 독자는 한눈에 알아본다. 게다가 작가가 지나치게 과장하고 부풀린 표현은 독자의 흥을 깨기 마련이고, 수사는 사기나 구걸로 비칠 뿐이다. 수많은 퇴고를 거치거나 착상과 수사를 고심한들 반드시 시가 나아지지는 않는다. 여기서 중요한 문제가 대두한다. 바로 '시란 무엇인가'라는 문제이다.

시는 인간에게서 생겨났다. 시에는 반드시 인간이 들어 있어야 한다는 뜻이다. 그런데 이 문제는 시에 대한 경험과 지식이 풍부하다고 자처하는 사람들에게 오해를 불러일으킬 소지가 있으므로 구체적인 예를 들어보겠다.

흔히 한 시인의 생애에서 처녀 시집에 실린 작품이 가장 좋다고들 말한다. 오랫동안 시를 써 온 사람 중에는 이견이 있을지도 모르지만, 이는 시의 본질과 매우 밀접한 관련이 있으니 냉철하게 생각해 보기 바란다. 대체로 첫 시집은 기술적으로 노련하지는 않아도 무모하리만큼 진지하며 시를 쓰는 시인이 그대로 드러난다. 원고료에 연연하지 않고, 독자에게 아첨하지 않으며, 타산을 따지지 않고, 오직 시에 대한 열정으로 빛난다는 특징을 가졌다. 처녀 시집에는 신선하고 짜릿한 시가 그대로 드러나 보인다. 이는 작가가 일부러 의도해서 지어낼 수 있는 성질이 아니다.

좋은 시는 좋은 향기와 커다란 울림, 눈부신 광채를 뿜어내는데, 이 또한 작가가 작위적으로 담아내지 못한다. 시 안에서 참된 시라고 부를 만한 핵심은 작가의 기술이나 의도가 아닌, 작가라는 인간 그 자체이다. 점차 세상의 때가 묻고 문학성이 빈곤해져 기술적인 부분만 비대해진 시인의 모습을 지켜보기란 고통스러운 일이다.

시에 대한 경험과 지식이 풍부하다고 자처하는 사람들이 오해할지 몰라서 노파심에 우연히 떠오른 일례를 들었다. 시에서 중요한 점은 인간 그 자체이다. 시는 옷을 입은 몸이 아니라 벌거숭이라는 뜻과도 상통한다. 벌거숭이로서의 시는 무엇을 전달해야 할까? 그것은 의미도 아니고 또한 관념도 아니다. 시는 궁극적으로 생명을 전달해야 한다. 생명을 더럽히는 것, 온갖 관념과 타산, 화려한 치장의 눈속임을 시에 담아서는 안 된다.

그렇다면 시가 반드시 전달해야 하는 것은 무엇인가? 벌거숭이의 시, 바꾸어 말하면 본연의 시는 자신을 조금도 과시하지 않는다. 제자리를 지키기만 하면 그것으로 충분하다. 시는 반드시 제자리를 지켜야 한다. 어느 날 나그네가 찾아온다. 목마른 나그네가……. 시는 그 나그네가 마실 샘물처럼 제자리에 있어야 한다. 그것만으로 충분하다. 샘터가 일부러 자신을 꾸미고 요염하게 행동할 필요가 있을까? 샘터는 그저 퐁퐁 솟는 맑은 물을 품고 있기만 하면 된다. 설령 아무도 알아주지 않는다 해도 말이다. 전달이 아니라 존재를 위한 시, 이는 지금까지 시를 단순히 생각과 의견의 전달 도구로 여겨 온 사람들에게 커다란 발상의 전환이 필요하다.

존재의 시

앞에서 시는 인간에게서 생겨났다고 했는데 이는 앞으로 시를 생각할 때마다 귀결되는 원점이므로 '시에서의 인간'에 대해 확실히 알아보자. 시에서의 인간이란 시를 쓰는 작가 자신이다. 누군가가 대신할 수 있는 사람이 아니다. 인간에 대한 정의는 예로부터 수도 없이 많지만, 그 어떤 대체물로도 바꿀 수 없는 존재, 살아 있는 심장을 가진 당신 자신이다.

바꿔 말하면 그 어떤 정의도 인간을 설명하기에는 불충분하여 한마디로 단언하기 어렵고 분석도 되지 않는다. 결국에는 무엇인지 알 수 없고 설명도 불가능해진다(설명이 가능하다 쳐도 그것은 어느 한 부분, 또는 한 측면에 불과하여 오히려 오해를 낳기에 십상이다). 그럼에도 인간이 무언가를 느끼고 무언가에 반응하는 존재라는 사실만은 분명하다.

이처럼 시에서의 인간이란 작가 자신조차 명확하게 설명하기 어려운 존재이다. 만약 당신 내면에 '이것이 인간이다'라고 정의 내릴 수 있는 존재가 있다면 그것은 허상이다. 그 허상이 진정한 시를 지어낼 리 만무하므로 당장 추방하기를 권한다. 사람은 대개 자신의 수고를 덜어주는 대체물로 살아가는 데 익숙해서 이를 거부하기란 쉽지 않다. 하지만 자신의 시를 쓰고 싶다면 힘들더라도 먼저 열린 자세로 자신의 삶과 마주해야 한다.

가장 좋은 시는 자기 자신으로 채워진 시이다. 이는 설명도 분석도 불가능한 리얼리티 그 자체이다. 대체물이 아닌 인간이란 무엇인가? 심장의 고동으로 안다. 밝음과 어둠, 차가움과 따뜻함의 차이로 안다. 소리와 냄새, 아픔으로 안다. 시를 낳는 인간이란 그런 인간이다. 감각은 거짓말을 하지 않는다. 감정은 부화뇌동하지만 감각은 시큼하면 시큼하다고 느낀다. 가장 먼저 자신을 신뢰할 수 있는 부분이 바로 이 감각이다. 감각에서 한 발짝만 벗어나도 거짓이 생긴다. 존재의 시는 이 거짓을 무엇보다도 경계한다. 거짓은 시를 왜곡시키고 추악하게 만든다.

"감각을 좇아 끝까지 가라."(랭보[3]) 진정한 시인의 길은 랭보가 일갈한 대로 감각을 쫓아가는 길밖에 없다. 돌이켜 생각하면 사람은 태어나서 죽

---

3) 장 니콜라 아르투르 랭보(Jean Nicolas Arthur Rimbaud, 1854~1891) : 프랑스의 시인. 프랑스 상징주의 시의 선구자 중 한 사람으로 15세부터 20세까지만 작품 활동을 한 독특하고 조숙한 천재였다. 시세계는 무한한 시공간을 꿰뚫어본 후 모든 제약과 통제를 무너뜨림으로써 영원한 신의 목소리를 내는 도구로서의 예언자인 '견자(見者, voyant)'가 되어야 한다는 믿음을 바탕에 두었다. 대표작은 『견자의 편지』 『명정선』 『일뤼미나시옹』 『지옥에서 보낸 한 철』 등이다.

을 때까지 누구나 자신의 삶을 스스로 살아갈 뿐이다. 내 치통을 다른 사람이 대신 앓아주지 못하듯 랭보가 주장한 시인의 삶의 방식은 본질적으로 어느 누구도 피해 가지 못한다.

그렇다고 해서 인간이 항상 어둠 속에서 모든 것을 노골적으로 드러낸 채 살아가지는 못한다. 온갖 관념과 인습에 젖어 아무 의심 없이 처음이자 단 한 번뿐인 인생을 산다. 물론 이러한 삶의 방식 속에서는 시가 나오지 않는다. 그러므로 위와 같은 랭보의 말은 매우 가혹한 이야기이다. 시인이 되고자 하는 사람(거짓을 거부하는 사람이라고 해도 무방하다)은 추위나 굶주림에도 굴하지 않고, 불 속이라도 온몸을 내던져 나아가라는 뜻이란 말이다.

"시는 만인의 것이다."라고 할 때, 그 시는 누구에게도 이율배반적이지 않은 위와 같은 시인의 길을 걸어온 자에게만 비로소 허락되리라. 관념과 인습을 벗어던지고 자신의 감각을 활짝 열어 놓는 일이 시인으로서의 첫 걸음이다. 감각은 세상을 향해 열린 창이다.

"이름을 붙이는 일은 적이다."라고 르 코르뷔지에[4]가 말했다. 이는 시인의 말이기도 하다. 시인에게 세상은 이름 붙이기 이전의 경이로 가득한 곳이다. 시인은 나무와도 대화를 나눈다. 관념과 인습을 벗어던지고 감각의 창을 열어젖힐 때 상상력은 비로소 자유의 날개를 단다. 상상력을 시인이 가진 능력 중 하나라고 축소해서는 안 된다. 상상력이야말로 시인의 근원적 능력이다. 상상력이 없으면 우리는 감각의 어둠에서 탈출하지 못한다. 나무나 벌레와도 대화하지 못한다. 세상과 교감하지 못한다.

'상상력=공감'이라고 정의하자. 시인의 삶은 상상력으로 살아가는 것이라 해도 과언이 아니다. 시에서 인간은 모든 관념과 인습에서 벗어나 '상

---

4) 르 코르뷔지에(Le Corbusier, 1887~1965) : 스위스 태생의 프랑스 건축가. 국제적 합리주의 건축 사상의 대표주자로 '집은 살기 위한 기계'라는 신조를 가지고 있었다. 근대건축국제회의를 주재하기도 했다.

상력=공감=사랑'으로 살아가며, 마침내는 세상과 합치한다. 그렇지 않다면 왜 인간이 진지하게 시를 추구하겠는가. 시인은 상상력의 인도를 받아 세상을 순례한다. 당신은 세상의 다양한 사물과 만나면서 많은 것을 배우고 성장한다. 시 속의 인간은 살아있는 한 성장을 멈추지 않는다.

여기서 한 가지 결론에 도달한다. 진정한 시 속에는 불필요한 요소가 하나도 없다는 점이다. 설명이나 과장, 온갖 허세도 전혀 필요치 않다. 그것들은 도리어 시를 모호하고 추악하게 만들 뿐이다. 시는 명료해야 한다. 명료한 시는 필연적으로 공기를 진동시키고 깊은 울림과 그윽한 향기를 발한다.

시는 허위와 가장 거리가 먼 존재이다. 시에서 치장은 불필요하다. 그저 리얼리티만 있으면 된다. 여기서 리얼리티란 감각의 창을 통해 들어온, 불순물이 전혀 섞이지 않은 순물질이다. 시는 어떠한 해석도 필요 없다. 그저 공감만이 중요하다. 시를 읽는 사람도 온갖 관념과 인습을 벗어던진 벌거숭이여야 한다.

– 시에 대한 단편 1(『후네(舟)』 제52호, 1988년 7월)

2. 리얼리티란 무엇인가

리얼리티란 무엇인가? 바로 지금 당신이 사는 세상의 모든 것이다. 당신이 만지고, 보고, 듣고, 맛보는 전부이다. 고통, 환희, 공포, 불안, 비애, 희망, 절망이다. 당신이 가진 모든 것이 리얼리티다. 당신과 당신이 속한 세상의 모든 것이 리얼리티다. 당신이 의식하든 의식하지 않든 당신이 속한 세상이 리얼리티다. 당신이 눈을 감아도 당신 앞에 있는 나무는 나무로 존재한다. 공기는 당신이 의식하든 의식하지 않든 밤낮으로 당신을 에워싸고 있다.

당신과 당신을 에워싼 모든 것이 리얼리티다. 당신이 의식하지 않으려 해도 당신은 당신의 리얼리티 한복판에 있다. 당신이 호흡하는 세상, 당신의 피가 흐르는 세상이 리얼리티다. 뒤집어 말하면 당신이 호흡하지 않는 세상, 당신의 피가 흐르지 않는 세상에 리얼리티는 없다.

시는 리얼리티로 채워진다. 리얼리티 외에는 그 무엇도 필요하지 않다. 시에는 당신과 당신이 속한 세상만 있으면 된다. 그뿐이다. 당신이 손으로 만져보지 못한 대상을 당신의 시에 담지 마라. 시는 당신이 호흡하는 세상만으로 채워져야 한다.

그렇다면 리얼리티는 어떻게 얻는가? 우선 리얼리티는 사고를 넘어선 영역임을 이해해야 한다. 세상이 존재하는 데 이유는 없다. 당신이 감흥을 느끼며 바라보는 나무는 지금 당신 눈앞에 그냥 서 있는 것만으로 충분하다. 그 나무에 얽힌 내력도, 이름도 불필요하다.

연인에게 이력이 필요한가? 사랑을 위해 필요하거나 결정적인 요소는 만남이다. 이유는 나중에 얼마든지 갖다 붙이기 나름이다. 그러나 사랑의 이유를 제대로 설명하기는 어렵다. 사랑은 이해와 납득의 과정이 아니라 예상치 못한 순간에 느닷없이 찾아오는 까닭이다. 결정적인 것은 만남과 직관이다.

직관은 전체를 단숨에 파악하는 능력이다. 세상은 부분이 모여서 이루어진 집합체가 아니다. 세상은 하나로 이루어진 전체이다. 나무는 모든 이해를 넘어서 존재한다. 내가 흘러가는 구름에 감동한다고 할 때, 권운(卷雲)이니 적란운(積亂雲)이니 하는 명칭은 아무래도 상관없다. 명칭보다는 구름의 모습 자체가 중요하다. 구름이 물방울이나 얼음알갱이의 집합체이든 아니든 상관없다. 그저 거기에 실제로 구름이 있으면 그만이다. 분석하는 능력이 아니라 세상을 있는 그대로 오롯이 감응하는 능력이 필수조건이다.

사고를 넘어선 영역을 사고력으로 파악할 수는 없다. 설령 사고력을 최대한으로 발휘하여 리얼리티와 비슷한 것을 만들어낸다 해도 그것은 리얼리티의 닮은꼴일 뿐이다. 관념으로는 리얼리티를 만들어 내지 못한다. 리얼리티는 당신이 참여해야 비로소 생겨난다. 이때 직관은 전체를 단숨에 파악하는 능력이라는 점을 명심해야 한다.

세상은 순간적으로 나타났다가 사라진다. 그러므로 단숨에 파악해야 한다. 리얼리티는 그 순간이 전부다. 그 순간이 지나고 나면 아무리 이해하고 해석하려 애를 써도 리얼리티는 이미 사라지고 없다. 사고(思考)가 끼어들기 전에 선혈이 뚝뚝 떨어지는 상태에서 세상을 파악해야 한다.

리얼리티는 모든 예술에서 빼놓을 수 없는 생명과도 같다. 리얼리티는 직관을 통해서만 얻어진다. 이해하고 해석하는 머리는 시나 예술에 적합하지 않다. 시나 예술은 당신이 접한 것으로만 채워져야 한다. 작품은 당신 자신이어야 한다. 본래부터 당신은 어떤 해석이나 세상의 평판을 넘어선 존재이다. 작품은 해석이 필요 없다. 작품에 스민 엷은 핏빛을 본다거나 심장의 고동 소리를 듣는다면 그것으로 충분하다.

한 사람의 살아 있는 인간을 완벽하게 설명하기란 불가능하다. 설명이 가능하다 해도 반드시 그 너머에 미지의 부분이 남아 있기 마련이다. 정작 중요한 것은 그 숨겨진 부분에 내포되어 있는지도 모른다. 물론 살아 있는 한 사람의 인간은 언제나 전부를 갖고 있다. 그래야만 완전하고 온전하다. 거대한 코끼리도 한 마리 무당벌레도 그래야만 완전하고 온전하다.

리얼리티는 언제나 전부다. 99퍼센트의 리얼리티란 없다. 리얼리티는 100퍼센트이거나 제로이다. 비록 빈사 상태의 환자라 해도 숨이 붙어 있는 한, 그는 자신의 삶을 100퍼센트 사는 셈이다. 한 사람의 살아 있는 인간을 완벽하게 설명하지 못하듯 리얼리티도 설명하지 못한다. 생명체를 나누지 못하듯 리얼리티도 나누지 못한다. 한 사람의 살아 있는 인간에게 미지의 부분이 있듯이 리얼리티에도 반드시 미지의 부분이 있다. 혹시라도 완전히 이해할 수 있는 리얼리티가 존재한다면 이는 당신의 관념이 투영된 결과이며 유사 리얼리티다.

이처럼 한 사람의 살아있 는 인간을 전체로서 다룰 때 비로소 리얼리티라는 말을 적용할 수 있다. 한 사람의 살아 있는 인간을 단순히 의식주의 세계로만 한정해서 파악하지 못하듯 리얼리티 역시 물질적 세계에 한정해서는 안 된다. 세계를 나눌 수 없듯이 자기 자신도 나눌 수 없기 때문이다. 리얼리티가 살아 있는 진정한 작품에는 반드시 신비로운 미지의 영역이 존재한다. 그 영역으로 들어가려 할 때 사고는 별 쓸모가 없다. 당신이 별거숭이 상태에서 느끼는 공감만이 그 영역으로 이끌어준다.

생명이 머무는 곳에 리얼리티가 생겨난다. 생명이 머물지 않는 곳에 리얼리티는 생겨나지 않는다. 여기에서 주의해야 할 점은 생명은 자각할 수 있는 대상이 아니라는 사실이다. 또 하나 주의해야 할 점은 리얼리티 역시 자각을 통해 획득할 수 있는 대상이 아니라는 점이다. 생명은 자각을 통해 생겨나지 않는다. 불타올라야 생명이다. 리얼리티도 거기에 존재해야만 비로소 리얼리티다.

당신이 당신의 의지로 태어나지 않았듯이 당신의 의지대로 당신의 리얼리티를 지어내지는 못한다. 당신은 좋든 싫든 당신의 생명으로 감싸여 있다. 작품의 리얼리티도 마찬가지이다. 리얼리티는 작가의 노력과는 거의 관계가 없다. 언뜻 이상한 소리로 들릴지 모르지만 리얼리티는 당신이 자각할 때는 존재하지 않고 자각하지 않을 때 존재한다.

모든 사물은 언제나 당신 곁에 있다. 그러나 당신이 인지하는 순간 사물은 멀어진다. 그리고 갑자기 서먹해진다. 사람은 세상과 합체하기 위해서 잠을 잔다. 그래서 잠이 필요하다. 사람은 잠을 자는 동안 자기 자신을 완전히 연다. 세계를 누비는 자유로운 여행자처럼 말이다. 고대 페니키아[5]의 시인 포르피리오스[6]의 말이 이를 잘 대변한다.

"직관은 사고 작용이 아닌 사고의 부재를 통해 더 쉽게 얻어진다. 우리는 각성 상태에서 어느 정도까지는 직관에 대해 논할 수 있다. 하지만 직관에 대한 지식과 이해는 각성 상태에서보다 잠을 통해서만 얻을 수 있다.

---

5) 페니키아(Phoenicia) : 오늘날의 시리아, 레바논 및 이스라엘 북부 등지의 지중해 동쪽 해안 지대에 근거지를 둔 고대 문명. 주로 해상무역으로 세력을 키웠다. 알파벳의 원형을 최초로 고안한 문명이기도 하다.

6) 포르피리오스(Porphyrios, 232~305?) : 고대 그리스의 철학자, 역사가. 262년 로마에 가서 플로티노스에게 신(新)플라톤파 철학을 배웠다. 고대 그리스 전통 종교를 신학화하는 데 관심을 두어 『그리스도교도 반박론』을 썼다. 그가 쓴 『아리스토텔레스의 범주론 입문』은 중세 논리학 연구의 교과서이다.

모든 인식의 전제조건은 주체가 객체와 비슷해지는 것이다."

포르피리오스가 가장 큰 스승으로 섬긴 플로티노스[7]는 "태양을 보려면 눈은 태양과 같아져야 한다."라고 했다. 플로티노스와 포르피리오스 둘 다 섣부른 지식으로 흐려진 눈을 버리라고 경고했다. 일본에서 출판된 플로티노스 전집을 보면 다음과 같은 일관된 사상을 관철하고 있다.

"모든 존재는 단일하기 때문에 존재이다. 이는 일차적 의미의 존재 또는 존재라고 불리는 모든 것에 해당한다."

관념이라는 갑옷을 입은 사람은 시의 세계에 한 발짝도 다가가지 못한다. 모든 공리적인 의도, 어설픈 지식, 판단, 해석을 버리고 자신을 전부 열어젖힌 사람에게만 시의 세계가 열린다. 리얼리티를 얻는다 함은 자신의 삶을 얻는 것과 같다. 하지만 그 길에 이르기가 쉽지 않은 까닭은 지금까지 거듭해서 이야기했듯이 자신의 의지만으로 가능한 일이 아니기 때문이다.

자신의 의지나 사고를 포기하고 세상에 이른다는 말은 무엇을 의미할까? 괴테[8]는 "영원히 여성적인 것이 우리를 이끌어가는도다."[9]라고 했다. 그 말처럼 나는 무엇인지도 모르는 존재에 몸을 맡기고, 그 존재에 이끌려 세상을 방황한다. 현란하고 불가해한 세상을.

---

7) 플로티노스(Plotinos, 205~270) : 그리스의 신비적 범신론적 철학자이자 신플라톤학파(Neo-Platonism)의 창시자. 이집트에서 출생한 그는 알렉산드리아 도서관에서 독서를 하며 지식을 쌓았다. 플라톤의 관념론에 입각하여 종교를 철학적으로 해석했다. 서양 신비주의의 개조(開祖)라고 불린다. 플로티노스의 철학은 아리스토텔레스나 스토아학파 등의 영향을 크게 받았으며, 그 시대의 일원적 · 종교적 경향에 맞게 영혼의 해탈을 목표로 하는 구원의 철학이기도 했다.

8) 요한 볼프강 폰 괴테(Johann Wolfgang von Goethe, 1749~1832) : 독일의 문학자, 자연과학자, 정치가. 문학적으로 초기에는 낭만주의 입장이었지만 후에는 고전주의의 입장에 섰다. 그 외에도 광학에서는 색채론을 주장했고 지질학 연구와 생물학에서는 진화론 사상을 주장했는데, 그의 광범위한 사상은 그 후 유럽 사상사에 지대한 영향을 미쳤다. 대표작에 소설 『젊은 베르테르의 슬픔』『빌헬름 마이스터의 편력시대』, 희곡 『파우스트』 등이 있다.

9) 괴테의 극시(劇詩) 『파우스트』 제2부 마지막 행 'Das Ewig-weibliche zieht uns hinan'이다. 번역시 인용 출처: 요한 볼프강 폰 괴테, 이인웅 옮김, 『파우스트』 2권, 문학동네, 2010.

중세 스페인 시인 중 가장 위대한 인물인 십자가의 성 요한[10]은 「모든 것에 도달하기 위한 양식」이라는 시에서 "알지 못하는 것에 도달하려거든 알지 못하는 곳을 통과할지어다"(페드로 아루페)[11]라고 했다. '알지 못하는 곳을 통과'하는 유일한 방법은 미지의 세계에 대한 순수한 감성을 여는 것이 아니겠는가. 의지와 사고를 버릴 때 모든 세계가 한꺼번에 당신에게 밀어닥칠 것이다.

이 시의 제목에 주목하자. '모든 것에 도달'한다는 표현은 플로티노스의 '단일한 존재'와 닮았다. 「모든 것에 도달하기 위한 양식」은 "그대가 모든 것에 도달하기 위해서는 모든 곳을 통과해야 한다."는 말로 귀결된다. 이는 '리얼리티에 도달하기 위한 양식' 또는 '시에 도달하기 위한 양식'으로 치환할 수 있다. '모든 것'이야말로 리얼리티이며, '단일한 존재'야말로 시의 불가결한 요소이다.

– 시에 대한 단편 2(『후네』 제53호, 1988년 10월)

---

10) 십자가의 성 요한(San Juan de la Cruz/영어 Saint John of the Cross, 1542~1591) : 스페인의 신비주의 사상가이자 시인. 가르멜회의 수도사로 개신교의 종교 개혁에 대응해 가톨릭 내부 정화를 꾀한 반종교 개혁 인사 중 한 사람이다. 시형식 교리서 『카르멜산의 등반』 『어둔 밤』과 같은 작품을 통해 매우 세련되고 순수한 시적 표현으로 하느님의 사랑을 정열적으로 찬양했다.

11) 페드로 아루페(Very Rev. Pedro Arrupe S.J., 1907~1991): 스페인의 예수회 신부. 사제 서품 전에는 의학을 전공하였고 수련 중 의학박사 학위를 받았다. 1940년부터 1965년까지 일본에 파견되어 신부로서 본업 외에 조치 대학(上智大学)에서 강의하고, 원폭 피해자 구호에도 참여하였다. 1965년부터 1983년까지 제28대 예수회 총장으로 재직하며 '예수회를 재건한 제2의 로욜라'라는 칭송을 들었다. 해방신학을 지지해 1960~1970년대 중남미에서 예수회 신부들이 독재에 항거해 사회 참여를 하는 계기를 마련하기도 했다.

3. 속 · 존재의 시

인간의 슬픔이나 기쁨과 같은 감정은 분명 가려움이나 추위와 같은 감각보다는 고등 영역에 속한다. 굶주림이나 아픔은 곤충 세계에도 있지만 사랑과 증오, 절망과 기도는 인간의 고유 영역이다. 감각은 개체에 속한다. 치통이나 배고픔을 다른 사람이 대신 느끼지 못한다. 시각, 청각, 후각, 미각, 촉각은 다른 사람이 대신 느끼거나 공유하지 못한다. 감각은 그 사람의 고유한 것이며, 삶과 원시적 영역을 긴밀하게 연결해 준다. 개체는 감각의 어둠에 갇혀 있다.

슬픔이나 기쁨, 사랑과 증오 같은 온갖 감정도 개인의 마음속에서 생겨난다. 하지만 다른 사람과 공유할 수 있다는 점에서 감각과는 다르다. 인류는 슬픔이나 기쁨을 공유할 수 있으며, 이는 호모사피엔스의 위대한 능력이다. 그런데 이 위대한 능력도 그 자체로는 개체의 굶주림이나 아픔을 달래주지 못한다. 사랑과 기도로는 배고픔을 억누르지 못한다. 배고픔을 달래주는 것은 빵이다. 출혈이 심하면 우선 출혈을 멈추게 해야 한다.

그렇다면 시는 공유 가능한 감정의 영역과 개인에게 갇혀 공유 불가능한 감각의 영역 중 어디에서 생겨날까. 물론 시는 전(全)인간적이라서 어느 쪽도 부정하지 않는다. 그러나 결론부터 말하면 시는 개체에 갇혀 공유가 불가능한 영역에서 생겨난다.

시는 감정의 영역이나 정서 세계의 산물인가. 정서의 세계에서 태어나 정서의 세계에 봉사하면 그 소임을 다하는가. 정서를 마음이라 바꿔 말해도 상관없다. 시가 마음의 세계에서 태어나 마음의 세계를 풍요롭게 해주었다면 그걸로 충분한 걸까.

일본의 서정시 대부분은 이 같은 기반 위에서 쓰였다. 과연 이런 시가 진정한 시인가. 그렇다면 마음이란 무엇이고 감정이란 무엇인가. 많은 사람이 양해하고 약속하여 현실에 대한 적응력을 잃어버렸을 경우, 시는 이를 입각점(立脚点)으로 삼을 수 있을까.

감각은 개체에 갇혀 있다. 감각 자체는 보편성이 없다. 차가운 얼음은 만진 사람만 차가울 뿐이다. 하지만 감각은 거짓말을 하지 않는다. 이에 비해 감정이나 마음은 어떤가. 당신은 마음이 거짓말을 하지 않는다고 단언하는가. 당신은 집단적 광기에 동조한 적이 없는가. 일본 문부과학성[12]이 학습지도요령[13] 속에 심성 교육에 관한 내용을 담는다고 한다. 사람의 마음을 길들이고 성향을 정할 수 있다는 것을 전제로 한 발상이다. 이처럼 애매하고 실체도 없는 마음이나 감정에 시를 막연하게 얹어도 되는지 묻고 싶다.

시는 그러한 약속된 마음과 정서의 세계에 근거해서는 안 되며 그런 세계에 봉사해서도 안 된다. 또한 감정을 증폭시키거나 고무시키기 위해 시가 이용되어서도 안 된다. 시의 입각점인 근거는 무엇인가. 비록 고립되어 있을지라도 시는 현재를 사는 생생한 당신의 삶에 근거해야 한다. 시는 뚜렷하게 개인의 존재를 드러내야 하며 어떠한 가식도 허하지 않는다. 실체가 없는 허구를 포함해서도 안 된다. 시는 작가 그 이상도 이하도 아닌 바

12) 문부과학성(文部科學省) : 일본의 행정 기관. 교육, 학술, 스포츠, 문화, 과학기술, 종교 등의 행정 사무를 담당한다.

13) 학습지도요령 : 문부과학성이 정한 초중고 교과 기준

로 작가 자신이어야 한다. 지난 호에서도 언급했지만 시는 리얼리티만 있으면 충분하다.

*

시는 작가의 감정과 마음을 독자에게 강요하지 말아야 한다. 참으로 충실한 시는 홀로 고립된 공간에서도 결코 꺼지지 않는 불꽃을 피워올린다. 시가 독자에게 다가가지는 않는다. 독자가 시를 알아차리고 다가온다. 시가 독자를 바라는 것이 아니라 독자가 시를 바란다. 시는 이러한 대전제를 위해 존재해야 한다. 존재하지 않거나 실체가 없는 사물에 어찌 독자가 만족할 수 있겠는가.

한 편의 시가 하나의 존재라는 사실에 감동하고 감정을 이입하는 쪽은 작가가 아니라 독자이다. 작품에 감동하는 쪽도(당연한 얘기지만) 작가가 아니라 독자이다. 그러므로 독자들의 자발적인 참여를 이끌어내지 못하는 작품, 독자의 상상력과 공감을 불러일으키지 못하는 작품은 시시한 작품이다. 한 편의 시를 거부하거나 시에 참여하는 문제도 전적으로 독자의 자유다. 이는 작가조차 개입할 수 없는 문제임을 작가는 반드시 숙지해야 한다.

그렇다면 독자에게 작품이란 무엇인가. 앞에서 작품은 리얼리티이자 존재라고 했다. 리얼리티든 존재든 그것은 심연이다. 작품은 심연이다. 독자는 그 심연에 자신을 던짐으로써 자신을 발견한다. 바로 독자가 작품을 갈구하고 작품에 감동하는 이유다.

이와 관련하여 개인적인 경험 하나를 예로 들겠다. 나는 일본이 패전한 1945년 한 해 동안 도스토옙스키[14] 전집에 몰입했다. 『죽음의 집의 기록』

---

14) 표도르 도스토옙스키(Fyodor Mikhailovich Dostoevskii, 1821~1881) : 러시아의 소설가. 톨스토이와 함께 19세기 러시아 문학을 대표하는 세계적인 문호이다. '넋의 리얼리즘'이라 불리는 독자적인 방법으로 인간의 내면을 추구하여 근대소설의 새로운 가능성을 열었다. 농노제(農奴制)의 구질서가 무너지고 자본주의적 제관계(諸關係)가 들어서려는 과도기 러시아에

『악령』『백치』『카라마조프가의 형제들』[15] 등을 읽었다. 날마다 작가의 방대한 초고 메모를 파헤쳤다.

이는 나에게 어떤 의미였을까. 그 당시 나는 확실히 도스토옙스키에 대해 알고 싶었고, 그때 얻은 결과물을 이듬해 등사판[16] 잡지에 발표하기도 했다. 하지만 나는 당시 도스토옙스키가 아니라 나 자신을 아는 것이 중요했다. 『카라마조프가의 형제들』『악령』『백치』와 같은 작품이 러시아가 아닌 1945년을 사는 다른 나라의 16세 소년을 격렬하게 자극해서 문학에 눈을 뜨게 만들고 자기 발견을 꾀하게 했다.

독자는 작품을 읽고 작가에게 도달하지 않는다. 자신에게 도달한다. 나는 스무 살 때 괴테를 읽었다. 그 후 플로티노스와 하피즈[17], 루미[18] 들의 작품을 읽었고 예순을 바라보는 지금에 와서 다시 괴테를 읽어 보니, 당시 나는 괴테를 제대로 읽지 않았음을 깨달았다. 앞으로 백 년을 더 산다 해

살면서 시대의 모순에 고민했고 그런 자신의 모습을 작품에 투영했다. 이러한 문학세계는 20세기의 사상과 문학에 깊은 영향을 끼쳤다. 대표작으로 『지하 생활자의 수기』『죄와 벌』『백치』『악령』『미성년』『카라마조프가의 형제들』 등이 있다.

15) 카라마조프가의 형제들 : 도스토옙스키의 대표작. 생애 마지막 작품으로 삶과 죽음, 사랑, 욕망, 종교 등 인간 존재의 근본적인 문제에 대한 문학적 · 철학적 정수가 집약되어 있다. 러시아 어느 소도시의 지주인 표도르에게 20년 만에 아들들이 찾아온다. 첫째아들이자 연애 지상주의자인 드미트리는 아버지가 점찍어 둔 여자에게 반해 연이어 여러 사건이 일어나면서 가족 간의 갈등이 깊어진다. 마침내 표도르는 살해된 채 발견되고, 이후 카라마조프 가문은 갈등과 부조리에서 벗어나 이상적 성격을 지닌 셋째아들 알렉세이 덕분에 그리스도적인 사랑을 되찾는다.

16) 등사판(謄寫版) : 같은 글이나 그림을 여러 장 찍어낼 때 등사 원지를 줄판 위에 놓고 필요한 글이나 그림을 철필로 긁거나 그린 다음, 이것을 틀에 끼워 그 위에 등사 잉크를 바른 롤러로 밀어서 찍어내는 복제 방법의 한 가지

17) 하피즈(Shams ad-dīn Muhammad Hāfiz, 1320?~1389) : 중세 페르시아의 서정시인. 페르시아 문학 4대 시인 중 한 사람이자 최고의 서정시인이다. 가자르라는 짧은 시형(詩形)으로 연애와 우정 등 현세적인 희열을 노래한 시가 많고 술, 미녀, 연인에 대한 신비적이고 도취적인 시도 있다. 서구 문학에도 영향을 주었는데, 특히 괴테가 이 시인의 독일어 번역판 시를 읽고 깊은 감명을 받아 『서동 시집』을 썼다.

18) 루미(Jalāl ud-dīn Muhammad Rūmī, 1207~1273) : 이란의 신비주의 시인. 페르시아 문학의 신비파를 대표한다. 대서사시 『정신적인 마트나비』는 수피즘의 교의, 역사, 전통을 노래한 것으로서 '신비주의의 바이블'로 불린다.

도 괴테에게 도달할 수 없다는 것을 이제야 절감한다.

한 편의 시를 수백 년에 걸쳐 수천만 명의 사람들이 애송하는 이유는 자신을 만나고자 하는 사람들의 열망 때문이다. 이는 작가의 능력이라기보다 작가와 독자를 포함한 모든 인간의 놀라운 능력이다. 작가는 자신이 아닌 인간의 뛰어난 능력을 깨달아야 한다. 독자는 작가를 갈구하지 않는다. 작가는 독자에게서 끊임없이 무언가를 퍼올린다. 작가는 주는 사람, 독자는 받는 사람이 아니다. 작가는 독자에게서 끊임없이 배우고 도움을 받는다. 쓴다는 행위와 작품의 심오한 근원적 의미가 여기에 숨어 있지 않을까.

*

앙드레 브르통[19] 식으로 말하면, 심리나 정서는 자기 반응을 거듭하여 체험과 동떨어진 관념의 괴물이 되기도 하지만, 감각은 체험과 분리되는 순간 사라지고 만다. 아무리 맛있는 음식일지라도 목구멍을 넘어가면 맛이 사라진다. 그 맛은 먹어본 사람만 안다.

한 편의 시는 섬광과도 같은 개인의 숨겨진 체험을 내포해야 한다. 이러한 시는 태어나는 순간 기존의 아름다움과 관념, 도덕성을 무너뜨린다. 존재의 시는 감각을 중시한다. 감각은 배신하지 않는다. 설명할 수 없지만 분명히 존재하며 살아 있다. 생생하고 강렬하게 살아 숨 쉰다. 심장의 고동소리가 들린다. 시는 고동치는 심장을 지니고 있어야 한다.

하지만 그게 전부는 아니다. 감각은 세상을 향한 창이다. 시인은 감각을 통해 밖으로 나가 세상에 도달하기를 열망한다. 제아무리 숱한 관념에서 벗어나도 세상에 도달하지 못한다. 랭보는 "감각의 혼란을 통해 자기

19) 앙드레 브르통(Andre Breton, 1896~1966) : 프랑스의 시인. 초현실주의의 주창자이다. 1924년 '초현실주의 선언'을 발표하였다. 꿈, 잠, 무의식을 인간 정신의 자유로운 발로로 보는 시의 혁신운동을 궤도에 올렸다. 대표작으로 소설 『나자(Nadja)』, 수필집 『연통관(連通管)』 등이 있다. 『문학』『초현실주의 혁명』 등 초현실주의에 관련된 중요한 기관지를 발간했다.

자신을 조직하고 미지에 도달하는 것"이라고 했다. 랭보는 이를 괴물 키우기에 비유했다. 예컨대 별을 보거나 꽃의 향기를 맡으면 얼마나 경이롭고 신비한가. 이 세상 만물을 받아들이고 그 속에서 달라지고 변모하면서 자기 정체성을 찾아간다. 이러한 혼란을 통해 미지로 향한다. 여기에 시인(굳이 말하자면)이 성장하는 길이 있다.

감각은 생명에 대한 지각이다. 생명을 부여하고 움직이게 만드는 존재에 대한 경이로움이 바로 시가 발생하는 근원이 아니겠는가. 피카소[20]는 "사물에서 출발하라."고 했다. 나는 "감각에서 출발하라."고 말하고 싶다. 아마도 이는 같은 개념일 것이다. 시는 관념에서 나오지 않는다.

항상 새로운 감각에서 출발하라는 말이 경험주의를 의미하지는 않는다. 경험주의의 맹점은 어떤 체험도 나중에는 하나의 관념이 된다는 것이다. "내가 젊었을 때에는……." 하고 시작하는 노촌장(老村長)의 과거 경험담은 하나의 관념이자 철학, 도덕이며 아름다움이다. 그 간접 체험은 하나의 관념에 대한 학습에 불과하다. 감각을 통한 체험은 그러한 인습을 타파하고 새 생명을 일깨워 준다.

늘 새로운 감각에서 출발한다는 말은 자기 안에 축적된 체험의 집적인 관념화나 인습화, 자기 모방으로부터 스스로를 해방시킨다는 의미이다. 시는 해방과 파괴의 순간에 생겨난다. 마치 비둘기가 날아오르듯이 그 순간에 생겨난다. 개인 안에서 일어나는 심리와 감정을 무시하는 말이 아니다. 그러나 관념화되고 제도화된 심정적 세계에 가세할 수는 없다. 시를 심정적 · 정서적 세계에 빠진 자기도취의 문학으로 인정할 수 없다. 시는 인간 정신의 수직적 영위인 까닭이다. 심리와 감정도 축적되어 인습화되

---

20) 파블로 피카소(Pablo Picasso, 1881~1973) : 스페인 출신으로서 프랑스에서 활동한 입체파 화가. 프랑스 미술에 영향을 받아 파리로 이주하였으며 세잔, 툴루즈, 뭉크, 고갱, 르누아르, 고흐 등의 영향을 받았다. 초기 청색시대를 거쳐 입체주의(큐비즘) 미술 양식을 창조했으며, 대표작으로 「아비뇽의 처녀들」「꿈」「게르니카」 등이 있다.

면 하나의 거대한 관념으로 변한다. 베르그송[21] 식으로 말하면 심정주의나 경험주의 모두 나쁜 관념이며 삶을 억압한다.

문학에서 문학이 태어나지 않는다. 문학은 늘 현실에서 나온다. 미에서 예술이 태어나지 않는다. 예술은 늘 존재에서 나온다. 관념과 제도에서 시가 태어나지 않는다. 시는 늘 놀라움에서 나온다. 시는 직감력의 산물이어서 시인은 종종 신비주의자로 오해받기 쉽지만 진정한 시인은 언제나 현실주의자이다.

관념론적 마법사라 불린 노발리스[22]도 광산을 헤치고 들어간 광부처럼 현실주의자였다. "모든 슬픔의 정서는 환상이다. 병든 자에게는 미래가 존재하지 않는다"(노발리스)라고 했다. 일본의 정서적 시인이 노발리스의 『하인리히 폰 오프터딩엔(푸른 꽃)』[23] 『자이스의 학도』 『밤의 찬가』, 백과사전적 작품인 『단장』을 이해하기란 쉽지 않다. 이 작품들이 제시하는 바는 감각을 통해 미지로 향하는 확고한 현실주의자의 삶의 방식과 방법론이기 때문이다.

– 시에 대한 단편 3(『후네』 54호, 1989년 1월)

---

21) 앙리 베르그송(Henri Bergson, 1859~1941) : 프랑스의 관념론 철학자로 생철학, 직관주의의 대표자. 참된 실재는 의식이나 삶 속에서 직관적으로 얻어지는 순수 지속이며, 지속이 이완되면 물질화하지만 지속의 긴장은 생의 비약이 되고, 창조적으로 진화하는 실존적 생명이라고 했다. 1927년에 노벨문학상을 받았다. 저서에 『시간과 자유』 『창조적 진화』 『도덕과 종교의 두 원천』 등이 있다.

22) 노발리스(Novalis, 1772~1801) : 독일 초기 낭만파의 대표적 시인, 소설가, 철학자. 본명은 프리드리히 폰 하르덴베르크(Friedrich von Hardenberg). 자연과 인간에 대한 깊은 철학적 사색, 종교심 등의 천성을 바탕으로 혼약자에 대한 사랑과 그 죽음의 체험, 나아가서는 광산 감독관으로서 갖추었던 광산학, 자연과학 등의 지식을 통해 현세의 삶과 죽음을 초극하는 낭만주의적 자연관, 역사관을 구축했다. 대표작으로 『하인리히 폰 오프터딩엔』 『자이스의 학도』 『밤의 찬가』 『단장』 등이 있다.

23) 하인리히 폰 오프터딩엔(Heinrich von Ofterdingen) : 노발리스의 미완성 소설 제목이자 주인공의 이름. 13세기 초의 전설적인 기사이며 시인인 하인리히가 꿈속에서 푸른 꽃으로 나타나는 소녀를 동경하여 길을 떠난다. 그 여정에서 낯선 세계를 만나고 다양한 체험을 하면서 시와 사랑과 삶을 깨달아가는 성장 소설이다. 한국과 일본에서는 『푸른 꽃』이라는 제목으로 널리 알려졌다.

4. 시에 대한 단편 4

존재는 창조의 토대이다. 존재에 맞서는 것은 관념이다. 기존의 관념에서 새로움은 나오지 않는다. 관념에서 벗어나는 것이 시인이 해야 할 거의 모든 일이다. '거의'라고 말한 이유는 존재의 세계 그 자체가 현기증이 날 정도로 혼란스럽기 짝이 없는 탓에, 관념에서 탈피했다 해도 시인에게는 그저 시작에 불과하기 때문이다.

모든 감각을 동원하여 얻어낸 첫 경험도 시간이 지날수록 점차 관습화되어 위험도 전율도 사라진다. 마치 내 집처럼 익숙해진다. 인간의 모든 체험이 안전한 영역으로 향한다. 안전함의 집적이 생활이다. 생활은 존재가 사라진 관념의 집적에 불과하다. 다시 말해 존재의 발견인 첫 경험을 지속하기란 어려운 법이다. 관념에서 벗어나려는 노력은 시인이 살아 있는 한 늘 새롭게 갖춰야 할 덕목이다. 시인은 생활에 안주해서는 안 된다.

관념의 탈피는 생활, 즉 인습의 탈피이다. 생활시는 관념시의 일종임을 인지해야 한다. 진정한 생활은 손바닥 보듯 빤한 자기 집 안에 존재하지 않는다. 진정한 생활은 생명이 작열하는 순간에만 존재한다. 시는 그 무엇도 정당화하지 않는다. 시는 전율 그 자체이다. 존재의 시는 그 무엇도 설득하지 않는다. 그러나 확실하게 심장의 고동 소리가 전해져 온다.

관념의 시는 사람을 속이지만, 진실의 시는 속이지 않는다. 관념의 시는 온갖 치장이 필요하지만, 존재의 시는 어떤 치장도 필요 없다. 어른들에게는 다양한 의상과 장신구가 필요하지만, 갓 태어난 아기들에게는 어떤 액세서리도 필요치 않은 것과 같은 이치이다. 아기의 벌거벗은 몸은 어떤 보석보다도 환하게 빛난다. 시와 시적인 것을 철저하고 엄격하게 구별하라. 진정한 시는 시적인 것을 전혀 필요로 하지 않는다. 장신구를 두른 아기를 떠올려 보라.

존재를 통해 사람은 먼 곳에 도달한다. 시인에게 필요한 것은 모험과 발견이다. 관념 속에서 사람은 그 무엇도 발견하지 못한다. '보았다'라고 하는 요소가 포함되지 않은 시는 아무런 매력이 없다. '보았다'라는 요소만으로도 시는 충분히 성립한다. 그러한 시를 원하지만 흔치 않다. 우리의 일상에는 깊이를 가늠하기 힘든 크레바스[24]가 무수히 떠다니고 있는데도 말이다.

이상하게 들리겠지만 현실의 참모습은 거의 비현실적으로 보인다. 인습과 관념이 현실의 실체를 가려 우리는 현실의 참모습을 직시하는 데 익숙하지 않다. 진정한 시인에게 일상생활은 피하기 힘든 악몽의 연속이다.

F. 카프카[25]도 J. 스위프트[26]도 환상 문학을 추종하고자 작품을 쓰지 않았다. 수많은 카프카론 중에서도 '카프카의 종교적 유머에 대하여'라는 글을 쓴 필자에게 경의는 표하지만, 카프카나 스위프트에게 풍자가 문학의

---

24) 크레바스(crevasse) : 빙하가 갈라져서 생긴 좁고 깊은 틈

25) 프란츠 카프카(Franz Kafka, 1883~1924) : 오스트리아-헝가리 제국(현 체코) 출생의 유대인 소설가. 인간 운명의 부조리, 인간 존재의 불안을 통찰하여 현대 인간의 실존적 체험을 극한적 설정 속에서 표현하였다. 생전에는 작가로서 인정받지 못하였으나 대부분의 작품이 사후 출간되어 실존주의 문학의 선구자로 추앙받는다. 대표작으로 장편소설 『성(城)』 『심판』, 단편소설 「변신」 등이 있다. 현재까지 알려진 장편은 전부 미완성작이다.

26) 조너선 스위프트(Jonathan Swift, 1667~1745) : 영국의 풍자작가, 성직자, 정치평론가. 주요 저서에 세계적으로 널리 알려진 『걸리버 여행기』(1726)를 비롯하여, 정치계와 종교계를 풍자한 『통 이야기』(1704) 『책의 전쟁』(1704), 서간집 『스텔라에게 바치는 일기』(1710~1713) 등이 있다.

목적은 아니었다. 관념(어떤 관념이든 간에)에 봉사하는 문학이 아니라 현실을 백일하에 드러낸 공포의 문학이었다. 카프카는 "쓴다"고 하지 않고 "펜으로 할퀸다."고 했다. 대부분의 풍자 문학과 환상 예술이 지루한 이유는 관념적 유희에 머물기 때문이다.

20세기 초현실주의 운동의 위대한 공적은 존재의 발견이다. 그러나 그것이 공인된 안전한 예술로 변하는 순간 존재 가치를 잃어버린다. 막스 에른스트[27]의 프로타주[28] 기법은 섬광과도 같은 짧은 한순간의 삶으로서 가치가 있다. 자크 바셰[29]는 시를 쓰지 않았기 때문에 지금도 가장 순수한 시인으로 평가받는다. 고아한 문체로 시라고 지칭하는 작품을 비꼬는 어느 나라의 세기말 시인과는 차원이 다르다.

앙드레 브르통은 "역사적으로 스스로를 정당화하지 말라."고 했다. 그렇게 말한 브르통조차 제2차 세계대전 이후 역사에 매몰되었다. 현실, 즉 존재의 전적인 발굴에 심혈을 기울인 브르통도 생명이 작열하는 순간을 지속하기란 역부족이었다.

존재의 전적인 발견, 즉 직관력의 회복과 생명의 해방은 문학과 예술 분야의 한 유파에게 국한된 문제가 아니다. 물리학의 소립자 이론이 그 분야의 문제에만 머물지 않듯이 초현실주의 운동을 배제한 채 현대의 문학과 예술이 존립하기란 불가능하다. 문제는 초현실주의 운동 양식을 모방

---

27) 막스 에른스트(Max Ernst, 1864~1920) : 독일의 화가, 조각가. 1924년 이후 초현실주의에 적극 참여했다. 프로이트적인 잠재의식을 화면에 정착시키는 오토마티즘을 원용했지만, 1925년에 프로타주를 고안하여 환상회화의 새로운 영역을 개척했다. 『새』『신부의 의상』『조가비의 꽃』 등의 작품이 있다.

28) 프로타주(frottage) : '문지르기'라는 뜻으로 막스 에른스트가 발전시킨 창작물의 초현실적이고 자동적인 기법을 말한다. 대상물을 그려낼 화폭 밑에 깔고, 그 위를 문질러 상이 드러나게 하는 기법이다. 회화에서 그림물감을 화면에 비벼 문지르는 채색법이다.

29) 자크 바셰(Jacques Vaché, 1895~1919) : 프랑스의 작가, 만가. 블랙 유머의 대가인 그는 "예술은 바보짓"이라며 시인을 조롱했다. '모든 것의 허망과 부질없음'을 강하게 주장하기도 했다. 20세기 초 초현실주의를 이끈 앙드레 브르통에게 지대한 영향을 주었다.

하느냐, 아니면 그 정신을 직시하느냐이다.

브르통은 초현실주의 운동을 처음에는 '정신의 운동'이라고 했다. 오브제[30], 데칼코마니[31], 프로타주, 오토마티즘[32] 들은 문학과 예술의 방법, 즉 아름다움을 표현하는 수단이 아니라 존재를 증명하기 위한 수단으로서 우연히 발견된 기법이다. 따라서 초현실주의가 문학과 예술에 봉사하는 역전 현상이 발생할 경우 본래의 모습은 사라진다.

일본의 전쟁 전, 전쟁 중, 전쟁 후에 생명이 작열하는 순간을 보여준 일본의 시인이나 예술가가 있었는가. 한 시인이 평생에 걸쳐 발표한 전작이 아니라 그중 단 몇 편이라도 그러한 시가 있었는가. 있다고 말하고 싶다. 다행히 그러한 시들은 여전히 대중적이지 않다. 그 시들은 우리의 숨겨진 현실이며, 그러한 시편과의 만남은 우리가 맛보는 새로운 체험을 의미한다. 알려주는 사람 없이 당신 자신의 감성을 있는 그대로 드러내어 스스로 그러한 작품들을 찾아내기 바란다.[33]

일본 근 · 현대 시의 역사는 구어체 자유시의 개화와 발전의 역사다. 이는 표현 양식의 변천사라고 해도 무방하며 구어체 자유시를 탄생시킨 개별적 자아의 확립을 위한 고투의 역사이기도 하다. 여기서 문제는 단카나 하이쿠와 같은 정형시에 비해 구어체 자유시가 얼마나 독자적인 미를 창

30) 오브제(objet) : 물건, 물체, 객체 등의 의미를 지닌 프랑스어이다. 미술에서는 주제에 대응하여 일상적 합리적인 의식을 파괴하는 물체 본연의 존재 방식을 가리킨다. 초현실주의 이후 현대 예술에서 일상적인 사물의 개념에서 벗어나 다른 존재 의미를 붙인 물체를 뜻하는 개념으로 사용한다.

31) 데칼코마니(décalcomanie): 전사법(轉寫法)이라는 뜻으로 어떠한 무늬를 특수 종이에 찍어 얇은 막을 이루게 한 뒤 다른 표면에 옮기는 회화 기법이다. 1750년 영국에서 처음 고안되었다. 오늘날에는 오스카 도밍게즈(Oscar Domínguez, 1906~1957)와 막스 에른스트를 필두로 초현실주의 화가들이 즐겨 사용했다.

32) 오토마티즘(automatism) : 프랑스의 시인이자 평론가인 앙드레 브르통이 창시한 초현실주의 시와 회화의 중요한 기법. 자동기술법(自動記述法)이라고도 한다. 의식이나 의도 없이 무의식 세계를 무의식적 상태로 대할 때 떠오르는 이미지의 분류를 그대로 기록하는 방법이다.

33) 월간 『신간정보』(일본 리더스클럽 발행) 2월호부터 연재 중인 니시 가즈토모의 수필 「시인의 지평, 절망으로부터 나타나는 희망」을 함께 읽어보기 바란다.-저자 주

조했는가 하는 점이다.

나는 이에 대해 섣불리 결론을 내리지 않으려 한다. 시란 명료하고 명확한 일상어로 쓰면 충분하다고 생각한다. 허버트 리드[34]가 말했듯이 예술은 "과거든 현재든 변함없이 아름다운 것이 아니다."(『예술의 의미』 중에서)라는 점, 요컨대 예술은 결코 아름다움을 목표로 삼지 않는다는 점을 깊이 새겨야 한다. 재차 강조하지만 문제는 미가 아니라 인간이다. 구어체 자유시를 지켜 온 일본인의 개별적 자아가 지닌 내적 실체이다.

구어체 자유시의 역사에서 중요한 점은 일본인 개개인의 철학(감성, 사고)과 윤리(삶의 방식)이다. 제2차 세계대전 이후 일본에 주권 재민의 민주주의 헌법이 생긴 지 40여 년이 흘렀다. 일본인의 개별적 자아가 성숙했는가라는 질문은 하지 않겠다.

이 질문에 앞서 진중하게 전후시를 바라보자. 관념이 아닌 자신의 감성을 열고 독자적으로 획득한 개인의 철학, 윤리, 사상이 그 시 안에 있는가. 관념은 얼마든지 바꿀 수 있다. 자신의 피를 조금도 흘리지 않기 때문이다. 참된 작품에는 존재, 즉 작가가 나타난다. 독자인 당신 자신이기도 하다. 그러한 현상을 작품이 갖는 보편성이라고 부른다.

나는 서정시는 거의 읽지 않는다. 감정으로 설명하고 호소하는 시는 대부분 작가의 생각이나 관념에 불과하기 때문이다. 사람은 관념에 책임을 지지 않으며 관념은 일시적이다. 전쟁시 등이 그 좋은 예이다. 자신의 감성을 열고 자신의 눈으로 본 것을 써야 한다. 이때 쓴다는 행위는 자신의 존재 증명이다. 조금도 꾸밀 필요 없이 그저 명확하게만 쓰면 된다.

– 시에 대한 단편 4(『후네』 제55호, 1989년 4월)

34) 허버트 리드(Herbert Read, 1893~1968) : 영국의 시인, 예술 비평가. 예술을 과학이나 철학처럼 유익한 지식의 자주적 형식이라고 논했다. 그의 저작은 강한 철학적 경향과 예술의 여러 문제에 대한 이론적이고 정열적인 접근이 특징이다. 주요 저서로는 『벌거벗은 용사』 『예술의 의미』 등이 있다.

5. 형태에 대해

— 모든 예술가들에게 마음을 담아

예술은 형태이다. 음악은 소리를 다루고 시는 말을 다룬다. 음악은 소리가 전부이고 시는 사용된 말이 전부이다. 소리도 말도 최종적으로는 하나의 형태가 되어 청중이나 독자 앞에 제공된다. 그것이 작품이다. 작품, 또는 예술에 관해 앞에서 어느 정도 언급했지만, 이것이 의미하는 바는 좀 더 신중하게 고찰해야 한다.

살아 있는 한 인간이 만들어낸 형태는 단순한 밸런스나 아름다움이 아니다. 형태는 바로 메시지다. 여기서 메시지는 작가의 머릿속에 담긴 의미의 전달을 뜻하지 않는다. 형태는 의미를 전달하기 위한 수단이나 도구가 아니다. 한 편의 시는 작가의 관념과 감정을 전달하는 단순한 수단이나 도구가 아니기 때문이다.

무엇보다도 먼저 형태가 존재해야 한다. 형태는 작가의 존재 증명이다. 작가가 백 명이라면 형태도 당연히 백 가지가 나온다. 형태는 의미를 전달하는 수단이 아니라 의미 그 자체이다. 형태는 작가의 삶을 전달하는 수단이 아니라 작가의 삶 자체이다. 작품이 메시지를 전달하지 않는다. 작품을 이루는 형태야말로 메시지 그 자체이다. 다른 관념이나 양식이 더해지면 형태는 흐릿해진다.

형태는 작가 이전에 존재한다. 작가는 그 형태(그릇)에 자신을 채우지만 그렇다고 해서 형태가 그 내용을 전달하는 도구는 아니다. 작품과 형태는 존재에 의해 촉진된다. 작품은 존재 방식이다. 작품과 형태는 존재, 즉 삶의 필연적 귀결이다. 따라서 작품을 접하는 사람은 그 필연성을 살펴야 한다.

시인 백 명의 작품을 두고 백 가지 필연성을 찾아내기란 쉽지 않다. 게다가 작품의 창작 시기와 지역마저 다르다면 필연성을 찾기란 더더욱 힘들다. 그렇다고 이를 생략하고 작품을 대한다면 무의미한 짓이다. 안타깝게도 요즘 대부분의 비평가는 이 필연성을 고려하지 않을뿐더러 발견하는 능력마저 상실했다. 예민한 독자라면 이미 알아챘겠지만 이 능력은 공감이며 직관력이다. 노력하기에 앞서 먼저 지녀야 할 능력이다.

모든 시대의 모든 예술은 그 시대를 사는 사람들의 감정(고통, 기쁨, 비애 등)을 포함한 당대인들의 존재 형태이며 존재를 나타내는 몸짓이다.

그 몸짓을 언어라고 하자. 이는 하나의 질서이다. 형태를 이루는 미세한 결마다 숨겨진 무수한 언어를 해독하기 위해서는 인류학적, 고고학적 탐구가 필수적이지만, 결국 삶에 대한 공감 없이는 해독이 불가능하다.

예술은 자기 자리에서 형태를 통해 그것이 존재하는 한 끊임없이 메시지를 발신한다. 우리는 본디 메시지를 포착하는 능력인 공감이나 직관력을 지니고 있다. 형태가 발신하는 말과 메시지를 어떻게 읽을 것인가. 이는 온몸으로 포착해야 한다. 그것이 공감과 직관력이다. 형태가 발신하는 말과 메시지를 해석하기는 어렵다. 메시지를 온몸으로 받아들인 사람은 그 삶의 방식을 변화시켜 응답하는 수밖에 없다. 형태는 분석하고 해석하기 위해 존재하지 않는다. 형태는 곧 메시지이므로 온몸이 귀가 되어 들어야 한다.

*

앞서 말했듯이 예술은 작가의 관념이나 감정을 전달하는 도구가 아니라 존재를 드러내는 것으로서 그 존재 방식인 형태가 중요하다. 형태는 작가의 전인격적 투영물이다. 형태는 작가의 인생과 사고를 전적으로 반영한다. 형태는 작가의 철학이자 윤리이다. 형태는 사상이다. 형태를 만드는 기술, 예컨대 한 장의 그림을 표현하는 붓놀림, 색, 양감, 구도 역시 모두 사상이다.

한 편의 시는 단순히 감상을 빗댄 것이 아니라 정신의 수직적 투영물이다. 그런 의미에서 시는 모든 예술 중 가장 엄격한 명석함이 요구된다. 시는 모든 예술의 핵심인 까닭에 '시는 정서'라는 식으로 단언해서는 안 된다. 시는 오히려 '눈'이라고 생각하는 편이 더 적절하다. 다시 말해 모든 예술가에게 필요한 것은 관념과 인습에 밀착한 감상이 아니라 현실을 직시하는 눈이다. 이때 시인은 눈 그 자체이다. 여기서 예술에 대한 가장 중요한 문제가 떠오른다. 바로 예술의 일회성이다.

*

예술은 형태이다. 형태는 놀라움이고 전율이다. 피카소는 예술은 탐구가 아니라고 했다. 예술은 형태의 탐구가 아니다. 피카소는 또 예술은 파괴의 연속이라고 했다. 이는 예술의 일회성을 훌륭하게 설명한 말이다. 피카소는 작가에게는 만남과 발견이 전부라는 말도 남겼다.

관념과 양식 속에서는 아무것도 탄생하지 않는다. 현실과의 만남, 그 삶에 의해서 형태, 곧 작품이 탄생한다. 작가가 살았던 시대의 현실에 대응하는 것이 작품인 형태가 되어 출현한다. 그 시대에 대응하는 것이 예술이다. 예술의 형태 속에는 일회적이지만 불꽃 튀는 삶이 담겨 있어야 한다. '형태 속'이라는 표현은 적절하지 않다. 형태가 먼저이고 나중에 그 그릇 속에 삶을 쏟아 붓는다고 오해할 우려가 있다.

작가의 예술인 형태는 작가 이전에 존재하지 않는다. 작가가 존재하려면 작가가 스스로 작품인 형태를 만들어야 한다. 자신의 과거 작품이 아무리 멋지고 만족스러웠다 해도, 나중에 그 작품을 스스로 모방한다면 이는 한마디로 난센스다. 그때마다 작가가 삶에 대응한 새로운 형태의 작품이 나와야 한다. 형태는 그때 그 순간 단 한 번 만들어진다.

예술은 곧 형태라는 사실을 일회성의 관점에서 생각하면 예술 행위가 매우 어렵다고 느껴지겠지만 꼭 그렇지만은 않다. 사람은 누구나 매 순간을 한 번밖에 살지 못하므로 그 한 번뿐인 삶을 가능한 한 충실하게 살아야 한다. 그러한 삶을 기쁨으로 여기는 사람에게는 예술 행위가 아주 즐거운 행위일 것이다.

예술 공부가 혹독하다고 불평하는 사람도 있지만 예술은 엄연히 장인 세계의 일이다. 장인이 되기 위해 기술을 연마하는 수련 과정은 형태를 다루는 사람이라면 반드시 거쳐야 한다. 장인 정신을 갖추지 않은 사람을 예술가라고 부르기는 어렵다. 그렇다고 해서 장인 정신만 갖추면 예술가라는 호칭이 붙는 것도 아니다. 예술가는 형태의 탐구자가 아니라 형태의 창조자이다. 중요한 것은 리얼리티이며 그 속에 근거한 삶이다.

감각이 날카롭게 반짝이는 순간에 삶이 있고 존재가 있다. 이는 소생이며 자기 발견이다. 작품은 우선 이 새로운 삶부터 소유하고 있어야 한다. "발견이 전부이다."라고 말한 아폴리네르[35]도 과거의 옷을 벗어 던지고, 모든 감각을 현실을 향해 열어젖힌 진정한 시인이었다. 그는 눈에 들어오는 모든 것을 시로 옮긴 시인이었다. "매일이 축제이다."라고 했던 이가 A. 랭보였던가.

누구나 어린 시절에는 날마다 눈에 보이는 모든 것이 새롭고 설렜으며

---

35) 기욤 아폴리네르(Guillaume Apollinaire, 1880~1918) : 프랑스의 시인, 소설가. 대표작으로 『썩어가는 요술사』(1909) 『동물시집』 등이 있다. 20세기 새로운 예술 창조자의 한 사람으로서, 미술평론집 『입체파 화가』 『신정신』은 모더니즘 예술의 발족에 큰 영향을 끼쳤다. 20세기 초 전위미술 이론가로도 큰 역할을 하였다. 피카소의 친구이다. 『큐비즘 화가, 미학적 사유』(1913)라는 저서가 있다. 1917년 희곡 『티레지아의 유방』에서 쉬르레알리슴(surréalisme, 초현실주의)라는 말을 처음으로 사용하였다. 후일 앙드레 브르통 등이 이 용어를 채택한 사실은 유명하다.

축제처럼 느껴지던 기억이 있기 마련이다. 언제부터인가 온갖 관념과 인습, 제도, 자화자찬과 아첨, 하찮은 우월감이 자신을 옭아매고 있지는 않은가. 나를 옭아매는 것으로부터의 자유, 무엇에도 흐려지지 않는 생기 있고 선명한 눈이 없다면 어찌 자유롭고 새로운 작품을 만들겠는가. 예술을 형태라고 할 때, 형태가 새로운지 낡았는지 아닌지는 부수적 요소가 아니다. 근본적으로 중요한 문제이며 거의 결정적 요소이다.

새롭다는 말은 예술가에게 최고의 찬사이며 실제로 그래야만 한다. 새롭지 않은 예술이 어찌 살아남겠는가. 심장의 고동 소리가 들리지 않는 죽은 잡동사니를 어찌 사람들이 사랑하겠는가. 형태만 고수하는 작품을 권장하는 사람들은 결코 예술가의 삶을 이해하지 못한다.

예술에서 새롭다 함은 새로운 철학과 새로운 윤리(삶의 방식)가 있음을 의미한다. 새로운 예술, 즉 형태는 새로운 사상이다. 고갱[36], 세잔[37]의 작품은 철학, 윤리, 사상 모두가 새로운 형태라서 불멸이다. 예술은 형태라고 했는데, 예술에서 말하는 형태가 그저 단순한 의미의 형태일까.

*

시는 말이 전부다. 말은 시인이 살았던 시대에 대응하는 것이다. 나아가 말은 특정 권력자들의 전유물이 아니라 그 시대 그 지역에 사는 모든 사람의 공유물이다. 말은 점차 사멸되고 새로워진다. 말은 그 시대를 사는 사람들의 약속이다. 시인은 그 말을 사용할 뿐이다. 예컨대 공무원이나 법

36) 폴 고갱(Paul Gauguin, 1848~1903) : 프랑스 후기인상파 화가. 문명 세계에 대한 혐오감으로 남태평양의 타히티 섬으로 떠났다. 원주민의 건강한 인간성과 열대의 밝고 강렬한 색채를 도입하여 자신의 예술을 완성했다. 상징성과 내면성, 비자연주의적 경향은 20세기의 회화가 출현하는 데 근원적인 역할을 했다.

37) 폴 세잔(Paul Cezanne,1839~1906) : 프랑스의 화가. 사물의 본질적인 구조와 형상에 주목하여 자연의 모든 형태를 원기둥, 구, 원뿔로 해석한 독자적인 화풍을 개척했다. 추상에 가까운 기하학적 형태와 견고한 색채의 결합은, 고전주의 회화와 당대의 발전된 미술 사이의 연결점을 제시했다. 피카소와 브라크 같은 입체파 화가들에게 지대한 영향을 주어 근대 회화의 아버지로 불린다.

률가처럼 일반인들은 당최 알아듣기 힘든 전문용어를 사용하는 특권 계급에 속하지 않는다.

그런 연유로 시인은 말에 예민해야 한다. 시인이 낡은 말에 의존한다면 시인으로서 실격이다. 시인은 낡은 말의 권위를 부수고 말을 활성화하는 사람이어야 한다. 시는 사상이다. 시는 사상을 담는 도구가 아니라 그 형태 자체가 하나의 사상이다. "다쿠보쿠[38]의 삼행시는 사상이다."라고 했던 고(古) 후지타 사부로[39]의 말은 탁월한 견해다.

전통적 정형시를 쓰는 사람들이 문어체나 옛날 일본어에 의존하는 현상은 그 자체로 이미 다 끝난 예술임을 나타내는 방증이다. 자유시 형태를 선택한 사람들은 만의 하나라도 같은 잘못을 저질러서는 안 된다.

자유시 형태는 본질적으로 하나의 철학(사고)과 윤리(삶의 방식), 사상을 내포하고 있기 때문이다. 이런 점에서 일본의 자유시는 아직 충분히 성숙했다고 말하기 어렵다. 자유시에서 중요한 점은 형태의 완성을 추구하는 것이 아니라 자유시의 정신을 명확히 하는 일이다. 결정적 요소는 형태 이전에 시인이 지닌 삶의 방식이다.(계속)

– 시에 대한 단편 5(『후네』 제56호, 1989년 7월)

38) 이시카와 다쿠보쿠(石川啄木, 1886~1912) : 일본의 시인, 단카 시인, 평론가, 사상가. 1910년 일본 전국 각지에서 다수의 사회주의자, 무정부주의자가 천황을 암살하려 했다는 이유로 검거된 대역 사건을 계기로 사회주의 사상에 눈을 떴다. 이와 함께 폐결핵과 궁핍한 생활, 유랑 생활 등을 바탕에 깐 슬프고 아름다운 생활 감정을 풍부하게 담은 시와 단카를 써서 일본에서 국민 시인으로 칭송받는다. 1943년에 쓴 3행시의 가집 『한주먹의 모래』는 대표적인 걸작이다. 27세에 폐결핵으로 세상을 떠날 때까지 주옥같은 작품을 다수 남겼다. 가집 『슬픈 완구』, 시집 『호루라기와 휘파람』 등이 있다. 조선 시인 백석(白石)에게도 많은 영향을 주었다. 백석의 이름 석(石)은 이 시인의 성에서 따왔을 정도였다.

39) 후지타 사부로(藤田三朗, 1906~1985) : 일본의 시인. 1929년에 모더니즘의 기수인 시인 와타나베 슈조(渡辺修三, 1903~1978), 다케나카 규시치(竹中久七, 1907~1962) 들과 문예지 『리앙』을 창간하여 형식주의 시운동을 펼쳤으나, 차츰 예술 혁명에서 혁명 예술로 방향을 바꾸어 초현실주의와 마르크스주의의 비판적 결합에 의한 과학적 초현실주의를 제창했다. 일본 제국주의의 체제 비판도 포함되어 있어서 결국 경찰에 체포되고 문예지도 출판 금지를 당했다. 후에 단독으로 『부미쇼(文抄)』를 편집 발행했다.

6. 전위성이란 무엇인가

인간의 감성과 의식의 깊숙한 곳에서 은밀히 어떤 변혁이 일어나지 않는 한, 생활이나 시는 변하지 않는다. 아무리 새로운 관념, 새로운 생활수단이 들어와 자리 잡더라도 말이다. "변하면 변할수록 재미없어진다."는 1940년대 예술에 대해 바이들레[40] 교수가 한 말이다. 이 말은 유감스럽게도 1960년대 이후 일본의 현대시, 현대 음악, 현대 미술 등의 일반적 경향에도 딱 들어맞는다. 나는 이 말을 부정하지 않는다. 바이들레 교수의 말은 낡은 관념과 관례에 매달려 사는 사람들을 기쁘게 할지 모른다. 그러나 여기서 '변한다'는 말이 무엇을 뜻하는지 주의를 기울여야 한다.

인간의 표현 행위는 본질적으로 작가의 내적 욕구에 의해 발생하며 완전히 똑같을 수 없다. 또 어떤 작가든 특정 시대나 특정 공간 속에 살기 마련이라서 그 작품은 그 시대의 뉘앙스를 짙게 풍긴다. 18세기와 19세기의 예술은 다르다. 20세기 예술은 20세기 고유의 말을 갖는다. 같지 않다는 사실, 즉 '변한다'는 사실은 인간이 만들어낸 예술의 근원적 성질이다. 이는 다음과 같이 말할 수도 있다.

---

40) 바이들레(Wladimir Weidlé, 1895~1979) : 러시아 출신의 미술사학자, 미학자. 1924년 프랑스로 망명. 비잔틴 미술사에 관한 업적 외 여러 논문에서 현대 예술은 이제 예술이라고 부를 가치가 없고 단순한 미적 대상일 뿐이라며 현대의 전위를 비판했다. 또 인간과 예술의 전체성 회복은 종교와 결합해 의해서만 가능하다고 했다. 대표작으로 『예술의 운명』 등이 있다.

'전위성'은 예술의 본질에 속한다. 본디 예술에 전위와 후위의 양자택일은 없다. 진품인지 모조품인지의 구별만 있을 뿐이다. 현재는 쓰이지 않는 용어나 문자를 사용하는 시인을 진정한 시인이라고 부르기는 어렵다. 이미 지나가 버린 시대에 산 사람들의 말을 고집하는 작품이 진정한 예술 작품일까.

그렇다면 "변하면 변할수록 재미없어진다."라는 말은 무슨 뜻일까. 나는 이 말을 아래와 같이 바꾸어 보고 싶다. "변하면 변할수록 변하지 않는 거짓의 공허한 예술"이라고. 예술이란 아무리 새로운 관념과 기술을 도입해도 전혀 새로워지지 않는다. 1920년대 브르통은 '새로운 정신'이라는 말은 썼지만 '새로운 문학'이라고는 하지 않았다. 새로운 문학은 새로운 정신에서 비롯된 결과다.

장 아르프[41]는 "열매는 나무에서 나오고 예술은 사람에게서 태어난다."라고 했다. 열매가 나무의 결과물이듯 예술은 인간의 결과물이다. 새로운 인간이 없으면 새로운 예술은 탄생하지 않는다. 아폴리네르는 '놀라움'과 '발견'이라고 했다. 피카소와 트리스탄 차라[42]는 '파괴'라고 했다.

지금까지의 관념과 인습, 전통 예술에서 탈피하여 참신하고 민감한 최초의 감성을 되찾으려는 노력으로부터 새로운 예술이 탄생했다. '새로운 문학과 예술'은 '새로운 정신'의 결과일 따름이다. 그러나 이 '새로운 문학과 예술'은 무수한 모방자를 양산한다. 그들에게 문학과 예술은 새로운 관념이나 기술에 불과하다. 그 어떤 관념이나 기술을 도입해 본들 작품은 조

41) 장 아르프(Jean Arp, 1887~1966) : 독일 태생의 프랑스 조각가, 화가. 독일식 이름 한스 아르프(Hans Arp)를 썼으나 프랑스로 귀화하면서 개명하였다. 1916년에 일어난 다다이즘 운동의 선구자 중 한 사람이다. 1920년대에는 초현실주의 경향의 작품을 주로 선보였다. 1931년 초현실주의와 결별하고 추상창조라는 이름 아래 극도의 단순미를 추구하는 양식을 제창하였다. 『공기 의자』 『꿈과 계획』 등의 시집을 출간하기도 했다.

42) 트리스탄 차라(Tristan Tzara, 1896~1960) : 루마니아 출신의 프랑스 사람으로 다다이즘의 대표 시인이다.

금도 새로워지지 않고 빈곤을 드러낼 뿐이다.

결과만 얻으려는 예술의 추종자들을 향해 일갈했던 바이들레 교수의 경고는 1960년대 이후 일본 현대시의 일반적 경향에도 해당한다. 시를 광고 문구와 동일시하거나 기술 혁신을 도모하면 도모할수록 빈약해진다. 겉모습에만 치중하는 동안 속은 텅 비어간다.

1960년대 일본 광고업계에는 초현실주의가 침투하기 시작했다. 이 무렵 시에 오토마티즘을 실험해 본 시인들이 있었다. 결과는 별 볼일 없이 끝난 모양이다. 당연한 이야기이다. 대개 오토마티즘, 레디메이드[43], 데칼코마니, 프로타주와 같은 기법은 작가 자신의 숨겨진 욕망과 감성과 기습적으로 조우해야만 스릴이 생기는 법이다.

실험자가 어떤 문학적, 혹은 예술적 의도를 가졌다면 말짱 도루묵이다. 그 의도를 파괴하는 것이 관건이다. 그러한 실험을 통해 실험자 자신의 머리가 깨이지 않으면 무의미하다. 왜 그런 시도를 했는지 따져보고 싶다. 그 이전에 할 필요가 있었는지부터 묻고 싶다.

다다이즘[44], 초현실주의 운동은 그 발단에 기성 문학과 예술에 대한 철저한 부정과 파괴의 충동이 있었다. 그런 파괴와 혁신에 대한 결의나 의도도 없이 그들의 '방법', 예컨대 데칼코마니 작품을 요란한 화랑에 전시했으며, 어느 누구도 여기에 의구심을 갖지 않았다는 점은 1970~1980년대 일본 문학과 예술의 코미디이다.

---

43) 레디메이드(ready-made): '기성품의 미술 작품'이라는 의미이다. M.뒤샹이 처음으로 창조한 미술 개념이다. 기성품을 그 일상적인 환경이나 장소에서 옮겨 놓으면 본래의 목적성을 상실하고, 단순히 사물 그 자체의 무의미성만 남게 된다는 개념으로 전후 유럽 미술, 특히 팝아트 계열 작가들에게 많은 영향을 끼쳤다.

44) 다다이즘(Dadaism) : 제1차 세계대전(1914~1918) 말엽부터 유럽과 미국을 중심으로 일어난 예술 운동. 기존의 모든 가치나 질서를 철저히 부정한 일종의 저항 운동으로 비이성적 · 비심미적 · 비도덕적인 것을 지향한다. 모든 사회적 · 예술적 전통을 부정하고 반이성, 반도덕, 반예술을 표방한 예술 운동. 스위스 취리히에서 일어나 1920년대 유럽에서 성행했으며 브르통, 아라공, 엘뤼아르, 뒤샹, 아르프 들이 참여했는데, 후에 초현실주의에 흡수되었다.

방법 속에는 발상자의 의도가 들어 있다. 밝혀야 하는 것은 그 의도이지 결과가 아니다. 작품이라는 결과가 중요한 이유는 거기에 작가의 의도, 즉 동기가 존재하기 때문이다. "작품은 결과가 아니라 과정 그 자체이다."는 제2차 세계대전 직후 패전국 독일의 고트프리트 벤[45]이 한 말이다. 이 말은 당시 같은 처지인 패전국 일본에서 막 시를 쓰기 시작한 한 소년에게 강한 충격을 안겨주었다.

작품이 변한다는 말은 작가 자신이 변한다는 뜻이다. 작가의 감성, 의식, 사고, 삶의 방식이 변한다. 작품, 즉 표현은 부수적인 것으로서 작가의 삶이 이루어낸 결과일 뿐이다. 게다가 그 결과는, 작가가 그 결과에 이르는 모든 과정을 남김없이 보여준다는 점에 주목해야 한다.

여기서 삶이란 단순히 감성적이 아니다. 삶을 일련의 지속적인 행위로 보면 그 행위는 중층적 · 구조적으로 포착해야 한다. 시시각각 변하는 행위야말로 삶 그 자체이다. 행위가 삶이라는 명제에서 중요한 점은 삶의 과정, 즉 삶이 형성되는 과정이다. 그 삶 속에 무엇이 형성되는지가 중요하다. 이는 정서적 · 인상적으로 언급할 문제는 아니다. 문제는 그 삶의 구조이다. 삶이 형성되는 것을 철학, 윤리라고 칭해도 상관없다. 삶의 방식, 눈에 보이는 삶은 그 결과에 불과하다.

벤은 또한 "시는 정서의 산물이 아니라 구조적인 정신의 산물이다."라고 말했다. 시는 인간의 행위에 의한 산물이라는 뜻이다. 이는 "경험을 통해 시에 이른다."고 했던 릴케[46]의 말과 일맥상통한다. 벤의 말로 시란, 그

45) 고트프리트 벤(Gottfried Benn, 1886~1956) : 독일의 시인, 수필가. 1912년 전위적인 처녀 시집 『시체공시소』를 발표하여 반향을 일으켰다. 표현주의와 니체의 영향을 받아 신화와 원초적 세계의 자아 상실과 도취에 대해 노래했다. 만년으로 갈수록 예술적 형식만이 확실하다고 생각하며 절대시를 추구했다. 대표작에 시집 『아들들』 『서정시집』, 수필 『피롤레메이어』 『표현의 세계』 등이 있다. 1951년 독일 어문학 아카데미로부터 뷔흐너 상을 받았다.

46) 라이너 마리아 릴케(Rainer Maria Rilke, 1875~1926) : 독일의 시인. 실존주의적 사상의 대표 시인이다. 언어의 거장으로서 섬세하고 세련된 시어를 구사했다. 물상시(物象詩)의 새로

삶의 과정에서 이루어지는 사상 경위를 언급해야 하며, 단순히 심정적이나 인상적으로 논해서는 안 된다고 밝혔다. 바이들레 교수도 과정은 생략한 채 결과부터 획득하려는 행위를 경고했다.

1960년대 이후 일본의 시가 쇠퇴한 원인은 한마디로 말하면 과정을 경시하고 기술부터 앞세우려 했던 탓이다. 시나 삶에는 감각적 · 심정적, 혹은 관념적 지식과 경향이라 불릴 만한 요소는 있었지만, 구조적으로 직관적이라고 할 만한 요소는 존재하지 않았다. 기술도 사상도 모두 대용물이었던 탓에, 시인의 삶의 과정이 결여된 시는 표면적으로는 다양했을지라도 비약만 인생만 드러낼 뿐이었다.

철학이나 윤리가 처음부터 존재하지는 않았다. 이는 인간이 사는 곳에서 생겨난다. 이를 허버트 리드 식으로 말하면 "무시무시한 지하 미궁을 뚫고" 생기는 법이다. 다시 말해 철학이나 윤리는 관념의 삶을 버리고 자신을 발가벗겨 얻는 산물이다. 불안과 시행착오 없이 자신의 것은 나오지 않는다. 모험 없이는 철학과 윤리도 생기지 않는다.

"시는 3차 산업이 아니라 1차 산업에 속한다."라고 인도 데쓰로[47]는 말했다. 농업이나 축산도 과정에 소홀하면 곧장 결과로 나타난다. 효율주의를 말하고자 함이 아니다. 직접 공을 들여 키운 채소는 진한 향기를 내뿜으며 마치 미소 짓는 듯하다. 반면 과정 없이 결과만 앞세운 작품은 향기도 맛도 없다.

스스로 공들이지 않고 빌린 기술로 설령 좋은 결과를 얻었다 해도 자신의 삶의 깊이나 높이를 더하지 못한다. 체험은 스스로 자신을 내던져 살아가야 얻어지는 것이며, 사람은 체험을 통해서만 변한다. 오로지 체험을 통

운 분야를 개척하였다. 대표작에는 『형상 시집』 『신시집』 『말테의 수기』 등이 있다.

47) 인도 데쓰로(印堂哲郎, 1941~) : 일본의 시인, 번역가. 시 창작과 더불어 인도네시아 시를 일본에 번역 소개했다. 시집으로 『시간의 풍동(風洞)』 『비존재로』 『이올러스의 거문고』가 있다.

해서만 자기 형성과 사상의 성숙이 가능하다.(월간 『신간 정보』 10월호, '절망 속의 희망 ⑧' 참조)

재차 말하지만 예술의 본질은 전위이다. 바이들레 교수의 말은 전위 정신을 잃은 가짜 전위에 대한 통렬한 패러디이다. 인간의 손으로 만든 작품은 언제나 인간의 모습을 드러낸다. 예술가는 자신의 삶을 끝까지 살아냄으로써 끊임없이 그 인간을 소생시킨다. 소리로, 선과 색채로, 몸짓으로, 혹은 말로써. 이는 남에게서 빌려온 것이 아닌 자신의 것이어야 한다.

단 한 번뿐인 삶을 살면서 부단히 쇄신하는 것, 거기서 나온 최초의 한 마디가 바로 전위이다. 인간이 만들어내는 예술은 언제나 이 전위성 속에서 비롯된다. 그렇지 않은 모조품은 도태된다.

– 시에 대한 단편 6(『후네』 제57호, 1989년 10월)

7. 시의 전체성 회복

어떤 경향을 따라 시를 분류하는 일은 참된 시를 모색하는 이에게는 언어도단이다. 예컨대 생활시, 서정시, 사회시, 형이상시, 모더니즘시, 풍자시, 소년시, 여성시 등 시를 일정한 관념의 틀에 끼워서 파악하는 일은 시의 본질을 흐린다. 뛰어난 시는 본래 위에서 분류한 특성을 갖추고 있다. 어떤 시를 읽기 전에 단순히 개인사를 담은 생활시라고 단정하고 읽는다면 결코 시의 묘미를 느끼지 못하리라.

오마르 하이얌[48]의 『루바이야트』는 대개 술과 사랑의 시로 읽힌다. 그도 나쁘지 않지만 나는 종교적 뉘앙스를 가미해서 읽는다. 그러는 편이 스릴이 있어서다. 요즘에는 이를 정치적 풍자시로 읽는 이도 등장했다. 어떤 방식으로 읽든 다양한 해석이 가능하리라. 오마르 하이얌뿐 아니라 서아시아에는 이중삼중으로 의미가 숨겨진 시를 쓰는 천재 시인들이 많다.

일찍이 괴테가 찬탄한 페르시아의 하피즈나 사디[49]의 시는 읽을 때마다 새로워서, 내 생애 따위는 드러나지도 않을 만큼 끝없는 깊이를 느끼게

48) 오마르 하이얌(Omar Khayyám, 1040~1123) : 페르시아의 시인, 천문학자, 수학자. 16세기에 나온 그레고리 달력보다 더 정확한 달력을 만들었다. 3차 방정식의 기하학적 해결을 연구하였다. 4행 시집『루바이야트』는 피츠제날드가 영어로 번역하여 세계적으로 유명해졌다.

49) 사디(Saadi Shirazi, 1209?~1291) : 페르시아의 시인. 신비주의 탈박승으로서 30년 방랑 여행을 했으며 14회의 메카 순례를 했다. 대표작으로『과수원』『굴리스탄』등이 있다.

한다. 이런 시를 도식적이고 단면적인 해석으로 단정 지어 읽는다면 불행한 일이다. 시는 폐쇄된 관념이 아니며 열린 감성으로 쓰이고 읽힌다는 사실은 시에 생명이 있음을 의미한다. 생명이 있다는 말은 분할할 수 없는 전체라는 뜻이다.

사람이 시를 만들어냈다는 사실은 시가 사람이 지닌 여러 요소를 모두 갖고 있음을 의미한다. 다양한 현실과 소망, 형이하학에서부터 형이상학까지, 감성과 지성, 사고와 품성 등 시속에 시를 쓴 사람의 전부가 들어있다는 뜻이다.

시를 하나의 인격으로 볼 때 기성 문학의 개념으로 시에 접근한다면 인격을 부정하는 셈이나 마찬가지이다. 시는 어엿한 하나의 인격체이다. 이를 전체적인 관점에서 하나의 생명으로 보려면, 우선 자신의 굳어진 지식을 버리고 감성의 창을 활짝 열어야 한다. 이때 가장 힘들어할 사람은 어설프게 시를 배운 평론가나 학자 나부랭이 같은 지식인들이다.

*

여기서 짧게나마 시의 본질에 대해 말해 두고자 한다. 딜런 토마스[50]는 시가 찾아올 때 가슴이 죄어드는 느낌이 든다고 했다. 불과 3백 년 전 무렵까지 시인들은 시를 쓰기 전에 시를 주관하는 신에게 기도를 올렸다고 한다. 자신이 시를 만든다기보다 시는 멀리서 찾아오는 것이며, 어떤 존재가 쓰게 하는 것이라고 여겼다.

현대는 자기 과신의 시대이자 개인의 지식과 의지가 절대적인 인간 만능의 시대이다. 하지만 시인은 고대부터 중세, 근세에 이르기까지 자신을 채우기보다는 자신을 해방함으로써 시를 얻어 왔다. 20세기 시인 중에서

50) 딜런 토마스(Dylan Marlais Thomas, 1914~1953) : 1930년대를 대표하는 영국의 시인. 『18편의 시』『25편의 시』『사랑의 지도』 등의 시집이 음주, 기행, 웅변 같은 충격적 이미지와 겹쳐 전설적 인물이 되었다.

도 칼릴 지브란[51], 타고르[52], F. G. 로르카[53] 들에게는 개인을 초월한 예감이나 예지 능력이 남아 있었던 듯하다.

시는 원래 자신의 힘으로 자기 이야기를 하기 위해 존재했던 것이 아니다. 고대와 중세의 시인은 자신이 범접할 수 없는 초월적 존재를 노래했다. 시인은 자신을 그 존재에게 바침으로써 위대한 예견 능력을 얻었다. 하피즈나 칼릴 지브란 같은 시인은 인류 역사와 맥락을 같이 해 온 개인에 얽매이지 않았으며, 예견 능력을 지닌 본래 의미의 시인이었다.

나는 내가 왜 시의 세계로 들어왔는지 이유는 잘 모른다. 내가 지금 왜 이 세상에 있는지도 모른다. 세상은 거대한 수수께끼처럼 보인다. 어떤 존재가 갈급한 나를 이끌었고 그리하여 이곳까지 온 듯하다. 적어도 내 의지로 오지 않았음은 분명하다.

온갖 만물이 나를 통과해서 지나간다. 그럴 때마다 나는 변모한다. 나는 모든 것을 받아들여야 하는 공간 같다. 나는 그로 인해 무엇을 잃었을까. 아니다. 나에게 잃어버릴 만한 물건은 애초에 하나도 없었다는 사실을 나는 알고 있다.

내가 만일 완벽한 시인이 된다면 그 시점은 내가 나를 이끌어준 존재와 하나가 될 때이다. 그 방법은 오로지 하나뿐이다. 내 의지를 포기하는 일이다. 내 의지를 포기함으로써 나는 세상과 온전히 하나가 된다. 플로티노

51) 칼릴 지브란(Kahlil Gibran, 1831~1931) : 철학자, 화가, 소설가, 시인으로 유럽과 미국에서 활동한 레바논의 대표 작가. 영어 산문 시집 『예언자』, 아랍어로 쓴 소설 『부러진 날개』 등으로 유명하다. 저작에 직접 삽화를 싣기도 하였다. 예술 활동에만 전념하면서 인류의 평화와 화합, 레바논의 종교적 단합을 호소했다.

52) 라빈드라나트 타고르(Rabīndranath Tagore, 1861~1941) : 인도의 시인. 벵골 문예 부흥의 중심인 집안 분위기 탓에 일찍부터 시를 썼다. 16세에 첫 시집 『들꽃』을 냈다. 초기 작품은 유미적이었으나 갈수록 현실적이고 종교적인 색채가 강해졌다. 교육과 독립운동에도 힘을 쏟았다. 시집 『기탄잘리』로 1913년 노벨문학상을 받았다.

53) 페데리코 가르시아 로르카(Federico Garcia Lorca, 1898~1936) : 스페인의 시인, 극작가. 대표작으로 시집 『노래의 책』 『집시 가집』 등이 있다. 대학생 극단 '바라카'를 조직해 연극의 보급과 고전극 부활에 힘썼다. 극작으로 〈피의 혼례〉 〈베르나르다 알바의 집〉 등이 있다.

스의 말을 빌리자면 애초에 세상과 나는 둘로 나뉜 존재가 아니었다. 둘은 하나였다.

세상을 잃은 나는 참된 내가 아니다. 거꾸로 말하면 세상을 탈환해야만 나 자신을 탈환한다는 의미이다. 플로티노스는 자신을 탈환하기 위해서는 먼저 주체가 객체를 닮아야 한다고 했다. 태양을 보려면 눈이 태양과 같아져야 한다고 것이다. 이를 요즘에 맞게 해석하면 "지구와 나는 원래 별개가 아니다.", 하나가 되려면 "먼저 내가 지구를 닮아야 한다." 정도쯤이리라.

플로티노스는 지구를 닮는 방법으로 "지구와 내가 하나가 되는 방법은 사고를 통해서라기보다 사고의 부재를 통해서이다."라고 말했다. 우리가 지구를 속속들이 안다 해도 지구를 닮는 것은 아니다. 우리는 지금 인간의 모든 지혜와 지식을 동원하여 지구에 등을 돌리고 있지는 않을까.

플로티노스의 방법에 주목하자. 플로티노스는 "사고를 통해서라기보다 사고의 부재를 통해서" 얻는다고 했다. 그런 다음 이를 현재 우리가 직면한 시의 문제에 도입해 보자. 나와 시는 분리된 존재가 아니었다. 시와 분리된 지금 나는 어떻게 해야 시를 얻을 수 있을까. 시를 전부 안다고 해서 내가 시와 하나가 되지는 않는다. 오히려 시를 알면 알수록 시에서 멀어진다는 표현이 더 적합하다.

"사고의 부재를 통해서"라는 말은 작열하는 맹목적 사랑과 비슷하다. 하나의 신비가 나를 매혹한다. 여성과 시, 그리고 세상이. 실체를 알 수 없는 존재가 나를 이끌어 준다. 어둠 속의 불꽃 가운데에서 나는 그 존재를 주시해야 한다. 중세 스페인에서 십자가의 성 요한과 로르카도 이 길을 따랐다.

*

시는 하나의 생명체다. 나아가 하나의 인격이다. 인격은 우주의 로고스의 반영이다. 바로 이것이 시가 존재하는 이유이다.

– 시에 대한 단편 7(『후네』 제58호, 1990년 1월)

8. 감각과 상상력

멀리 도달하기 위해 쓴다 함은 시인 입장에서 생각하면 아마 틀린 말은 아닐 것이다. 제임스 조이스[54]가 쓴 『젊은 예술가의 초상』[55]의 마지막 대목에서 주인공은 이렇게 중얼거린다. "내게 백만 번의 경험을 내리소서." 이는 더 멀리 도달하고자 하는 시인의 희구나 다름없다.

멀리 도달하기 위한 입구는 어디에 있을까. 무수히 많다. 당신이 보고, 듣고, 피부로 느끼는 모든 것이 그 입구이다. 그 입구를 주의해서 보면 영화 〈애인 줄리에트〉[56]에서 맨홀 뚜껑에 새겨진 것처럼 흐릿하지만, 불길하게 찍힌 'danger(위험)'라는 글자를 발견할지 모른다.

상상력은 결점도 없고 대가도 필요 없는 완전히 자유로운 날개가 아니다. 한마디로 말해 피투성이 바다에서 태어난 우리의 삶에 대한 증거이다. 그러므로 상상력은 이 지상에서 불사조처럼 끊임없이 다시 태어나

54) 제임스 조이스(James Augustine Aloysius Joyce, 1882~1941) : 아일랜드의 소설가, 시인. 20세기 문학에 커다란 변혁을 초래한 작가이다. 37년간 망명인으로서 국외를 방랑하며 아일랜드와 고향 더블린을 대상으로 한 작품을 집필하였다. 대표작으로 『젊은 예술가의 초상』 『더블린 사람들』 『율리시스』 등이 있다.

55) 젊은 예술가의 초상(A Portrait of the Artist as a Young Man) : 제임스 조이스의 자서전적 소설이다. 주인공 스티븐 디덜러스의 유년기, 청소년기, 청년기의 성장 과정을 그렸다.

56) 애인 줄리에트(Juliette or the Key ff Dreams) : 프랑스 마르셀 카르네 감독의 영화. 한 청년이 꿈속에서 나눈 동화적인 사랑을 현실에서 찾아가는 이야기를 그린 환상적인 멜로드라마. 1950년 작품이다.

야 한다. 감각적 삶에서 분리된 상상력은 아무것도 아니다.

상상력은 인간의 위대함을 뒷받침하는 유일한 증거이다. 그러나(그러하기에, 라고 해도 좋다) 상상력의 절대 우위, 또는 삶에서 분리된 절대적으로 자유로운 상상력은 기대하지 않는 편이 낫다. 상상력의 산물 가운데 일정하고 공통된 유형은 없다. 만약 상상력의 세계가 유형화된다면 이는 삶이 쇠약해짐을 의미한다. 상상력의 본질은 발견과 놀라움이기 때문이다. 마찬가지로 예술의 양식화는 작가의 쇠약을 의미한다.

모든 예술은 상상력의 산물이다. 예술은 상상력에 속한다. 상상력은 삶에 속한다. 삶에서 자유로운 상상력은 존재하지 않는다. 상상력의 산물에는 이러한 삶의 각인이 찍혀있다. 좀 더 분명히 말하면 상상력의 세계야말로 우리가 우리 본연의 모습으로 살았던 세계이다. 예술을 인간적이라고 하는 이유는 거기에 상상력을 구사하며 사는 인간이 들기 때문이다.

'인간적'이라고 할 때 감각의 삶은 그 입구에 불과하다.

피투성이의 바다가 인간의 모태라면 시는 나무이다. 송충이가 번데기가 되고 나비가 된다. 꽃에서 꽃으로 날아다니는 나비를 보고 우리는 번데기를 떠올리지는 않는다. 아마 나비 자신도 마찬가지일 터이다. 나비는 번데기도 아니고 송충이도 아니다. 나비는 나비이다. 그렇다고 나비가 과거에 번데기였고 송충이였다는 사실을 완전히 지울 수 있을까. 어쩌면 나비는 전적으로 송충이 또는 번데기로 사는지도 모른다.

하지만 송충이는 어떨까? 송충이를 보고 하늘을 나는 나비라고 말하기는 어렵다. 나비가 시인이라면 그 전신이 송충이라는 사실에 주목해야 한다. 시인은 그가 껴안은 내적 암흑세계에서 성장하여 세상에서 날갯짓하는 존재이기 때문이다.

*

윌리엄 블레이크[57]는 "자연은 상상력의 적이다."라고 했다. "자연의 힘은 언제나 내 상상력을 약화시키고 말살한다."라고 했다. 상상력을 아주 명쾌하게 설명한 말이다. 나는 항상 '자연'이라는 말을 '감각적 삶'으로 치환해서 생각해 왔다. 자연은 상상력의 적이라는 블레이크의 말을 부인하지는 않는다.

내가 시를 쓰는 행위도 감각과 상상력의 끊임없는 대립 속에 놓여 있다. 블레이크는 감각을 적에 비유할 만큼 그 절대적인 힘을 인식하고 있었다. 사실 블레이크의 그림과 시도 이제 막 암흑 속 피투성이의 세계에서 끌어올린 듯한 양상을 띤다. 마치 번데기에서 갓 깨어난 나비를 연상시킨다.

블레이크는 또 "진정한 추상화가는 세부를 생략하지 않는다."라고 했다. 나는 이 말에도 주목한다. 세부를 생략하지 않는다는 말은 눈에 비친 그대로 그린다는 말이다. 단순히 상상만으로 그리지 않으며 관념이 아닌 사실을 있는 그대로 묘사한다는 뜻이다. 게다가 작가는 우선 그리고자 하는 현실과 만나야 한다는 점을 강조하므로 더욱 중요한 말이다. 나아가 블레이크는 안이하게 양식화된, 이른바 사이비 환상 작가들을 이러한 말로 철저하게 부정했다.

"진정한 추상화가는 세부를 생략하지 않는다."라는 말은 "지식에 근거하여 상상력의 세계를 날조하지 말라."는 경고를 담고 있다. 나는 이 점에 주목한다. 윌리엄 블레이크가 보기에는 상상력이나비전의 세계라는 특별한 세계는 존재하지 않았다. 왜냐하면 블레이크는 달리 머물 곳이 없었기 때문이다.

57) 윌리엄 블레이크 (William Blake, 1757~1827) : 영국의 시인, 화가. 신비로운 체험을 시로 표현했다. 대표작으로는 『결백의 노래』 『셀의 서(書)』 『밀턴』 등이 있다. 화가로서 단테 등의 시와 구약 성경의 「욥기」를 위한 삽화를 그려 천재성을 발휘하기도 했다.

블레이크에게는 관념이 아닌 리얼리티가 전부였다. 오늘날의 범속하고 나태하며 잘 팔리는 환상 작가와 블레이크처럼 자신의 인생을 바친 진정한 상상력 작가와는 근본적으로 다르다는 사실을 알아야 한다.

사이비 환상 작가들의 작품은 이전에 누군가가 만들어 놓은 사고와 패턴을 반복한 탓에, 무시무시한 공포 영화마저도 지루하고 우스꽝스러운 경우가 대부분이다. 리얼리티는 오직 그 작가가 살아온 현장에서만 얻을 수 있다. 양자의 차이는 예술의 진가를 판단하는 열쇠라고 해도 과언이 아니다.

*

앞에서 멀리 도달하기 위해 창작을 한다고 했는데 감각이나 상상력은 모두 유한한 개별 생명체에 속한다는 점이 중요하다. 만약 인간에게 무한한 생명이 주어졌다면 상상력은 불필요했을지 모른다. 아득히 먼 불멸의 존재에 도달하겠다는 소망을 품을 필요도 없었을 테고, 애초에 생기지도 않았을 터다. 이런 까닭으로 상상력에는 죽을 수밖에 없는 유한한 인간의 비극성이 짙게 배어 있다.

아우구스티누스[58]는 "인간이란 먼 곳을 향한 정열이다."라고 했다. 이 얼마나 아름다운 말인가. 아름다움과 공포, 선과 악, 사랑과 우정, 평화와 자유조차도 상상력이 없는 곳에서는 생겨나지 않는다. 상상력은 인간이 지닌 다양한 능력 중 하나라기보다 인간이 인간이기 위해 필수불가결한 전인간적 능력이다. 상상력은 죽을 수밖에 없는 인간이 현실에 없는 존재에게 보내는 희구이며 전인간적 삶에 대한 욕구와 분리해서 생각할 수 없다.(월간 『신간 정보』 '절망 속의 희망 ⑦' 참조)

58) 성 아우렐리우스 아우구스티누스(Sanctus Aurelius Augustinus/ 영어 Saint Augustine, 354~430) : 초대 그리스도교 교회가 낳은 위대한 철학자이자 사상가. 고대 문화 최후의 위인으로서 중세의 새로운 문화를 탄생시킨 선구자였다. 주요 저서인 『고백록』에서 신과 영혼에 관심을 가졌다.

상상력은 현실 인지에서도 필수적이다. 상상력을 잃으면 현실을 잃는다. 현실 참여는 상상력을 통해서만 가능하므로 상상력이 없으면 자기만의 현실도 없다. 방향을 잃은 감각적 삶이 대체 어디로 간단 말인가. 최근에 나타나는 일본의 사회, 문화, 인간의 위기 상황의 가장 큰 원인은 상상력의 빈곤이라고 생각한다. 시나 예술도 예외는 아니다.

– 시에 대한 단편 8(『후네』 제59호, 1990년 4월)

9. 시로 무엇을 할 수 있는가

먼 곳에 굶주린 아이들이 있다. 문학은 그 아이들에게 무엇을 해줄 수 있을까? 약 30년 전 유럽 작가들에 의해 제기된 이 질문이 내 마음을 깊이 파고들었다. 이에 대한 내 대답은 30년이 흐른 지금도 크게 다르지 않다. 시민의 한 사람으로서 협조하는 일이라면 주저하지 않겠지만,

시를 쓰고 발표하는 사람 입장에서는 조금 다르다. 시로 무엇을 할 수 있는지 묻는다면 나 자신에게 충실한 시를 쓰는 것이 전부라고 생각한다. 기아구호운동을 위한 하나의 수단으로 시를 이용하고 싶지는 않기 때문이다.

시를 비롯한 다양한 예술은 예로부터 작가의 감성과 의지, 사고를 전달하고 감상자들을 고무시키는 역할을 해 왔다. 나 역시 이를 전부 부정하려는 것은 아니다. 전쟁에 처했을 때 민족 의식을 고취하거나 반핵, 반전운동 등에 시와 예술이 이용되어 나름의 역할을 수행했다는 사실을 외면할 생각도 없다. 또한 시와 예술이 결국에는 개인을 초월한 보편성에 근거한다는 사실도 모르는 바가 아니다.

그러나 기성의 그 어떤 관념도 시와 예술을 낳지 못한다는 점을 강조하고 싶다. 시나 예술은 관념이 아니라 살아 있는 개인의 생동하는 감성에서 나온다. 개인의 심부(체험)에서 탄생하여 또 다른 개인의 심부와 슬그머니

겹쳐진다. 이러한 중첩, 즉 공유가 시와 예술이 지닌 보편성이다. 보편성이 어떤 관념으로서 시와 예술보다 먼저 존재하지는 않는다. 시와 예술에서 보편성은 창작 주체인 작가조차 미리 확정하지 못한다.

*

한 편의 시를 인용해 보자.

밤은
두근거리는 심장 같았습니다

그리고
안개 속에서 이따금 남자들이 나타나
한두 마디
말을 걸어왔지만
그게 전부일 뿐 다시
가던 길을 그대로 걸어가 버렸습니다

얼마 후
밝은 창문 앞에서
나 어디론가 떠나겠다고
마음먹었습니다

다시 걷기 시작했을 때
조차장* 쪽에서
공기가
주황빛으로 타오르고
기관차가
칙칙폭폭 소리를 내고 있다는 것을

일있습니다

아직도
아침은 오지 않았습니다

—「채색된 초상」

〈옮긴이 주〉
* 조차장(操車場): 여객차와 짐차를 조절하는 곳. 철도에서 열차를 잇거나 떼어 내는 곳이다.

이 시는 한반도의 6 · 25전쟁 때 내가 야간열차 안에서 노트에 적어 두었던 시다. 고치[59]에서 도쿄로 가는 길이었다. 오사카(大阪)를 지날 때쯤에는 딱딱한 좌석 탓에 온몸이 쑤셨다. 완행열차로 30시간이나 걸렸는데 그 시간 동안 나는 온갖 상념에 빠져 있었다. 이 지면에 구태여 내 시를 인용한 까닭은 이 시가 쓰인 정황을 생생하게 기억하기 때문이다.

당시 특별한 목적이 있어서 쓴 시는 아니다. 무슨 시를 쓸 생각이었냐고 묻는다면 딱히 대답할 말이 없다. 사실 이런 시는 무의미하고 시시껄렁하다는 평을 듣기도 한다. 나 자신도 유용성 면에서 이 시에 어떤 가치가 있다고 생각하지는 않는다. 단 하나 설명을 붙인다면, 이 시에는 당시의 내가 비교적 거짓 없이 드러난다는 점, 나라는 사람에게 가장 가까운 시라는 점에서 나로서는 부정하지 못할 작품이다.

이유는 모르겠으나 나는 나 자신이 확실히 드러나는 시를 쓰고 싶다. 온갖 정의와 아름다움, 관념과 감상, 신념이나 그 밖의 가치관과 동떨어져서 없는 듯 서 있는 나 자신이 작품 밖으로 불쑥 드러나는 시가 가장 으뜸

59) 고치(高知) 현 : 일본 시코쿠(四國) 섬 남쪽의 현. 기후는 온난다우하다. 에도 시대부터 시작한 벼 2기작, 총면적 80퍼센트에 달하는 산지에서 생산하는 삼나무, 편백나무 목재로 유명하다. 무로토 곶 중심의 해안과 이시쓰치 산 등 국립공원으로 지정된 경승지가 있다. 저자 니시 가즈토모의 고향이기도 하다.

이라고 생각한다. 게다가 그런 나 자신과 시에 시대가 투영되지 않을 리도 없다.

「채색된 초상」을 지을 때 나는 시대를 쓰려고 의도하지 않았다. 그럼에도 30년도 더 지난 지금 다시 읽어보니, 이 시에는 당시의 시대적 그림자가 짙게 드리워져 있다. 당시에도 여러 시인이 시대나 전쟁을 주제로 시를 쓰기는 했다. 하지만 그런 시는 30년이나 지나면 퇴색한다. 이 차이는 무엇일까. 시와 예술은 작가의 계산을 훌쩍 뛰어넘는다는 의미가 아닐까. 시와 예술은 20년, 30년, 50년쯤 흘러야 걸작인지 졸작인지 분명해진다는 뜻이 아닐까.

훌륭한 시는 50년이 지나도 지금 막 쓴 시처럼 참신한 면이 살아 있다. 예컨대 사가와 지카[60]의 「곤충」을 읽어 보자. 그 작품이 왜 참신한가를 고민하다 보면 시와 예술이 무엇인지 어렴풋하게나마 깨닫게 될 것이다.

*

시와 예술로 무엇을 할 수 있는가. 이 물음도 50년, 100년이라는 시간 속에서 생각해 보자. 나는 시를 쓰는 사람이고, 시는 나 자신의 거처이자 내 존재 유형이다. 무언가를 전하기 위한 수단이 아니라 목적이다.

내 소망은 시인으로서의 감성과 사고와 의지를 전하려는 데에 있지 않다. 내 시를 감상하는 사람들의 감성과 사고가 변혁을 일으켜 새로워지기를 소망한다. 나는 습관과 인습, 관리와 제도 속에서 온갖 관념에 구속당하여 왜곡되고 움츠러들며 굳어지고 마비되거나 너덜너덜해진 사람들의 감성과 의식, 그리고 사고에 놀라운 자극을 주어 신선한 생명을 지닌 존재로 다시 태어나게 하는 것을 염원한다.

정치가와 달리 시인이나 예술가는 현실을 변혁시키기에 미약한 존재다.

---

60) 사가와 지카(左川ちか, 1911~1936) : 일본의 모더니즘 시인. 죽음과 쇠약함, 병을 떠올리게 하는 메타포를 주로 사용하였다.

하지만 현실을 은폐하는 고정관념과 상식, 그리고 생명을 억압하는 사문화된 인습과 제도에 민감하며 그것들을 강하게 거부하는 본능적인 능력을 지녔다. 대중은 언뜻 순종적이고 무지해 보여도 항시 불만과 불안을 품고 있으며, 관념과 제도와 인습이 자신들의 현실에 적합하지 않으면 그것을 뒤엎을 수 있는 욕구와 힘을 지녔다. 이를 우습게 여기는 정치가와 예술가는 반드시 따끔한 대가를 치르기 마련이다.

참된 생명적 가치가 결여된 양식화된 작품은 잠시 인기를 끌지 몰라도 결코 오래가지는 못한다. 고흐[61]의 그림이 굶주린 아이들의 배고픔을 직접 달래주지는 못한다. 하지만 그의 작품들은 한결같이 인간이라는 존재의 삶의 근원을 조명한다. 우리의 눈을 씻어주고 우리에게 삶이란 무엇인지 끊임없이 질문한다. 한 송이 해바라기를 그리든 반핵의 시를 쓰든 작품의 소재로 시와 예술의 우열을 가리지는 못한다. 작품을 쓴 사람이 시인, 즉 인간인지 아닌지의 문제이다.

– 시에 대한 단편 9(『후네』 제60호, 1990년 7월)

61) 빈센트 반 고흐(Vincent van Gogh, 1853~1890) : 네덜란드 출신의 프랑스 화가. 인상파와 일본 우키요에의 영향으로 강렬한 색채, 격렬한 필치를 사용하여 자신만의 독특한 화풍을 확립하였다. 대표작에 『빈센트의 방』 『별이 빛나는 밤』 『밤의 카페』 등이 있다.

10. 작품 이전

모든 예술작품에서 중요한 것은 그 작품이 만들어지기 이전에 존재한다. 작업을 시작하면서부터 훌륭한 작품을 만들어야겠다고 아무리 욕심을 부려도 불가능한 일이며, 작품은 제작 이전에 이미 결정되어 있다는 뜻이다. 이는 작품과 작가를 따로 떼어 생각할 수 없음을 의미한다.

작품은 고유한 인격을 지닌 작가에게 귀속된다. 작품에는 좋든 싫든 그 작가의 전인격과 살아온 모든 과정이 표현된다. 심미안을 가진 사람 앞에서는 이를 기교 따위로 속이지 못한다. 작품에서 중요한 것은 작품 이전에 존재한다는 말인데 그 귀결점은 무엇일까? 예술적 표현에 관계된 사람이나 관심이 있는 사람은 이 문제를 냉철하게 고민해 보길 바란다.

예민한 독자는 이미 알아차렸는지 모른다. 시문학지 『후네』의 목차에는 벌써 오래전부터 '시'라는 항목을 두지 않았다. 그저 편의를 위해 '작품'과 '에세이'를 표시해 두었을 뿐이다. '작품'은 독자가 시라고 인식하면 '시'이다. 작가가 '시'를 의도해서 썼더라도 독자가 보기에는 전혀 시가 아닌 경우도 있다.

또한 현대의 독자는 시로 인정하지 않았다 해도 미래의 독자가 '시'로 인정해 줄지도 모를 일이다. 거꾸로 오늘날 '시'의 대표작으로 주목받는 작품이 훗날에는 눈길조차 받지 못하는 경우도 얼마든지 있으리라. 이는 문학과 예술에는 절대적 규범이 없다는 사실로 귀결된다.

문학과 예술은 표현행위의 결과일지 모르지만, 표현 행위는 본래 문학이라거나 예술이라는 말로 명명하기 힘든 혼돈에서 비롯된다. 시에서 시가 생기는 일은 없다. 아무리 시를 공부하고 시다운 시를 쓴다 해도 거기서 진정한 시가 나오기란 애초에 불가능하다. 만약 그런 시가 나온다면 이는 자신에게 내재한 요인에 의해서이다.

한 편의 시는 한 사람의 인생 전 과정을 통해 생겨나는 것이어서 관념을 대신하던 기성의 시에는 속하지 않는다. 그럴 필요도 없거니와 시인은 그런 시를 목표로 삼아서도 안 된다.

기성의, 그것도 남에게서 빌려온 시의 잣대로 작품을 재고, 심지어 우열을 논할 수 있다고 믿는다면 그것은 오만이다. 작품은 가치에 의해 존재한다. 누군가가 무언가를 작품에 부여하는 행위는 결코 불가능하다. 작품을 앞에 두고 이런저런 평가를 한들 결국 평론가 자신의 이야기일 뿐이다. 평론가 자신의 감성과 지성, 인격을 드러내는 행위일 따름이다. 작품은 그런 행위에 미동도 하지 않는다.

『후네』에 '시' 항목의 유무를 결정짓는 판단은『후네』가 결정하지 않고 독자에게 맡길 생각이다. 표현의 주된 목적은 무엇일까? 작가의 사고와 의지 전달일까? 그렇지 않다. 표현의 첫 번째 의의는 존재이다. 전달은 표현의 결과에 불과하다. 전달은 표현자의 주된 목적이나 일차적 의의가 아니라 이차적 의의이며 부수적 의의에 지나지 않는다.

작품이 표현하는 바는 거기에 쓰인 소재가 무엇이든 작가 그 자체다. 더욱이 작가 그 자체인 작품을 작가 자신이 전부 자각하지 못한다는 점이 중요하다. 작품에서 중요한 점은 작품 이전이라고 했다. 작품 이전에 형성된 작가의 삶이 작가 자신도 분명하지 않다는 사실은 스스로 작품을 명확하게 제어하지 못한다는 의미이다.

작가의 삶이든 작품이든 결코 자각적, 작위적으로 결정되지 않으며 관리할 수 있는 대상이 아니다. 따라서 대중에게 작자가 의도한 대로만 전달된다고 보기도 어렵다. 제작 활동을 그저 전달 수단으로만 여긴다면 근본적으로 그릇된 판단이다. 전달은 수용자가 있어야 발생하는데 작품은 수용자보다 먼저 존재해야 한다. 예컨대 들판에 서 있는 한 그루의 나무처럼 말이다.

작품은 작가와 등가물이다. 그런 까닭에 작품은 홀로 걷기이다. 타인이 이를 완전히 이해하기란 불가능한 일이리라. 제트기 안에서 릴케를 읽고 감동한 사람은 제트기나 에어컨도 모르는 릴케의 무엇에 감동했을까. 작품을 완전하고 올바르게 이해하기는 불가능하다. 자신의 삶도 다 알지 못하는 인간이 타인의 삶을 전부 이해하기란 불가능하다는 말과 같은 이치가 아닐까.

나는 착한 사람이라는 소리를 듣든 악한 사람이라는 소리를 듣든 그저 내 삶을 살아갈 뿐이다. 다른 이의 눈을 의식하며 살지 않는다. 나는 나를 좀 더 그럴싸하게 전달하기 위해 살지 않는다. 나는 나이고 싶다는 바람, 단지 그뿐이면 안 된다는 말인가?

작품도 이런 바람대로 만들면 안 된다는 말인가? 들판에 서 있는 한 그루 나무처럼. 들판에 서 있는 한 그루 나무는 철저히 고독할까? 그 나무는 밤마다 별과 교감하지는 않을까? 교감한다면 이는 완전한 존재가 있기에 가능한 일이다. 전달은 존재 없이 이루어지지 않는다. 혼돈과 불안, 절망 그리고 이 무한한 절망과 고독 속에서 태어나는 희망, 이들의 총체인 삶. 이 삶의 완전한 반영물인 작품을 나 자신에게 소망한다.

작품을 읽어내는 능력은 무엇일까? 작품은 생명을 지닌 하나의 온전한 존재이기에 이해와 분석으로 파악할 수 없다. 하나의 생명체는 자신의 생명으로 마주해야 한다. 작품을 보는 능력은 직관력뿐이다. 잡다한 관념이

꽉 들어찬 머리를 나는 전혀 신뢰하지 않는다. 생명에 다가갈 힘은 그저 상상력, 곧 공감뿐이다.

상상력이란 인간이 지닌 하나의 능력, 어떤 특수한 능력이 아니다. 인간이 살아가는 데 불가결하고 근원적이며 전체적인 능력이다. 시인이나 과학자들이 유독 상상력을 타고난 듯 보이는 이유는, 그들이 기성의 관념에 사로잡히지 않아서 더욱 도드라져 보인다. 유아기 혹은 미개발지의 사람들은 놀라운 직관력과 텔레파시를 지녔는데 이는 본래 누구나 지니고 있던 능력이다.

슬픔과 절망, 희망과 사랑 그리고 사람이 무언가를 보는 힘도 모두 상상력에서 비롯된다. 시인은 관념, 곧 허위의 힘과 싸운다. 온갖 허구, 즉 관리나 체제와 싸운다. 그것들이 항상 외부에 있지는 않다. 감성이 무뎌지고 현실에 안주하여 더는 보지 못할 때 자기 안에서도 곧 허위의 힘이 고개를 든다. 아무리 훌륭한 예술도 일정한 형태로 규정되면 눈 깜짝할 사이에 하나의 권위나 체제로 변하고 만다. 이를 깨부수어야 한다.

시가 시 이전과 멀어져서 홀로 걷기에 나서지 않도록 경계해야 한다. 예술과 시를 과신해서는 안 된다. 인간이 없었다면 예술과 시도 생겨나지 않았다. 시인은 항상 온갖 혼돈을 품고 있는 삶의 한복판으로 돌아가기를 희구한다. "작품이 전부이다."라는 말은 이른바 프로 작가를 자처하는 사람이나 창작에 관계된 사람들이 종종 하는 소리다.

"작품이 좋으면 인간성은 아무래도 상관없다. 작가에게는 작품이 전부이다."

어떤 화랑 주인과 한 편집자에게서 우연히 같은 말을 들었다. 게다가 어떤 저명한 화가는 나를 보면 늘 이런 말을 되풀이했다.

"작품이 전부이다. 그러니 작가는 작품에 전념해야 한다."

그는 게으름뱅이인 나를 보며 조바심이 났던 모양이다. 도대체 무엇 때문에 작품에 전념하는가? 예술가의 명성을 유지하기 위해서라면 그것은 처세의 한 방편이지 표현의 본질과는 거리가 멀다. 작품을 삶과 분리해서 하나의 기능으로 여기는 사람들의 "작품이 전부이다."라는 말을 나는 경계한다.

진정한 시인, 예술가라면 "작품이 전부다"라고 하지 않고 "인생이 전부다"라고 했을 것이다. 작품을 결정하는 요인은 인생이기 때문이다. 작가가 작품이 전부라고 말할 경우 거기서는 일종의 자가당착도 엿보인다.

아무리 작가라도 자기 작품을 완전히 제어하는 사람은 없다. 만약 그런 방향으로 전념한다면 반드시 잘못된 결과가 발생한다. 설령 작가가 의도한 대로 작품을 완성했거나 기능적으로 아무리 뛰어나더라도 그 작품은 어떠한 감동도 주지 못할 테고 시시하기 짝이 없는 결과물로 그칠 게 틀림없다.

작품은 작가의 계산을 초월하며, 예상하기 힘든 존재라는 점도 중요하다. 작품을 제어해서는 안 된다. 참된 예술가는 쉽사리 완성하지 않는다. 희구하기를 포기한 사람을 창작자라고 부르기는 어렵다. 여기서도 중요한 점은 작품이 아니라 작품 이전, 곧 작가 자신이라는 사실이다. 어떤 작품도 작가의 삶의 범주를 벗어나지는 못한다. 작품이 작가의 삶과 긴밀할 때 비로소 "작품이 전부다"라는 말에 수긍할 수 있다.

작품에서 무엇을 읽을까? 한번은 어떤 모임에서 H씨 상[62]을 받은 지인이 나에게 이런 말을 했다.

"당신은 작품을 지나치게 탐독하는 경향이 있어요."

탐독이란 게 뭐지? 나로서는 이해하기 어려운 말이었다. 작품은 쓰여

62) H씨 상 : 일본 시단에서 가장 권위 있는 시문학상. 기존 일본시를 뛰어넘는 재능 있는 대형 신인을 발굴하자는 취지로 1951년에 창설되었다. 일본에서 소설에 아쿠타가와 상(芥川賞)이 있다면 시에는 H씨 상이 있다고 일컬어진다.

있는 표층만을 읽어야 할까? 물론 거기에 쓰인 기호(문자, 선, 색채, 소리 등)와 다르게 멋대로 해석해서는 안 된다. 나는 작품을 읽으면서 작가의 사생활 따위는 전혀 고려하지 않는다. 나는 그 기호를 보면서 내 모든 감성을 열고 공감하며 참여한다.

나는 내가 가진 문학적 지식이나 이런저런 관념은 모두 배제한 채 기호, 곧 존재와 마주한다. 그러면 작가조차 의도하지 않았던 부분이 드러난다. 거기서 향기와 울림을 감지해야 한다. 인간의 행위가 최종적으로 귀결된 작품은 마치 들판에 선 한 그루 나무처럼 온몸으로 무언가를 호소한다. 작가의 의도를 넘어선 것이 바로 작가 자신이다. 이를 전체적으로 볼 줄 알아야 한다.

작품을 단순한 전달 수단으로 여기는지, 존재의 행위로 여기는지에 따라 읽는 방식도, 존재방식도 전혀 다르다. 존재와 마주할 때 필수 요소는 상상력이다. 상상력이 부족하면 존재는 사라진다. 존재가 사라진 문화란 무엇인가? 오늘날 인간의 위기는 전부 이 상상력에 관한 문제로 집약된다.

– 시에 대한 단편 10(『후네』 제61호, 1990년 10월)

11. 보편성과 고독

어떤 작품을 본다는 말은 하나의 소우주로 들어간다는 의미이다. 이는 당신이 어떤 관념에 사로잡혀 있다면 불가능한 일이다. 손바닥만한 곳에 살아도 그곳에서 얻는 체험은 사람마다 제각각이다. 부부지간 또는 부자지간이라도 각자의 체험 내용은 결코 같을 리 없다. 이해하려고 할수록 그 존재는 점점 더 멀어져서 장대한 책 한 권을 펼쳤을 때보다 더 난해하게 느껴질 것이다.

한지붕 아래 살아도 이런 지경이니 다른 지붕 아래 사는 사람은 먼 하늘의 별이나 마찬가지다. 더욱이 아직 보지 못한 머나먼 땅, 까마득한 시대의 작품처럼 나와는 전혀 무관한 개인의 농밀한 세계에 빠져들어 감동한다는 것은 대체 무엇일까. 결론부터 말하자. 고독이야말로 절대적 장소이다. 고독이야말로 모든 것을 가능케 하는 장소이다.

우선 이 말을 확실히 이해하지 않으면 다음 글들은 모두 무의미해진다. 작품도 외톨이처럼 다른 이들의 이해와 단절된 고독한 소우주인 까닭이다. 당신에게 충격을 주어 당신의 인생에 변화를 일으킬 만한 한 편의 시, 또는 한 장의 그림과 만났다고 치자. 당신은 격정적으로 실연하든가 실의의 나락에서 자신의 고독을 곱씹는 듯한 감정에 휩싸일 것이다. 작품은 어떤 지식이나 선입견과도 거리가 먼 존재이다. 살아있는 한 인간이 그러하듯 말이다.

일치는 어떻게 가능할까? 인간은 우선 고독 속에서 자신을 상실하는 데서부터 시작해야 한다. 감각은 창이다. 감각을 전부 개방하고 상상력을 총동원해야 한다. 체험은 그 속에서 피어오르고 타자와 뒤섞여 당신은 다른 사람이 된다. 방금 앞에서 말한 체험이란 엄밀히 말해 자신이 알고 있는 사실의 반복이 아니다. 미지의 존재와 조우할 때 생긴 결과물이라고 봐야 한다.

“시는 체험을 통해서”라고 하는데 시인은 늘 미지의 존재와 조우해야 하며 변모해야 한다는 뜻이다. 어제와 다름없는 오늘 속에서는 시가 나오기 어렵다. 시인이란 미지의 존재와 조우함으로써 가능한 한 멀리 도달하려는 사람이기 때문이다.

존재는 체험 속에만 있다. 발견과 경이로 전율하는 것, 지금 막 태어난 것, 그것이 바로 존재이다. 당신이 소유하는 것이 바로 존재이다. 존재, 곧 체험을 이해하기는 어렵지만 인식하기는 어렵지 않다. 머나먼 별을 이해하기는 어려워도 인식할 수 있는 것과 같은 이치다.

그런데 필요한 장치가 침묵이다. 소음을 차단하는 방법이다. 사람은 소음과 색채, 언어의 범람 속에서는 존재를 보지 못한다. 상상력은 약해진다. 고독의 장을 잃은 사람이 무엇을 볼 수 있겠는가. 거대 정보 산업은 정보를 흘려보내고, 전 세계 사람들은 그 정보를 수시로 받아들이고 체험을 공유하는데, 그럼으로써 당신은 행복한가? 당신은 그저 잃고만 있지는 않은가?

어떤 작가가 최대다수의 공통된 희망 사항을 컴퓨터로 선별해서 작품화한다고 치자. 그 작품이 전 세계 모든 서점의 진열대를 점유한다 한들 그 사실이 결코 작품의 보편성을 보증하지는 못한다. 문명이 사람들에게 아무리 획일적인 생활을 강요하더라도 A씨의 생활을 B씨가 대신 살지는 못한다.

미래 어느 날, 인간은 고독과 침묵의 장을 잃고 상상력은 기술에 봉사하는 일종의 특수 능력으로 치부되며 감각은 일률적으로 훈련된다면, 요컨대 인간이 한낱 움직이는 물체(움직이는 것도 귀찮다면 움직이지 않아도 되는 시대가 출현하리라)로 전락한다면, A씨도 B씨도 C씨도 사라질 것이다. 인간이 아닌 인류란 도대체 무엇이란 말인가.

시인은 낡은 시대, 호랑이 담배 피우던 시절을 고집하려는 게 아니다. 시인은 정치가도 전지전능한 초인도 아니다. 그저 가장 약하고 민감한 존재로서 어쩌면 인류의 최후까지 고독의 장을 자기 안에 간직하는 사람이리라. 고독의 장을 갖고 그 안에서 살아갈 수 있는 사람을 시인이라고 하겠다.

이런 경우 인생이란 무언가를 느끼는 것이다. 여기서 상상력은 타자에게 감응하는 전인간적 능력이다. 공감이라는 말과 동의어에 가깝고, 대상이 아무리 멀리 있어도 순식간에 그 전체성을 포착하는 직관력과도 일맥상통한다. 보편성은 이러한 개인과 떨어져서는 존재할 수 없다. 보편성은 최대공약이 아니다. 고독한 개인이 자기 것으로 소유할 수 있어야 한다.

"시는 만인을 위해 써야 한다."고 하는데 만인은 대체 어디에 있는가? 만인은 고독한 한 사람의 시인 가운데 있지는 않을까? 아니다. 만인은 어디에도 없다. 세상에는 45억 개의 고독한 별이 명멸하고 있을 뿐이다. 시는 고독 속에서 쓰인다. 그 시를 세상의 고독한 별들이 각자 자기 안에 소유하기를 바란다.

보편성이란 본래 개인 각자이다. 필시 그런 사실도 인식하지 못한 채 보편성을 내포하고 있을 게 분명하다. 마치 신이 모든 인간에게 깃들듯이 말이다. 예컨대 스스로 깨달아 쓴 시는 완전한 보편성이 결여된 시이다. 시가 지닌 보편성이 처음부터 개념이거나 관념이었던 적은 결코 없었다.

진선미 모두 인간의 행위 이전에 존재했다는 말이 아니다. 한 시대에 절대적 보편으로 여겨졌던 사상이나 도덕도 시나 예술이 안전하게 의지할 만한 대상이 되지 못한다. 특정 시대의 선동적 시나 예술이 비난받아 마땅한 이유는, 선동적 시와 예술이 의지했던 사상이나 도덕 탓이 아니다. 결여된 행위성에서 원인을 찾아야 한다.

체험은 고독과 침묵 속에 있고, 시인의 행위는 고독과 침묵 속에서만 이루어진다. 제2차 세계대전 중 국책에 편승해서 전쟁 의지를 고취시한 시나 예술이 비난받아야 하는 이유는 시인과 예술가의 행위 때문이 아니라 관념에 따랐기 때문이다. 전쟁 의지를 고취하는 데 사용된 시들 대다수는 언뜻 피를 흘리는 듯 보이지만, 그런 시는 관념의 시여서 시인의 감성적 피는 흐르지 않는다.

많은 서정시가 비난받는 이유도 그 서정성 때문이 아니라 거기에 숨은 낡은 관념이나 도덕 때문이다. 시인의 행위를 방기했으니 응당 비난받아야 한다. 전쟁 의지를 고취하는 선동의 상당수가 이런 범주에 속한다. 시와 예술은 어떠한 관념에서도 출발해서는 안 된다. 시인과 예술가는 맨살의 쓰라림처럼 예민한 천부적 감성으로 세상의 바람을 맞으며 살아야 한다. 시는, 그리고 보편성은 거기에만 존재한다.

나는 관념은 곧 거짓이라고 말하고 싶다. 시와 예술은 거짓에서 출발해서는 안 된다. 프란츠 카프카는 “나는 나의 약한 부분으로 쓴다.”라고 했다. 카프카는 강한 부분, 즉 거짓으로 쓰지 않았다고 말한 것이다. 그는 또 “세상의 약한 부분을 받아들인다.”라고도 했다. 이는 세상의 ‘진실한 부분’을 받아들인다는 뜻이다.

나는 이런 카프카를 절대적으로 신뢰한다. 어떤 유럽인은 20세기의 주요 시인으로 다음 세 사람을 꼽았다. 제임스 조이스, 프란츠 카프카, E.

E. 커밍스[63]였다. 그 유럽인의 이름은 기억나지 않지만 당시 나는 깜짝 놀랐다. 나도 동감했기 때문이다. 벌써 20년도 더 지난 일인데 그때 들었던 생각은 최근에 점점 더 확고해진다. 다양한 시대가 흘러야 진정한 시인이 그 위대한 전모를 드러내는 걸까.

벌거숭이의 감성을 열면 그곳으로 세상 만물이 밀려든다. 따라서 시인은 아무것도 고집하지 않는다. 온갖 만물 속에서 시인은 거의 자포자기한 듯 보이기도 한다. 하지만 그 안에서 서서히 무언가가 형성된다. 모종의 법칙과 질서가 있는 것처럼 보이기도 한다. 그 고독의 방에서 시인이 성장하고 무언가를 획득해가니 대체 무슨 조화란 말인가? 아마도 자력은 아닐 것이다.

로트레아몽[64]이 말하기를 "나는 태어났다는 인습만으로 충분하다."라고 했다. 시인의 성장은 탄생과 마찬가지로 자신도 미처 깨닫지 못한, 뭔가 어떤 거대한 힘에 의해 이루어지는지도 모른다. 다만 시인은 기원한다. 세상과 합체하기를.

– 시에 대한 단편 11(『후네』 제62호, 1991년 1월)

---

63) 에드워드 에스틀린 커밍스(Edward Estlin Cummings, 1894~1962) : 유머와 세련미, 사랑과 에로티시즘에 대한 찬미, 구두점에 대한 실험과 시각적 형식의 특징을 지닌 매력적이면서도 새로운 시를 창작했다. 화가이기도 했다. 시가 언어 예술이 아닌 시각적 예술로 변화했음을 감지한 첫 번째 미국 시인으로 알려져 있다. 대표작에 시 「내가 아직 가본 일 없는 곳에서」 외 다수가 있다.

64) 로트레아몽 백작(Comte de Lautréamont, 1846~1870) : 프랑스의 시인. 본명은 이시도르 루시앙 로트레아몽 (Isidore Lucien Ducasse). 신비하고 광신적이기까지 한 환각적 공상으로 가득한 염세적 시세계를 보여주었다. 쉬르레알리슴, 다다이즘의 선구자이며 랭보와 더불어 상징파의 선구자로도 평가된다. 산문 시집 『말도로르의 노래』 『시: 미래의 서적에의 머리말』을 남겼다.

12. 개인을 생각하다

『후네』는 1975년에 창간되었는데 그 발족을 기록한 비망록에 다음과 같이 적었다.

"바야흐로 시인의 행위는 개인의 삶에 닥친 위기와의 싸움이다. 개인의 삶에 닥친 위기는 오늘날 우리를 둘러싼 인간적 상황, 문학적 상황 전반에 걸쳐 나타난다. 우리는 이를 외면해서는 안 된다. 이제 시를 쓰는 행위는 문학보다 개인의 삶을 복권하는 데 이바지해야 한다고 생각한다."

『후네』를 발족하면서 비망록 말미에 올린 글이지만, 이는 우리가 우리 자신을 향해 던진 예리한 제언이기도 했다. 앞으로 펼쳐질 시를 향한 기나긴 노정을 앞에 두고 자중하자는 뜻으로 쓴 글이었다. 그런데 그 후 16년이 흐른 지금 이 제언은 무용지물이 되어 버린 것일까.

"시인의 행위는 개인의 삶에 닥친 위기와의 싸움이다."라고 했는데 올봄만 해도 전국 학교의 졸업식에서는 "천황의 성대는 천대에서 만대로 이어지고"로 시작하는 노래가 국가(國歌)라는 명목으로 거의 강제적으로 울려 퍼지고 있다. 주권재민의 헌법 아래에서 흠정헌법[65] 시대의 주권재군(主權在君)의 노래가 말이다.

65) 흠정헌법(欽定憲法) : 일본 메이지 시대(1868~1912)의 헌법. 일본 제국주의 전반기에 해당하는 시기

그런데도 개인은 평안할까? 국익을 위하고 기업의 번영을 위해서 개인의 존재가 경시되는 경향이 심화되고 있지는 않은가? 사실 그보다 먼저 우리 자신이 그 강력한 힘에 굴복당하여 진실을 외면하고 좌절감에 빠져 있지는 않은가?

나는 최근 16년 동안 무슨 일이 발생하고 있는지, 우리 개인의 삶은 앞으로 어떻게 될 것인지, 시를 쓰면서도 그러한 문제를 모른 체하기 힘들었다. 이런 문제를 고민하다가 결국에는 내가 가장 신뢰하는 가까운 시인에게 다음과 같은 충고를 들었다.

"당신이 말하는 개인은 우리 40대 후반 세대 중에 이미 수두룩합니다. 그것을 문제 삼는 것 자체가 난센스예요. 우리는 개인을 문제로 느끼지도 않거니와 개인으로서 바르게 살아가는 세대입니다. 개인의 위기 운운하는 말은 당신네 기성세대의 기우가 아닐까요? 기성세대는 요즘 젊은 세대의 삶과 문학을 좀 더 자세히 바라봐야 합니다."(필자 요약)

이 말은 『후네』의 근간과도 관련 깊은 이야기였고, 넓게는 현대 문학, 현대 예술, 현대 문화에도 연관되는 문제이므로 특별히 이 지면을 통해 다루고자 한다.

*

우선 개인이란 대체 무엇인가라는 문제부터 생각해 보자. 절대적으로 자유로운 개인이 있기는 할까? 개인이란 어디까지나 상대적인 존재가 아닐까. 개인을 문제로 삼을 필요도 없을 만큼 개인으로서 완전하게 살아가는 삶이란 무엇일까. 가령 세상에 재화가 넘쳐나고, 개인의 수입도 적당하며, 자기 생활 공간의 크기에 맞게 자신의 욕망을 제어하면서, 자기 것 외에는 탐하지 않는다면, 소소하면서도 절대적인 개인의 자유를 어느 정도 비슷하게는 체험할 수 있다.

하지만 그러한 유사 체험은 자기기만이다. 절대적인 개인은 애초에 존재하지 않으며, 존재하지 않는 것을 체험했다고 여기는 것은 몽상일 뿐이다. 이브 몽탕[66]은 그다지 혁신적인 사람이 아니었지만 몽상가도 아니었다. 그는 이런 말을 했다.

"나는 정치를 외면하려고 하는데 오히려 정치가 자기 마음대로 나에게 다가온다. 나는 관여하고 싶지 않았으나 피할 수 없었다."

나에게 충고했던 친구에게 묻고 싶다. 관여한다고 해서 개인이 사라질까? 예컨대 우리는 지금 편지 한 통을 부치려 해도 통신비에 소비세라는 명목으로 3퍼센트 이상의 세금을 더 내야 한다. 눈 한번 질끈 감고 넘어가면 그만이지만, 개인의 자유를 향유한다는 의미에서 합당한 일일까? 세상에 발생하는 온갖 부조리와 부정을 외면하고 관여하지 않으며 일신의 안위에만 전념하며 개인의 삶을 충실히 살고 있을까?

청결한 장소에서 외부의 적으로부터 보호받고 충분한 먹이를 공급받는 양계장의 닭은 어쩌면 "개인을 문제로 의식할 필요도 없고, 개인의 위기 운운"이라는 말과도 거리가 먼 가장 평안한 개인으로 살아가는 존재가 아닐까?

그에 비해 야생 닭은 항상 외적을 경계해야 하고 먹이도 스스로 구해야 한다. 아무도 비호해 주지 않는 그들 한 마리 한 마리는 늘 위기에 노출되어 있으며, 내키지 않아도 자신의 존재를 의식하기 마련이다. 이 벌거숭이의 감각과 날카로운 의식이야말로 개인이라는 존재에게 불가결한 요소가 아닐까.

개인은 관념이나 몽상 속에서가 아니라 구체적으로 존재한다. 개인은 생명이 있는 곳에 시간과 함께 존재한다. 개인은 생존 의지를 갖고 존재하

---

66) 이브 몽탕(Yves Montand, 1921~1991) : 프랑스의 이탈리아계 배우 겸 가수. 영화 〈밤의 문〉에서 주제가 「고엽」을 불러 큰 인기를 얻었다. 소박한 남성적 매력과 굵직한 목소리로 수많은 팬을 사로잡았다. 배우 시몬 시뇨레와 결혼 후 정치에 관심을 두어 공산주의 활동, 인권 운동 등에 적극 참여한 평화 운동가이기도 했다.

며 생존을 위협하는 적을 향해서는 반드시 저항해야 한다. 개인은 자신이 놓인 상황을 직시하지 않고서는 존재하지 못한다.

개인은 자신을 둘러싼 세상과의 관계에서 나온다. 개인은 닳아서 무뎌진 감각이나 의식의 세계에서는 나오지 않는다. 개인은 세상의 다양한 일과 현상에 관련된 생명 행위 속에서 이루어진다. 개인은 단적으로 말해서 행위와 따로 떼어 존재할 수 없다.

개인은 어디에 존재하는가? 개인은 적나라한 감성, 고통, 기쁨, 슬픔, 그리고 살려는 의지가 있는 곳에 존재한다. 개인은 당신의 감성, 곧 공감하려는 마음으로 보려고 하면 언제든지 볼 수 있다. 시나 그림은 물론이고 모든 예술은 개인의 삶의 증거에 불과하다. 그런 작품들이 아무리 예술적으로 뛰어나다 한들 개인의 존재, 개인의 주장이 결여되어 있다면 한낱 패션일 뿐이다.

가령 끈 하나에도 개인이 살아온 증거가 없으면 그리 오랫동안 사람들을 묶어두지 못한다. 당신이 만약 시인이나 예술가를 지망한다면 자신이 처한 오늘날의 다양한 사회적 · 역사적 상황을 외면해서는 안 된다. 그리고 개인적 상황이 아무리 절망적일지라도 당신은 당신의 감성과 의식을 갈고 닦아 스스로에게 매몰되지 말고 상대에게 주목해야 한다. 상대에게 주목하기만 해도 당신은 자신을 발견하고 자기 변혁을 일으킬 수 있다.

작품이 작가에게 생각의 전달 도구로 그치지 않고 오로지 존재를 목적으로 한 의식(儀式)과도 같은 것이라면 그것으로 충분하다. 그러기 위해서는 먼저 스스로 살아가야 한다. 여기서 살아간다는 말은 자신의 정념에 빠지라는 뜻이 아니라 자신과 자신이 처한 상황을 예의주시하라는 뜻이다. 시인이 자신을 자각하는 경우는 자신에게 매몰될 때가 아니다. 세상과 맞설 때다. 그럴 때 비로소 당신은 시인이 된다.

정서의 예술은 사람을 취하게 만들지만 존재의 예술은 사람을 각성시킨다. 진정한 개인의 예술은 그 작품을 접한 사람으로 하여금 자신의 인생을 각성하게 만들며, 그에게 사는 기쁨과 용기를 선사한다. 문학과 예술은 정서가 아니라 존재를 지향해야 한다. 그리고 존재하기 위한 전제는 작가 개인이다.

일본에 정서적 문학과 예술은 헤아릴 수 없이 많지만, 개인적 존재에 의한 문학과 예술은 아직 턱없이 부족하다. 작은 에고(ego)에 갇힌 개인주의 시나 소설이 일본에서도 눈에 띄기 시작했다. 그 작품들은 거의 불안이나 허무, 권태 등의 감정으로 덧칠되어 인류나 우주를 엿보게 해준 E.E. 커밍스 정도의 개인주의(나눌 수 없는 단위, 즉 개인)와는 거리가 먼 시시한 작품들뿐이다.

문제는 개인이 아니라 개인이 존재하는 방식이다. 그리고 개인의 상태가 아니라 개인 속에 무엇이 있는가이다. 개인이 살아 있다 함은 무슨 의미인지 살펴야 한다. 그런 범주에서라면 나 역시 개인주의 문학에 어느 정도 관심이 있다. 개인이라는 문제는 상대적인 차원을 넘어 한층 깊은 성찰이 필요하다. 개인의 삶은 어떤 의미에서는 천부적이기 때문이다. 천부적이란 무엇인가?

앞에서는 야생 닭을 예로 들었으나 여기서는 갓 태어난 갓난아기를 예로 들어보자. 그 눈부시게 타오르는 생명은 무엇도 해코지할 수 없는 가장 순수한 개인의 표상이다. 하지만 사람들은 성인이 되었을 때 이 완전한 개인을 얼마나 간직하고 있을까? 우리가 갓난아기를 보며 감동하는 까닭은 우리가 갖지 못한 것을 그 아이들이 가졌기 때문이다.

여기서 개인에 관한 한층 중요한 문제가 대두한다. 앞에서 개인은 처음부터 개인이 아니었으며 삶의 과정을 거치면서 상대적으로 성취되는 것이라고 했다. 이를 자각된 개인이라고 해두자. 갓난아기나 야생 닭처럼 천부적인 개인은 자각되지 못한 개인이라고 하자. 자각되고 상대적인 개인은 인간 세계에 속하고, 자각되지 못했으며 절대적인 개인은 신(임의로 그렇게 부르기로 한다)의 세계에 속한다고 가정해 보자.

그러나 이 두 개인은 두 개가 아니다. 개인은 하나이고 사람은 그저 하나의 개인으로 살아갈 뿐이다. 개인은 삶에 속한다. 하지만 삶은 개인에게 속하지 않고 다른 무언가에 속한다. 당신은 당신의 삶을 스스로 결정할 수 있을지도 모른다. 하지만 당신은 자기 인생의 시작을 스스로 결정하지는 못했을 터다.

당신의 삶은 당신이 아닌 무언가(그것을 신이라고 부르는 사람도 있다)에 속한다. 당신의 삶은 그 무언가를 향해 계속 내던져짐으로써 당신의 삶이 충실해지고 개인이 확대된다. 개인은 뛰어난 생명적 존재이다. 누구도 그것을 짓밟고 소멸시키지 못한다. 모름지기 시인이란 가장 아름다운 개별성의 소유자이기를 지향하는 사람이어야 한다.

– 시에 대한 단편 12(『후네』 제63호, 1991년 4월)

13. 시를 읽다

무엇을 어떻게 읽을까라는 문제에 모든 것이 달려있다. '시'뿐만이 아니다. 인생도 마찬가지이다. 당신이 자신의 박복한 인생을 한탄하든 행복을 느끼든 그것은 당신의 삶을 읽는 방법에 따라 달라진다. 삶을 읽는 방법은 한 가지가 아니다. 앞서 간 사람들은 다양한 방법을 제시해 놓았다.

당신은 그 어느 쪽을 거의 무의식적으로 선택해서 삶을 읽는다. 그러면서 살아간다. 그런 한계 속에서는 자기만의 감성이 필요 없다. 스스로 사고할 필요가 없다. 하지만 갑자기 쓰라린 고통이 엄습하거나 미지의 세계에 던져졌을 때는 어떻게 하겠는가? 자신의 삶을 살아가는 이는 당신 자신이고, 누구도 당신을 대신하지 못하며, 스스로 세상을 읽고 이 세상의 삶에 대처해야 한다고 깨닫지 않겠는가? 그럴 때 당신은 자신의 감성을 열고 벌거숭이로 세상과 마주해야 한다. 어떻게 살아갈 것인지 스스로 고민해야 한다.

시 독법도 한 가지가 아니다. 지금 미지의 시 한 편이 당신 앞에 놓여있다면 그 시를 어떻게 읽겠는가? 어떤 이는 그 시가 훌륭하다고 하고 어떤 이는 그 시가 시시하다고 한다. 누구의 말이 맞을까? 그 기준은 무엇일까? 전통적인 정형시는 앞세대 사람들에 의해서 어느 정도 독법이 제시되었다. 그 독법들을 깊이 연구해 보면 대체로 타당하다. 하지만 전통이 짧은 자유시의 경우 독법의 기준이 모호하여 거의 자의적인 해석이라고 봐도 좋을 정도다.

현대시가 혼미한 이유는 다양한 형식이 원인이기도 해서 정형시를 지향하자는 사람도 있다. 자유와 다양성은 자유시의 생명이라 할 만큼 큰 장점이기에 나는 이런 의견에 찬성하지 않는다. 현대시가 혼미한 이유는 작법이 아니라 독법에서 비롯되었다고 말하고 싶다. 요컨대 어떻게 쓰는가가 아니라 어떻게 읽는가 하는 혼란 속에 현대시가 놓여 있다고 생각한다.

시 한 편을 앞에 두고 "시란 무엇인가"라는 물음에 근원까지 파고드는 노력이 부족할뿐더러 '시'와 '산문'의 차이도 제대로 모르는 자가 태연히 시를 평가하고 선발하는 현상은 현대시를 더욱 어렵고 지루하게 만든다. 좋은 시는 어느 시대에나 출현한다. 다만 좋은 시를 읽어낼 깜냥이 없는 사람의 눈에는 보이지 않을 뿐이다.

자유시는 어떻게 읽어야 할까? 앞에서 전통이 짧은 자유시는 아직 독법의 확고한 기준이 없다고 했는데, 그런 현실이 한심하다는 말이 아니라 거기에 바로 자유시의 빛나는 본질이 숨어 있다는 취지로 했던 말이다.

자유시는 출발부터가 정형시에 대해 반역적이고 전위적이었다. 전위 정신은 자유시의 정신이자 본질이다. 전위 정신을 상실한 자유시는 형태만 자유시일 뿐 본질적으로는 자유시가 아니다. 자유시는 전통이 짧아서 아직 독법의 기준이 확립되지 않았다기보다 그 출발과 본질이 객관적으로 정형화된 독법의 기준을 거부한다.

따라서 당신이 지금 눈앞에 있는 자유시에 다가가려면 우선 자신의 머릿속에 박힌 기성의 정형화된 독법 기준부터 버려야 한다. 당신은 자유시를 읽으면서 훌륭한 작품을 바라기보다 당신을 촉발할 만한 무언가를 찾아야 한다. 당신의 머리를 박살 내고 당신의 눈을 번쩍 뜨이게 하며 당신을 변화시키는 것을 발견했다면 그야말로 최고의 시다. 하지만 모처럼 발견한 최고의 시도 굳어버린 머리와 말라 버린 감성, 교만한 마음으로는 아무런 의미를 얻지 못한다.

자유시는 어떻게 읽어야 하는가? 현대시를 천편일률적인 방법으로 읽고서 "현대시는 쇠퇴하고 있다."라고 간단히 결론 짓지 마라. 먼저 자신의 무지와 쇠약을 성찰하라. "현대시에 독자는 없다. 쓰는 자만 있을 뿐"이라고 말하는 자여. 시를 잃은 자, 좇으려 하지 않는 자는 그렇게 말하는 바로 당신 아닌가? 쉬운 예를 들어보 겠다.

일전에 무심코 작은 시집을 집어든 적이 있다. 내가 지금 사는 고치의 도사출판사(土佐出版社)에서 간행한 오모리 지사토[67]의 시집『배꽃』이었다. B6판 74장짜리였는데 지역민 중에서도 극소수의 독자를 위해 만들었을 법한 매우 소박한 책이었다. 고치 현 말고 다른 지방에서 이 시집을 접한 사람은 없을 성 싶다.

> 아름다운 나라에 가고 싶다
> 이불을 주거나
> 찻잔을 씻거나
> 뜰을 청소하면서
> 아름다운 나라에 가고 싶다
> 앞치마를 두른 채 가고 싶다
> 헤매지 않고 가고 싶다
>
> –「아름다운 나라」

> 목련꽃이 피었다
> 어머니가 내 스무 살 기념으로 심었던

67) 오모리 지사토(大森ちさと, 1957~) : 일본의 시인. 고치 현 시만토(四万十) 시 출생. 1984년 첫 시집『다슬기』출간. 1991년부터 시문학지『후네』동인으로 참가.

목련꽃이 피었다

"아무것도 해준 게 없어서……"
어머니는 한숨을 쉬며 목련꽃을 본다
비가 내릴 모양이라며 아버지가 우산을 들고 온다

쉴 새 없이 내리는 빗속
귀부인처럼 우산을 받쳐 든
목련꽃이 있고
아버지와 어머니와 나는 식탁에 둘러앉았다

―「목련꽃」

나는 이 시를 한 번 읽고 가슴이 울컥했다. 잊고 있던 아주 소중한 무언가가 시 속에 있었다. 그것을 가진 확실한 사람이 아직 여기에 있구나 싶었다. 하타 군 니시토사무라(幡多郡西土佐村)는 고치 시에서도 아주 외딴 벽지인데, 저자는 그곳에 살면서 어쩌면 시모임에도 속해 있지 않을까 하는 생각도 들었다. 기노시타 유지(木下夕爾) 씨가 살아 있었다면 이 시를 꼭 읽어보라고 권하고 싶었다. 유지 씨라면 이 시를 대번에 알아보고 고개를 끄덕였으리라.

나는 주저 없이 이 시가 일급 시라고 말하고 싶다. 바로 이 시에 담긴 정취와 향기, 울림 때문이다. 정취와 향기, 울림도 존재로부터 나오는 것이므로 머리가 아닌 감성을 열고 온몸으로 받아들여야 한다. 시 평론가를 자처하는 사람에게 말하고 싶다. 머릿속에 박힌 기성 시단의 가르침을 버리고 자신의 눈으로 풀뿌리를 헤쳐 가며 이런 시인을 찾으라고 말이다.

패전 이후 시의 역사도 반세기가 지났지만 훌륭한 시인 중에는 사장된 시인도 적지 않다. 그 시인들에게 광명을 찾아주었을 때, 지금껏 안이하게 정리된 패전 이후의 시 역사에 드리운 그들의 그림자가 비로소 사라질지 모른다.

오모리 지사토의 『배꽃』은 시인의 두 번째 시집이다. 도사출판사 사장 구니노리 미오시(国則三雄志) 씨에 따르면 첫 번째 시집은 7년 전 시인이 20대 중반일 때 구니노리 씨가 큰 감동하여 회사에서 기획하여 출판했다고 한다. 그 첫 번째 시집을 구할 수 있는지 물었으나 절품되었다고 했다.

"그 정도로 팔렸다는 건 독자 대부분이 시인은 아니었다는 말씀이지요?"

"네, 시인들이 산 게 아니었어요. 열혈 팬까지 있었으니까요."

현대시가 불모 상태라 독자가 없다며 떠벌이는 시 평론가들이여, 부끄러운 줄 알라! 전위에 규범은 없다. 본보기가 있어서 그것을 모델로 삼았다면 아무리 새로운 작품일지라도 결코 전위가 아니다. 전위는 미에서 출발하지 않는다. 형태는 존재 유형이다. 자유시의 형태는 작가의 존재 방식이다.

자유시는 어떻게 읽어야 하는가? 자유시의 핵심은 언어적 아름다움의 탐구가 아니라 존재 자체에 있다. 시는 존재이고, 존재는 직관이며, 전체적으로 포착해야 한다. 존재는 분석하는 머리 앞에서는 사라진다. 시는 산문적인 두뇌로는 파악하지 못한다. 직관은 상상력이기도 하고 공감이며 이에 상응하는 능력이다. 그러한 능력, 곧 시를 읽어내는 능력은 뜻밖에 시인이 아니라 시를 사랑하는 열혈 팬들이 지녔는지도 모른다.

– 시에 대한 단편 13(『후네』 제64호, 1991년 7월)

14. 두려움

무언가에 대한 두려움이 시를 쓰게 하는 힘임에 틀림없다. 이미 알고 있는 것, 모든 파악이 끝난 것은 시로 써봐야 가치가 없다. 작가에게 시시한 시가 어찌 독자에게 신선할 리 있겠는가. 미지를 마주했다는 떨림이 독자를 사로잡는다. 신선한 시를 쓰려면 작가의 감성은 글자가 채워지기 전의 백지 상태여야 한다.

시는 온갖 기성의 관념에서 탈피하기 위해 존재한다는 말이기도 하다. 시는 모든 철학과 사상으로부터 해방되어야 한다. 맹목적으로 시커먼 어둠을 향해 오로지 떨리는 자신의 감각을 따라 어디든 가야 하는 존재가 바로 시인이 아닐까.

*

'로고스(logos)[68]=언어=법'은 필시 내가 태어나기 이전부터 존재했고, 내가 죽는 마지막 순간에 다시 나타날 게 틀림없다. 내 삶은 단지 그 성취를 위한 도구인지도 모른다. 내 삶은 로고스=언어=법으로 둘러싸여 있다. 하여 나는 그것을 보는 것도, 이해하는 것도 불가능하다. 다만 삶을 살고 체

68) 로고스(logos) : 언어, 진리, 이성, 논리, 법칙, 관계, 비례, 설명, 계산 등의 개념을 포함하는 그리스어. 우주 내부에 존재하는 인간 이성의 능력이나 사유로서의 로고스와 우주적인 실재, 혹은 사물의 합리적인 근거나 법칙으로서의 로고스 등 두 가지 의미를 내포한다.

현할 뿐이다.

당연한 말이지만 로고스=언어=법은 나보다 앞서 존재했고 틀림없이 현재도 존재한다. 왜냐하면 나는 그 범주 안에 있으므로, 거기서 태어났다기보다 아직 그 태내에 머물러 있다는 말이 타당하기 때문이다.

태아와 모체는 별개가 아니다. 태아는 밖에서 모체를 보지 못하거니와 이해하지도 못한다. 태아는 모체 안에 살면서 그것을 체현한다. 생명은 어머니에게서 태어날 때 비로소 어머니의 얼굴을 마주한다. 그런 이치로 나 역시 죽음을 맞이할 때 로고스=언어=법의 얼굴을 볼 수 있지 않을까?

*

『로렌스의 묵시록』에서 D.H. 로렌스[69]는 "우리 선조는 비교적 최근까지 수성이나 토성의 운행을 포착할 수 있는 능력까지 갖추고 있었다. 지금은 달이 차고 기우는 정도는 감각적으로 알 수 있는 사람들이 있기는 하지만 그 능력도 급속도로 쇠퇴할 것이다."라는 말을 했다. 그 능력은 어쩌면 자각 상태에서 획득할 힘이 아니라 자각하지 못한 채 거의 무의식적이고 본능적인 상태일 때 획득할 힘이 아닐까. 우리는 소위 문명을 통해 다양한 혜택을 얻은 듯 보이지만 실은 자신의 근원적 능력을 모두 잃어버렸는지도 모른다.

고대의 시와 예술에는 주술적인 힘이 있었다. 베링거도 지적했듯이 주술적 능력은 두려움에서 비롯되었을 것이다. 이제 세상 모든 이치를 다 알아버린 현대인에게는 그러한 주술적 힘이 없다. 삶이란 무엇인가? 두려움을 상실한 삶이란 대체 무엇인가? 로고스=언어=법, 이 시원(始原)에 대응하는 능력을 잃어버린 인간은 자신의, 자신에 의한, 자신을 위한 로고스=

---

69) 데이비드 허버트 로렌스(David Herbert Lawrence, 1885~1930) : 영국의 소설가이자 시인, 비평가. 성의 신비를 통해 병든 현대 문명을 고발하려 했다. 대표작 『채털리 부인의 사랑』은 영국에서 외설 시비를 일으키기도 했다. 그 외의 작품으로 『아들과 연인』『무지개』『사랑하는 여인들』『아론의 지팡이』 등이 있다. 『로렌스의 묵시록』은 그의 요한 계시록 해설서이다.

언어=법을 추구해왔다. 그럼으로써 인간은 시원적 언어로부터 확연히 멀어졌다.

모태에 감응할 힘을 잃은 태아는 태어나지 못한다. 같은 이치로 시원적 언어에 등 돌린 인간도 더는 태어나지 못한다. 탄생과 죽음이라는 이 패러독스는 은밀한 의식이다. 마찬가지로 삶도 은밀한 의식이다. 죽음은 무의미하지 않다. 죽음으로 인해 비로소 삶의 의미가 분명해지기 때문이다. 바꿔 말해서 죽지 않으면 본래적 삶도 없다.

*

나는 삶을 이해하려고 하지 않는다. 내 삶이 무언가에 의해 채워진다면 그걸로 족하다. 나는 내 삶을 자각적이고 선택적으로 살려고 하지 않는다. 내 삶은 내가 선택하는 것이 아니다. 삶을 선택한다는 건 불가해한 일이다. 하지만 나는 인생을 살아내고 싶다. 나를 둘러싼 세상을 체현하기 위해. 그것을 성취하기 위해. "태초에 말씀이 계시니라"라는 성경 구절을 실감한다.

나는 무언가를 얻기 위해서 살지 않고 지금도 잃기 위해 살아야 한다고 생각한다. 무언가를 소유하면 아무것도 보지 못한다. 맹목적으로 알몸의 감각 속에서 나는 심장의 고동 소리를 듣는다. 고동 소리는 내 것이 아니다. 내 의지로 제어할 수 있는 범주에 속하지 않는다. 나는 피부 세포 하나하나에 의해 살아간다. 이 세포 하나하나는 나에게 속하지 않았다.

세포 하나하나가 무언가를 본다. 나는 그것과 하나가 되어야 한다.

– 시에 대한 단편 14(『후네』 제65호, 1991년 10월)

15. 시와 보편성

시와 보편성에 대해서는 앞에서도 언급했지만 이 문제는 다양한 각도에서 여러 번 곱씹어볼 만한 주제이다. 우선 시의 보편성은 어디서 나오는지 살펴보자. 단적으로 말해 시의 보편성은 "되도록 많은 사람에게 쉽게 읽혀야 한다."는 식으로 설명할 만큼 단순하지가 않다. 평이한 시가 보편적인 시라고 간단히 말하기도 어렵다.

나는 중학생 정도라면 누구나 읽을 수 있는 쉬운 표현에 공을 들이는 편이다. 가능한 한 많은 사람이 쉽게 읽었으면 하는 바람 때문이 아니다. 나 스스로 뜻을 분명히 알기 위함이고 속임수나 애매한 표현을 없애기 위한 노력이다. 나의 감성과 의식, 사고가 녹슬지 않게 하고 눈을 맑게 하기 위한 나만의 방법이기도 하다. 달리 말하면 시는 전달이 아니라 존재를 목적으로 하며 보편성도 그 존재 속에 있다는 말이다.

먼저 존재해야 한다. 전달은 부수적 요소이다. 시는 서비스업이 아니라 1차 산업이라고 생각하는데, 이는 생산 속에 보편성과 가치가 내재한다고 여기기 때문이다. 서비스업은 작물을 보급하지만 그 가치가 왜곡되거나 과장되는 경우가 있다.

그러나 시장이 그 작물을 어떻게 평가하든 작물의 본래 가치는 변하지 않는다. 백 년 전 100프랑이던 고흐의 작품이 지금 수십억 원이라 해도,

고흐의 작품이 지닌 본래 가치는 발표된 시점에서 조금도 변하지 않았다.

시시한 작품은 아무리 많은 갈채를 받아도 본래 시시한 작품이며, 끝내 시시한 작품으로 남는다. 오히려 걸작은 아무도 관심을 두지 않아도 처음부터, 그리고 백 년이 흐른 뒤에도 걸작이라는 사실이 조금도 바뀌지 않는다. 거대정보산업의 시대에 들어와서는 걸작과 졸작을 분별하기가 더욱 어려워졌다. 그렇다고 해서 아예 불가능한 일도 아니다.

작품에는 보편성과 가치가 내재한다. 작품 활동에 관여하는 모든 사람은 이 엄청난 숙명으로부터 결코 도망치지 못한다. 작품은 작가 안에서 양성된다. 작품의 보편성도 가치도 작품 이전의 작가 안에 내재한다. 작가의 삶의 방식이 작품의 보편성과 가치를 결정한다. 바꿔 말하면 작품의 보편성과 가치는 작가의 기교만으로 만들어지지 않는다는 뜻이다.

하지만 테크닉은 존재 자체, 엄밀히 말해서 발견이다. 나는 '테크닉은 곧 존재'라는 가치관을 가졌다. 작품의 보편성이나 가치는 항상 기교에서 나오므로 기교를 떠나서는 작품의 보편성과 가치를 논하기 어렵다. 이는 앞서 말한 바와 모순인 듯 보여도 모순은 아니다. 이를 증명하려면 다시 '기술론'이나 '작품론'의 항목을 추가해야 하기에 여기서는 생략한다.(『후네』 제56호, 졸고 '형태에 대하여'를 참고하기 바란다.)

*

시의 보편성과 가치가 작가 개인에게 내재해 있다는 말은 그것이 작품의 속성이나 부가가치가 아니라 작품의 본질에 속한다는 의미이다. 시의 보편성이란 이를테면 약속된 장소에 미리 준비된 것이 아니다. 혼자 살아가는 개인의 특수한 공간에 머무는 것이므로 개인이 없으면 보편 또한 생겨날 수 없다.

보편성이란 어떠한 관념도 아니다. 유한하면서도 과오로 가득한 각 개인의 삶 속에 은밀히 감춰져 있다. 게다가 개인의 자각적인 노력으로 얻는 것이 아니라 깊게 자각하지 못한 삶까지도 포함하는 개인의 전체를 통해 이루어진다. 이러한 보편적 삶은 시인이나 예술가들만의 전유물이 아니다. 모든 개인 안에 내재한다(그저 천진난만하고 겸허한 마음을 지닌 시인이나 예술가들이 유독 보편성에 매료되어 자신의 내부를 자각할 수 있었던 것뿐이다).

시인은 개인의 삶을 살면서 개인을 초월한 존재에 합치되어가는 사람이다. 상상력, 즉 공감의 결여는 개인을 개인 안에 가둬 버린다. 시인은 감성을 열고 모든 것을 받아들인다. 끊임없이 변화하며 무언가로 탈바꿈한다. 여기서 위의 괄호 속 이야기를 보충하자면 작품의 구성은 모두 이 변형 과정을 담고 있다는 것이다. 구성은 작가의 고통까지 끌어안는 삶으로 결정된다. 어느 때든 작가의 삶에 대한 전적인 존재 증명이다.

– 시에 대한 단편 15(『후네』 제66호, 1992년 1월)

16. 시가 시작되는 곳

'포름(형태라는 뜻)은 정신의 동위원소'라고 말한 이는 금세기 최초의 전위 작가이다.

"최근에 한 여성 탤런트의 누드 사진을 찍어서 폭발적으로 인기를 모은 사진작가가 있는데, 그 사람의 작품 중에는 만 레이[70]의 사진을 빼다 박은 것도 있더군."

내 오랜 친구이자 구타이 그룹[71]에 속한 미술가 T씨가 이렇게 말하면서 웃은 적이 있다.

그 일이 있기 전에 우연히 가가와 현[72] 출신의 젊은 화가와 만났을 때였다. 내가 "다카마쓰[73]에서 엄청난 일을 했더군. 만 레이 전을 열다니 말

70) 만 레이(Man Ray, 1890~1976) : 미국의 초현실주의 사진작가. 다전위 사진의 선구자. 마르셀 뒤샹, 드제야스와 함께 1917년경부터 뉴욕 다다 운동을 전개. 1921년 파리로 가서 사진과 영화의 실험을 시작하면서 많은 쉬르레알리스트와 알게 되었다. 1924년경부터는 초현실주의 운동에 참가했다. 피사체를 사용하지 않고 직접 필름을 감광시키는 레이요그램(Rayogram)과 포토그램(Photogram)을 창시했다. 회화 대표작에는 『줄타기 무용수는 그림자를 동반한다』, 오브제 대표작에는 『선물』, 주요저서에는 『자화상』 등이 있다.

71) 구타이(具体) 그룹 : 추상화가 요시하라 지로(吉原治良)가 창안한 미술의 한 장르이다. 기존의 예술 개념을 타파하는 추상적인 회화 형태, 실제 행위나 오브제, 환경적인 요소 등과 결합한 미술을 추구한다.

72) 가가와(香川) 현 : 일본 시코쿠 지방의 4개 현 중 하나. 일본에서 면적이 가장 작은 현으로 알려졌다. 이곳 도후치(土渕) 해협은 세계에서 가장 좁은 해협으로 기네스북에 등재되어 있다.

73) 다카마쓰(高松) : 일본 시코쿠 섬 북동부 가가와 현의 현청 소재지. 시코쿠에서 규모가 가장 큰 도시로서 인구 약 65만 명이 거주한다. 북쪽의 세토나이카이(瀬戸内海) 해협에 접한 항만

이야."라고 하자 그 화가는 "그런데 수익은 얼마나 날까요?"라고 물었다.

몇 년 전부터 기타조노 가쓰에[74]의 인기가 대단하다. 전국에 있는 모든 헌책방에 연락을 해봐도 여간해서는 구하기 어렵다고 말하는 친구도 있다. 도대체 그의 작품을 누가 읽는 걸까? 언젠가 아트디렉터인 친구 S가 했던 말이 떠오른다.

"기타조노 가쓰에 씨가 얼마나 고마운지 모르겠어. 그 시인의 시구에 영감을 받아서 난 몇백만 엔을 벌었으니까."

카피라이터이자 디자이너인 한 젊은이는 "기타조노 가쓰에는 포름[75]의 선구자니까요."라며 그를 칭송했다. 뜨거운 정신을 관철하며 살아왔던 기타조노 가쓰에는 지금의 이러한 현상(감히 '현상'이라고 부르겠다)과 무관하다. 조각가 브랑쿠시[76]는 자기 작품을 해외로 반출하려고 했을 때 세관에서 그의 작품을 예술작품으로 인정해 주지 않고 일반 화물로 치부해서 과세하는 바람에 해외 전시를 단념해야 했다. 브랑쿠시의 언짢은 표정을 기타조노 가쓰에라면 이해하고도 남았을 것이다.

이런 글을 보고 통속적이라며 눈살을 찌푸릴 사람도 있겠지만 그런 이들은 창작 현장에 한 번도 발을 들여 보지 않은 축복 받은 사람들이다. 만 레이나 기타조노 가쓰에, 브랑쿠시는 모두 고립된 작가들처럼 보인다. 그렇다고 외부 세계와 단절된 밀실에서 자기만족에만 빠져 있지는 않았다.

도시이다. 일본 우동이 발달한 곳으로 사누키 우동의 본고장으로 유명하다.

74) 기타조노 가쓰에(北園克衛, 1902~1978) : 일본의 시인, 사진작가, 디자이너. 미에(三重) 현 출생. 20세기 전반기 일본의 대표 전위 시인이자 모더니즘 시인이다. 반모더니즘 풍조가 시단을 지배한 1950년대 이후 시인으로서는 주목받지 못한 대신 사진과 디자인 분야에서 활약했다.

75) 포름(forme) : 프랑스어로 형식을 일컫는 미술 용어

76) 콘스탄틴 브랑쿠시(Constantin Brâncuşi, 1876~1957) : 20세기 추상 조각에 결정적인 영향을 미친 루마니아 출신의 조각가

그들에게는 그때까지의 기성 예술과 권위에 대해 철저한 부정과 혁명 정신이라는 공통점이 있었다. 결과적으로 자신들이 무엇을 받아들여야 하는지 설명할 필요가 없었으리라. 나약한 정신을 가진 사람은 도저히 흉내 낼 수 없는 경지이다.

서두에 언급한 현대 일본의 사진작가와 만 레이의 차이를 한마디로 말하자면 3차 산업과 1차 산업의 차이이다. 아트디렉터와 기타조노 가쓰에의 경우도 마찬가지다. 만 레이도, 기타조노 가쓰에도, 브랑쿠시도 기존에 없던 새로운 예술을 창조하는 데 열중했던 사람들이다. 서비스 산업에 속하지 않은, 흡사 어부나 사냥꾼의 삶을 방불케 한다.

1차 산업인 쌀의 수입 자유화 문제에는 1차 산업이 3차 산업에 완전히 굴복하느냐 마느냐의 문제가 걸려 있다. 1차 산업에서 얻을 수 있는 생산의 기쁨이라는 인간적 측면은 무시되고 유통과 소비의 관점으로만 쌀을 논하고 있다. 축산이나 어업도 마찬가지이다.

그 결과 어떤 일이 벌어질까. 쌀이나 소, 방어, 귤 모두가 돈으로 환산되어 수단으로 전락한다. 부가가치를 붙여서 1차 산업은 1.5차 산업으로 변질되어 간다. 소비와 유통 논리가 가차 없이 생산자를 압박하여 생산하는 인간의 감성과 의식, 사고를 밑바닥에서부터 뒤집어엎는다. 농사를 짓고 가축을 기르는 즐거움과 이를 기반으로 한 생활은 사라지고 인간은 지금까지의 인간으로 존재하지 못한다. 이러한 흐름에 누가 저항할 수 있으랴. 쌀이든, 소든, 방어든, 귤이든 그것을 생산하는 사람들은 모두 갈림길에서 숨죽이고 있다. 새로운 삶의 방식을 궁리하고 있다.

하나 지금 제기한 문제는 주말농장을 하거나 휴일에 낚시를 즐기는 사람들과는 아무 상관 없는 이야기이다. 문학이나 예술은 어떠한가? 전혀 다른 문제일까? 나는 그렇게 생각하지 않는다. 우리가 어떻게 생각하든 1차 산업과 3차 산업은 치열한 현대 문명의 소용돌이에서 벗어나지 못한다.

앞서 말한 일본 사진작가나 만 레이, 기타조노 가쓰에도 마찬가지이다. 다만 자신이 선택한 관점과 방향, 자세가 전혀 다를 뿐이다. 덧붙여 말하자면 본업을 따로 두고 여가를 이용해 작품 활동을 하는 시인이나 화가들은 대부분 해당 사항이 없다. 그들 대부분은 "나는 내가 좋아하는 일을 한다."라고 말한다. "현대시나 현대 미술, 현대 음악 등 어려운 내용은 잘 모르지만 몰라도 된다."라고 한다.

그들의 관심사는 문학이나 예술의 변혁이 아니라 지금까지 전해진 누군가의 미술 기법을 습득하고 훈련하는 일이다. 문화 센터의 '시 강좌'나 '회화 강좌' 등은 이런 사람들의 지지를 받는다. 문화 센터의 경영자나 지도자들은 틀림없이 3차 산업 세계에 구조적으로 엮여있다. 그들에게 다달이 수업료를 내는 수강생 역시 본인은 자각하지 못한 채 일말의 책임을 지고 있다 해도 과언이 아니다.

또한 일반 독서 애호가들이 서점에서 책을 사는 경우에도 자각하는지 아닌지와 상관없이 위와 같은 일이 발생한다. 1차 산업에 속하는 출판물도 양심적인 영세 출판사의 책들은 대부분 서점 진열대의 앞자리를 차지하지 못한다. 소비와 유통 논리에 부합하는 3차 산업의 출판물만 잔뜩 진열되며, 독자들은 그중에서 선택해야 하는 구조이다.

진정한 생산 현장과 독자가 단절된 현대의 출판 구조에 주목하자. 3차 산업의 인스턴트 식 얄팍한 정보에 소비자의 머리는 점차 평균화되고 상상력과 사고가 길든다. "난 내가 좋아하는 일을 한다."라고 말해도 그 선택지는 주어진 범위 안에 있다. 폭력에서부터 성(性), 오컬트[77], 혹은 혁명

---

77) 오컬트(occult) : 과학적으로 해명할 수 없는 신비적 · 초자연적 현상이나 그런 현상을 일으키는 기술

에 이르기까지 그 범위는 실로 방대하지만, 주어진 범위라는 사실에는 변함이 없다.

길든 나태한 머리는 그때그때의 기분과 기호에 따라 적당히 무언가를 선택한다. 책임은 없다. 독도 약도 되지 않는다. 마음에 들지 않으면 언제든 교체할 수 있다. "나는 내가 좋아하는 일을 한다."라는 말에는 생산 논리가 없다. 소비 논리의 먹이인 순종적인 어린 양의 모습이 있을 뿐이다.

만 레이나 기타조노 가쓰에, 브랑쿠시와 같은 창조자가 서 있던 곳은 그런 곳이 아니었으며 서 있던 모습도 달랐다. 그들에게는 기댈 곳이 전혀 없었다. 아폴리네르나 브르통은 '미(美)'라는 말 대신 '새로운 정신'이라는 말을 썼다. 여기에 주목하자. 그들이 살았던 격정적인 흔적을 후세 사람들이 '미'라고 부른다.

어느 시대나 '새로운 미'를 탄생시킨 동력은 바로 '새로운 정신'이다. '형식'을 목표로 하여 '형식'을 낳는 것이 아니라 '새로운 정신'이 있는 곳에 '형식'인 '미'가 태어난다. 진정한 시인, 예술가라면 '미'를 목표로 하지 않는다. 브르통의 말처럼 그런 행위는 나태일 뿐이다. 어느 시대든 시인과 예술가는 변혁을 추구하는 '새로운 정신'의 소유자였다.

포름은 단순한 형식이 아니라 그 정신 상태를 일컫는다. 새로운 미와 낡은 미는 상대적이다. 어느 시대 어느 지역에나 각각 자립적인 정신과 생활방식이 있었다. 그 흔적과 반영된 결과물들을 인간은 '미'라고 부를 뿐이다. 일단 살아가지 않으면 안 된다. 자기 삶의 필연을 따르라.

정보나 지식에서 벗어나야 한다. 정보나 지식에서 시나 예술이 나오는 일은 없다. '형식'이나 '미'를 추구하지 말고 자신의 감성과 사고의 자유를 추구해야 한다. 새로운 시나 예술의 가능성은 그것뿐이다.

– 시에 대한 단편 16(『후네』 제67호, 1992년 4월)

17. 존재와 발견

나는 서정시와 대립하는 개념으로 존재시를 주장해 왔다. 일본에서 시란 감정, 정념, 심리를 전달하는 하나의 수단에 불과해서 시인이나 독자 모두 시를 통해 내면 세계를 공유하는 것에 만족하는 경향이 강하다.

이런 환경에서 시는 독자를 매혹하는 수단이다. 그러기 위한 기교로서 감정을 과대하게 증폭시키거나 한층 미화하는 일이 비일비재하고, 형용사와 부사, 그리고 직유와 은유 같은 수사법을 남발하기도 한다.

하지만 나는 시란 좀 더 단순한 것이라고 말하고 싶다. 시는 시인이 본 것을 아무런 허식 없이 있는 그대로 표현한다면 그걸로 충분하다고 생각한다. 알몸의 광채가 바로 시이며, 그 빛을 덮어 버리는 갖가지 기교와 의상은 허위이다. 그것은 오히려 독자를 참된 시에서 멀어지게 만든다.

시는 그 존재만으로도 충분하다. 지금 당신의 눈앞에 있는 유리잔처럼 말이다. 유리잔은 스스로에 대해 떠벌리지 않는다. 참된 시는 제자리에 있으면 된다. 어떠한 주석이나 설명도 필요치 않다. 태양이 고독하게 빛을 발하듯 조용히 그 자리를 지키면 그것으로 족하다. 앞에서 시는 일체의 의상을 벗어 던지고 꾸밈없는 모습으로 제자리에 있으면 족하다고 했는데, 그러한 존재시는 어떻게 얻을 수 있는가? 존재시는 당신이 눈을 떴을 때 얻어진다. 당신의 눈이 본 것을 아무런 허식 없이 단순하게 표현하기만 해도 최고의 시를 얻을 수 있다.

하지만 본다는 것은 참으로 어려운 일이다. 일찍이 플로티노스와 십자가의 성 요한, 노자(老子), 그 밖에 수많은 시인과 화가, 과학자, 종교인, 철학자 들이 본다는 것에 대해 논했다. 본다는 것에 대해 책을 쓴다면 만 권을 쓰고도 남으리라.

나는 '본다'라는 말을 단적으로 '발견'과 바꿔 말해도 무방하다고 생각한다. '발견'과 '경이'라는 수수께끼 같은 순간에 시가 시작된다. 진정한 당신의 삶이 시작된다. 발견은 당신의 감성이 온갖 인습과 기성의 관념으로부터 탈피하여 자유를 얻을 때 비로소 얻을 수 있다. 발견은 세상 어디에나 존재한다. 그러므로 시도 세상 어디에나 존재한다. 시인이란 사물의 본질을 가리는 온갖 의상과 허위를 걷어내는 사람이다. 기성의 관념이나 정서에 눈먼 사람들에게 통렬한 펀치를 날리는 사람이라고 해도 좋으리라.

서정시가 사람을 매혹하는 것과는 반대로 존재시는 사람을 각성시킨다. 요란한 치장과 관념을 뒤엎고 나타난 존재시는, 당연히 기존 세계에 안주하려는 사람들의 눈에는 강렬한 비평과 해학, 유머로 보일 것이다.

일례로 응접실에 놓인 피아노에서는 아무런 해학이 느껴지지 않지만 두메산골에 덜렁 놓여있는 피아노는 그 모습만으로도 무언가를 고발하고 비웃는 것처럼 보일 것이다. 발견이란 외부에서 무언가를 찾는 작업이 아니다. 발견은 자기 변혁을 거치지 않고는 이루어지지 않는다. 낡은 자아를 벗어던져야만 비로소 발견이 이루어진다.

시인은 시의 완성을 지향해서는 안 된다. 지향할 바는 언제나 안주하려고 하는 자신의 시 예술을 파괴하는 일이다. 더불어 새로운 사물과 현실을 발견할 때 그것을 직시하는 것이다. 시인이 지향할 목표는 자기 변혁이다. 자기 변혁은 어떻게 달성하는가? 먼저 세상을 향해 자신을 열어야 한다. 자신을 제힘으로 채우지 말고 세상을 수용하여 자신을 소멸시키라는 뜻이다.

시인에게 자신은 세상이 머무는 장소이다. 그러므로 시인 자신은 무한히 커야 한다. 나는 그런 경지를 지향한다. 나는 그 안에서 세상과 뒤섞이며 몇 번이고 재탄생한다. 새로운 불사조처럼. 나는 어떤 것에도 구애받지 않는다. 내 변혁과 발전은 나무가 자라듯 내 힘으로 이루어지지 않는다.

나는 내가 알지 못하는 존재에게 나를 맡긴다. 나는 사물에서 배운다. 존재시의 비밀이 바로 거기에 있다. 우리는 이름으로 가득한 세상에 산다. 인간은 모든 사물에 이름을 붙인다(그것이 마치 인간의 특권인 양). 하지만 오카자키 이사오[78]의 시에 등장하는 한 마리의 나비를 보라. 당신은 한 마리의 나비가 사는 모습, 아침과 낮, 밤에 느끼는 기쁨과 슬픔, 공포를 아는가? 그러한 감정을 공유할 수 있는가? 분명 나비는 우리와 아무런 관계도 없다. 나비를 동정할 필요도, 이름을 붙여 줄 필요도 없다. 나무 한 그루조차 우리의 이해 능력을 초월한다.

인간은 세상 만물에 이름을 붙여서 자신의 소유물인 양 착각하는 경향이 있다. 인간이 없었다면 가다랑어나 복어, 문어 같은 생선의 이름도 애초에 없었을 것이다. 대륙은 한 덩어리일 뿐 국경 따위는 없었다. 그렇다면 거기에는 무엇이 있었을까? 태초의 거친 자연과 피조물이 있을 따름이다. 우리는 거기에 맞서 스스로를 지켜야 했으리라.

앞에서 나는 "인간이 없었다면"이라고 가정했는데, 인간이 있었더라도 사물의 처지에서 생각하면 애당초 이름 따위는 아무 필요도 없었을 것이다. 예컨대 우리가 이 세상에 갓 태어났을 때, 사물의 이름도 용도도 모

78) 오카자키 이사오(岡崎功, 1920~2006) : 일본의 우익 운동가, 교육 사업가. 시마네(島根) 현 출신. 1945년 일본 정부의 항복에 반대해 전쟁 속행을 주장하며 마쓰에 소요 사건이라 불리는 폭력 시위를 주도했다. 이 사건으로 무기 징역을 선고받았으나 1952년 특별 사면으로 출소했다. 1961년 시마네 현 마쓰에(松江) 시에 고등학교를 설립하여 오랜 기간 이사장으로 재직하였다.

른 채 사물의 적나라한 모습과 마주하고 함께 즐거워하지 않았겠는가.

우리가 사물을 안다는 것이 가능할까? 사물은 알면 알수록 우리와 멀어지는 게 아닐까? 인간은 사물에 이름을 붙임으로써 오히려 사물로부터 격리되는 것이 아닐까? 인간이 어떻게 해석하든 사물은 일체의 해석을 허용하지 않는다. 애초에 인간과는 아무 상관 없이 그저 그 자리를 지킬 뿐이다.

내게는 뱀, 개미, 나비, 말, 그 모두가 대등하고 평등한 피조물이다. 내가 생명을 누리듯 그들도 생명을 영위한다. 그들의 삶에 선악은 없다. 그럼에도 내 삶은 왜 악하기도 하고 선하기도 하단 말인가. 나는 이름 붙일 길 없는 시원의 세계에서 지금 갓 태어난 존재처럼 사물과 마주하고 사물에서 배워야만 한다. 내가 태어난 세상이 무엇인지를.

지난 4월, 누구보다도 나와 절친했던 한 화가가 세상을 떠났다. 죽는 순간에는 사람은 누구나 고독하다. 그는 죽기 몇 달 전부터 제 죽음을 예감했으리라. 그는 무슨 생각을 했을까? 자기 안의 심연을 바라보았을까? 그가 살았던 진짜 인생은 무엇이었을까 생각해 보면 기가 막힐 때가 있다.

한 사람의 삶을 심층까지 알기는 어렵다. 어쩌면 정작 본인도 다 알 수 없는 일인지도 모른다. 인간은 자기 삶의 본 모습조차 모르는 채 살다가 죽는 존재일지 모른다. 그렇다고 해서 인생을 헛되이 여기지는 않는다. 작가가 남기고 간 작품에는 작가 본인도 자각하지 못했던 그의 깊은 삶이 남아 있기 마련이다. 그러므로 작품을 대할 때는 어떠한 선입견도 가져서는 안 된다.

– 시에 대한 단편 17(『후네』 제68호, 1992년 7월)

18. 상상력과 현실

상상력의 날개는 인간을 현실에서 멀어지게 할까? 나는 그 반대라고 말하고 싶다. 새나 짐승들은 현실 일부를 구성하는 요소이지만, 인간은 상상력으로 현실에 참여할 힘을 얻는다고 하면 궤변일까? 물론 인간도 생업에 몰두할 때나 자는 동안에는 현실 일부이자 구성 요소일 뿐이다. 인간이 잠을 잘 때도 현실을 인지하고 현실에 참여하는 것은 아니기 때문이다. 인간과 사물로부터 독립된 순수한 상상력의 세계가 존재할까? 시나 예술 작품은 그런 세계가 존재한다는 증거일까? 나는 아니라고 말하고 싶다.

그렇다면 상상력의 날개도 현실에 묶여 자유롭지 못하다는 말인가? 어떤 것에도 구속당하지 않는 자유로운 상상력은 없다는 말인가? 나는 있다고 말하고 싶다. 자유로운 상상력이 있기에 인간은 비로소 현실을 발견하고 참여할 힘을 얻는다.

나는 기회가 있을 때마다 상상력의 자유를 말하면서 인간의 온갖 능력 가운데 상상력이 절대 우위를 차지한다는 점을 주장한다. 나는 상상력을 지녔다는 바로 그 점에서 인간을 찬미한다. 상상력이야말로 인간들의 화석화한 관념을 깨부수고 인간성을 소생시키는 원천이기 때문이다.

인간은 사물의 적나라한 참모습을 두려워한다. 태곳적부터 두려워했다. 그리하여 인간에 의한, 인간을 위한 왕국을 세우려다 실패하기를 반복했다. 그때마다 상상력은 인간을 사물의 세계로 되돌려서 인간 본연의 모습, 즉 현실을 재발견하게 하였다. 상상력이 인간을 파멸에서 구원했다는 뜻이다. 만약 인류가 멸망한다면 그 원인은 피폐해진 상상력에서 기인할 것이다. 인간이 풍부한 상상력을 발휘하는 한 인류는 절대 멸망하지 않는다.

상상력은 현실과 대립하는 개념이 아니다. 상상력과 대립하는 것은 관념이다. 고정되고 굳어진 온갖 관념과 인습, 제도이다. 상상력은 현실의 재발견을 지향한다. 미술, 음악, 문학, 연극과 같은 예술은 새롭게 발견된 현실의 증거여야 한다. 예술을 창작하는 과정은 필연적으로 낡고 경직된 관념과 싸우는 일이기도 하다.

일찍이 예술계에서 전위적으로 활동했던 오오카 마코토[79] 씨가 한때 “나는 이제부터 후위에 서고 싶다.”라고 표명했지만 새삼스러울 일도 아니었다. 역사 속에서 시대를 막론하고 후대에 남은 자는 언제나 당대의 전위였다. 후위는 흐르는 시간에 휩쓸려가기 마련이다. 예술이야말로 생명활동인 까닭이다.

새로운 현실을 발견한 뒤에는 반드시 새로운 표현 기법이 따른다. 낡은 부대에 새로운 문학과 예술을 담는 일은 가당치 않다. 새로운 현실 발견은 새로운 자아 발견이기도 하다. 자기 혁신, 자기 파괴, 자기 소생 없이는 새로운 현실 발견은 불가능하다. 새로운 문학과 예술도 창조하지 못한다.

자유로운 상상력이야말로 그 원천이다. 정치나 교육, 문화도 상상력이

79) 오오카 마코토(大岡信, 1931~) : 일본의 시인, 평론가. 시즈오카 현 출생. 도쿄 대학 국문학과 졸업. 학생 시절부터 시적 재능을 주목받아 졸업 후 신문기자, 대학교수로 있으면서 왕성한 창작 활동을 펼쳤다. 50편에 가까운 시집, 앤솔러지, 60여 편의 평론 · 과 평전 외에도 번역, 연극 · 영화 각본, 작사 등 다방면에 걸쳐 작품을 발표했다. 제11대 일본 펜클럽 회장을 역임했다. 2003년 일본 문화훈장, 2004년 프랑스 레종 도뇌르 훈장을 비롯해 5개의 훈장, 포장과 다수의 문학상을 받았다.

고갈되었을 때가 가장 위험하다. 지금은 어떤 시대인가? 정보를 조작하여 대중의 시선을 일제히 같은 방향으로 쏠리게 하고 같은 방향으로 치닫게 한다. 그러한 획일화만큼 무시무시한 일이 또 어디에 있겠는가. 만약 시인의 존재를 중요하다고 여긴다면 그것은 시인이 자유로운 상상력의 담당자이기 때문이라고 해도 틀리지 않는다. 자유주의자일 것, 경직된 온갖 관념으로부터 자유로울 것, 부단히 변모할 것, 참신할 것. 이것이 시인이 갖추어야 할 조건이다.

그런데 이런 내 지론을 두고 "니시는 전통을 부정하는 모더니스트이다."라고 비판하는 사람들이 있다. 그 말은 합당치 않다. 고전은 위와 같은 삶의 방식을 가르쳐 주고 내게 용기를 불어넣어 준다. 고전이 없었다면 지금의 나도 없었다.

*

예컨대 "지금 눈앞에 있는 현실을 묘사하라."라고 말하는 사람이 있다고 치자. 그러나 현실에는 자신이 투영되기 마련이다. 어차피 결과물은 자기 자신일 따름이다. 그마저도 자신의 참모습이 아니다. 남에게서 빌려온 경직된 관념을 투영한 데 불과한 경우가 허다하다. 현실을 아무리 정밀하게 묘사한 작품일지라도 나는 그런 결과물을 시나 예술로 인정하지 않는다.

그와 달리 아주 사소하더라도 새로운 발견이 있고 그것으로 인해 가슴이 떨린다면 그런 작품을 시라고 칭송하고 싶다. 관념이 아닌 백지와 같은 감성이야말로 시인의 특권이다. 하지만 백지와 같은 감성에서 촉발된 결과물은 대부분 문학에 정통한 사람의 눈에는 유치하고 조야한 데다 터무니없게만 보인다. 여기서 참된 시와 예술을 간파하기 어려운 이유가 발생한다. 감상자의 머릿속이 경직된 관념으로 가득 차 있다면 더는 논할 필요조차 없다.

눈앞에 있는 현실을 그리기 전에 먼저 자신이 벌거숭이가 되어야 한다. 그렇지 않으면 현실은 결코 제 본 모습을 드러내지 않을 것이다. 사고가 경직된 사람, 오만불손한 사람은 시나 예술에 어울리지 않는다. 시란 가없이 순진하고 겸허한 사람의 몫이기 때문이다. 시나 예술에 오랫동안 종사하면서 그러한 품성을 잃는 사람은 비참하다.

현실은 자기 생각만 고집하는 사람 앞에는 나타나지 않는다. 또한 현실은 한순간이다. 오늘 엿본 현실이 내일 그대로 지속하는 경우는 없다. 자기 생각만 고집하지 않는 사람 앞에는 언제나 새로운 발견이 기다리고 있다. 이런 의미에서 나는 '현실주의'라는 말을 신용하지 않는다. 발견에 힘쓰지 않는 현실주의자는 한낱 관념의 노예일 뿐이기 때문이다.

*

작가는 두 부류로 나뉜다. 주저앉아 있는 작가와 날아오르는 작가, 그리고 항상 제자리를 지키는 작가와 그렇지 않은 작가다. 관념과 인습, 제도에 안주하는 작가와 안주하지 않고 날아오르는 작가 중 당신은 어느 쪽인가? 내가 작품에 관해 묻고 싶은 말은 하나뿐이다. 발견이 있는지 없는지, 현실이 있는지 없는지 이 한 가지다. 시는 삶의 증거이며 삶은 활기차다.

창조란 무엇인가? 한마디로 자아 발견이다. 자아 발견이란 무엇인가? 역설처럼 들릴지 모르나 궁극적으로는 자아의 부재를 깨닫는 과정이다. 자아는 없다. 그러나 자아는 곳곳에 존재한다. 나뭇잎 한 장, 이슬 한 방울, 동틀 녘 햇빛 속, 어디에든 있다.

> 구름 위를 걷는 내가 있다 그리고 마침내
> 구름과 더불어 사라지는 내가 있다

구름과 함께 소멸한 나는 새로운 장소에서 다시 태어날 것이다. 그곳에는 어떠한 사상도 없다. 시시각각 무엇인가가 되살아날 뿐이다. 사상은 그 속에서 숙성된다. 자아란 무엇인가? 나는 시시각각 변모하는 것들 속에 존재하는 무언가를 자아라고 부르고 싶다. 그들과 떨어져서 변하지 않는 자아란 없다는 것이 나의 생각이다.

– 시에 대한 단편 18(『후네』 제69호, 1992년 10월)

19. 시란 아무것도 아닌 것

— 기타조노 가쓰에 씨와의 만남

1948년 여름, 열아홉 살이었던 나는 도쿄 마고메(馬込)의 기타조노 가쓰에 씨 댁을 방문했다. 내 첫 상경 목적은 기타조노 씨를 만나는 일뿐이었다. 나보다 열 살 정도 많은 다른 손님이 먼저 찾아와 있었는데, 나는 문학에 대한 의문을 기타조노 씨 앞에 모조리 풀어 놓았다.

기타조노 씨는 웃음 띤 얼굴로 아주 정중하게 답해 주었다. 연장자든 연소자든 차별하지 않고 완전히 대등한 문학인으로서 나를 상대해 주었다. 그러던 중에 먼저 와 있던 방문객이 시골뜨기인 내게 도쿄의 시단 상황을 늘어놓으려 할 때였다. 기타조노 씨는 갑자기 정색하며 이렇게 말하였다.

"이보게, 지금 우리는 문학 이야기를 하고 있네. 장사 이야기는 그만두게."

'도쿄에도 진짜 시인이 있구나.'라고 나는 생각했다. 고치 현 산골에서 기차 매연을 뒤집어쓰면서 서른 시간이나 걸려 도쿄까지 올라온 보람을 느꼈다. 그러면서 기타조노 씨가 하는 일에서 눈을 떼지 말아야겠다고 다짐했다. 한편으로는 기타조노 씨의 예술을 무작정 따르지 말고 나 자신의 예술 세계를 바닥부터 다져가야겠다고 결심했다.

많은 이야기를 했지만 전혀 어색하지 않았다. 그의 말 전부가 내 생각과 일치하는 듯한 안도감을 느꼈다. 당시 고치 현에서 기타조노 가쓰에에게 관심을 가진 사람은 전무했다. 그해 3년 전에 있었던 대공습과 2년 전에 발생한 난카이(南海) 대지진[80]으로 궤멸 상태에 빠져 있던 고치 시에서 도대체 어떤 경로로 기타조노 씨의 책을 입수했는지는 기억나지 않는다. 그럼에도 나는 기타조노 씨를 찾아가기 전까지 그의 시는 물론 시와 예술에 관한 저술을 거의 다 섭렵했다. 초현실주의와 추상 예술에 대한 관심이 내 발길을 도쿄로 옮기도록 부추겼던 것이다.

대화의 구체적인 내용에 별다른 거부감이 없었던 탓일까? 구체적인 대화 내용은 잊었지만 다음 두 가지는 당시 미처 생각지 못한 화제여서인지 기억 속에 선명하게 남아 있다. 한 가지는 다음과 같다.

"젊은이, 고치 현에서 왔다고 했는데 이누이 나오에[81]를 아시오?"

"모르겠습니다. 고치 현 출신 시인입니까?"

"그렇소. 지금은 고치 현에 없지만."

이누이 나오에에 관한 대화는 거기서 그쳤고, 나는 그 이름을 오랫동안 잊고 살았다. 고치 현에서 태어나 줄곧 그곳에서 사는 시인한테서도 그 이름을 들은 적이 없었다. 그 후 35년쯤 지나 도쿄에서 알게 된 시 동인지 『지칸토쿠칸(時間と空間)』의 대표 우에다 슈지(上田周二)[82] 씨가 이렇게 물었다.

80) 일본 대공습(1945년)과 난카이(南海) 대지진(1946년) : 제2차 세계대전 중 미군은 일본 본토 공습을 결정하였다. 1945년 3월 9일 도쿄 대공습 이후 주요 대도시뿐 아니라 중소 도시까지도 대규모 폭격을 계속함으로써 일본군을 압박했다. 마침내 8월 6일과 9일 히로시마와 나가사키에 원폭을 투하하여 제2차 세계대전에 종지부를 찍었다. 고치 시가 위치한 시코쿠 섬은 같은 해 7월 3일 미군의 공습을 받아 초토화되었다. 1946년에는 진도 8을 기록한 난카이 대지진이 발생하여 전쟁 때부터 진행된 깊은 불황과 침체에 시달려야 했다.

81) 이누이 나오에(乾直恵, 1901~1958) : 일본의 시인. 고치 현 출생. 도요(東洋) 대학 국문학과 졸업. 『시토 시론』『문예 리뷰』의 문예지에 독자적인 시풍의 서정시와 하이쿠, 평론을 발표했다. 시집으로는 『갈비뼈와 나비』『화초』『해안선』 등이 있다.

82) 우에다 슈지(上田周二, 1926~2011) : 일본의 시인, 소설가. 소설집 『어둠 · 여자』, 평전 『시인 이누이 나오에—시와 청춘』이 있다.

"니시 씨, 고치 출신이시죠? 혹시 이 사람 아십니까?"

그러면서 두꺼운 책을 한 권 건네주었다. 우에다 슈지가 쓴 『시인 이누이 나오에—시와 청춘』이었다. 나는 깜짝 놀랐다.

"잘 모릅니다. 그런데 좀 충격적인데요. 이래서야 고치 출신 시인으로서 체면이 안 서는군요."

나는 그때 이누이 나오에가 『시이노키(椎の木)』 동인이고 『시토시론(詩と詩論)』 『시키(四季)』와도 인연이 있음을 처음 알았다. 기타조노 씨의 얼굴이 머릿속에 떠올랐다. 그를 처음 만난 그날 한 발짝 더 나아가 이누이 나오에에 관해 내가 물었더라면, 나는 분명코 그 길로 그를 찾아갔을 텐데 하고 한탄했다. 이누이 나오에가 작고한 시기는 1958년 1월이고, 내가 그해 8월 도쿄로 이주했으니 만날 수 있었는데도 기회를 놓친 셈이었다.

이누이 나오에라는 이름을 한 차례 더 들은 시기는 20대 초반 무렵이었다. 고치 현에 살던 시인으로 지금은 고인이 된 릿센 게이이치[83] 씨가 "고치 출신인데 기막히게 좋은 시인이 도쿄에 있다."라고 말한 적이 있다. 지금 돌이켜 보면 이누이 나오에 이야기를 하려던 듯하다.

릿센 씨는 그 무렵에도 노상 술에 절어 지내기는 했으나 섬세하고 날카로운 두뇌에 수줍음을 잘 타는 성격이었다. 릿센 씨는 도쿄외국어학교에 재학 중일 때부터 훌륭한 시를 썼던 모양이고, 내가 상상하기에는 그때부터 릿센 씨는 이누이 나오에와 어울렸던 듯하다. 이시하라 요시로[84] 씨가 죽기 일 년 전쯤에 나와 이런 이야기를 나눈 적이 있다.

83) 릿센 게이이치(立仙啓一, 1914~?) : 일본의 시인. 시집으로 『봄철에 일어나는 뒤숭숭한 근심(春愁)』 『아버지의 묘』 등이 있다.

84) 이시하라 요시로(石原吉郎, 1915~1977) : 일본의 시인. 시즈오카 현 출생. 제2차 세계대전 중 중국 하얼빈에서 근무하다 패전과 함께 소련군에게 포로로 잡혀 시베리아에 억류된다. 귀국하여 이 경험을 문학적 주제로 승화시켰다. 일본 전후시의 대표적인 시인이다. 1964년 『산초 판사의 귀향』으로 제14회 H씨 상, 1973년 『망향과 바다』로 제11회 후지무라 기념 레키테이 상을 받았다.

"도쿄에서 릿센 게이이치 이야기를 할 기회가 생기다니 꿈만 같군. 그 분은 내 도쿄외국어대학 선배야. 난 명함도 못 내밀 만큼 근사한 시를 쓰셨지. 어떻게 지내시려나."

"저도 수십 년째 못 뵈었지만 점점 더 주선(酒仙)에 가까워지는 듯합니다. 그간 그분이 쓰신 시도 못 봤지만 시를 쓰지 않으셔도 그분은 시인이지요."

"무슨 말인지 잘 알겠네. 그분 술 자시는 것도."

이 말이 이시하라 요시로 씨와 나눈 마지막 대화였다.

원래 이야기로 돌아가자. 기타조노 씨의 결정적인 한마디는 이러했다.

"지방에서 활동하는 시인들은 공부는 열심히 하는데 글투가 케케묵고 딱딱해. 시는 언어거든. 그러니 시는 아무것도 아닌 게지."

대다수의 시인은 시에 많은 것을 기대하고 많은 것을 불어넣으려 한다면서, 그 탓에 정작 중요한 시의 본질을 놓친다고 했다. 개중에는 좋은 문장도 아니고 시도 아닌 글도 있다고 덧붙였다. 훗날 구로다 사부로[85] 씨와 자주 만났을 때 구로다 씨도 이렇게 말했다.

"그래. 내가 조노 씨(기타조노 씨 주위의 인물들은 기타조노 선생님이라 부르지 않고 이렇게 불렀다)를 처음 찾아간 건 열아홉 살 때였지."

당시의 상황을 그 자리에서 듣지는 못했으나 구로다 사부로의 평이하고도 명쾌한 시풍은 분명히 이러한 기타조노 씨의 말에서 비롯되었으리라. 기타조노 씨는 가고시마(鹿兒島) 현에서 상경한 청년 구로다에게도, 고치 현에서 상경한 나에게도 분명 같은 이야기를 해주었을 테니 말이다.

이누이 나오에의 이름은 잊고 있었지만 "시란 아무것도 아닌 것"이라는

85) 구로다 사부로(黒田三郎, 1919~1980) : 일본의 시인, 평론가. 히로시마 현 출생. 도쿄 대학 경제학부 졸업 후 NHK 방송국에서 일하며 시와 평론을 발표했다. 평범한 시민의 생활 속 감정을 평이하고 명료한 시어로 표현한 작품이 특징이다. 1955년 첫 시집 『한 여인에게』로 H씨 상을 받았다.

놀라운 경구는 지금도 내 머릿속에 낙인처럼 찍혀 있다. 이누이 나오에라는 이름을 머릿속에 깊이 새겨 두려 한다.

– 시에 대한 단편 19(『후네』 제70호, 1993년 1월)

20. 모든 예술은 시다

— 미야시타 게이조 씨에게

『후네』 이번 호에 일본에서 에른스트 바를라흐[86] 연구의 일인자인 미야시타 게이조[87] 씨가 바를라흐에 관한 주옥같은 원고를 선사해 주시어 깊이 감사드린다. 그의 글은 바를라흐의 조각 작품을 통해 더없이 신선하고 거침없이 예술의 본질을 추구하는 내용이다. 이만큼 명쾌한 문장은 근래에는 보기 드물다. 특히 내가 주목한 대목은 본문 가운데 다음 문장이다.

"시는 조각이다. 시는 회화이다. 어떤 면에서 조각이나 회화는 시 그 자체이다."

그는 이 말에 "긍정적이고 적극적인 반응을 기대"하며 나아가 "이 물음의 답이 『후네』에 게재되기를 기대"한다고 덧붙였다. 그는 이 옥고에서 시와 예술에 얽힌 근본 문제를 정면에서 진지하게 제기하였다. 더욱이 그는 이런 물음을 던졌다.

---

86) 에른스트 바를라흐(Ernst Barlach, 1870~1938) : 독일의 조각가, 화가, 극작가. 독일 표현주의를 대표하는 예술가 중 한 사람이다. 조각가로서 가장 유명하나 회화, 도예, 판화 등 다양한 양식의 작품을 창작했다. 희곡은 세속의 가치를 무분별하게 추종하며 생기는 사회 병리, 인간에 내재한 신성(神性)을 탐구한 작품이 주를 이룬다. 만년에는 반전 성향의 작품들이 문제시되어 나치스 정권하에서 퇴폐 예술가로 탄압을 당했다.

87) 미야시타 게이조(宮下啓三, 1936~2012) : 일본의 독문학자. 도쿄 출생. 게이오기주쿠(慶應義塾) 대학에서 독문학 학·석·박사 학위를 취득했다. 독일 연극·희곡, 스위스 문화사를 주로 연구하였다. 에른스트 바를라흐 전기를 비롯한 다수의 저서를 집필하고 번역했다.

"시란 과연 무엇인가? 이 흥미로운 의문을 시인들이 풀어 주었으면 한다."

나는 그의 제언이 단순한 지적 차원이 아닌 시인의 존재에서 근간을 이루는 문제라 여긴다. 시란 단순히 원고지 칸에 보기 좋은 말을 채워 넣는 기교의 소산인가? 나는 여기에 동의하지 않는다.

시는 언어 기교에서 태어나지 않는다. 사람은 몸짓이나 언어, 형상, 소리와 같은 수단을 이용해서 자신을 표현하는데, 그러한 표현 수단을 생각하기 이전에 표현자는 무엇인가 표현할 대상을 마음속에 품고 있어야 한다. 표현 방법 이전에 표현 내용이 존재해야 한다는 뜻이다. 내용은 방법에 우선하고 방법은 내용의 제약을 받는다.

어떤 표현 방식을 막론하고 나는 이 관계를 중시한다. 표현 방법 또는 기교만을 분리해서 어떤 표준적인 표현 방법이 표현자보다 앞서 존재한다는 사고방식은 참다운 예술을 이해하지 못한 소치이다. 이 같은 의미에서 나는 최초의 표현 충동, 표현 동기에 주목한다. 무엇이 그 사람의 마음을 부추겨 그러한 표현을 하도록 만들었는가 말이다. 바꾸어 말해서 나는 작품 속에 있는 사람에 주목한다.

작품, 즉 표현된 것에서 나는 단순한 표현 기법이 아니라 그것을 낳은 사람의 총체를 본다. 바꾸어 말해 작품 속에서 찾고자 하는 것은 작품 이전이다. 중요한 것은 작품 이전이며, 작가에게는 작품 이전이야말로 모든 것이다. 작품 이전이란 곧 사람을 일컫는다.

시는 원고지 칸에 채워지기 전에 먼저 사람의 마음속에 생겨나야 한다. 요컨대 시는 작품이기 전에 작가의 내면에 존재해야 한다는 뜻이다. 당신은 시를 쓰기 이전에 먼저 시인이 되어야만 한다. 그렇지 않고는 절대로 시를 쓰지 못한다. 나무와 돌, 선과 색, 소리, 몸짓, 언어, 무엇을 사용하든 시로 표현할 수 있다. 시인이 표현한 것은 전부 시이다.

반대로 마음속에 시를 품지 못한 사람이 표현한 것은 아무리 시답게 보이려 애써도 시가 아니다. 시의 형식대로 썼을지라도 결코 시가 아니다. 조각상 한 점, 그림 한 폭, 한 곡의 피리 소리에 감동하는 것은 거기에 사람이 있고 시가 있기 때문이다.

시란 무엇일까? 나는 시가 특별한 능력을 갖춘 사람에게만 주어진다고 생각지 않는다. 시란 본디 모든 사람에게 주어진다. 단적으로 말해 어릴 적에는 모든 사람이 시인이었다. 에드거 앨런 포[88]는 시는 '놀라움'이라 하였고, 기욤 아폴리네르는 시를 '발견'이라 일컬었다.

소위 어른이라 하는 자들은 인습이며 상식, 온갖 관념 속에서 시를 억압했다고 해도 과언이 아니다. 그럼에도 누구나 마음속에 자그마한 상처쯤은 남아 있다. 조각상 하나를 앞에 두고 자기 내면의 순수한 감성을 열어젖힌다면 본연의 자신을 되찾을 수 있다. 예술은 존재의 샘이다.

바를라흐는 존재의 가면을 벗겨내었다. 『후네』 이전 호에서 소개한 마도 미치오[89]라는 인물은 갓난아기와 같은 눈길로 이 세상을 관조한다. 그 무엇도 그의 눈을 속이지 못한다. 이런 사람이야말로 진정한 시인이리라.

작품은 어떤 관념이나 정서를 전달하는 수단이 아니다. 그 자리에 존재하기만 해도 충분하다. 작가는 갖가지 허위의 베일에 싸인 존재를 드러내

---

88) 에드거 앨런 포(Edgar Allan Poe, 1809~1849) : 미국의 시인이자 소설가, 비평가. 19세기 미국 낭만주의 문학의 대표자로 꼽힌다. "시는 미의 운율적 창조"라고 하여 보들레르나 말라르메에게 많은 영향을 주었다. 괴기 소설 『모르그 가의 살인 사건』은 추리소설 장르를 개척했다는 점에서 큰 의의가 있다. 이 작품에 등장하는 탐정 오귀스트 뒤팽은 이후 셜록 홈즈의 원형이 되었다. 대표작에 『병 속의 수기』 『황금 풍뎅이』 『어셔 가의 몰락』 『모르그 가의 살인사건』 『검은 고양이』가 있다.

89) 마도 미치오(まど・みちお, 1909~2014) : 일본의 시인, 작사가. 야마구치 현(山口縣) 출생. 20대부터 시창작을 시작하여 기타하라 하쿠슈(北原白秋, 1885~1942)에게 재능을 인정받았다. 일본 사회 전반과 전쟁을 비판하는 내용의 현대시를 썼다. 시와는 대조적으로 밝고 유머러스한 정서의 동요를 작사하였다. 이 중에는 오늘날까지 일본인들에게 널리 사랑받는 곡도 있다. 1994년 국제 안데르센 상 작가상, 2003년 제59회 일본예술원상을 비롯하여 10여 종의 문학상을 받았다.

준다. 무릇 작품이란 발견된 현실이다. 그 이상 무엇도 필요치 않다. 바를라흐는 시인이다. 그의 작품은 바를라흐의 존재 증명이다. 바를라흐의 작품을 앞에 두고 그 심장 고동에 귀를 기울여야 하지 않겠는가? 그것만으로 족하다. 각양각색의 예술 작품을 눈앞에 두고 나는 그렇게 생각한다.

– 시에 대한 단편 20(『후네』 제71호, 1993년 4월)

21. 메타모르포제[90]의 삶과 시

직관을 가로막는 장애물은 가지각색의 관념이다. 아울러 맨 먼저 일체의 관념에 지배당하지 않는 감각이야말로 직관의 창이다. 순수하고 티 없이 맑은 감각의 창을 통해 엿보이는 광경만큼 매력적인 것이 또 있으랴. 그것은 경이로움이다. 시는 한순간 엿보인 그 경의의 흔적을 포착한 글이라야 한다. 시는 오로지 흔적으로 남은 그 한순간의 경이를 통해서 우리를 매혹하는 까닭이다. 시는 그렇게 우리의 삶을 새롭게 해 준다.

내가 처음으로 그 가르침을 얻은 계기는 에드거 앨런 포의 모든 작품이었다. 뒤이어 그러한 체험 내용을 구체적으로 보여준 예는 15년쯤 흘러서 1958년에 만난 시인 오프터딩엔이었다. 그는 암석의 세계로 들어갔고, 나는 대도시의 위장에 잡아먹혔다. 그와 내 앞에 펼쳐진 세계는 아마도 하늘과 땅만큼이나 판이했겠지만 공통점도 있다. 한데 그가 목도한 괴기스러운 세계와 몇몇 보석의 광채를 나는 왜 만나지 못했을까.

깜박 졸고 나자 박명 속에서 풍경이 보인다. 나는 긴 시간 동안 그 풍경을 망연히 바라본다. 바라본다기보다는 풍경에 넋을 잃고 서 있다. 나는

90) 메타모르포제(metamorphose) : 본체를 떠나 변모된 모습. 변화, 변전, 전환, 변태, 둔갑, 변신이라는 용어를 포괄하는 명칭이다. 변신은 인간이 다른 인간이나 초자연적인 것, 또는 동식물이나 광물로 형태가 바뀌는 경우, 그 반대의 경우를 의미한다.

나를 잃는다. 나는 어느새 정체 모를 자의 손에 맡겨져 그자와 함께 세계를 유랑하고 있음을 알아차린다. 게다가 내 힘만으로는 결코 아무것도 보지 못한다는 사실을 깨닫는다.

32년간의 도쿄 생활이 이런 식으로 지나갔다. 많은 일이 있었지만 나 자신은 아무 일도 하지 않았다. 구태여 돌이켜 보면 그 이전 시코쿠[91] 지방, 한반도, 요코하마에서 보낸 시절도 마찬가지가 아니었던가? 내가 무엇을 할 수 있었을까?

그리고 지금은……. 지나간 모든 일이 꿈만 같다. 누군가가 물을 때 내 과거를 상기할 수는 있다. 하지만 그 기억 속의 나는 다른 사람이다. 나는 풍경을 지나쳐가는 행인일 뿐이다. 이전까지 줄곧 그래 왔고 지금도 마찬가지다. 나는 지금 또다시 내 눈앞에 새롭게 출현한 광경에 넋을 잃는다. 나를 완전히 빼앗긴다.

나는 거의 모든 것을 잃었다. 순간순간이 나를 집어삼킨다. 고치 시 가가미가와(鏡川) 강둑에 서 있던 나, 도쿄 오차노미즈 다리 위에 서 있던 나. 나무들도, 물 내음도, 구름의 그림자도, 생활도 나와 교차하며 격렬히 뒤섞인다. 나는 변모하고 변모한 나마저 끝내는 사라진다.

삶이란 무엇인가? 이렇게 변모하는 내 삶은 과연 무엇인가? 여기에는 소위 축적된 경험 따위는 없다. 이미 겪은 경험에서 탈피하는 길만이 있을 뿐이다. 경험에서 벗어난 삶은 하루하루가 망망대해로 떠나는 첫 출항과 같다. 물론 목적은 없다. 목적은 경험에서 생겨나게 마련이다. 경험도 없고 목적도 없는 삶의 한순간, 한순간을 무엇이라 불러야 할까?

하지만 가슴이 두근거린다. 새로운 광경이 눈앞에 펼쳐질 때 그것은 두

---

91) 시코쿠(四國) : 일본 열도를 구성하는 네 개의 주요 섬 중 가장 작은 섬. 도쿠시마 현, 가가와 현, 에히메 현, 고치 현으로 이루어졌다. 구카이(空海) 대사가 개척한 88개 사찰의 순례지로 유명하다.

근거림이라기보다 차라리 전율이라고 해야 옳을 듯하다. 나는 그 순간 그 때까지의 낡은 나와 결별하고 새로 태어난 나로 변모한다. 새로 태어나는 그 한순간을 위해, 처음 보는 풍경을 위해, 나는 살아간다고 해도 과언이 아니다.

여기까지 원고를 썼을 때 도바시 지주(土橋治重[92]) 씨의 부고를 들었다(6월 20일 별세, 향년 84세). 시문학지『가제(風)』 제127호(4월 20일 간행)가 마지막 작업이 된 셈이다. 장례식 날 나는 고치에 머무르며 홀로『가제』를 펼쳐 보았다. 거기 쓰인 후기 중 맨 마지막 문장에서 나는 눈을 떼지 못하였다.

> 언젠가 텔레비전에서 신기한 음계로 이루어진 음악을 듣고 어찌나 흥미롭던지 눈이 번쩍 뜨이는 기분이더군요. 인도인지 실크로드 주변 국가인지 아무튼 그 지역의 음악 같았습니다. 때때로 "그런 시를 쓸 수는 없을까?"라고 자문합니다. 독자 여러분들의 건승을 빕니다.
>
> – 도바시 지주

도바시 씨는 시를 대할 때 엄격한 사람이었지만 실은 이토록 유연한 태도를 한 것이다. 소년의 마음과도 같은 이러한 뜻을 죽기 직전까지 품고 있었다고 생각하니 가슴이 떨렸다.

"눈이 번쩍 뜨이는 기분"은 과거에서 탈피해 새로운 삶을 각성하는 느낌이라고 해도 무방하다.

여기에는 경이로움이 있다. 나아가 그는 "그런 시를 쓸 수는 없을까?"라고 묻는다. 이는 곧 경이로움으로 인해 시심이 촉발되어 경이로움의 흔

92) 도바시 지주(土橋治重, 1909~1993) : 일본의 시인, 소설가. 야마나시(山梨) 현 출생. 미국에서 고등학교를 졸업한 후 귀국하여 농업, 신문사 등에 종사하며 시를 썼다. 패전 후에는 '일본 미래파' 일원으로서 시를 쓰는 틈틈이 역사 소설과 역사 교양서 등 다양한 장르의 저서 60권 여 권을 출간했다. 시집『뿌리』로 제25회 일본 시인클럽 상을 받았다.

적을 담고자 하는 염원이다. 도바시 씨는 이런 내 해석을 어떻게 받아들일까? 마지막으로 그는 "독자 여러분들의 건승을 빕니다."라고 썼다. 나는 지금 이 글을 쓴다. 그는 나를 만날 때마다 내 손을 꼭 쥐고 "『후네』는 잘 버텨 주기 바라네."라며 당부했다. 꼭 읽어주었으면 했던 사람을 잃은 채 나는 지금 펜을 들고 있다.

도바시 지주 씨! 저는 앞으로도 변함없이 시를 쓰렵니다.

나는 특정한 대상 없이 이 글을 쓴다. 받는 이 없는 편지인 셈이다. 지적 유희가 아니다. 오직 유출할 뿐이다. 나는 무엇인가를 이루기 위해 태어나지 않았다. 인간은 도대체 이 세상에서 무엇을 할 수 있을까? 설령 책만 권을 남긴들, 어마어마한 부를 쌓아 올린들, 사막에서 목을 축여 주는 물 한 방울에 감히 비할 수 있을까? 필요한 것은 햇빛과 바람, 나무와 생물, 소박한 음식, 그리고 벗이다. 나는 지금껏 그것만으로도 충분했고 앞으로도 달라지지 않을 것이다.

나는 그렇게 많은 사물 속에서 살며 다양한 체험을 한다. 나는 끊임없이 나 자신을 잃으면서 뭔가에 다가간다. 나를 인도하는 자에게로. 체험을 거듭하면서 나는 한없이 확장된다. 나는 세상과 내 삶을 발견하기 위해 살아간다. 만약 나 자신을 위한 목적을 세운다면 내 삶을 그르칠 것이다. 나는 나와 다른 사람으로 변할지 모른다. 태어날 때나 죽는 순간에나 내 삶은 타인의 손에 맡겨진다. 태어나서 죽기 직전까지만 내 의지대로 살 수 있다고 어찌 말하겠는가.

나는 이른바 경험주의를 경계한다. 경험주의가 휴머니즘(인본주의)이라서가 아니라 하나의 관념인 탓이다. 이 점은 일찍이 베르그송도 지적한 바이다. 시는 경험주의에서 벗어나야 한다. 시는 관념을 전달하는 수단이 아니다. 시는 방법이 아닌 목적이다. 삶이 목적이듯 말이다. 선뜻 이해하기 어려울지 모르지만 다음과 같이 설명하면 쉽게 납득할 수 있을 것이다.

'산다'라는 말의 참뜻은 어제까지 만나지 못했던 무언가와 조우한다는 것이다. 지금까지 만난 것, 다시 말해 경험대로만 사는 것은 '삶'의 범주에 해당하지 않는다는 말이다. 어떤 관념에 기대어 사는 삶은 본연의 '삶'에 속하지 않는다. 경험주의 위에 안주하는 이의 삶은 본연의 '삶'에는 속하지 않는다.

시인은 진정한 '삶'을 산다. 적어도 진정한 삶을 염원한다. 진정한 '삶'을 염원하는 자를 시인이라 한다면, 시인은 경험주의 위에 안주하며 살아서는 안 된다. 하지만 결코 쉬운 일은 아니다. 그러한 생활 방식은 오래 살아서 익숙해진 내 집을 버리고 방랑을 떠나는 셈이나 마찬가지이기 때문이다.

시인에게 안주할 땅은 없다. 관념의 갑옷을 벗어 던지고 알몸으로 '이름 붙일 수 없는 존재'와 맞서야 하며, 깊이 심취해서 남김없이 타들어 간 끝에 되살아나 새 삶을 획득하는 사람을 나는 시인이라 부르겠다. 시인이란 곧 변신하는 삶을 사는 사람이다. 시에서 '새로움'은 결정적인 요소이다. 이는 경직된 관념의 갑옷을 벗고 자기만의 '삶'을 산다는 뜻이다. 시에서 '자유'란 이러한 의미와 깊은 연관이 있다.

– 시에 대한 단편 21(『후네』 제72호, 1993년 7월)

22. 시인 마쓰모토 아키라

마쓰모토 아키라[93]의 창작 행위는 시종일관 '조형이란 무엇인가'라는 근본적인 물음을 전면에 내세우며 이루어진 듯하다. 과학자를 방불케 하는 엄밀한 방법적 탐구는 단순히 미를 추구하는 차원을 넘어서 존재를 성찰하는 수도승의 구도행위처럼 보인다. 존재가 탄생하는 찰나의 불꽃놀이는 나를 도취시키는 동시에 각성시킨다. 판화 찍기는 그 순간에 가장 잘 어울릴 만큼 극적이다. 그런 연유로 마쓰모토가 판화에 열중하는지도 모른다.

표현이란 무엇인가? 그것은 형태일 뿐 아니라 힘차게 고동치는 심장을 가졌다. 마쓰모토 아키라의 작품이 항상 생기 있고 참신하며 광채를 띠는 비밀은 바로 그 박동에 있다. 이번에 새로 출판한 판화집 『나무 풍경(樹景)』에서도 이러한 마쓰모토의 창작 태도가 일관되게 드러난다. 방법과 상관없이 기교를 부리는 자유로움을 획득했고, 작가의 내면의 폭이 한층 발전했다. 1991년 갤러리 나쓰히코(夏彦)에서 간행한 『마쓰모토 아키라 작품집

93) 마쓰모토 아키라(松本旻, 1936~) : 일본의 화가, 판화가. 오사카 출생. 최초에는 우키요에 목판 복제사로 일하다 창작을 시작하였다. 1964년 일본판화협회전 야마모토 가나에 상, 1975년 류블랴나(Ljubljana: 슬로베니아의 수도) 국제판화비엔날레 그랑프리, 국내외 판화전에서 수상을 거듭하며 입지를 굳혔다. 초기 회화에서는 점묘법으로 그린 풍경을 주로 발표했으나 추상화한 색점으로 옮겨 갔다. 1979년 '저팬아트페스티벌 79'에서 〈배색-가로(32색)〉으로 대상을 받았다. 그의 작품은 도쿄 국립근대미술관, 도쿄 도현대미술관, 대영박물관, 워싱턴 국회도서관 등지에 소장되어 있다.

(1960~1990)』의 성과에서 한층 진일보했다.

마쓰모토 아키라의 작품에 대해서는 이미 많은 이들이 논평한 바 있지만, 나는 지금 『나무 풍경』을 보면서 아키라를 시인이라 칭하고 싶다. 오해는 말아 주기 바란다. 이 작품집에 삽입된 문구를 평하는 말이 아니다. 조형 작품 자체가 시라는 뜻이다. 그것도 최고 수준의 시라고 말하고 싶다.

마쓰모토 아키라가 시인으로서 지닌 특징은 첫째, 직관력이다. 직관을 가로막는 장애물은 온갖 관념이다. 아름다움도, 정서도 어떤 형태이든 낡은 관념이 들러붙는다. 경험마저 예외는 아니다. 마쓰모토는 그러한 낡은 옷에 얽매이지 않고 항시 백지와도 같은 새로운 감성으로 세상과 마주한다.

마쓰모토는 발견에 자신의 전부를 건다. 그런 나날은 하루하루가 새롭다. 『나무 풍경』 속에서 나무들은 그에게 말을 건다. 그는 나무가 내는 목소리에 귀를 기울인다. 마침내 나무의 의지(또는 원망, 소망)와 합일한다. 이때 존재는 그저 그 자리에 있는 것이 아닌 능동적인 과정으로 승화한다. 나는 여기서 시인 마쓰모토의 자유와 넓은 내면을 본다.

마쓰모토 아키라의 작품에는 관념을 동원한 위압, 감정의 증폭과 강매가 없다. 나는 "존재를 확인하기 위한 최소한의 행위"라는 마쓰모토의 말을 좋아한다. 이 말은 그의 내성적 기질이 드러난다기보다 사소한 거짓조차 끼어들 틈 없이 명징하고 더욱 적극적인 감각만으로 충분하다는 작가의 결의가 배어 있는 듯하다.

실제로 마쓰모토의 작품은 작가의 내면이 피부에서 피부로, 혈관에서 혈관으로 전해져 오는 듯한 특징이 있다. 쓸데없는 해석과 분석은 필요하지 않다. 직관은 종합하는 능력이기도 하다. 그것은 세상을 전체적으로 한눈에 포착하는 능력이다. 『나무 풍경』 1권은 나무의 일생과 각각의 모습을 더없이 생생하고 흥미롭고 극적으로 표현하고 있어서 진부하지 않다.

“감각에서 출발하여 감각의 착란을 통해 미래로”는 아르튀르 랭보의 유명한 말이다. 마쓰모토는 어떤 작품이든 자신의 감각 이외에는 출발점으로 삼지 않는다. 마쓰모토의 작품은 작가의 신념과 위배되는 경우가 거의 없고 따라서 다른 사람을 배반하지 않는다. 마쓰모토 아키라가 지향한 바는 무엇일까? 그것은 마쓰모토 자신도 의식하지 못할 것이다. 좌우지간 “감각에서 출발하여 감각의 착란을 통해 미래로”라는 말보다 더 마쓰모토에게 어울리는 말은 없다.

마지막으로 한 마디 더 하자면, 일본에는 “시인이란 심정과 정서를 갖고 살아가는 사람”이라는 잘못된 고정관념이 관습처럼 굳어져 있다. 그 탓에 강렬한 유머가 내포된 시나 그림을 감상할 기회가 별로 없다. 나는 『나무 풍경』 속의 유머와 경이로움을 결코 가볍거나 하찮다고 여기지 않는다. 그것은 존재를 똑바로 바라보지 않으면 이르지 못할 경지이기 때문이다. 시는 사람을 도취시키는 수단일 뿐만 아니라 자신의 존재를 자각하게 해주는 매개물이어야 한다.

작품은 이미 지나간 경험의 축적 속에서 태어나는 것이 아니라 새로운 삶을 각성하는 순간 태어난다. 마쓰모토 아키라는 이를 잘 알고 있었던 듯하다. 마쓰모토 아키라의 작품은 왜 항상 참신할까? 나는 그 한 가지에 감동한다.

* 이 단문은 도쿄 마치다(町田) 시립국제판화미술관(도쿄 도(都) 마치다(町田) 시 하라마치다(原町田) 4-28-1)에서 출간 예정인 「판화와 글」 시리즈 제3권, 마쓰모토 아키라 『나무 풍경』의 서문이다. 일반인, 특히 시문학인의 눈으로 이 책을 읽을 기회는 적다고 판단하여 본지 게재를 결정했다. 작품집에 관심 있는 독자는 동 미술관 고노 미노루(河野実) 씨에게 문의하기 바란다. 아울러 이 단문을 독립된 미술 평론으로 읽어도 무방하지만, 필자는 특별히 연재 중인 「시에 관한 단편」에 포함시키고자 한다. 제20화 「모든 예술은 시이다」와 함께 읽어 보기를 권한다.

– 시에 대한 단편 22(『후네』 제73호, 1993년 10월)

23. 시와 청춘

나는 시를 읽을 때, 또는 시에 관해 이야기할 때 시를 해석하거나 설명하려 들지 않는다. 회화며 조각, 음악에 대해서도 마찬가지이다. 나는 시의 촉감을 즐긴다. 음악에 대해서나 시에 대해서나 한결같다(혹시나 해서 밝혀 둔다. 정서에 관한 이야기가 아니다). 음악의 경우 음은 불꽃이요 색채이다. 육체이자 로고스이다. 판화는 희구(希求)이며 울림이다. 조각은 눈에 보이는 음악이다.

나는 그 작품들을 해석하거나 설명하려 들지 않는다. 그들을 전적으로 수용하고 나를 거기에 동화시키고 싶을 따름이다. 한꺼번에 전체를 받아들인다. 이 점은 시를 읽을 때도 예외가 아니다. 시는 분석하거나 해석하려 해서는 안 된다. 살아있는 한 사람의 인간을 함부로 분석해서는 안 되는 것과 같은 이치이다.

시가 태어나는 순간 그 자리에 있을 것. 작품은 그것이 전부이다. 감상자에게도 그것이 전부일 테니 말이다. 작품이 주는 감동은 거기서 밖에 얻지 못한다. 작품을 만드는 사람과 감상하는 사람이 작품을 공유한다는 건 작품을 대하는 태도의 전부이다.

*

시에 관해 말하자면 최초의 한 단어가 태어난다. 뒤이어 다음 한 단어가 태어난다. 그렇게 단어가 이어진다. 나는 단어와 단어를 결부시키는 의미에 주의를 기울이기보다 한 단어 한 단어 사이의 침묵에 몸을 숨기고 싶다. 그 안에 충만한 한숨과도 같은 감정들, 이를테면 희구, 탄성, 초조, 분노, 열정, 혹은 타산, 불쾌, 무지, 자아도취 같은 것을 일순간에 간파한다. 그리고 시에서 무엇이 중요한가, 무엇이 시를 살리는지를 감지한다.

시에 관해 말하자면 한 단어와 한 단어 사이에 있는 거대한 어둠 속에서 불타오르는 침묵의 불길을 알아채지 못한 채, 딱딱하게 말라비틀어진 머릿속 의미에 끼워 맞추기만 해서 어떻게 작품을 보았다고 말할 수 있겠는가? 작품을 접했다고 하겠는가? 그 어떤 해박한 평론가보다도 겸허한 눈동자에 초심을 간직한 젊은이가 훨씬 더 정확하게 작품을 읽는다. 작품을 만드는 사람에 대해서도 마찬가지 이야기를 할 수 있다. 프로로서 창작에 임하는 자는 명심할 말이다.

*

오래전 쇼신샤(昭森社) 출판사 대표였던 모리야 히토시[94] 옹이 나에게 이렇게 말했다.

"니시 군, 시는 청춘의 것이라네."

당시 시문학계에서는 '시와 청춘'에 관한 논의가 한창이었다. 모리야 옹의 표정은 웃음기를 띠고 있었지만 그런 가운데에도 단호한 기색이 엿보였다. 나 또한 이 문제에는 할 말이 많았으나 모리야 옹의 말재간에 놀아날 듯한 기분이 들어서 말을 돌렸다.

"그렇군요. 말씀대로라면 저도 서른을 넘겼으니 시를 쓸 자격이 진작에

94) 모리야 히토시(森谷均, 1897~1969) : 오카야마 현(岡山縣) 출신으로 1935년 도쿄에서 출판사 쇼신샤(昭森社)를 창업하여 시집, 미술서 등 양서를 출간했다. 도쿄 간다(神田)에서 출판사를 경영했을 당시 작가, 시인 들과 널리 교류하였다. 인격이나 풍모도 뛰어나 '간다의 발자크'라는 이름이 붙었다. 1946에서 1949년까지 종합 문학지 『시초(思潮)』, 1961부터 1987년까지 『혼노 데초(本の手帖)』 등을 간행했으나 1991년에 폐업했다.

없어졌겠는걸요."

모리야 옹은 허리를 꺾으며 한바탕 웃어젖혔다.

"자네가 뭐라고 하든 시는 청춘의 것이라니까."

나는 적이 기분이 상해 반론했다.

"그럼 니시와키[95] 선생이나 가네코[96] 옹은 왜 책을 내십니까?"

모리야 옹은 그 말에는 대답하지 않고 빙긋 웃기만 했는데, 한없이 진지한 표정이었다. 나는 지금도 그 표정을 잊지 못한다.

그 후 30년이 지난 어느 날 나는 불현듯 깨달았다. 모리야 옹이 말하려던 바가 무엇인지를. 그것은 동서고금의 시, 아울러 시라는 형식의 본질에 관한 말이었다. 모리야 히토시 씨가 출판사 쇼신샤를 꾸려가며 평생에 걸쳐 보여준 바가 무엇이었는지, 그야말로 "시란 청춘의 것"이라는 한 문장에 고스란히 담겨 있지 않은가. 시는 정열과 순수, 좌절과 희망과 함께 불타오르는 '청춘' 안에만 존재한다고 모리야 옹은 말하고 싶었다.

*

지식이나 선입견을 품고 작품에 접근하면 무엇보다도 어김없이 작품을 오독한다. 모리야 옹은 어느 날 또 이렇게 말했다.

"시인들을 보면 대부분 첫 시집이 좋아. 처녀 시집 말일세."

나는 바로 응수했다.

"저는 곧 다섯 번째 시집을 선생님 출판사에서 낼 예정인데요."

---

95) 니시와키 준자부로(西脇順三郎, 1894~1982)일본의 시인, 영문학자. 종전 이전에 모더니즘, 다다이즘, 쉬르레알리즘슴 운용의 중심에 선 인물. 『초현실주의 시론』『초현실주의 문학론』 등을 발표하여 초현실주의를 일본에 소개했다. 대표 시집에 『곡물제(Ambarvalia)』가 있으며 이를 통해 신시정신(新詩精神) 운동의 중심적 존재가 되었다.

96) 가네코 미쓰하루(金子光晴, 1895~1975) 아이치 현(愛知縣) 출신의 시인. 일본 제국주의에 저항하여 반전의 입장을 관철했다. 아들을 일부러 아픈 상태로 만들어 병역을 기피할 정도로 국가에 불복종으로 일관했다. 현란한 시적 세계가 주목을 받으며 문단에 나왔으나 후에 강렬한 자아 의식과 허무주의를 기조로 한 시풍으로 바뀌었다. 시집에 『상어』『낙하산』『인간의 비극』 등이 있다.

"그건 내야지."

"괜히 기분이 나빠지는데요."

"기분 나쁠 일이 뭐 있나? 어차피 쓸 건 써야지."

모리야 옹은 아주 간단하게 대답하며 웃었다. 나는 글을 쓰는 의미를 생각했다. 모리야 옹과의 대화 이후 30년이 지난 지금까지도 글을 쓰는 의미가 무엇인지 깨달은 바가 거의 없다. 하지만 모리야 옹이 했던 말의 의미가 이제는 절실히 와 닿는다.

"처녀 시집에 모든 것이 있다."

지금의 나는 그 말이 옳다는 사실을 안다. 모리야 옹은 이렇게 경고했다.

"잔재주로 시를 쓰지 말게. 어휘에서만 프로인 사람은 시를 못 써. 시는 오직 시를 소유한 사람의 몫이지. 니시 군, 시를 잃지 말게나."

*

나는 미술이나 문학, 문예 같은 단어를 좋아하지 않는다. 작품은 작가의 존재를 증명하는 것에 불과하기 때문이다. 내가 사는 고치 현에도 최근 현립미술관이 새로 생겼다. 문학관도 지을 예정이라고 한다. 어떤 작품을 소장할지는 모르나 좌우간 미술이나 문학이라는 명목 아래 권위를 부여하는 짓은 경계해야 한다.

다행히도 미술관은 권위주의를 비웃기라도 하듯 소장품의 한 축으로서 젊은 예술가들의 뉴 페인팅[97] 대작을 외국에서 들여왔다고 하니 반가운 일이다. 초대 관장 가기오카 마사노리[98] 씨에게 박수를 보낸다. 이 미술관

97) 뉴 페인팅(New Painting) : 1980년대 들어 새롭게 대두된 구상 회화. 거친 필치와 격렬한 원색 대비로 표현된 폭력, 죽음, 성, 꿈, 신화 등의 그림이 특징이다. 미국과 유럽에서 동시에 등장하여 '트랜스 아방가르드', '신표현주의' 등으로 불린다. 대표 작가에 슈나벨, 바스키아, 클레멘테 들이 있다.

98) 가기오카 마사노리(鍵岡正謹, 1920~) : 일본의 미술 연구가. 1985년 요미우리 신문사 주최

에서 기존의 미술 관념을 깨부수는 강렬한 개성이 탄생하기를 기대한다.

적어도 미술에서 그림이 태어나고 문학에서 시가 태어나는 것은 결코 아니다. 장 아르프의 말처럼 시대를 막론하고 열매는 나무에서 나오고 예술은 사람에게서 태어난다. 달리 작품이 태어나는 방법은 없다. 시도 그림도 음악도 만인이 갈구하고 공유하는 까닭이 거기에 있다.

시는 어떠한 인식이나 개념과도 동떨어진 존재이다. 시는 원래부터 자기 마음속에 있었다는 사실을 사람들은 깨닫기만 하면 된다. 작자든 독자든 마찬가지이다. 작품은 그저 그 계기가 되면 충분하다. 작품을 본다는 것은 작품을, 아울러 작가를 어떻게 이해할까 하는 문제가 아니다. 사람은 작품 앞에 서서 자기 자신을 발견하고 감동하게 마련이 아닐까? 사람은 스스로를 소생시키기 위해 작품을 가까이하는 것이 아닐까?

단순한 이야기지만 시를 읽을 줄 아는 사람은 시를 이해하는 극소수의 사람이 아니며, 시를 공유할 줄 아는 사람은 지금 이 순간에도 이 지상에 무수히 많다. 오늘날 시를 쓰려는 사람은 이 사실을 겸허히 고민할 필요가 있다.

– 시에 대한 단편 23(『후네』 제74호, 1994년 1월)

로댕전을 비롯한 다수의 전시회를 기획하였다. 고치현립미술관, 오카야마(岡山) 현립미술관 관장을 역임하였다.

24. 시 이전을 다시 생각하다

표현된 시는 언어의 세계에 속한다. 표현되기 전의 사람은 사물의 세계에 속한다. 표현된 시를 간단히 '시'라고 부르자. 그 시는 어디에서 생겨나는가? 사람에게서 생겨난다. 결코 언어 속에서 저절로 생겨나지 않는다. 단순하면서도 놀라운 도식이 여기에 있다. 차분히 살펴보자. 요컨대 시는 사람에게서 생겨나므로 사람에 속한다.

시는 언어에 속하지 않는다. 그런 연유로 언어를 아무리 깊이 탐구하고 연습을 되풀이하더라도 시는 생겨나지 않는다. 시는 사람에 속한다. 더불어 사람은 사물의 세계, 달리 말해 언어가 없는 침묵의 세계에서 태어난다. 자연히 시 또한 침묵의 세계에서 태어난다. 시는 언어의 세계에서 태어나는 것이 아니라 사물로 이루어진 침묵의 세계에서 태어난다는 뜻이다.

시는 문학에 정통한 사람의 머릿속에서 태어나는 것이 아니라 사물, 즉 침묵의 세계에서 태어난다는 사실은 위의 도식만 보더라도 쉽게 이해가 될 것이다. 여기서 한발 더 나아가면 시인에게 중요한 것은 시 이전이라는 결론이 나온다. 시로 표현되기 이전이 시의 결정적 요소이다. 시 이전이란 작법을 고심하기 전에 먼저 고려해야 하는 시인의 삶 자체이다.

삶의 방식은 곧 사물을 대하는 방식이다. 그 방식이 시를 결정한다.

*

사람은 사물의 세계에서 산다. 그런데 정말 그러할까? 사람은 모든 사물에 이름을 붙이고 사물을 해석한다. 그러므로 실제로는 사물의 세계에 있으면서 사물은 보지 않고 언어로만 살아가는 것은 아닐까? 갓난아기에게 세상 만물은 경이로움이다. 어른에게 세상 만물은 집안의 가구만큼이나 안락하다. 우리는 실제 현실이 아닌 이미 해석된 현실, 가장된 현실, 언어가 없는 세계가 아닌 언어가 범람하는 세계 한복판에 사는 건 아닐까?

첫머리에서 사람은 사물의 세계에 속한다고 했다. 사실 몸은 사물의 세계에 있되 언어의 세계에서 산다. 언어에서는 시가 생겨나지 않는다. 그렇다면 언어란 무엇인가? 사물이란 무엇인가? 사물은 혼돈이다. 언어는 형상이다. 표현된 시는 언어, 즉 형상의 세계에 속한다. 표현되기 전의 사람은 사물, 즉 혼돈의 세계에 속한다.

시는 언어, 즉 형상의 세계에서 태어나지 않는다. 시는 사물, 즉 혼돈의 세계에서 태어난다. 그런 까닭에 시인은 항상 언어가 이루어내는 형상의 세계에서 언어가 없는 혼돈의 세계로 돌아가야 한다. 한마디로 시인은 언어 세계의 파괴자이다. 한마디 더 덧붙이면 시란 언어, 즉 형상의 세계가 붕괴할 때 나타나는 것이라는 말이기도 하다.

"눈은 진흙 속에 있다"라고 했던 T.E. 흄[99]의 말에서 제1차 세계대전 이후의 시인이 출발했다는 평가도 일면 타당하다. 하지만 정보, 바꿔 말해

99) 토머스 어니스트 흄(Thomas Ernest Hulme, 1883~1917) : 영국의 철학자, 시인, 비평가. 런던에서 '시인 클럽'을 설립하고 이미지즘 시운동을 주도했다. 생전에는 크게 주목받지 못했다. 1917년 제1차 세계대전에 참전했다가 전사한 후 유고집 『성찰』이 출간되면서 재조명되었다. 개인주의를 부정하는 반인본주의 사상을 제창하여 모더니즘 성립에 지대한 영향을 끼쳤다. 그의 종교적 세계관, 고전주의적 예술관은 T.S. 엘리엇 등 시인, 문학자들에게 큰 영향을 주었다.

언어가 범람하는 오늘날만 해도 흄의 말은 이미 유효하지 않다. “나는 시종일관 파괴자였다.”라고 입버릇처럼 말했던 피카소는 “항상 사물에서 출발하라. 거기서 어디로 나아갈지는 자유이다.”라는 말도 했다.

피카소의 이 말은 형상을 추구했던 사람에게서 응당 나올 법한 이야기였지만 시인의 삶을 고스란히 내포하는 말이기도 하다. 단순한 말이지만 글 앞머리에서 제시했던 도식의 놀라운 의미가 이것이다. 여기서 한발 더 나아가 보자.

*

언어의 세계에 행위성은 없다. 사물, 즉 혼돈의 세계에서 비로소 행위가 발생한다. 시는 행위의 결과요 행위의 산물이다. 그 외에 아무것도 아니다. 언어에 안주하는 사람에게서 시는 절대 생겨나지 않는다. 시는 언제나 혼돈이라는 세계의 주인인 까닭이다.

사물 다시 말해 혼돈, 즉 어둠에는 어떻게 대처해야 할까? 말이 아닌 자신의 감각으로 대처하는 길밖에 없다. 후각, 청각, 촉각, 미각, 통각은 자신을 배신하지 않는다. 나아가 나를 다른 어딘가로 이끌어 준다. 나는 어디까지든 이끄는 대로 충실히 따라갈 것이다. 내 작품은 그 자취로 남아야 한다. 그 자취만이 내 삶의 증거이다.

나는 이를 ‘시의 행위성’이라고 부르고자 한다. 시와 예술에서 가장 중요한 한 가지는 바로 행위성이다. 행위성이 없는 작품은 겉모습이 아무리 완벽해도 가치가 없다. ‘시의 행위성’이 무엇인지는 깊은 고찰이 필요하다. 시란 무엇인가? 이 질문은 중심 명제라고 해도 좋다. 아무튼 언젠가 새로운 글로 다시 고찰할 터이나 그 맛보기를 지금 이 지면에 밝히고자 하니 독자 여러분도 함께 생각해 주기 바란다.

*

시의 결정적 요소는 시 이전이라고 했는데 시 이전은 만인의 세계이기도 하다. 혼돈=감각의 세계는 만인의 것이다. 언어는 만인을 지배하지만 혼돈이야말로 만인의 진실이기도 하다. 시인이란 그 진실을 살아가는 사람이어야 한다. 그래야만 시가 읽힌다. 왜냐하면 시는 만인의 것이기 때문이다.

표현된 시는 언어의 세계에 속한다. 하지만 그 시는 언어가 아닌 사물, 곧 혼돈의 세계를 내포한다. 요컨대 표현된 시, 곧 언어=형상은 발견된 현실이어야 한다. 시=형상은 현실이 내포하는 혼돈이기에 새롭다. 사람이 시나 예술을 감상하는 것은 자신이 갖추지 못한 아름다움을 동경하는 행위가 아닌 참다운 현실=자기 자신을 그 속에서 보기 위함이 아니겠는가? 쉽게 말해 예술 감상은 우리의 생활을 되살리기 위한 행위라 해도 다르지 않다.

*

시는 언어에서 얻지 못한다. 감각을 통해서만 얻을 수 있다. 하지만 감각은 창(窓)에 불과하다. 그 창을 통해 시인이 어떻게 미지에 다다를까 하는 행위성이 시의 중심 명제에 해당한다.

– 시에 대한 단편 24(『후네』 제75호, 1994년 4월)

25. 시의 행위성

시는 감성이 전부인가라고 묻는다면 나는 "그렇다"고 대답할 것이다. 이 질문의 핵심은 "왜 감성이 시의 전부인가?"라는 점이다. 여기에는 "시란 무엇인가?" 혹은 "감성이란 무엇인가?"라는 물음도 포함되어 있다. 위 질문에서 '시'를 '인간'으로 바꾸어 생각해 보자. "인간에게 감성이 전부인가?"라고 묻는다면 당신은 이 질문에도 단호하게 "그렇다"고 대답할 수 있는가?

나는 항상 시는 곧 인간이라고 여기기 때문에 이 질문에도 내 대답은 단연 "그렇다"이다. 인간이나 시의 모든 것을 감성의 문제로 여기는 일에 이의를 제기하는 사람에게 묻고 싶다. 당신에게 감성이란 무엇인가?

나는 이렇게 대답하겠다. 감성은 인간이 지닌 다양한 능력 가운데 하나가 아니다. 즉 내가 갖춘 능력 가운데 하나라고 생각하지 않는다. 내가 감성을 소유하거나 감성이 나에게 귀속되는 것이 아니라, 거꾸로 내가 감성에 귀속된 소유물이라는 뜻이다. 이것이 중요한 포인트이다. 감성은 우리가 삶을 영위하는 보금자리라고 해도 좋을지 모른다.

나에게 감성은 광대한 바다와 같다. 나는 그 안에서 무수한 사물을 만난다. 나와 당신의 만남도 감성 안에서 이루어졌고 시도 감성 안에서 발견했다. 감성이 없는 곳에서는 무엇과도 만나지 못한다. 감성에 관해 이야기할 때 '시의 행위성'이라는 문제가 대두한다.

감성지상주의라는 단어는 여기에 어울리지 않는다. 내가 말하는 감성은 삶의 터전에 관한 문제이다. '인간은 어떻게 살아야 하는가?'라는 자신의 삶의 방식에 대한 문제이므로 감성의 문제를 따로 떼어 논해봐야 아무 소용 없다. "시는 감성이 전부"라는 말은 "시는 삶의 방식이 전부"라는 말이기도 하다. 게다가 인간의 삶은 자신의 감성을 떠나서 존재하기 어렵다는 사실에 주목해야 한다.

"시는 감성이 전부"라는 말에 위의 내용을 대입하면 "자신의 삶이 시의 전부"라는 말이 된다. 당연한 말일지 모르겠지만 "시는 감성이 전부"라는 말에는 "당신은 남들이 모르는 자기만의 감성의 세계를 얼마나 진지하게 살았는가?'"라는 질문의 예리한 칼끝이 숨겨져 있다. 이를 간과해서는 안 된다.

*

이쯤에서 일화를 하나 소개하자. 최근에 화가인 M이 나에게 이런 말을 했다.

"나는 물건 수집을 좋아해서 방에는 금세 잡동사니가 산처럼 쌓인단 말이야. 모두가 어처구니없어하지만 그 산더미 속에서 어떤 신호가 나오거든. '나 좀 사용해 줘'라고 말이야. 그러면 그 신호에 응답해야 해. 말하자면 나는 '매개체'인 셈이지."

"작품은 혼자 만드는 게 아니군."

"맞아. 혼자서 여러 가지를 고안하고 재료를 골라서 이것저것 하려고 하면 오히려 더 안 풀려."

이 대화 속에는 감동할 만한 몇 가지 사실이 들어 있다. 그는 작품을 만들 때 자의적인 자기 욕구나 계획에 입각하여 작품을 만들지 않는다. 대부분 잡동사니 무더기에 둘러싸이고, 스스로 무더기 속으로 들어가서 사물이 내보내는 신호를 기다렸다가 작업을 개시한다.

사물을 마주하고 자신의 감성을 열어젖힌다. 이는 자신의 삶과 시를 향해 내딛는 첫발인 셈이다.

우리의 일상은 대부분 말로 채워져 있고 실용적인 의미가 부여되어 사물로부터 멀어진다. 만약 사물과 마주했다고 생각해도 그때 보이는 것은 사물 그 자체가 아니라 사물의 명칭과 용도 등 사람이 자기 마음대로 부여한 의미일 때가 허다하다. 사물을 대할 때 감성을 연다는 말은 해석된 현실이나 이름 붙여진 현실, 즉 가상 현실에 자신을 중첩하지 않는다는 뜻이다. 가상 현실에서 자신을 분리하여 아직 이름 붙지 않은 혼돈과 미지의 현실(그렇지만 진정한 현실)과의 조우에 스스로 참여한다는 뜻이다. 그렇게 해서 자신의 변화와 발견이 시작된다.

"나는 말하자면 매개체이다."라고 했던 말은 일종의 자기 포기를 뜻하기도 한다. 그러나 이러한 자기 포기는 작은 생각에 갇힌 자아로부터의 해방이며, 사물이 속한 광대한 거시 세계에 자신을 내맡기는 행위이다.

시는 나에게 속하지 않는다.
내가 시에 속한다.
나는 나에게 속하지 않고,
나는 세상 속에 속한다.
내가 세상을 향해 얼굴을 돌릴 때,
세상이 내 안으로 밀려들어 온다.

내가 나를 바꾸지 않고
세상이 나를 바꾼다.
나는 끝없이 변모하면서
세상을 돌아다닌다.

나는 나를 위해서 시를 쓰지 않는다.
세상이 나에게 시를 맡긴다.

위 시를 "나는 매개체이다."라고 했던 화가 M에게 바친다. 감성의 세계를 향해 자신을 열자. 온갖 개념과 정보가 꽉 들어찬 머리에는 사물이 신호를 보내지 않는다. 삶의 행위가 없는 곳에서는 시가 생기지 않는다. 또한 행위는 항상 발견과 함께 존재한다. 말로 꾸며진 현실에 안주하는 사람들에게 발견은 물론이거니와 행위도 생기지 않는다. 행위성을 간과한 감성론은 무의미하다.

나는 시인이 지닌 언어적 재능이나 지식보다 자질에 더 무게를 둔다. 언어적 기교나 지식은 나중에라도 어떻게든 얻을 수 있다. 하지만 사물의 본질을 대하는 방만하고 나태한 자세는 자칫 시인으로서의 생명을 앗아갈 수도 있다. 시는 날개이다. 솔직함과 겸허함, 끝없는 호기심이야말로 시인으로 성장하기 위해 필요불가결한 자질이다. '시의 행위성'이라는 말도 시인을 향한 메시지이다. 시인의 성장은 이 행위성을 통해서만 이루어지기 때문이다. 시인을 성장하도록 이끄는 요소는 시인 자신의 힘이 아니다.

시인은 자신을 세상에 내맡겨야 한다. 언뜻 역설적으로 들릴지 모르지만 '시의 행위성'은 자신을 세상에 내맡긴 바로 그 지점에서 생겨난다는 사실을 거듭 강조하고 싶다. 감성에는 윤리적 문제가 포함되어 있다는 사실이 중요하다.

– 시에 대한 단편 25(『후네』 제76호, 1994년 7월)

26. 시 쓰기와 시 읽기

시를 쓰기는 쉽지만 읽기는 몹시 어렵다. 이를 반대로 착각하는 사람도 많은데 실은 그렇지 않다. 시는 다섯 살배기 어린아이도 쓸 수 있다. 가장 난처한 경우는 시를 쓰는 약간의 기교와 지식만 갖고 작품을 간단히 만들어낼 수 있다고 믿는 시 선생들이나 비평가들이다. 순수한 벌거숭이의 감성에서 갓 태어나, 펄떡거리는 심장과도 같은 작품을 제대로 음미할 수 있는 까닭 역시 마찬가지로 때 묻지 않은 벌거숭이의 감성을 지닌 사람이기 때문이다. 시 몇 편 끼적인 경험만 갖고 득의만만해 하는 사람보다, 오히려 시를 쓰기도 전에 포기부터 하는 사람이 마음속으로는 시의 핵심을 훨씬 명확하게 파악하고 있는 경우가 많다. 믿기 어렵다면 각자 중학교 때 남몰래 애독했던 시집을 떠올려 보자. 시를 어렵게 느끼는 원인도 실은 아주 단순한 문제인데, 바로 이런 점에서 비롯되었는지도 모른다. 독자는 결코 비평가가 되어서는 안 된다.

"현대시의 독자는 현대시를 쓰는 시인들뿐이다. 일반인들은 현대시를 읽지 않는다."

이는 이미 20여 년 전부터 많은 평론가가 언급한 말이다. 그게 사실일까? 나는 그렇게 생각하지 않지만, 그 말만으로는 설득력이 없으므로 다음의 사례를 한번 보자.

6년 전, 도쿄의 우리 집에 그림을 공부하는 젊은 여성이 놀러 온 적이 있었다. 시를 쓰지는 않지만 좋아한다고 하여 마침 옆에 있던 신카이샤(森開社) 판 『사가와 지카 시 전집』을 보여주었다. 모르는 시인이라고 해서 일단 읽어 보라고 권했더니, 잠시 읽고 나서는 눈을 반짝거렸다.

"60년이나 지난 시랍니다."

내 설명에 그녀는 말했다.

"정말이에요? 꼭 요즘 시 같아요. 저도 이 시집 사고 싶어요."

그녀가 감탄하기에 판권을 보여주었다. 다무라 쇼텐(田村書店) 발행, 550부 한정, 정가 7,300엔. 잠시 바라보던 그녀의 얼굴빛이 어두워졌다.

"사고 싶지만 지금은 돈이 없어요."

그녀가 중얼거렸다.

그로부터 며칠 뒤에 그녀는 밝은 얼굴로 찾아와서는 대뜸 이야기했다.

"그 책이요, 우리 집 근처에 있는 네리마(練馬) 도서관에 구입 신청해서 대출했어요. 그리고 시를 전부 공책에 필사했어요."

시만 해도 150페이지 정도였다.

"그것 참 잘하셨구려. 도서관에서 복사도 할 수 있는데 필사까지 하셨소?"

"아깝잖아요. 그리고 좋아하는 시는 자기 손으로 써 보는 게 제일이잖아요."

그녀는 기쁨을 감추지 못했다.

1936년 24세 나이로 생을 마감한 시인 사가와 지카의 시를 아는 사람은 시 관계자 중에서도 극소수이다. 그 작품을 전부 필사한 사람은 아마 시인 중에 한 사람도 없을 것이다. 시를 쓰는 일과 아무 인연도 없던 그녀가 『사가와 지카 시 전집』을 도서관에 구입 신청하여 그 작품을 전부 필사하다니. "현대시의 독자는 현대시를 쓰는 사람뿐"이라고 큰소리치며 아는 체하는 시 평론가들은 부디 진지하게 생각해 보길 바란다.

아무리 유명한 시인의 시라 해도 그녀가 좋아하지도 않는 시를 직접 손으로 쓰지는 않으리라. 그녀는『후네』의 오랜 애독자이기도 하다.『후네』에는 그녀처럼 문장가는 아니어도 시를 사랑하는 독자들이 많다.

"이 세상은 좋은 시와 음악, 그림이 있어서 근사하다. 나는 그 작품들을 접할 수 있어서 만족한다. 그러니 구태여 시를 쓸 필요는 없다."라고 말하는 독자도 있다. 작가인 나는 이 말이 가장 두렵다. 이처럼 좋은 시를 갈구하는 독자를 두고『후네』를 대충 만들 수가 없는 노릇이니 말이다. 시에 최선을 다해도 여전히 충분하지 않은 느낌이 든다. 그야말로 신의 가호가 필요할지도 모른다. 독자와의 이 끝없는 긴장 관계야말로 현대시나 현대예술에 불가결한 요소가 아닐까.

시를 쓰지 않는 독자, 또는 초심자와 같은 사람을 결코 업신여기거나 얕보아서는 안 된다. 그들은 이제 겨우 글쓰기에 익숙해진 문장가보다 훨씬 진지하게 몸과 마음을 다해 시를 추구하기 때문이다. 시를 쓰려는 사람들은 이를 잊지 말아야 한다. 거듭 강조하지만 시를 쓰기는 쉬우나 읽기는 어렵다.

이를테면 15세, 20세, 30세, 50세, 70세에 괴테를 읽는다고 치자. 시기별로 당신은 예전에 미처 몰랐던 새로운 사실을 똑같은 작품에서 발견할 것이다. 또 어느 날에는 30년 전에는 훌륭하다고 생각했던 책을 다시 꺼내어 읽고 그 시시함에 실망할지도 모른다. 반대로 30년 전에는 거들떠보지도 않던 책을 작가가 사망한 후에 읽어 보고는 깜짝 놀랄지도 모른다. 같은 사람이 읽어도 이처럼 그때그때 다르게 느끼는지라 시의 핵심이나 전모를 제대로 파악하기란 그리 쉬운 일이 아니다.

문학사와 예술사도 마찬가지이다. 시점에 따라 내용이 크게 변화하므로 현재 서점에 진열된 문학 전집이나 예술 전집이 미래에도 변함없이 같은 내용으로 존재한다고 보기는 어렵다. 2010년쯤이면 일부 연구자를 제외하고는 현재 일본의 근현대 문학 전집이나 근현대 시집을 그대로 읽을 가능성이 희박하다고 본다. 아마도 모험적 상상력이라는 관점에서 문학과 철학, 종교와의 깊은 연관성, 또는 고고학이나 과학 등과의 연계, 지구상의 타민족과의 교류 측면에서 문학은 그 근본부터 재조명되지 않을까. 그럴 때 종합적 직관력의 총체인 시는 모든 문학과 예술의 중심으로 부상하리라는 예감한다.

한 권의 시집을 읽으려면 시인의 모든 능력, 인격, 생각도 알아야 한다. 나아가 그러한 요소가 숨겨진 인류사 전체를 투시할 수 있는 직관력이 근본적으로 필요하다. 이런 직관력을 대단한 능력처럼 여길지도 모르지만, 순수한 마음으로 시를 추구하는 사람은 자기도 모르는 사이에 시의 핵심과 융합한다. 분석적 · 개념적 해석이 시 읽기를 방해한다.

시 읽기가 어려운 이유는 시에 대한 불필요한 지식을 버리고 생생한 감성을 되살리지 못하기 때문이다. 시나 예술을 접하는 사람이라면 공감과 종합적 직관력을 잃지 말고 고양해야 한다. 이는 불가결한 조건이다.

*

작품을 전부 혼자서 만들려고 해서는 안 된다. 쓰고 그리는 행위의 내면에는 작가의 계산이나 의도를 넘어선 무언가가 숨어 있어야 한다. 그것이 작품을 훌륭하게 만든다. 계산이나 자기 관리만으로 만든 작품은 시시하다.

시인은 시를 소유하는 사람이 아니다. 시는 소유하거나 관리할 대상이 아니기 때문이다. 시인은 아마도 시에 속한 존재일 것이다. 누구나 연습만 하면 시 비슷하게 흉내는 낼 수 있다. 하지만 진정한 시와는 거리가 멀다. 시는 대부분 자신의 노력만으로 쓸 수 있는 차원이 아니기 때문이다.

– 시에 대한 단편 26(『후네』 제77호, 1994년 10월)

27. 감성과 사물

시는 어떤 관념이 아니라 사물에서 출발한다. 사물이 없는 곳에서는 아무것도 발생하지 않기 때문이다. 인간의 감성을 일컬어 훌륭하다고 말할 때, 감성 자체, 또는 감성이 실재한다는 자체가 훌륭하다는 뜻이 아니다. 감성이 생겨나기 전에 이미 거기에 사물이 있었고, 이미 존재하는 사물을 깨닫는 능력이 있기에 감성은 훌륭하다고 할 수 있다. 요컨대 감성은 인간이 거기에서 어떤 사물을(미지의 그 무엇이라고 하는 편이 더 정확하겠지만) 바라보는 창에 지나지 않는다.

창은 훌륭하다. 창을 통해 여러 사물이 보이기 때문이다. 창이 없다면 우리는 아무것도 보지 못한다. 창은 흐려서는 안 된다. 가능하면 창은 전부 열어 두어야 한다. 인간의 사고는 감성이 수반되어야 한다. 사고력이 아무리 뛰어나도 단독으로 움직이게 내버려두어서는 안 된다. 요컨대 사고와 감성을 분리해선 안 된다는 뜻이다.

사고와 감성의 관계에서 감성은 사물의 나침반이다. 사고력만으로는 밤의 어둠 속을 한 발짝도 나아가지 못한다. 사고력이 단독으로 폭주하면 어떻게 되는지 731부대[100]와 핵개발만 보아도 잘 알 수 있다. 감각으로 세상

100) 731부대 : 제2차 세계대전 중 중국 하얼빈(哈爾濱)에 주둔했던 일본 관동군 산하의 세균전 부대. 당시 조선인과 중국인, 몽골인 등을 대상으로 생체실험을 자행했다.

과 함께하는 삶이 시인의 삶이다.

*

당신이 어떤 일에 종사하든 상관없다. 음악가라고 가정해 보자. 당신이 작곡하는 음악의 출발점은 어디인가? 음악에서 출발한 음악은 물론 음악의 범주에 속한다. 그러나 사물의 세계에는 속하지 않는다. 그 음악은 사람=관념의 세계에 속하며 사물의 세계에 속하지 않는다. 다

시를 말하지만 사물은 관념에 속하지 않는다. 음악은 관념의 세계가 아니라 사물의 세계에 속하며, 사물에서 출발하는 까닭에 예로 든 음악은 결국 음악이 아니다. 음악에서 출발한 음악은 음악이 아니다. 음악은 음악이 없는 곳에서 출발해야 음악이라고 할 수 있다.

시나 그림도 마찬가지이다. 관념이나 인습, 표본을 무너뜨리기란 쉽지 않다. 그러나 이 틀을 깨뜨리는 순간 사물이 나타난다. 사물의 원초적인 호흡을 포착하지 않으면 시는 나오지 않는다. 그림이나 음악도 마찬가지이다. 어떤 작품을 보고 아름답다거나 불멸의 명작이라고 칭송하는 이유는 그 작품이 처음이기 때문이다.

전례가 있다면 처음이라고 하지 않는다. 그것은 아름답지도 않고 아무 감동도 주지 않는다. 전례는 하나만으로 충분하다. 사물과 만난 흔적을 담지 못한 채 한낱 공상만으로 표현한 시나 그림과 음악은 무의미하다.

*

시나 그림과 음악의 미래는 어떻게 관념적인 시나 그림과 음악을 버리는가에 달려 있다. 최근에 긍정적 징후가 나타나고 있다. 다양한 분야에서 드러나는 여러 가지 징후는 기존의 관념적 경계를 타파하고 사물의 세계에 참가하는 방법을 지향하는 듯 보인다. 그러한 모색 과정의 고충은 바로 현대 예술이 처한 작금의 현실이라고 해도 과언이 아니다. 이는 예술에만 국한된 일이 아니다.

잘 만들어진 시와 예술도 그 자체만으로 사람들을 만족시키지 못한다. 사람들은 사물의 때가 묻지 않은 시와 예술을 추구한다. 훌륭한 시는 사람들을 관념이나 인습으로부터 해방하여 사물의 원초적 숨소리를 느끼게 한다. 시는 모든 인습을 깨뜨리고 벌거숭이로 빛나야 한다. 시는 온갖 고통을 겪은 후에 비로소 빛난다. 시는 처음의 존재이리라. 사람들은 이 시를 아무 대가 없이 손에 넣지는 못한다.

– 시에 대한 단편 27(『후네』 제78호, 1995년 1월)

28. 존재와 시의 행위성

『말도로르의 노래』[101]의 작가 로트레아몽은 "시는 실천적 진리이다."라는 명언을 남겼다. 하지만 나는 로트레아몽이 남긴 다음의 말에 주목한다.

"나는 시를 노래하지 않는다. 나는 그 원천을 발견하고자 노력한다."

역설과 풍자의 달인인 로트레아몽의 말을 글자 그대로 해석하고 싶지는 않다. 이를테면 "나는 시를 노래하지 않는다."라는 말은 "노래하지 않겠다."라는 선언이 아니다. 단순히 노래하고 쓰기만 하는 시인을 빗댄 말이다. 그보다는 "시의 원천을 발견하고자 노력한다."라는 말이 더 중요하다. 이는 '시의 실천'이고 그 행위가 곧 시라는 뜻이다. "시는 실천적 진리이다."라는 말과 같은 맥락이다.

결국 '원천을 발견하려는 노력'과 '실천적 진리'는 시와 불가분의 관계이다. 로트레아몽은 단순히 노래하고 쓰기만 하는 시세계에는 '실천'도 '행위'도 존재하지 않는다고 주장했다. 문제는 "무엇이 시의 행위인가"이다.

대체로 나는 비약과 풍자와 역설로 가득한 시인의 말을 글자 그대로 받아들이지 않는다. 문제는 '핵심'이다. 또한 비약과 풍자와 역설이 전부 통

101) 말도로르의 노래(Les Chants de Maldoror) : 로트레아몽의 장편 산문시. 총 6편으로 이루어져 있다. 주인공 말도로르가 사악하고 부도덕한 짓을 잇달아 저지르며 신에게 반항하는 내용을 담고 있다.

하지 않는 시인은 시인으로 인정하지 않는다. 그는 '호기심'이 부족한 사람이다. 나는 내가 겪은 경험을 통해서 로트레아몽의 주장에 전적으로 공감하면서, 그러한 생각을 내 언어로 표현하고자 한다.

로트레아몽은 어디선가 "나는 인식자(認識者)를 경멸한다."라고 말한 바 있다. '인식자'의 상대어는 '발견자'나 '깨달은 사람'이리라. 세상은 갑자기 나타난다. 인식되기 위해서가 아니다. 시인의 작품이 갑자기 나타난 세상의 생생한 보고서이자 실천 보고이면 그것으로 충분하다. 시는 모조품이 아니라는 점이 중요하다.

로트레아몽은 시의 원천을 "발견하고자 노력한다."고 했는데 '발견'은 일상에서도 무수히 일어난다. '노력'은 오히려 나 자신을 잊고 '무심'할 때 저편에서 불쑥 나타나 다가오는 듯하다. 그것은 내 의지와는 상관이 없다. 예컨대 내가 초기 초현실주의 작가와 조우한 방법인 프로타주, 오브제, 데칼코마니, 오토마티즘 등에서 지금도 전율과 경외심을 느끼는 이유는 그들의 작품 속에 앞서 이야기한 동기와 행위가 숨어 있기 때문이다.

존재에 대한 적극적인 개입을 의도한다는 점에서 나는 그들에게 절대적인 경의를 표한다.

그렇기에 제2차 세계대전 이후에 등장한 후기 초현실주의 작품은 대부분 지루하고 무의미하다고 느낀다. 그들의 기교는 '새것'이 아니라 이미 누군가에 의해 발견된 '기존의 방법'이나 '허용된 아름다움', '기성의 인식'에 속하기 때문이다.

A. 브르통은 "완성은 나태함이다."라고 경고한 바 있다. 후기 초현실주의 작가들은 대개 미의 전도사로 전락했는데, 다름 아닌 나태함에 굴복한 결과이다. 브르통은 또한 "초현실주의는 역사적으로 정당화되어서는 안 된다."라고 했다. 이 말은 제2차 세계대전 이후 50년 사이에 완전히 뒤집혔다. 이유야 어쨌든 일본에서 최초의 '초현실주의 선언'을 한 우에다 도시

오[102]와 기타조노 가쓰에가 전쟁이 끝나자마자 초현실주의와 결별한 것은 정당했다고 본다.

*

기성의 개념으로 받아들인 사물은 사물 자체가 아니라 사물을 빙자하여 관념을 받아들인 것에 지나지 않는다. 관념에 포함된 기성의 윤리, 인식, 질서가 사물을 가려서 사물 자체를 보지 못하게 한다. 이를 경계해야 한다. 상식이나 인습이라고도 하는 그 고정관념이 우리를 사물에서 멀어지게 만든다. 시인은 이 상식과 인습의 벽을 깨고 사물의 세계로 들어가는 사람이자 그 자유를 누리는 사람이다. 시인은 삶을 소생시키는 사람이다.

노발리스는 시인을 견자(見者)라고 했다. 존재는 내가 있건 없건 상관없이 존재하는 무엇이다. 존재는 천만 개의 단어를 사용해도 다 표현하지 못한다. 나는 존재를 추구할 때 내가 존재로부터 항상 완벽하게 소외되어 있음을 가장 먼저 깨닫는다.

공허한 인식자는 무력하다. 인식자는 존재로부터 추방당한다. 존재 앞에서 언어는 아무 능력도 발휘하지 못한다. 그러나 시는 존재가 나타나는 순간에 출현하거나 혹은 그 순간을 봉쇄한다. 이해할 수 있는가? 시는 '놀라움'과 '발견'의 순간을 품어야 한다. 그런 시가 우리의 마음을 흔든다.

진정한 시에는 빛과 어둠, 불가해하고 뜻 모를 목소리로 가득 차 있다. 자신을 포기하고 말의 오래된 질서를 포기하는 순간에 존재가 나타난다. 그때 언어는 지금 막 태어난 듯 생생하게 빛난다. 시인은 그 새로운 세계가 출현하는 순간과 맞서는 사람이다. M. 에른스트의 첫 프로타주에서는 지금도 여전히 그 순간의 전율을 느껴진다.

---

102) 우에다 도시오(上田敏雄, 1900~1982) : 일본의 시인, 문학자. 전위 예술가로서 유니크한 시와 시론을 전개했다. 특히 초현실주의 운동을 빛낸 기수로서 주목을 받았다. 일본 최초로 쉬르레알리슴(초현실주의) 선언을 발표했다.

시는 존재에 속한다. 존재는 우리가 상식이나 인습을 깨뜨렸을 때 모습을 드러낸다. 시는 '발견'과 '경이로움'에 속해 있다. 상식이나 인습 속에 사는 사람에게는 진정한 '나만의 체험'이 없다. 하지만 진정한 시는 놀라운 모험과도 같은 오직 한 사람의 '나만의 체험'을 반드시 내포한다. 바로 그 '나만의 체험'이 읽는 사람의 삶에 울림을 주어 소생시키는 것이 아니겠는가.

우선 세상만사를 다 안다고 믿는 거만한 자신부터 버리자. 무언가에 대한 두려움과 세상에 대한 두려움, 자신은 이 세상에 처음으로 태어난 존재라는 자각, 모든 사물을 처음 보고 접하는 공포와 전율, 미지에 대한 두려움이 나로 하여금 시를 쓰게 한다. 그런 의미에서 시는 기도를 포함한다. 기도를 포함하지 않는 시를 어찌 시라고 하겠는가.

나는 신비주의자도 아니고 그들을 편들 생각도 없다. 시인은 자기 인생, 즉 '나만의 체험'을 살고자 하는 사람이므로 현실주의자여야 한다. 나는 매너리즘의 후계자들을 편들고 싶지 않다. 시인은 온갖 자기도취에서 하루빨리 벗어나야 한다.

나는 내 시가 나 자신에 속해 있다고 생각하지 않는다.

나는 내 시가 나 자신이 아니라 세상에 속하길 바란다. 단적으로 말하면 내가 쓰는 시에 나는 없어도 좋다. 사물이나 세상, 살아있는 사람들의 참된 모습이 시 안에 담긴다면 그것으로 족하다.

내가 세상을 인지하고 그리는 게 아니라 세상이 내가 모르는 사실을 나에게 그리도록 한다. 시는 내 소유물이 아니라 세상에 속해 있다. 시는 나에게 속해 있지 않고 내가 세상에 속해 있다. 적어도 나는 그러하기를 바란다.

내가 나 자신에게서 한 발짝 물러설 때 나 자신과 세상에 한 발짝 다가간다.

– 시에 대한 단편 28(『후네』 제79호, 1995년 4월)

29. 사물과 상상력

감성은 감성에서 나오지 않는다. 따라서 감성은 자체적으로 완성되어 그것만의 일로 끝나지 않는다. 감성을 키우는 것은 감성도 아니고 자신도 아니다. 감성을 키우고 발전시키는 것은 자신을 둘러싼 사물과 현상이다. 감성의 풍요는 자신의 풍요이기도 하다. 그러므로 자신을 풍요롭게 하기 위해서는 사물과 현상에 대해 스스로 감성을 해방해야 한다.

상상력에 대해서도 마찬가지이다. 상상력도 상상력 안에서 자체적으로 생성되고 소멸하지 않는다. 상상력에 자기 생각을 더해도 괜찮지만, 그럴 경우 자신을 넘어서는 거대한 초월적 존재의 의지를 따라야 한다. 자의적으로 판단하는 자신을 초월해서 상상력은 원시적인 법칙에 따라 생명력 있게 발전할 것이다.

감성이든 상상력이든 그 발전의 기초는 어느 쪽이나 폐쇄된 자신이 아니라, 자기를 둘러싼 사물과 물적 환경이라는 점이 중요하다. 자기를 둘러싼 사물들의 모습은 보지 않은 채 자신의 감성과 상상력의 세계에 묻혀 탐닉한다면 자신은 자체적인 완결을 이룰지는 모르지만, 감성과 상상력은 피폐해지고 활력은 사라질 것이다. 오늘날 시와 예술이 쇠퇴한 원인이 바로 여기에 있다.

그렇다면 사물은 무엇인가? 결론부터 말하면 사물은 나에게 속하지 않는다. 나에게 속하지 않는다는 말은 내가 알지 못하는 미지의 세계에 속한다는 뜻이다. 나는 본다. 달걀, 재떨이, 컵, 액체, 새, 자전거, 다리, 바다, 산 들을. 나는 그것들을 보고는 있지만 실상 내가 거기서 대체 무엇을 보았단 말인가? 내 의식의 투영인가? 아니면 나 자신인가? 멋진 석양, 꽃, 액체, 징그러운 벌레도 그것이 석양, 꽃, 액체, 벌레에게 무슨 의미가 있단 말인가?

사물은 나를 위해 존재하지 않는다. 나와는 전혀 무관하다. 내가 아무리 사물들을 있는 그대로 이해하려고 해도, 내가 이해하는 바는 내 범주 안에 머물고 사물은 항상 나와 무한히 멀다. 이쯤에서 요즘 유행하는 시시한 어귀 하나를 떠올려 본다. "지구를 살리자."이다. 공해로부터 환경을 지키자는 구호이다.

인간이 언제부터 지구의 보호자였단 말인가? 지구가 인간 안에 존재하는 것이 아니라 본래 인간이 지구 안에 존재하는 것 아닌가? "지구를 살리자."라고 떠들면서도 정작 지진이라도 발생하면 인간은 그야말로 속수무책이다. 사물을 겸허하게 대한다면 이러한 구호나 발상은 애초에 나오지도 않았다. 만물이 인간의 손아귀 안에 있다고 착각하는 현대인들의 자만심과 상상력의 빈곤을 단적으로 드러내는 말이다.

상상력이란 무엇일까? 오랜 옛날부터 인간이 사물의 세계에 개입하면서 자신의 행동을 결정할 때 불가결한 역할을 하지 않았을까. 나는 고대인들의 지혜 중에서도 특히 감성적 결정체가 있었다고 믿는다. 어두운 밤하늘의 별이나 나무 한 그루, 풀 한 포기를 보면서도 자신의 감성을 열고 거기에 사고를 집중하여 지혜를 얻었다고 생각한다.

메이지[103] 말기에 태어난 내 부모는 일찍이 도회지로 나와서 시골 생활

103) 메이지 시대(明治時代) : 1868년 메이지 유신 이후 1912년까지 메이지 천황의 통치 시기. 부국강병을 기조로 일본 제국의 기초를 마련하고 서구적 근대화에 주력했다.

은 경험하지 못했지만, 메이지 초기에 태어난 할머니의 산간생활은 자연 속의 사물과 환경에 대한 경외심으로 가득했다. 해와 달, 별과 함께 생활했고 감성이나 사고는 나무 한 그루, 풀 한 포기에 속해 있었다. 상상력도 제멋대로인 인간이 아니라 타자(他者), 즉 신에게 속해 있었다. 초등학교에 입학할 당시 나는 할머니와 둘이서 고치의 두메산골에서 살았다. 아침 해를 향해 소원을 빌면서 하루를 시작했던 기억이 난다.

"약 백 년 전 사람들은 달의 조수 간만뿐 아니라 화성이나 토성의 운행도 몸으로 느낄 수 있었다."

D.H. 로렌스의 작품 『로렌스의 묵시록』에 나오는 말이다. 인간의 감성과 사고도 인간에 속한다기보다 해와 달, 별의 운행에 속한다는 뜻으로 보는 편이 적절할 듯하다. 위의 이야기를 종합하건대 '상상력'은 사물을 넘어서지 못한다. 그뿐만 아니라 상상력은 자기 범주를 넘어서 아직 알려지지 않은 사물의 세계에 뛰어들 때 비로소 점화되고 발전한다.

이러한 사실은 알고는 있지만, 실상 여기에는 휴머니즘(인간중심주의)에 기울어진 현대인들이 이해하기 어려운 모순투성이의 역설이 숨어있어서 논리적으로 설명하기가 쉽지 않다. '상상력'을 예로 들어 보자. 인간의 기본적이고 고유한 능력인 상상력이 왜 인간의 범주가 아니라 그것을 넘어선 다른 무언가에 속해야 하는가? 이 질문은 매우 난해해 보이지만 사실 답은 간단하다. 인간은 인간에 속하지 않기 때문이다.

인간의 감성과 사고는 어디까지나 인간이 구축한 성을 넘지 못하고 인간 안에 갇혀 있다. 그럼에도 사실 나 자신의 생명은 내 의지로 생긴 것이 아니라 무언가로부터 위임받은 것이다. 내가 귀속된 그 무언가를 경외함으로써 나의 감성과 사고를 인도받는다. 그리하여 내 삶이 나에게서 해방될 때 내 삶은 무엇인지, 세상 속에서 어떤 존재인지 점차 분명해져 아찔한 전율 속에서 실상을 깨닫는다.

만일 상상력이 내 전유물이고 내 고유한 능력이라면 나는 내 상상력을 통해서 결국 아무것도 보지 못할 것이다. 상상력이 내가 아닌 내가 귀속된 무언가에 속할 때 나는 상상력으로 세상을 볼 수 있고 그로 인해 내 삶도 활기를 띤다. 상상력이 사물과 현상의 세계로부터 차단되어 자기 안에 갇혀 있는 한, 인간은 영원히 거울에 비친 자기 모습에 도취하여 쇠약해지고 결국 자멸할 것이다.

노발리스는 "환상은 병자의 것"이라고 했다. 이때 병자란 무엇인가? 자기 안에 갇힌 자를 말한다. 인간이 사물과 현상의 실체를 보려 하지 않고 세상으로부터 단절되어 스스로를 전능하다고 착각하며, 자기 안에서 만족할 때 과연 무슨 일이 벌어지겠는가? 현대인들은 병들었다고 해도 옳지 않은가?

*

나는 모른다. 달걀 한 개, 새, 나무, 바다, 산, 그것들이 무엇인지 알지 못한다. 오카자키 이사오가 사는 아카오카[104]의 해안에서 주워 온 돌이 무엇인지, 그 돌을 바라보는 나는 또 누구인지 모른다. 자세히 들여다보면 이 모든 사물은 경이로움으로 가득하다. 고독이 발효한다. 빗소리가 들린다. 마치 내 심장 고동에 맞춘 듯하다. 아니, 심장이 빗소리에 고동을 맞추고 있다.

나는 감각을 시의 기초로 삼는다. 감각에 내 의지를 더하지 않는다. 감각은 아무도 속이지 않는다. 따라서 대부분 사물의 세계에 속한다. 사물의 세계와 마찬가지로 감각의 세계는 경이로움으로 가득하다. 나는 그 세계로 곧장 들어간다. 하지만 나를 더하지는 않는다. 나머지는 무언가의 손에 맡겨진 상상력이 나를 인도해 줄 뿐이다.

– 시에 대한 단편 29(『후네』 제80호, 1995년 7월)

104) 아카오카(赤岡町) : 일본 시코쿠 섬 고치 현 중앙부에 위치한 지역 이름. 2006년 5개 지역이 합병, 신설된 고난(香南) 시로 편입되었다.

30. 시와 존재

한 편의 시, 한 장의 그림, 한 개의 조각이 그 자리에서 무언가를 나타낸다. 들에는 나무가, 강가에는 돌이, 하늘에는 태양이 있다. 그것들도 무언가를 나타낸다. 전자와 후자가 나타내는 바는 분명히 다르다. 전자는 인간의 수단이 되어 인간을 나타내지만, 후자는 인간과는 무관하다. 인간을 위해서 존재하는 것도 아니다.

여기서는 전자만을 놓고 생각해 보자. 시, 그림, 조각이 단지 그 자리에 놓여 있고 그 작품들에 대한 어떤 설명도 없다면(예컨대 피카소나 고흐 같은 유명인들의 서명이나 수상 내역, 추천문 등이 없다면), 대다수 사람은 그 작품이 무엇을 나타내는지 알려고도 하지 않을 것이다. 아마도 돌덩이 앞을 지나치듯 작품 앞을 스쳐 지나갈 것이다. 허무하게도 대부분 사람은 작품 자체가 아니라 작품에 부가된 명성과 해설, 비평만 보고 지나간다.

인간의 손으로 만든 작품은 수작이든 졸작이든 모두 인간(단적으로는 작가)을 표현한 것이며 인간을 발신한다는 사실을 기억해야 한다. 빤한 이야기인지 모르지만, 나는 그러한 사실에 시와 예술의 기초를 두려고 한다. 항상 그러한 사실에서 출발하고 싶다. 아주 단순한 사실임에도 그것에 주목하지 않으면 시와 예술이 무엇인지 결코 알지 못하기 때문이다.

*

일반적으로 작품은 그 존재를 인정받아야 하므로 무의식중에 다양한 포즈를 취하기 마련이다. 크게 소리치거나 소재와 심리에 의지하거나 요염하게 치장하는 등 방법도 다양하지만, 작품은 작가의 의도와는 아무 상관없이 작가의 품성부터 인격까지 모조리 드러낸다.

작가가 아무리 교묘하게 이해타산을 따져도 작품에는 작가의 감성과 지적 수준, 의식과 사고의 한계, 유소년기의 모든 체험을 바탕으로 구축된 작가의 현재와 작가가 다루는 표현재료에 대한 인식, 숙련 정도 등 그 작가의 모든 것이 표현되는 법 아니겠는가. 어떤 작품이든 작가 자신을 드러낸다. 그 작가의 인간적 수준 말이다.

작품 앞에서 작가의 이름이나 의도를 배제하고, 자신의 문학과 미에 대한 확신도 버리고 감성의 창을 활짝 연 채로 작품을 본다면 작품=작가의 전체 모습은 저절로 눈에 들어온다.

벌써 30년도 더 지난 일이다. 다무라 류이치[105] 씨가 나에게 대뜸 이렇게 말했다. "시인은 코다."라고. 오래전에 기타조노 가쓰에 씨도 같은 말을 했다.

미토[106]의 스즈키 미쓰루[107] 씨는 나와 함께 『후네』를 시작했을 무렵, 시인에게는 '직관이 가장 중요하다고 말했다. '코'와 '직관'은 같은 의미이다. 직관이 중요한 까닭은 부분적 인식이 아니라 대상을 전체적으로 파악하고 그 대상에 전적으로 개입하기 때문이다. 작품(작가)은 부분적 · 분석적 · 일면적으로 받아들이기보다 전체적으로 한꺼번에 받아들여야 한다.

---

105) 다무라 류이치(田村隆一, 1923~1998) : 일본의 시인, 수필가, 번역가. 시 동인 『아레치(荒地)』 창설에 참여하여 전후 일본시에 큰 영향을 미쳤다. 대표작에 『사천 번의 밤과 낮』 『말이 없는 세계』 『벌새』 등이 있다.

106) 미토(水戸) : 일본 이바라키 현(茨城縣) 중앙부에 위치한 현청 소재지

107) 스즈키 미쓰루(鈴木満, 1926~) : 일본의 시인. 1981년 시집 『요시노(吉野)』로 이바라키 문학상을 받았다.

*

거기에 던져진 채 아무 말도 하지 않는 작품(사물)은 광대한 우주의 바닷가에서 홀로 묵묵히 신호를 보내는 고독한 행위이다. 나는 깊은 밤 혼자서 그 목소리에 귀를 기울이지 않고서는 못 견딘다. 인간은 시나 그림을 통해 무엇을 추구하는가? 아름다움인가? 아니면 인간적인 행위인가?

그 질문에 직접 답하기에 앞서 내 경우를 예로 들어 보겠다. 내가 추구하고 경애하는 작품은 반복해서 접할 때마다 나에게 새로움을 주는 작품, 늘 참신한 작품, 그리고 새로운 나를 발견하게 하는 작품들이다. 나에게는 그런 경우가 최상의 작품이다.

성경, 경전, 노자, 플로티노스, 십자가의 성 요한, 렘브란트[108], 괴테, 칼릴 지브란, F. 카프카. 이 외에도 몇십, 몇백 명을 예로 들 수 있으며, 일본의 근 · 현대 인물 중에서도 찾을 수 있다. 나는 그런 작품을 추구하는 것이 삶의 근원을 찾아가는 여행처럼 느껴진다. 이렇게 볼 때 인간이 작품에서 추구하는 바는 어쩌면 작가가 아니라 독자 자신일지도 모른다.

이와 더불어 인간이 작품에서 추구하는 바는 작가의 인간적 행위라는 점을 어떻게 결부시킬지는 대단히 흥미로운 문제이다. 이를테면 여기에는 인간이 어떤 작품을 앞에 두고 감동하는 비밀이 숨어 있기 때문이다. 두말할 나위 없이 작품 속에서 인간의 행위를 감지할 수 있는 까닭은 지식이나 관념이 아니라 감성과 상상력(공감도 포함된다)이다. 어중간한 지식으로 채워진 오만하고 잡다한 머리로는 섬세한 인간의 행위를 감지하지 못한다.

현대시의 표면만 훑고 "현대시는 시시하다."라고 단정하는 행위는 누구라도 할 수 있다. 그러나 한 편의 주옥같은 작품은 아무나 발견하지 못

108) 렘브란트 판 레인(Rembrandt Harmenszoon van Rijn, 1606~1669) : 네덜란드의 화가, 판화가. 당대의 관행을 넘어 색채와 명암의 대조를 적극 활용한 필치로 유럽 미술계에 혁명을 일으켰다. 특히 종교화에 많은 걸작을 남겼다. 바로크 시대를 대표하는 화가이자 레오나르도 다 빈치(Leonardo da Vinci, 1452~1519)와 함께 유럽 회화 최대의 거장이다.

한다. 시를 쓰는 사람 입장에서는 잡동사니에 파묻힌 훌륭한 작품 하나를 발견하는 일이 전부이다. 그것뿐이다.

문제는 아무 말 없는 작품을, 삶의 미세한 고동 소리를 생생하게 파악할 수 있는 예민한 안테나를 지녔는가 하는 점이다. 결정적인 요소는 작품이 곧 인간이라는 점이며, 그 인간에 대한 겸허함이다. 시는 산문적으로 해석하거나 분석해서는 안 된다. 느껴야 한다.

내가 시를 쓰는 이유는 내가 가진 무엇(이를테면 생활 같은)을 누군가에게 전하기 위해서가 아니다. 나는 내 시 안에 그저 존재하고 싶을 뿐이다. 시를 쓸 때는 시 안에 내가 아닌 것, 빌려온 관념이나 윤리가 경솔하게 섞이지 않도록 조심한다. 내 시가 나로 인해 백 퍼센트 충족되기를 바란다. 이 한 가지가 나의 관념이다.

전달이 아니라 그 이전의 존재를 생각한다. 시는 존재하는 것만으로 족하다. 시가 만일 전달 수단이라면 나는 내 생활이나 사고의 일면이 아니라 내 전체를 시로써 전하고 싶다. 예를 들면 내 시집 『일그러진 초상』은 언뜻 보면, 무슨 글이 쓰여 있는 듯 보여도 글은 거의 없다. 원컨대 나 자신조차 아직 잘 모르는 나 자신이 나타나 주었으면 한다.

시와 예술은 결국 형식이다. 새로운 형식이어야 한다는 점이 중요하다. 이른바 생활시, 사회시, 서정시, 형이상학 시, 풍자시, 모더니즘 시 등의 분류는 무의미하다. 한 인간이 살아가고, 그 생활에서 나온 시는 분명히 그 삶의 전부를 담고 있을 게 틀림없다. 시 한 편에는 지은이의 모든 것이 들어 있어야 하기 때문이다.

– 시에 대한 단편 30(『후네』 제81호, 1995년 10월)

31. 평이함을 중심으로

— 미야모토 하쓰요시 씨에게

평이함이나 단순함은 시 외에도 실용문이나 다른 예술, 일상 언어 등 인간의 행위 전반에 걸쳐 환영을 받아 마땅하다. 내 시는 중학교 2학년 정도만 되면 누구라도 충분히 읽을 수 있는 수준이기를 바란다. 그렇다고 해서 평이함이나 단순함을 무조건적이고 노골적으로 추구한다는 말은 아니다. 오해할 소지가 있으므로 미리 밝혀두자면, 본래 인간이라는 존재가 난해한 만큼 인간이 지어내는 시도 난해하다는 사실을 먼저 인정해야 한다.

인간은 거대한 우주처럼 그 안에 지옥부터 천국까지 전부를 내포한다. 나는 내 시가 언뜻 평이하고 단순하게 보이도록 그 안에 천국과 지옥을 숨겨 놓는다. 내가 시를 쓰는 목적은 쉽고 단순하게 쓰려는 데 있지 않다. 조금 비약해서 말하면 쉽고 단순한 시는 결과물이다.

내가 본 사물을 정확하게 전달하려 할 때 괜한 수사학은 무용지물이다. 시작법의 기교적인 면을 보여주려는 의도가 아니라 내가 본 사물을 다른 사람들도 보았으면 하고 염원할 뿐이다. 평이하게 표현하기 위해서는 우선 사물을 봐야 한다. 자기가 체험하지 않은 내용이 들어가면 복잡해진다. 스스로도 애매해져서 쉽게 표현하기가 어려워진다.

쉽고 단순한 시를 위해서는 자신이 경험한 사실을 쓰거나 이야기해야 한다는 전제가 따른다. 스스로 보기에 명쾌하다고 해서 그 작품만 들이밀며 시는 이걸로 충분하다고 착각을 하는데 사실 이런 경우가 가장 난처하다. 도대체 무엇이 자기 것인가? 자신의 소유물이 무엇인가? 무엇이 진짜인가? 자신은 대체 어떤 존재인가? 머리로만 생각해서는 알지 못한다.

상식으로 구축된 성에서 탈피하지 못하는 머리를 나는 신용하지 않는다. 정보로 가득한 머리도 신용하지 않는다. 상식이나 정보는 스스로 만든 게 아니라 외부에서 주어지고 빌린 것이기 때문이다. 그런 것을 마치 자기 소유인 양 행동하는 사람이 있다면 그 사람은 모자라도 한참 모자란 사람이다. 적어도 시와는 인연이 없는 사람이다.

원시적일지 모르지만 나는 감각을 믿는다. 통각, 촉각, 또는 육감이라고 불리는 감각이다. 나는 그 감각을 따르며 스스로 판단하기를 포기한다. 그러면 내가 세상을 원하지 않아도 세상이 내게 들어온다. 나는 세상에 점령당하고 그 세상 자체가 되며 세상은 나에게 어서 글을 쓰라고 재촉한다.

나를 세상의 대필자라 여겨도 좋다. 시는 내가 쓰는 게 아니라는 생각마저 든다. 사고 또한 내 것이라기보다 나와 무관하게 자라는 한 그루 나무 같다. 그저 나는 그 이치대로 따르는 존재일 뿐이다.

내 생명이 내게 속하지 않는다는 점은 중요하다. 또한 내가 아무것도 알려지지 않은 불가해한 존재에 속해 있다는 사실도 중요하다. 나는 언제나 그 불가해한 존재의 소유물이다. 나는 늘 그 절대적인 힘을 느끼며 산다. 절대로 자신의 생명을 스스로 만들었다거나 자신의 소유물이라고 생각해서는 안 된다.

나는 생명을 소유하지 않았다. 내가 생명에 소유되어 있다는 말은 사물보다 나중에 태어난 내게는 본디 사물에 대한 어떠한 권한도 없다는 말과 같다. 나는 사물과 생명을 경외한다. 내가 시를 쓰는 이유가 있다면 단순하지만 이 한 가지 때문이다.

내게는 아무것도 없다. 놀라우리만치 아무것도 없다. 세상은 상상도 못할 만큼 에너지로 충만하다. 에너지가 꽃을 피우고 꿀벌과 작은 새를 날게 하며 비를 내리게 한다. 그 에너지가 나에게도 흘러드는 것이 느껴진다. 요컨대 그 에너지는 나로 하여금 시를 쓰게 만든다.

나는 내 지식이나 판단, 의지로 시를 쓰지 않는다. 그러한 것에 호소하는 시는 쓰고 싶지 않다. 내 시가 평이하고 알기 쉽다는 사람이 있다면 그 사람은 내 시를 머리가 아니라 자신의 감성을 열고 음미하는 사람이리라. 세상이나 생명, 사물에 대해 전혀 새로운 감성을 여는 사람이리라. 시는 그런 사람들을 위해서 존재하는 법이다.

예를 들어 F. 카프카의 작품이 난해하다고들 하는데 그렇지 않다. 오히려 당신의 머릿속이 난해하지는 않은가? 나는 톨스토이를 지향한 카프카를 이해한다. A. 카뮈[109]는 카프카를 반드시 다시 읽게 만드는 작가라고 했는데 이는 카프카 탓이 아니다. 카뮈만큼 유연한 감성과 지성을 지녀도 세상은 난해하고 벅차다는 의미이다.

시에 군더더기 표현은 필요 없다. 나는 원칙적으로 비유나 은유도 사용하지 않으려 한다. 시는 형용사가 아니기 때문이다. 비유나 은유도 단순한 형용사에서 출발했다고는 생각하지 않는데, 이는 별도로 서술하겠다. 단순하고 명확한 대상만 있다면 시는 그것으로 충분하다.

대부분의 경우 사람은 물체를 보는 듯하지만 실은 그 물체에 투영된 자신의 머리를 볼 뿐이다.

기욤 아폴리네르는 일곱 사람이 어떤 풍경을 볼 때 각기 다른 방법으로 풍경을 바라본다고 했다. 가령 군인은 "이곳은 지키기 힘든 땅이군."이라 하고 부동산 중개업자는 "이 땅은 언젠가 가치가 오를 거야."라며 각자 다

---

109) 알베르 카뮈(Camus, Albert, 1913~1960) : 프랑스의 소설가, 극작가. 1957년에 노벨문학상을 받았다. 대표작으로 『이방인』『시시포스의 신화』 등이 있다.

른 관점으로 판단한다. 풍경 자체는 인간이 태어나기 전부터 있던 존재이지 인간이 이용하고 해석하고 바라보기 위한 존재가 아니다.

풍경과 사물은 그 존재 자체가 인간의 모든 지식, 판단, 해석을 넘어섰기에 인간의 영원한 수수께끼라고 할 만큼 난해하다. 그러나 인간의 지혜를 넘어선 곳에서, 인간이 없는 곳에서, 나무, 새, 말은 지극히 평이하고 단순하며 명쾌하다. 나는 그것을 확인하고 싶다.

며칠 전 존경하는 화가 미야모토 하쓰요시[110] 씨를 문병했을 때이다. 그는 내 얼굴 쪽으로 바짝 다가와서 "이렇게 가까이 보지 않으면 안 보여." 라고 했다. 그러면서 "나는 매일 미지의 풍경만 본다오. 익숙한 풍경만 보면 재미가 없거든. 미지만이 볼 만한 가치가 있지."라고 거듭 강조했다. 나는 그 말에 감동했다.

나는 내가 모르는 미지의 나 자신에 가장 가깝게 다가가기 위해 시를 쓰고 싶었는데, 미야모토 씨는 그 방법론을 알려주었고 심지어는 그 방법론의 실천자이기까지 했다.

아마도 나를 포기함으로써 더욱 진실한 시에 다가갈 수 있었으리라. 나는 미야모토 하쓰요시 씨에게서 얻은 깨달음을 소중히 간직할 작정이다.

– 시에 대한 단편 31(『후네』 제82호, 1996년 1월)

110) 미야모토 하쓰요시(宮本初義, 1921~2011) : 일본의 화가, 영화감독. 고치 현 출생. 10대이던 1935년에 초현실주의 신문을 제작했다. 회화를 비롯한 1인 제작 극영화, 애니메이션, 입체 조형물 등 다방면에서 창작하며 지역 사회 내 초현실주의 예술가들의 구심점 역할을 하였다.

32. 신비 감각과 리얼리티 1

신비감 각은 시의 원천이다. 무언가에 대한 경외심이 내가 시를 쓰는 동기이다. 이 대수롭지 않은 일상적 감정이 어느 순간 불쑥 고개를 들고 나로 하여금 시와 마주하게 한다. 나는 놀라움이 없는 시에는 감동하지 않는다. 작품의 의미나 내용, 형식(수사학)이 아니라 그 속에서 느껴지는 전율과 떨림에 감동한다.

이를 포착하려면 시를 받아들이는 쪽도 미세한 떨림에 공감할 수 있는 상태여야 한다. 간단해 보이지만 실은 아주 어렵다. 세상 물정에 밝은 성인이라면 다시 태어나다시피 하지 않으면 불가능한 일이기 때문이다.

딜런 토머스[111]는 "시가 탄생하기 전에는 가슴이 졸아드는 느낌이 든다."라고 했다. 이는 대상을 통해 느끼는 감동이라기보다 자신의 메타모르포제에 대한 불안과 전율이라고 하는 편이 적절할지 모른다. 내 경우에는 오히려 "나를 빼앗겼다."거나 "내가 사라진다."라는 표현에 더 가까운 기분이 든다. 그리하여 새롭게 태어난 내가 시를 쓰기에 이른다.

시는 기성의 관념이나 개념이 꽉 들어찬 머리로 쓰면 안 된다. 그렇게

111) 딜런 토머스(1914~1953) : 1940년대의 신낭만주의를 대표하는 영국의 시인. 음주와 기행, 웅변, 충격적 이미지와 겹쳐 일종의 전설적 인물이 되었다. 대표작으로 『18편의 시』『25편의 시』『사랑의 지도』 등이 있다.

오염되고 낡아빠진 시가 아니라 갓 태어난 진정한 시란 무엇인가? 가장 좋을 예로서 리얼리티회[112] 출판사가 최근에 출간한 하마다 레미코[113]의 첫 시집 『합창대가 온다』에 단적으로 나타나 있다. 언어의 기교나 과시가 없다. 시인의 눈으로 포착한 적나라한 자신의 체험세계가 솔직하게 그려진 리포트라고 해도 틀리지 않는다.

"시인은 견자(見者)여야 한다."라고 했다. 저 유명한 랭보가 한 말이다. '견자'라는 말은 노발리스가 먼저 사용했다. 도대체 '견자'란 무엇인가? 랭보에 의하면 '시인'은 '견자'이므로 '견자'를 빼놓고 '시인'을 논하기 어렵다. '견자'는 시의 핵심이며 '견자'의 눈에 비친 사물이나 '견자'가 이야기하는 대상은 모두 진정한 시다.[114] 여기서 핵심은 '견자'인데 시집 『합창대가 온다』는 진정한 견자가 창작했다고 말하고 싶다.

내가 이렇게 말하는 이유를 이해하려면 실제로 이 시집을 읽는 길밖에 없다. 나아가 이 시집의 효용은 이 책을 펼쳐 보는 사람의 눈을 틔워 주는 데 있다. 이 시집은 읽는 사람의 인생에 충격을 주어 그 인생에 변화를 일으킬 만한 힘을 숨기고 있는지도 모른다.

물론 시를 즐기는 방법에는 여러 가지가 있어서 좋기는 하지만, 대부분의 시집은 한두 가지 단조로운 즐거움밖에 주지 못한다. 그런 점에서 시집 『합창대가 온다』는 실로 다양한 즐거움을 느끼게 해준다. 만화경 같다. 그러나 '견자'의 시에서 가장 중요한 효용은 독자의 삶을 뿌리부터 뒤흔들 만한 것이어야 한다는 점이다. 시는 '그저 본 것', '그저 살아 있는 것'이기만

112) 레알리테노카이(レアリテの会=리얼리티회[reality회]의 일본어 표기) : 본서의 시론이 연재된 시문학지 『후네』의 발행처이기도 하다.
113) 하마다 레미코(浜田れみ子, 1954~) : 일본의 시인 오쓰보 레미코의 개명 전 이름. 1994년 『후네』 동인으로 참가하였다. 2010년 니시 가즈토모 시인이 별세한 후 이 문예지의 편집자 겸 발행인을 맡고 있다.
114) 20세기의 시인 가운데 '견자'의 가장 좋은 예는 레바논의 시인 칼릴 지브란이다. -저자 주

해도 충분하지 않겠는가.

하마다 레미코의 '시적 체험'이란 무엇인지 그가 '본 것', '살아온 삶'은 무엇인지를 이 시집에서 찾을 필요는 없다. 작품은 시인이 체험한 결과에서 나온다고 생각하는 사람도 있다. 하지만 결과가 아니라 작품은 체험하는 현장 바로 그 자체(G. 벤은 "과정 그 자체"라고 했지만)라는 존재방식도 있다. 작품은 그곳에서 호흡하고 고동친다. 하마다 레미코가 '본 것', '삶'인 '시적 체험'은 어떤 종류의 의미가 부여되기 이전의 날 것 상태가 현재형 그대로 이 시집에 들어 있다. 독자는 그 의미를 물을 필요 없이 곧바로 그 세계로 들어서면 된다.

시에는 어떤 의미 부여나 변명도 필요 없다. 또한 시는 해석되기 위해 존재하지 않는다. 진정한 시를 앞에 두고 독자는 단순히 참가하거나 참가하지 않는다. 시가 '경험'의 산물이라는 말이 뜻하는 바도 여기에 있다. 여기에는 과장도 미사여구도 필요 없다. 벌거벗은 감성에는 직설적인 표현이 어울린다.

시에 필요한 요소는 존재=경험=리얼리티이다. 시는 전달에 필요한 수단도 없다. 하지만 반드시 시가 있어야 한다. 시를 접하기 위해서 시에 대한 기존의 지식과 개념은 무용지물이다. 그런 잣대로 시를 판단하려 든다면 이는 시에 대한 모독이다. 시를 접하기 위해서는 벌거벗은 자기 감성과 존재를 향한 상상력=공감만이 전부이다.

제라르 드 네르발[115]은 일찍이 "꿈은 제2의 인생"이라고 했다. 또한 "그 뼈와 악수할[116] 때는 전율을 느껴야 했다."고도 했다. 나는 시집 『합창대가

115) 제라르 드 네르발(Gérard de Nerval, 1808~1855) : 19세기 프랑스의 낭만파 시인이자 소설가. 낭만파 운동에 참가하여 독일의 여러 시인을 소개하였다. 작품으로 중편 『불의 딸들』, 장편 『오렐리아』와 함께 상징주의의 선구적 작품이라 할 만한 『환상 시집』 등이 있다.

116) 네르발은 "꿈은 제2의 인생"이라고 말하면서 "뼈로 만들어진 손잡이를 열자 전율이 흘렀다." 고 표현했다.

온다』에서 네르발이 말한 전율을 느꼈다. 극약을 손에 쥐었을 때 느끼는 촉감과도 비슷할 듯하다.

실제로 세계는 작열하는 세계일까? 네르발이 '제2의 인생'이라고 했던 세계는 이 시집의 시인에게는 사실 '제1의 인생'이며, 네르발이 '꿈'이라고 했던 세계가 사실은 꿈이 아니라 엄연히 작열하는 '현실'이 아닐까? 이런 관점에서 보면 이 시인의 일상 세계는 역전되어 꿈속의 제2의 인생이 될 것이다.

하지만 그렇게 단순한 문제가 아니다. 하마다 레미코는 항상 꿈과 현실의 양쪽 세계를 산다. 이를테면 뒤집어진 장갑의 겉과 속, 혹은 산 자와 죽은 자의 양쪽 세계 같은 세계를 말한다. 결과적으로 여기에 우리 삶의 놀라운 진실이 드러나 있다고 해도 틀리지 않다. 이처럼 시적 체험에 참가하는 것을 장 콕토[117]는 "도피가 아니라 침입이다."라고 했는데 이는 정확한 표현이다. 비교적 근대 작가인 라벨[118]이나 스크랴빈[119], 차이콥스키[120]의 작품에서도 이처럼 숨겨진 체험을 한다.

최근 고치 현에서 접한 파울 클레[121], 바를라흐, 존 케이지[122]의 작품에

117) 장 콕토(Jean Cocteau, 1889~1963) : 프랑스의 시인, 극작가, 연출가, 화가. 제1차 세계대전과 다다이즘 운동 중 모든 장르에 걸쳐 활동하면서 전위예술운동을 일으켰다. 대표작에 시집『알라딘의 램프』, 극본『에펠 탑의 신랑 신부』, 소설『사기꾼 토마』『무서운 아이들』 등이 있다.

118) 모리스 라벨(Maurice Joseph Ravel, 1875~1937) : 프랑스의 작곡가. 고전적인 형식의 틀을 활용하고 새로운 피아니즘을 개척하였다.『죽은 왕녀를 위한 파반』『물의 장난』 등의 작품이 있다.

119) 알렉산드르 니콜라에비치 스크랴빈(Aleksandr Nikolaevich Scriabin, 1872~1915) : 러시아의 작곡가이자 피아니스트. 독일 후기낭만파와 인상파의 영향을 받은 후 인습에서 탈피하여 신비적 종합예술 세계를 탐득. 음과 색채의 결합을 시도했다.

120) 표트르 일리치 차이콥스키(Pyotr Ilyich Chaikovsky, 1840~1893) : 러시아의 작곡가. 러시아 고전주의 음악을 완성하였다. 발레 음악 〈백조의 호수〉〈잠자는 숲 속의 미녀〉〈호두까기 인형〉이 있다.

121) 파울 클레(Paul Klee, 1879~1940) : 스위스 태생의 독일 화가. 표현주의나 초현실주의의 여러 요소를 절충하여 시적인 환상과 서정성이 풍부한 추상화를 주로 그렸다.

122) 존 케이지(John, Cage, 1912~1992) : 미국의 전위 작곡가. 불확정성의 음악, 우연성의 음

서도 같은 유형의 시적 체험을 할 수 있었다. 작품의 깊이와 광채와 향기는 작가의 신비 감각과 불가분의 관계이다. 존 케이지의 작품에서 느끼는 거의 흔적에 가까우리만큼 엷은 색채와 흐릿한 형태는 그 배후에 방대한 것을 숨기고 있어서 최소한의 표현에 대해 깊이 생각하게 한다.

여기서 수수께끼 같은 질문을 해보자. 왜 판화인가? 왜 프린트인가? 왜 비주얼 아트인가? 나는 예리한 칼날을 들이대기라도 하듯 작품 앞에 서 있다. 가장 적절한 표현은 어쩌면 대부분 침묵 속에 있지 않을까. 시집『합창대가 온다』에 실린 시들은 대부분 짧다. 하지만 짤막한 시편들이 블랙홀처럼 묵직하다.

– 시에 대한 단편 32(『후네』 제83호, 1996년 4월)

악을 주장하였다. 선종(禪宗) 불교와 마르셀 뒤샹으로부터 많은 영향을 받았다. 대표작으로 〈4분 33초〉가 있다.

33. 신비 감각과 리얼리티 2

앞의 글을 읽고 나를 신비주의자라고 여기는 이가 있을 듯하여 한마디 덧붙이고자 한다. 나는 리얼리티회의 발기인이기에 나 자신이 리얼리스트라고 생각한다. 다만 내가 리얼리스트이자 시인이라는 점, 그리고 문학과 예술에서 리얼리티는 무엇인가에 대해서는 이 글의 후기에서까지 지겨울 정도로 수차례 논했으므로 다시 언급하지는 않겠다. 주의 깊은 독자라면 앞의 '32. 신비 감각과 리얼리티' 역시 내가 생각하는 리얼리티론의 일환임을 알아차렸을 것이다.

나는 한편에 현실이 있고 다른 한편에 신비 세계가 존재한다는 식으로 생각하지 않는다. 기성의 관념이나 도덕, 상식, 인습 등으로 가려진 현실은 관념에 속하는 현실일 뿐 실재하는 적나라한 현실이 아니다. 시인의 밝은 눈과 감성이 현실을 가린 관념의 베일을 벗겨 현실을 적나라하게 드러낼 것이다.

기성의 관념에 사로잡힌 사람에게는 있는 그대로의 현실이 이해하기 어렵고 기괴하게 보이는 것도, 그런 기괴함에 신비라는 이름을 붙이는 것도 당연하다. 하지만 그런 사람들은 자기 자신은 쏙 빼놓고 생각한다. 나는 그런 사람들에게 말하고 싶다. 그것은 당신 자신이 본래 속한 곳이지 않은가? 당신은 왜 누구의 것도 아니고 빌려온 물건도 아닌 자기만의 감성과 눈을 열고 그것을 보려 하지 않는가?

앞서 이야기한 하마다 레미코의 첫 번째 시집 『합창대가 온다』에 대해서 오카자키 이사오는 "쓰인 그대로가 보이는 시"라고 평했다. 그는 이 한마디로 시집의 특징을 그야말로 단순명쾌하게 정의 내렸다. 이는 평론자 오카자키 이사오 역시 밝은 시인의 눈을 가졌다는 증거이다.

오카자키 이사오는 같은 시평에서 "설명이 필요 없다. 그대로 보인다. 시는 원래 그런 것이라고 생각한다."라고 했다. 어떤 의미나 관념을 부여하기 이전부터 뜨겁게 타오르는 현실에 낡아빠진 관념이나 도덕, 문학적 상식으로 다가가서는 안 될 일이다. 시의 세계는 오직 겸허한 영혼만으로 다가갈 수 있다.

시집 『합창대가 온다』의 시들은 작렬하는 현실을 정확히 담아내고 있다. 기성의 문학적 상식에 입각한 해석은 얼토당토않은 짓이다. 하마다 레미코의 시집이 만약 기괴하고 황당무계하게 보인다면, 그것은 당신이 순수하지 않고 편견에 사로잡혀서라고 말하고 싶다. 기성의 관념과 잣대에 묶여 있는 한, 자신의 감성을 열지 않는 한, 시는 곧 현실이라는 점을 당신은 결코 알지 못한다. 시는 본래 그런 것이다.

시는 현실이다. 시는 픽션도 아니다. 일견 픽션으로 보이지만 시인이 살아온 현실이기 때문이다. 발견이야말로 경이로운 일인지도 모른다. 르네 샤르[123]는 랭보를 칭송하는 시에서 "우주의 혼례식장으로 밀려들어갔다."라고 표현했는데 그러한 장소도 실은 당연히 당신 안에 이미 존재하는 것이며, 당신 자신이 속한 현실이기도 하다. 따라서 시는 그러한 현실

123) 르네 샤르(René Char, 1907~1988) : 20세기 중반 프랑스의 시인. 랭보, 로트레아몽의 영향을 받아 초현실주의자로 출발하여 응축된 간결한 시구가 특징인 경질적인 작품을 구사했다. 미쇼, 프레메르와 더불어 프랑스 현대시의 대표적 시인으로 꼽힌다. 제2차 세계대전 중에는 레지스탕스 활동을 하기도 했다. 대표작에 『아르틴』 『임자 없는 망치』 『잠이 든 신의 글』 『부서진 시』 등이 있다.

을 발견하는 순간 생겨나는 것이 아닐까?

"의식하는 내 언어로 시를 쓰지 말 것."

시집 『합창대가 온다』의 '후기' 중 한 구절이다. 그저 이 시집에만 나오는 독특한 문장이 아니라, 이 말은 시와 예술을 고민할 때 미묘하면서도 중요한 말이다. 의식 세계에서 현실의 총체는 파악할 수 없기 때문이다. 수면의 세계, 무의식의 세계, 꿈의 세계를 도외시하고 어떻게 그것을 내 현실이라고 주장하겠는가.

나는 한물간 현대의 초현실주의를 옹호하려는 게 아니다. 사물의 핵심에 도달하는 방법에 대해서는 중세 로마의 철학자 보이티우스[124]의 선배이자 고대 로마 말기의 철학자인 포르피리오스가 이미 다음과 같이 지적한 바 있다.

"우리는 깨어 있는 동안 어느 정도까지는 각성한 것에 대해 말할 수 있지만, 그에 대한 지식과 해석은 오직 잠을 통해서만 가능하다."

무의식 세계의 중요성은 프로이트[125]나 브르통만의 전매특허가 아니다. 보편적 실재가 이루어지는 현장을 실제로 탐구한 사람은 오래전부터 있었기에 시집 『합창대가 온다』의 시인도 자신의 진정한 현실을 발견하고, 그것에 충실하기 위해서 후기에 밝혔듯이 "의식하는 내 언어로 시를 쓰지 않는" 태도와 방법을 취해야 했으리라. 이 말이 중요한 이유는 그것이 실제로도 시나 예술의 보편성과 깊은 연관성을 품고 있기 때문이다.

---

124) 보이티우스(Boethius, 480~526) : 중세 로마의 철학자. 철학, 신학을 위시하여 수학이나 음악에 이르기까지 다양하게 저술했다. 대표작 『철학의 위안』은 저자와 철학의 우의적 대화를 산문과 운문을 섞어 집필했다.

125) 지그문트 프로이트(Sigmind Freud, 1856~1939) : 오스트리아의 신경과 의사로 정신분석의 창시자이다. 히스테리 환자들을 진찰하던 중 최면 치료의 부작용에 직면하여 그 대안으로 정신분석학의 기초인 대화치료기법을 고안했다. 꿈, 착각, 해학과 같은 정상 심리에도 연구를 확대하여 인간 심리에는 다층적인 무의식이 존재한다는 가정 아래 심층심리학을 확립했다.

뛰어난 시와 예술에는 반드시 불가해하고 기묘한 무언가가 있다. 머리로는 이해할 수 없는 그 무엇이다. 고몬 아키코[126]는 시에서 "소름이 돋지 않는다면 예술이라고 볼 수 없다."라고 했는데 이를테면 이런 뜻이리라. 시를 신비, 혹은 판타지로 치부하는 사람은 결코 알지 못하는 세계이다.

– 시에 대한 단편 33(『후네』 제84호, 1996년 7월)

126) 고몬 아키코(小紋章子, 1933~) : 일본의 시인이자 화가. 미야기 현 출생, 도쿄 예술대 졸업. 대표 시집에 『내일에 대한 생각』이 있다.

34. 앙가주망(참여)에 대하여

40여 년이 흐른 지금도 나를 강하게 사로잡는 한마디가 있다.

"우리 인간들 사이에서 일어나는 일보다는 우리 안에서 발생하는 일이 더욱 중요하다."

모리스 마테를링크[127]가 했던 말이다. 1960년 안보투쟁[128]이 일어나기 1년 전인 1959년 사와무라 미쓰히로[129]는 이 말에 깊이 감명받아 『상상』에 발표한 에세이 「행위와 질서」의 해설문에 이를 인용했다.

내가 도쿄로 상경하고 얼마 지나지 않았던 그 무렵은 사르트르[130]의 '앙가주망(참여)'[131]이라는 말이 세계 지식인들의 관심을 모아 시인의 사회 참

---

127) 모리스 마테를링크(Maurice Maeterlinck, 1862~1949) : 벨기에의 시인이자 극작가. 『파랑새』와 같은 신비주의 경향의 작품들과 독자적인 자연 관찰 저서들을 남겼다. 1911년 노벨문학상을 받았다.

128) 안보 투쟁과 안보 반대 투쟁 : 1960년 일본에서 미국 주도의 냉전에 가담하는 미일상호방위조약 개정에 반대하여 일어난 시민 주도의 대규모 평화 운동. 기시 노부스케 내각이 물러나고 일본 보수주의는 경제 발전 본위의 정책 실시로 국정 방향을 바꾸었지만, 도쿄 대학 사건과 같은 극렬 학생 운동이 뒤따르면서 사회 개혁에 대한 시민의 반감을 초래하여 이후 일본의 사회 운동은 쇠퇴했다.

129) 사와무라 미쓰히로(沢村光博, 1921~1989) : 일본의 시인. 기타가와 후유히코(北川冬彦)의 문학지 『시간』 창간 동인.

130) 장 폴 사르트르(Jean-Paul Sartre, 1905~1980) : 프랑스의 철학자, 소설가, 극작가. 실존주의 사상의 대표자. 제2차 세계대전 이후 개별적 인간 존재의 자유를 주창했다. 대표작 『존재와 무(無)』에서 앙가주망을 역설했다.

131) 앙가주망(engagement) : 학자나 예술가 등이 정치, 사회 문제에 관심을 가지고 참가하며

여가 논쟁거리였던 때이다. 위와 같은 마테를링크의 말을 인용할라치면 자폐적이고 반동적이라고 비판받았다. 그 후 1960년대, 1970년대, 1980년대, 1990년대를 거치면서 세태도 크게 변하고 사르트르의 실존철학도 힘을 잃으면서 앙가주망도 한 때의 유행처럼 보인다. 그렇다고 해서 시인의 사회 참여 문제도 사라졌을까?

결론부터 말하면 실존철학도 앙가주망도 시인의 사회 참여 문제도 한 때의 유행으로 사라질 일이 아니며, 그것은 나의 생활 방식과 시의 본질에 연관된 문제라고 생각한다. 앙가주망과 위의 마테를링크의 말은 일견 상반돼 보이지만, 내 안에서 그 두 가지는 긴밀하게 결합되어 있어서 지난 40년 동안 분리해 생각할 수 없는 문제였다.

*

나는 원래부터 시인이나 예술가가 사회에 미치는 힘이 다른 분야에 비해서 그리 강하다고 생각하지 않는다. 정치가를 사자에 비유한다면 시인은 귀뚜라미나 카나리아 정도일까? 그러나 자연계에서는 사자가 강하고 귀뚜라미가 약하다고 쉽게 단정하지 못한다. 각자 남들에게 없는 능력이 있고 역할이 있으며 어딘가에서 서로 관계를 맺고 도움을 주기 때문이다.

시인은 사회적으로는 하찮은 한 마리 귀뚜라미처럼 약한 존재이지만 시인의 "안에서 생겨나는 것"(마테를링크)은 대체 무엇일까? 아무도 눈치채지 못하고 그저 '농담'이라며 한번 웃고 마는 중얼거림에 불과하건만 그건 대체 무어란 말인가. 깊은 어둠 속에서 귀뚜라미 한 마리가 온몸에 바싹 긴장한 채 붙들고 있는 것은 대체 무엇일까?

나는 그것에 대한 생각을 떨쳐 버리지 못한다. 그것을 과소평가할 수도 없다. 왜냐하면 그것이야말로 시끄러운 세상에서 모두가 잊고 있던 우리

관여하는 일. 사회 참여

자신의 삶, 그리고 그 증거이기 때문이다. 앙가주망이라 하면 도대체 누가 어디로, 누가 무엇에, 누가 누구에게 참여하는 것을 말할까? 그보다 먼저 '누구'라는 그 주체는 무엇인가? 참여하는 실체인 당신은 도대체 누구인가?

나는 '참여'라는 말을 좋아하지 않는다. 시인에게 '참여'란 '참가'이고 방향을 돌릴 수 없는 '가담' 또는 '합체'이고 '헌신'이어야 하기 때문이다. 시인이 참여할 수 있는 거의 유일한 것이라면 천년의 인류, 또는 생명체 모두가 원하고 바라는 것, 칭송해 마지않는 것이어야 한다.

*

시인의 '참여'란 무엇인가? 그보다 먼저 시인이 누구인지부터 물어야 한다. 본론으로 들어가기에 앞서 당신은 어떤 삶을 살았는지, 스스로를 향해 조용히 질문해 보자. 삶을 산다는 독자성을 빼놓고는 '참여'란 말은 어불성설이다.

시인의 '참여'는 '자립'과 동의어라고 해도 무방하다. 랭보 식으로 말하면 시인은 자신을 벗어나 무언가가 되어야 한다. '타자'가 되어야 한다. 이를 알기 쉽게 말하면 시인의 '참여'는 "보편적 삶을 산다."라는 말과 같은 뜻이기도 하다.

시인이란 모든 것이 흘러드는 장이라고 정의할 수도 있다. 만물이 흘러들어 '참여'할 수 있는 장, 그것이 시인이라면 사자도 뱀도 고래도 시인에게 '참여'하고 '참가'할 수 있다. 그러면 사자도 더욱 아름다워질 것이다. 시인이 '참여'하는 것이 아니라 시인에게 '참여'한다고 해야 한다. 그러기 위해서는 시인의 "안에서 생겨나는"(마테를링크) 것이 중요하다.

– 시에 대한 단편 34(『후네』 제85호, 1996년 10월)

35. 기적에 대하여

중요한 것은 스스로 자신의 삶을 선택하지 않는 것, 즉 스스로 자신의 삶을 결정할 수 있다고 생각하지 않는 것이다. 바로 자신에게 일어나는 모든 것을 받아들이는 것으로부터 시작되는 것이다. 설령 그것이 아무리 이해하기 어렵고 납득하기 힘들다 해도 말이다. 태어났을 때와 마찬가지로 위대한 손에 당신을 맡겨야 한다. 그것 외에는 진정한 기쁨을 얻을 방법이 없다.

기적을 감지하는 방법 역시 그러한 방법 말고는 없다. 시인은 스스로를 무언가 위대한 자의 손에 맡기고 그것에 이끌려 세상을 돌아다닌다. 기적은 그에게 나타난다. 하지만 기적을 감지하는 일이 이른바 독해나 지적인 인식의 영역에는 전혀 속하지 않는다는 점에 주의해야 한다.

예를 들어 새가 자신이 왜 나는지 질문을 할 필요도 인식할 필요도 없이 그저 날기만 하면 그만이듯 인생도 왜 사는지를 물을 필요도 인식할 필요도 없다. 중요한 것은 살아 있는 동안 사람도 새와 마찬가지로 주어진 삶을 충실히 살아내는 것이다. 새가 기적 속에서 살고 있듯이 사람 또한 마찬가지다. 시인은 기적을 독해할 필요도 없고 전달할 필요도 없다. 하지만 시인은 기적을 예감하고 구현해야 한다.

시는 운명을 좌우하는 자의 손으로 쓰여야 한다. 만약 그렇지 않은 시는 사람을 감동시키고 공감을 불러일으키지 못한다. 시의 보편성이란 만인의 운명을 시 속으로 불러들이는 것이 아닐까? 그렇다면 한 편의 시 속에는 어딘가 기적에 대한 예감과 떨림이 숨겨져 있어야 한다.

여기서 다시 한 번 고개를 돌려보면 그것이 얼마나 중요한 것인지 깨달을 것이다. 다시 말해서 스스로 자신의 삶을 선택한 사람에게는 그와 같은 기적의 예감이나 구현은 결코 일어나지 않기 때문이다.

기묘하게 들릴지 모르지만, 시인은 자기를 버리고 선험적으로 자기를 체득함으로써 살아가는 사람인지도 모른다. 랭보가 시인은 자유를 본 사람이어야 한다고 말한 배경에 만약 선험적인 자아가 없었다면 랭보의 이 말은 성립되지 않았으리라. 랭보의 『일루미나시옹(Illuminations)』에는 운명을 좌우하는 사람의 손과 기적에 대한 예감이 괴로울 정도로 가득 끼어 있다. 랭보가 진정한 시인임을 증명하는 대목이다.

랭보를 단순히 경험 세계의 구현자라고 여기는 사람에게는 랭보의 참모습이 조금도 보이지 않을 것이다. 모든 비평가를 모욕했던 『시(poésie)』의 저자 로트레아몽도 마찬가지이다. 쉬르레알리스트(초현실주의자) 역시 예외가 아니다. 쉬르레알리스트에 대해서 살펴보아야 할 한 가지는 삶의 방식이다. 그가 살아온 삶이 무엇인지는 경험 세계에서 결코 이해하지 못한다. 예컨대 백치나 광인의 세계를 당신이 이해할 수도 없고 구현할 수도 없는 것과 같은 이치이다.

쉬르레알리슴(초현실주의)은 기적을 예감하고 삶의 근원으로 회귀한다는 점이 중요하다. 이는 삶에 대한 외경이라고도 하겠다. 마도 미치오의 시세계도 끝까지 파헤쳐 보면 이런 세계에 속한다. 이런 관점에서 오히려 마도 미치오의 세계는 아주 무난해 보일 것이다. 신비주의적 관점이 아니고서는 불가해한 요소로 가득한 시세계이기 때문이다.

시는 쓰인 그대로 읽혀야 한다. 그러기 위해서는 시에 불필요한 것이 조금이라도 들어가 있으면 안 된다. 최소한의 요소로 정확하게 어떤 것을, 혹은 어떤 일을 전달할 수 있는 말이라면 그걸로 족하다. 역설이나 과장과 설명 따위가 전혀 필요치 않은 세계가 바로 시의 세계가 아닐까?

*

시인은 큰 불행도 달게 받아야 한다. 불행이 크면 클수록 행복도 커진다. 불행과 행복은 과연 각기 다른 곳에 존재하는 것일까? 스베덴보리[132]는 "지옥은 어디에나 있고 사람의 수만큼 많다."라고 했다. 불행과 행복이 만약 서로 다른 곳에 존재한다면 "천국은 어디에나 있고 사람의 수만큼 많다."라는 말도 타당할 것이다.

큰 불행이란 도대체 무엇일까? 그것은 마치 내가 곧 사람이라고 선언하는 듯하다. 불행은 내가 태어나서 살아온 과정에 존재하는 게 아닐까? 카프카가 말했다. "희망은 있다. 하지만 내가 있는 이 지상에는 없다."라고. 그래도 희망에 도달해야 하지 않을까? 내게는 그것이 존재하는 것 같다. 유일한 방법은 내 삶을 내가 선택하지 않고, 내 삶을 어느 위대한 자의 손에 맡기는 것이다.

랭보는 "미지에 도달하는 것"이라고 했지만, 그에 앞선 괴테는 아마도 미지에 도달하기란 제 힘만으로는 불가능하다고 여겼으리라. 자기를 버리려면 반드시 이끌어줄 손이 필요한 법이며 이끌어주는 진정한 손은 자기를 고집하는 한 결코 나타나지 않기 때문이다. 시인 괴테의 위대함이 여기에 있다.

"나는 어디로 가야 하는가?"

시인이라면 그것을 불안해하지도 두려워하지도 한탄하지도 않을 것

---

132) 임마누엘 스베덴보리(Emanuel Swedenborg, 1688~1772) : 스웨덴의 자연과학자, 철학자, 신학자. 심령적 체험을 겪은 후 과학적 방법의 한계를 깨달아 시령자(視靈者), 신비적 신학자로 활약했다. 주요 저서에『천국의 놀라운 세계와 지옥에 대하여』가 있다.

이다. 어디로 향하는지, 내가 어디로 실려 가는지 방향을 모르더라도 예민한 시인이라면 피부에 닿는 공기의 상태로 지금 자신이 어디에 있는지 알 수 있기 때문이다. 따라서 시인의 눈이 흐려지거나 공허해지면 끝이다.

시인은 눈에 비친 모든 광경을 보아야 한다. 그것이 시인이 해야 할 일이다. 그리고 진정한 시인이라면 찬가를 쓸 것이다. 세상을 향한 오마주를 쓰는 것이다. 생명은 쏟아 부어야만 얻을 수 있다. 쏟지 않으면 아무것도 얻지 못한다. 따라서 생명은 거저 주기만 하면 된다. 만일 세상이 암흑 속에 있고 그곳이 지옥이라면, 큰 불행의 한가운데에 있는 것 같다면, 시인은 거기에 갇혀 있어서는 안 된다. 시인이라면 계속 모색해야 한다.

– 시에 대한 단편 35(『후네』 제86호, 1997년 1월)

36. 먼 곳을 향한 정열

"인간이란 먼 곳을 향한 정열이다."

나는 아우구스티누스의 이 말을 반복한다. 그리고 생각한다. 중동, 인도, 히말라야, 그리고 일본까지 지금도 계속 중인 '순례'를 떠올린다. 나는 느낀다. 나는 지금 확실히 신의 손 안에 안겨 있음을. 그러나 신은 무한히 멀리 있다. 나는 화재 현장에 타다 남은 검은 말뚝 하나에 지나지 않는다는 생각도 자주 한다.

"희망은 있다. 그러나 그것은 여기에 없고 천상에 있다."

카프카의 이 말이 끈질기게 나를 붙잡고 있는데, 앞서 논한 아우구스티누스의 말과 일맥상통한다. 카프카는 왜 톨스토이를 동경했을까? 카뮈도 나도 전에는 카프카와 도스토예프스키의 유사성을 알았지만, 톨스토이야말로 카프카의 비밀을 푸는 열쇠가 아니었나 싶다.

"먼 곳을 향한 정열"이란 무엇인가? 그것은 절망이 깊어질수록 뜨겁게 타오르지 않을까?'인간'이란 무엇인가? 그것은 무한을 향한 불꽃이라고 정의해도 좋지 않을까? 어쨌든 인간, 특히 시인은 절망 속에서 자조하며 죽어가도 괜찮다고는 생각하지 않는다. 이것이야말로 '상상력'의 문제가 아닐까?

*

나는 대낮의 바다를 바라본다. 황혼의 바다를 바라본다. 밤의 바다를 바라본다. 바람 부는 바다를 바라본다. 잔잔한 바다를 바라본다. 흐린 날의 바다를 바라본다. 맑은 날의 바다를 바라본다. 때로는 은색, 때로는 감청색, 때로는 진주색, 때로는 풀무질로 불꽃이 날리는 판자문 쪽의 바다를.

"어디로 가는가?"

"너는 어디에서 왔는가?"

무수한 목소리가 들린다. 그것들은 죄다 내가 듣고 싶은 질문이다. 수면에서 불꽃이 날린다. 저 멀리 아득한 수평선에 배 한 척이 떠 있다. 마치 공중에 떠 있듯 줄곧 거기에 있다. 그때 어느 골짜기의 절벽 비탈에 피어 있는 백합꽃 한 송이가 문득 눈에 들어온다. 그 옆 바위에서 짙은 청색의 새 한 마리가 날아오른다.

어딘가의 문이 열리고 어딘가에서 언제나처럼 아침 인사가 들린다. 내가 잠들고 내 안의 또 다른 내가 일어나 소리 없이 나간다. 낮에 보았던 은빛 바다의 해변으로, 배 한 척이 기다리는 저 바다 쪽으로 미끄러지듯 다가간다.

*

리얼리티에 대해서, 다른 누구도 알 수 없는 나만의 리얼리티에 대해서, 예를 들어 '초조함'에 대해서, 해안에 '남겨진 해조'에 대해서, 황혼의 '위(胃)'에 대해서, '우는 사람'에 대해서, '꿈꾸는 사람'에 대해서, 아침에도 저녁에도 늘 같은 자리에 서 있는 '전봇대 하나'에 대해서, 나 자신의 존재 이유인 나의 리얼리티에 대해서 나는 생각한다. 그 가운데 타오르는 '불꽃'에 대해서 나는 생각한다.

리얼리티란 무엇인가? 그것은 자기 안에서, 세계 안에서, 리얼리티의 자기 안에서, 자기 완결적인 형태로 갇힌 것이라고는 생각하지 않는다. 리얼리티는 불변이 아니다. 나는 내 앞에 순간적으로 나타나는 리얼리티를 항상 응시한다. 나는 그것으로 불타올라 새로운 나로 변모한다. 리얼리티는 나에게 가능성과 발견의 장이기도 하다. 나라는 존재는 내 안에서 항상 깨어 있다.

드디어 나는 꿈에서 유리잔 하나를 발견하고 불붙은 술을 흘러넘치게 가득 부어 준다. 술잔이 마르지 않도록 끊임없이. 비록 당신 눈앞에 펼쳐진 지금 이 순간의 리얼리티가 아무리 이해하기 힘들고 기괴하다 해도, 당신이 불우한 사람이라고 해도, 축복받지 못한 사람에 대해, 남겨진 사람에 대해, 혹은 광야를 헤매는 어린 양에 대해 신이 외면할까.

*

만약 나에게 나 자신의 의지가 있다면 그것은 무엇일까? '사는 기쁨'이란 도대체 무엇일까? 그것은 나로 시작해서 나로 끝나는 것일까? 그 기쁨을 내가 가졌다고 할 수 있을까? '먼 곳을 향한 정열'이란 무엇인가? 그것은 내가 가늠할 수 있을까? 나는 그 안에서 가슴을 태우지만 그것은 내 것이 아닌 듯하다. 그것은 나에게든, 살아온 삶 속에서든 불가피한 것이라는 생각이 든다.

나에게 만약 '나 자신의 의지'가 있다면 그것은 '당신의 의지'와 합치하기 위해 존재하는 듯하다. 정열이란 내가 당신에게 끌리고 매혹되어 그 포로가 되는 것이 아닐까? 정열이란 내가 당신을 포기하지 않고 끝까지 요구하는 것은 아닐까? 당신은 빛의 중심이기에 나는 당신을 원한다. 내 정열은 당신에 의해서 일어난다. 내 삶의 원천은 당신이다. 나는 당신에 의해 점화되었다. 당신은 내 리얼리티의 한순간 속에서 나타난다. 나는 그것을 알아채야 한다. 마치 계시처럼.

내 리얼리티는 당신에 의해서 빛난다.

변모한 리얼리티, 한없이 먼 것을 향해 나는 존재할 것이다. 나는 안다.

내 존재가, 내 리얼리티가, 내 '이유'가 모두 당신에게 속해 있음을.

부재가 나를 가능하게 한다. 부재는 나를 무용지물로 만든다. 그것은 나를 가둔다.

나는 아무것도 갖지 않을 것이다. 나는 당신을 따라 무엇으로든 변모할 수 있는 존재가 될 것이다. 비 한 방울, 번갯불, 꽃 한 송이, 희미한 불빛, 시냇물, 물고기 한 마리, 벌이 될 것이다.

– 시에 대한 단편 36(『후네』 제87호, 1997년 4월)

37. 태초에 말씀이 계시니라

"태초에 말씀이 계시니라"라는 성경 구절에서 태초는 도대체 무엇일까? 무엇에 대해, 어디를 기준으로 한 태초일까? 두루뭉술하고 막연한 태초란 말인가? 아니면 매우 엄밀하여 누구도 임의로 해석하거나 변경할 수 없는 결정적인 태초인가?

지금 나는 일본의 지방 도시인 시코쿠의 고치에 산다. 그전에는 약 30년 정도 도쿄에 있었다. 그전에는 고치에, 그전에는 한국에, 그전에는 도쿄에 있었고 더 거슬러 올라가서 출생지는 요코하마 시였다. 지금 나에게 태초라 하면 요코하마에서 태어난 순간일까?

하지만 단정을 짓기도 어렵다. 왜냐하면 내 부모는 고치 출신인데 우연히 요코하마에 살았을 때 내가 태어났다. 그 출산 장소가 결정적인 태초라고 말할 수도 없다. 유전자 상태를 태초라고 치면 내 태초는 고치이겠지만 그렇다고 그도 맞지 않는다. 점점 거슬러 올라가면 내 태초는 몽골이거나 브루나이쯤이거나 더 거슬러 올라가면 나의 태초는 바다의 미생물이었을 수도 있다. 플랑크톤이 내 태초였을까?

이마저도 의심스럽다. 플랑크톤에는 당연히 그것이 발생하기 이전이 있을 테니 내 태초는 이보다 더 거슬러 올라가야 한다. 생물 이전, 지구 이전, 물질 이전까지 거슬러 올라가야 한다. 어느 지점에서 중단하면 그것은 유한한 태초일 뿐이다. 유한한 태초는 엄밀히 말해 태초가 아니다.

왜냐하면 그 유한에는 스스로 태초를 넘어 더 거슬러 올라가는 미지의 태초가 있을 것이고, 이 태초를 끝없이 찾아 나가면 결국 무한으로 빠져들어 태초의 장소는 나와 전혀 무관해진다. "태초에 말씀이 계시니라"에서 태초는 인간이 조정하는 어떤 유한한 장소에도 존재하지 않는다. 이 태초는 아마도 무(無) 안에 있으며 무의 세계에 속할 것이다.

"태초에 말씀이 계시니라", 즉 나의 운명과 삶을 가리키는 결정적인 말씀은 인간이 조정하는 유한한 세계에 속한 것이 아니라 그 무엇도 침범하지 않은 시원(始原)의 무에 속한다. 태초는 '도중'이 아니라 문자 그대로 '시작'이다. 태초는 아직 그 무엇에도 물들지 않은 시원의 때 묻지 않은 태초이다. 만약 어떤 것에 영향을 받은 태초라면 그 태초보다 앞서는 시원의 태초가 있을 것이다.

"태초에 말씀이 계시니라"라고 하는데 내가 태어나기 훨씬 이전에 나의 탄생을 예견하고, 나에게 생명을 주었고, 나의 삶의 방향을 가리키는 그 존재는 무엇일까? 나는 그 말씀이 무엇인지 모른다. 하지만 그 말씀의 존재는 안다. 어둠 속에 있으며 그 어둠은 고통에 신음한다. 나 자신은 그 어둠에 휩싸여 이미 사라졌다는 사실을 깨달았을 때 나는 갑자기 큰소리에 파묻힌 듯한 감각을 느낀다.

원초의 무 안에서 나는 태초의 태양을 볼 것이다. 산도, 강도, 나무도, 별도, 그리고 나도, 똑같은 원초적 무에 휩싸여 그것을 공유하고 거기에 흠뻑 빠져 있다. 우리는 아무것도 소유하지 않았다. 태초는 과연 시간에 속하는 것일까? 무(無)의 영역은 매우 광대하여 무한이라고 말하는 편이 옳을지도 모른다. 그러면 무한대의 무에 속하는 태초는 시간에 관계 없이 수만 년, 수억 년이 지나면 무에 한계가 없어져 항상 태초일 것임이 틀림없다.

그렇다면 지금 이 순간도 태초의 범주 안에 있고, 모든 존재는 지금 이 순간에도 시원의 때 묻지 않은 "태초에 말씀이 계시니라."에서 말하는 말씀으로 자신의 방향이 정해져 있기에 그것으로부터 벗어날 수 없다고 해도 틀린 말이 아니다. 유한한 시간에 속한 인간이 "태초에 말씀이 계시니라."의 말씀을 해독할 권능은 없다.

나는 내 운명 속에 있으면서도 내 운명을 모른다. 그저 불가해할 뿐이다. 다만 운명이 얼마나 불가해한지 우연의 연속으로 간주하려 하자, 여기서 일어나는 모든 일에는 내가 알 수 없는 말씀의 실현, 즉 어떤 '필연'이라도 숨어 있는 것 같다. 그 필연은 무엇일까? 아마도 일어나는 모든 현상을 원초적 무의, 때 묻지 않은 눈빛으로 바라보는 사람의 눈에는 언젠가 보일 것이다.

– 시에 대한 단편 37(『후네』 제88호, 1997년 7월)

38. 감성과 이성

감성과 이성은 다른 능력일까? 결론부터 말하면 그 둘은 각각 대립하는 능력이 아니며 이성은 감성이 도달하는 최상위에 존재한다. 감성을 잃은 이성은 사람을 행복으로도 진실로도 이끌지 못한다. 예감은 감성에 속해 있으므로 오직 진실만을 향해 이끌며 그 모든 작용이 감성 안에서 이루어진다.

그러한 작용 속에서 하나의 법칙성이 발견될 때 감성은 이성으로 변모한다. 그 법칙성은 자신의 창의와 노력에 의해 만들어지지 않고 자기 삶을 이끌어온 거대한 힘에 속해 있다고 해야 옳다. 그 법칙은 태초부터 내려오는 우주의 법칙이라고 해도 맞지만, 인간의 탄생에도 법칙이 있어서 모든 인간의 삶 속에도 깊이 잠재한다. 감성이 그 보편법칙(로고스)을 각성하여 그것대로 살려고 할 때 감성은 이성의 영역으로 변모한다.

시인이 인간의 행복을 기원하고 진리를 희구하는 사람이라면 자신의 감성 안에서 도취하는 것만으로는 충분하지 않다. 빛나는 이성 안으로 한 걸음 내디뎌야 한다. 이성을 바라보며 이성과 함께 호흡해야 한다. 열이 불꽃으로 바뀌고, 놋쇠가 나팔로 바뀌듯이 감성도 어느 단계에서는 고차원의 질적 전환이 이루어진다. 랭보는 이런 말을 자주 하였다.

"사람은 타자(他者)가 된다."

원초적 법칙성이나 최초의 말씀(로고스)으로 사람을 이끄는 것은 지식도 사유도 아니다. 그것은 아마도 자기를 포기하여 자기를 무언가 위대한 자의 손에 맡기는 것이리라. 기도와 흡사하다. 그런 의미에서 기도하지 않는 사람은 시인이 아니다. 기도할 때 사람은 눈을 감고 아무것도 보지 않는다. 눈도, 귀도, 피부도, 그 사람의 전부를 무언가에 바치면서 합체하기를 희구한다. 사람은 기도 속에서 각성하고 기도 속에서 문득 눈을 뜬다.

"시인은 체험을 통해 나무처럼……."이라고 한 『두이노의 비가(Duino Elegies)』를 쓴 릴케는 이러한 희구 속에 살았던 시인임이 틀림없다. 그 시는 불안에서 뻗어나온 촉수(觸手)이다. 체험이란 무엇일까? 그것은 아마도 같은 경험의 반복은 아닐 것이다. 엄밀히 말해 최초의 체험, 즉 첫 경험 외에는 체험이라고 해선 안 된다. 그것은 불에 타는 듯한 체험, 에드거 앨런 포 식으로 말하면 경이로움이고, 아폴리네르 식으로 말하면 발견의 구현이다. 그것 말고는 아무것도 아니다.

시인은 발견을 구현함으로써 살아가며 그것을 통해 나무처럼 성장하는 사람이라고 해도 과언이 아니다. "감성을 통해 미지의 것으로……."라는 말은 결국 모든 체험과 인생이 오직 여기에 존재한다는 뜻이리라. "인간이란 먼 곳을 향한 정열이다."(아우구스티누스)라는 말을 해석하면 삶은 영원한 모험이라는 뜻일지도 모른다. 모험이란 미지의 체험이며, 삶이란 빤한 일상의 반복이어서는 안 된다.

시인이라면 볼 것이다. 일상 속에서도 아직 본 적 없는 기이한 광경이 잇달아 나타나는 것을. 절규를, 저주를, 신음을, 기도를. 혹은 살아남은 자의 기쁨의 목소리를.

요컨대 삶이란 경이로우며 발견 속에 존재하는 것이다. 달리 말하면 삶이란 끊임없는 소생하는 것이다.

감성을 떠나서 살아갈 수가 없으므로 감성은 중요하다. 그러나 감성은 출발점이자 미지를 향한 창구이다. 사람의 삶은 여기에서 출발한다.

상상력은 촉수이다. 그것은 감성에서 뻗어 나왔다 해도 틀리지 않다. 그 촉수는 미지를 향해 방향을 찾는 것이라서 중요하지만 그 스스로 방향성을 갖지는 못한다. 감성이 무언가 위대한 자의 손에, 즉 원초적인 법칙이나 태초에 있었던 말씀에 맡겨졌을 때, 상상력은 비로소 제대로 방향을 잡고 당신의 삶을 올바른 쪽으로 이끌 것이다.

– 시에 대한 단편 38(『후네』 제89호, 1997년 10월)

39. 책을 읽다

사람이 책을 만나는 즐거움은 무엇일까? 최근 손에 넣은 쓰카고시 사토시(塚越 敏)의 저서 『릴케와 발레리』와 그의 편역작 『릴케 미술 서한』을 읽었고, 고치의 지역 선배이자 영문학자인 도이 고치(土居光知), 독문학자이자 불문학자이며 시인인 가타야마 도시히코(片山敏彦), 그리고 니시타니 다이조(西谷退三)가 번역한 『셀본의 박물지』와 『마키노 도미타로 식물도감』 등을 읽으면서 문득 이런 생각을 했다.

이런 책이 나를 매료시키는 이유는 그 안에 담긴 뜨거운 열정과 밀도 높은 사고와 사색, 그리고 그것들을 관통하는 대상에 대한 깊은 애착 때문이다. 독서는 단순히 지식을 습득하기 위한 방편이 아니다. 책은 삶에 깊이를 더하고 의욕을 일깨워 주며 인생살이의 기본과 방향을 알려주는 역할을 한다.

내가 어떤 사람을 만난다. 그리고 생각한다. '이 사람을 만나서 좋다. 태어나서 좋고, 살아 있어서 좋다. 이 사람을 만났기에.' 그 사람이 남자든 여자든 상관없다. 젊은이이어도 노인이어도 좋다. 어느 나라 사람이든 상관없다. 실제로 나는 그런 사람들을 숱하게 만났다.

책은 곧 사람이다. 이른 봄이면 고치 시의 가가미가와 강기슭에서 햇볕을 쬐면서 이 책들을 읽으며 남모르게 살아 있음의 기쁨을 맛본다. '살아

있어서 좋구나.' 나는 또 산을 바라보고 강을 바라보고 초목을 바라보고 바다를 바라보고 하늘을 바라본다. 내가 살아 있으니 누릴 수 있는 것들이다. 사람이나 책과 마찬가지로 반가우면서도 때로는 준엄하게 많은 깨달음을 준다. 여기서는 일단 사람과 책에 초점을 맞추고 풍경이나 사물에 대해서는 다음 기회로 미루자.

사람이 책을 만나는 즐거움에 대해 최근에 느꼈던 감상을 조금 이야기 했는데, 사람이 곧 책이라는 관점에서 보면 시집은 아마도 책 중의 책이 아닐까 생각한다. 왜냐하면 시는 인생 그 자체이며 단적인 표현이기도 해서 시와의 만남은 본질적으로 읽는 사람에게 최고의 기쁨을 주어야 하는 까닭이다.

시가 곧 사람이라는 관점에서 만약 시를 접한 사람이 "아아, 살아 있어서 얼마나 좋은가. 이 시를 만났으니"라고 깊이 감동했다면 그것은 그 시의 테크닉이나 의미 또는 내용 때문만은 아니다. 사람이 사람과 접촉하는 경우 말보다 그 사람의 표정에서 진의를 읽는 경우도 있지 않은가? 이것을 시에 적용하면 사람은 그 시가 전하려는 의미 이전에 더욱 직접적으로 그 시에 내재하는 시인의 삶, 즉 그의 열정과 감성, 사고와 같은 것에 전인격적인 관심을 기울여 시에 전적으로 공감한다.

모든 책에는 문체가 있다. 문체는 사람이며, 문체는 그 사람의 전 인격을 드러낸다. 나는 고작 엽서 한 장 정도의 짧은 글이라도 거기에 떠도는 향기에 아주 민감하다. 글쓴이의 감성의 질과 사고, 삶의 태도, 인간성이 모두 거기에 담겨 있기 때문이다. 시에서는 이 점이 훨씬 단적이며 결정적이다.

문체는 문체 이전에 글쓴이의 전 인격을 보여준다. 주목해야 할 부분은 수사학 배후에 깔린 사람, 그 자체이다. 조잡한 감성과 사고에서는 고밀도의 문체가 나오지 않는다. 정열도 발견도 경이로움도 없는 작가의 작품은 감동을 주지 못한다. 정열이 작품에 빛을 준다. 그 빛이 사람의 마음을 두드린다. 한 편의 시를 쓰기 위해 수사를 고민하기 이전에 시인은 바로 이 점을 배려해야 한다.

감성도 상상력도 빈약한 시대에는 요란한 분장을 한 괴물처럼 속이 훤히 보이는 문체와 작품이 넘쳐난다. 조잡한 지식이나 정보를 담은 해설책이 매장에 넘친다. 또 그를 추종하는 평론가가 나타난다. 이런 시대에 새삼스럽게 첫머리에 언급한 그런 책을 접한다면 여러분의 마음속에는 어떤 생각들이 오갈까?

책에 담긴 내용이 새것인지 낡은 것인지에 관한 문제가 아니다. 나는 우선 거기에 사람이 있다는 분명한 느낌이 있으면 좋다. 그뿐이다. 그 사람이 앉아 있는 자세가 머릿속에 떠오른다. 내뱉는 숨까지도 나에게 전해지는 듯하다.

사물에 대한 끝없는 호기심과 탐구심, 경이와 열정, 세속적 공명에 얽매이지 않는 순결함이라고 해도 좋을 무언가에 빠져들 때 그것이 바로 손댈 것 하나 없는 고밀도의 문체를 낳는다. 이를 깨닫는 순간 탄식이 새어 나온다. 바로 이런 책이 진정한 책이 아닐까.

알전구로 불을 밝히던 시절, 자동차도 비행기도 없고 램프를 켜던 시절에 쓴 책은 그런 시절을 살았던 사람의 감성과 사고에 대응하기 마련이어서 차로 고속도로를 달리고 냉난방이 완비된 밀실에서 살아가는 현대인들의 감성이나 사고와는 전혀 다른 느낌이 들기도 한다. 다만 사람의 삶에서 그것이 어떻게 다른지 지금 다시 곰곰이 생각해 볼 필요가 있다.

어떻게 하면 사람의 마음을 두드리는 작품을 쓸 수 있을지는 그 사람의 삶에 달려 있음은 자명한 이치이다. 그렇다면 삶의 초심이 무엇인지 우리는 물어야 한다. 이는 가장 고밀도의 문체(사람)로 써야 하는 시에 관련된 사람이라면 더욱더 피하지 못할 문제이다.

이 문제를 해결하는 한 가지 방법으로서 선배들이 남긴 작품을 다시 한 번 살펴보자. 기성의 견해에 따르는 것이 아니라 무엇보다 겸허하게 자신의 감성을 모두 열고 그것에 임하는 작가의 모습을 머리에 떠올리면서 그 작가의 감성과 사고와 열정의 세계에 몰입해 보자. 이해나 해석은 뒤로 미루고 우선 그 문을 열어젖히자.

현대인의 교만이 무엇인지, 우리 안의 무엇이 쇠약하고 무엇이 사라져 가는지, 살아가는 데에 진정으로 필요한 것은 무엇인지를 소름 끼칠 정도로 명확하게 일깨워 줄 것이다. 시와 예술과 문화는 말할 것도 없이 사람에게서 나오고 정치, 경제, 교육, 사회 전반도 모두 사람이 관여하는 일이다. 요즘의 황폐해지는 세태는 오늘날을 살아가는 모든 이들과 관련된 문제이다.

실현 불가능한 소원이라고 무시할지 모르지만 그럼에도 나는 희망한다. 떨리는 감성의 섬세함을, 잘려나가지 않은 온전한 사고를, 순결한 마음을, 살아 있는 초심을. 이는 사람과 사람이 만나 서로 신뢰하기 위한 조건이기도 하다. 사회의 다양한 분야에서도 무엇을 어떻게 해야 할지 방법을 논의하기 전에 사람의 문제로서 그 점을 더욱 중시해야 한다.

하지만 이는 누구보다도 먼저 시인에게 해당하는 문제이다. 나는 예전부터 "시는 모든 예술과 문화의 핵심"이라고 생각해 왔다. 더 나아가 시는 인간의 핵심을 담당한다고 해도 좋을 것이다. "시인은 위험한 갱도에 들어갈 때 필요한 카나리아다."라고 말한 사람이 누구인지는 모르지만, 시인은 인간의 위기를 누구보다 빠르고 민감하게 포착하는 안테나를 보유한 사람임이 틀림없다고 생각하기 때문이다.

– 시에 대한 단편 39(『후네』 제91호, 1998년 1월)

40. 존재의 시학

존재는 거대하다. 그것은 우리의 상상을 뛰어넘는다. 상상력이 미치는 범위에 속한 존재는 존재가 아니다. 단순한 자기 환영에 불과하다. 자기는 존재의 그림자이다. 자기에게는 이미 존재의 낙인이 찍혀 있다는 점이 중요하다. 어쨌든 내 안에는 틀림없이 존재가 머물러 있다. 설령 내 생각이 틀렸다고 해도 내가 안심하고 머물 수 있으며, 나보다 훨씬 거대한 존재 안에 내가 속해 있다는 사실만큼은 분명하기 때문이다.

밤중에, 혹은 달리는 기차 안에서, 산속에서, 바닷가에서, 나는 그 손길을 느낀다. 존재의 손을 똑똑히 느낀다. 그럴 때 나 자신에게서 완전히 자유로워진다. 왜냐하면 나는 그 위대한 존재에 둘러싸여 그 비호를 받기 때문이다. 나는 결코 나에게 속하지 않는다. 그 존재는 무한이다. 그렇기에 내 자유에는 한계가 없다. 만약 내가 생명을 정의해야 한다면 무한한 자유를 잉태한 것이라고 말하고 싶다.

*

존재가 무엇인지 알고 싶다면 우선 곤충을 보라. 그 움직임에 작용하는 역학을 살펴보기 바란다. 존재는 인간의 감성이나 상상력을 훨씬 뛰어넘는 역학이다. 혹은 "우리의 감각에 물체라는 인상을 주는 것은 사실 비교적 작은 공간에 다량으로 집중된 에너지다."라고 했던 아인슈타인의 '에너지'라는 말을 빌리면 존재는 곧 에너지이다.

존재는 우주에 충만한 에너지보다 더 거대할지도 모른다. 모기 한 마리, 또는 귀뚜라미 한 마리 안에도 깃들어 있다. 피하지도 않고 부정하지도 않으면서 그 범주 안에 들어 있다. "태초에 말씀이 계시니라"라는 구절의 '말씀'은 이 존재에 속하고 인간의 감성과 의식과 상상력의 세계를 훨씬 뛰어넘는 거대 에너지의 법칙(로고스)이라고도 할 수 있다.

내가 아무리 작은 존재라고 해도 우리 안에 이 법칙(로고스)이 작동하고 있음을 포착할 줄 알아야 한다. 포착한다기보다 그것에 자신을 맡기고 합체해야 한다. 포착하는 능력, 즉 텔레파시(기)를 바로 시라고 부를 만하다. 나는 이 시에 속한다. 내가 시를 소유하지 않고 내가 시에 소유된다.

*

절대자는 존재한다. 하지만 나는 그를 신이라고 부르지는 않는다. 모든 신은 아마도 인간에 속할 것이다. 왜냐하면 곤충에게는 신이란 존재가 없겠지만, 곤충은 틀림없이 절대자에 속하며 그와 합체하고 구현하여 절대자라고 착각을 일으킬 정도이기 때문이다. 모기나 귀뚜라미에게 신은 필요하지 않다. 바꿔 말해 모기나 귀뚜라미가 바로 존재이다. 그에 비하면 인간만 소외된 듯하다. 인간이 신을 필요로 하는 이유이다.

*

존재의 시학이란 인간의 감성이나 상상력이나 어지럽게 변모하는 희로애락의 감정 등에 속하는 난해한 시학이 아니다. 그저 그곳에 사물이 존재하듯이, 혹은 해석되기 이전이나 의미를 부여받기 이전의 상태로 존재한다. 돌멩이처럼 이해를 초월하지만 분명히 그곳에 있고, 흠집 같지만 꿈틀꿈틀 움직이며, 의미는 불분명하지만 거기에 있으면서 빛을 발한다. 오직 보이거나 닿는 대로 솔직하게 제시하는 시학이라고 해도 좋다.

시는 이해되거나 해석하기 위한 것이 아니다. 시는 참여하고 공유하기 위해 존재한다. 시에서 중요한 점은 비유나 테크닉이 아니다. 거기에 대체 무엇이 담겨있는가이다. 시를 쓰기에 앞서 그 사람 안에 있는 것, 그 사람이 어떤 삶을 사는가 하는 점이다. 작품 이전에 그 사람이 어떻게 살고 있는가는 매우 중요하다.

존재의 시학을 단순히 제시하는 시학이라고 했는데 이는 제시 방법이나 방식의 차원이 아니다. 중요한 것은 제시할 내용을 가졌는가 하는 점이다. 제시는 단순할수록 좋다. 결코 관념이나 심정에 색깔을 입힐 필요는 없다. 존재의 시학은 도취시키기 위함이 아니라 각성시키기 위함이다.

존재의 시학은 어제의 시학과 기성의 시학에는 속하지 않는다. 살아 있는 것에는 오늘, 지금 이 순간이 있을 뿐이다. 불가해하고 이해하기 어려운 지금이 있을 뿐이다. 존재의 시학은 바로 지금에 속하며, 지금의 감각을 통해 지금의 말로 이야기해야 한다.

존재의 시학에서 중요한 점은 에너지이고 힘이다. 다만 이 에너지나 힘은 말이나 문자의 어감이 강해야 한다는 뜻이 아니다. 존재의 에너지나 힘은 작되 단순하며 차분한 목소리로도 충분히 나타내야 한다. 운문으로 말하면 행간의 침묵으로도 표현할 수 있다. 존재의 시학은 어제를 사는 사람을 위한 것이 아니라 오늘 갓 태어난 사람을 위한 것이다. 그렇다면 작품에서는 발견과 그에 따른 참신함과 생생함이 가장 중요한 요소로 작용한다.

존재의 시학에서 작품의 참신성은 더없이 중요하다. 발견이라고 간단하게 말했지만 발견은 그리 쉽지 않다. 왜냐하면 만약 당신의 오늘이 어제와 같다면 거기서는 아무것도 생겨나지 않기 때문이다. 발견은 자신의 변화이다. 감성과 의식이 새로워지는 변화이다. 세상이 새로워지는 변화이다. 발견은 새로워진 자신에게서 발생하기 때문이다.

많은 사람이 안주할 땅을 필요로 한다. 시인이 안주할 땅을 바란다면 시인의 생명은 그걸로 끝이다. 시는 항상 새로운 자기에게 속해야 한다. 이를 존재의 시학의 근간이라고 해도 좋다. 안주할 땅을 버렸을 때 비로소 시가 나타난다.

안주할 땅에서는 끝내 볼 수 없는 것, 존재의 시학에서는 그것이 시이다. 어쩌면 일상의 작은 틈이나 에어 포켓에서 엿보이는 것, 음습하게 빛나는 불가해한 것, 의문 같은 것들이 실은 잊고 있던 당신의 참모습이며 시가 아닐까? 그렇다면 안주할 땅은 본래 어디에도 없다는 사실을 절망적으로 깨달은 사람이 시인라고 해야 할 것이다.

– 시에 대한 단편 40(『후네』 제92호, 1998년 7월)

41. 개인(자아)의 변모

“『후네』의 발행인이자 편집자인 니시 가즈토모 씨는 개인(자아)의 확립을 말하면서 개인의 소멸을 지향한다고 했다. 이는 논리도 무엇도 아닌 난폭한 자기주장 아닌가? 납득할 만한 설명을 부탁드린다.”

독자의 의견 중 하나이다. 이번 글은 난폭한 자기주장의 반복에 불과하다는 비난을 들을지도 모른다. 『후네』는 내가 시다운 시를 쓰기 위한 실천의 장인 리얼리티회 출판사에서 출간되는 문예지이다. 여기에 싣고 있는 글은 처음부터 끝까지 머릿속으로 조리 있게 구성한 논리가 아니라 내 경험에서 얻은 내용을 바탕으로 한다. 논리를 뛰어넘은 맹목과 모순, 그리고 수수께끼로 가득한 어둠의 세계에서 얻은 감각을 있는 그대로 드러낸다. 그러니 난폭한 자기주장이라고 해도 변명의 여지가 없다.

현실은 불가해하다. 모든 사람은 현실이 무엇인지도 모른 채 혼돈 속으로 던져지고 그 속에서 살아간다. 하지만 아무것도 모른 채 살아가기는 힘든 노릇이기에 어떻게든 아귀가 맞고 조리가 있으며 이해할 수 있는 세상으로 간주한다. 실제의 현실 위에서 가상 현실(버추얼 리얼리티)의 베일을 뒤집어쓰고 현실보다는, 자신이 구축한 이론을 우선시하며 자신들은 평온하다고 착각하며 살아간다. 이런 논조에 화를 내는 독자도 있을 것이다.

내가 개인(자아)에 눈을 뜨고 괴로워했던 시기는, 한반도에서 일본으로 돌아왔을 때인 아홉 살 무렵부터였다. 어른들은 거짓 웃음을 지었고 세상은 수수께끼와 모순으로 가득했으며 나는 황야에 홀로 추방당한 사람처럼 고독했다. 겉으로는 여느 소년들처럼 행동했지만 마음속은 사람들에 대한 적개심과 분노로 사나워져 있었다. 지금 생각하면 이는 내 개인(자아)에 대한 각성이었다.

나 자신과 세상에 대한 절망으로 가득하던 당시의 어느 어두운 밤에 처음으로 접한 작가가 에드거 앨런 포였다. 니시와키 준자부로는 어느 글에서 "포의 세계는 죽은 자의 행렬을 보는 것 같다."라고 썼다. 그런 문장에서조차 위안을 얻을 만큼 당시 내가 처한 상황은 지옥이었다.

개인(자아)에 대한 각성은 세상에 대한 각성이기도 하다. 더욱 엄밀히 말하면 세상에 대해 각성한 순간 비로소 자기가 나타난다. 나(자아)의 출현은 형태를 막론하고 현실참여(앙가주망)의 첫발이며 현실참여를 위해 필요불가결한 조건이다.

개인(자아)에 대한 각성은 세상을 객관적으로 보게 되었다는 의미다. 방관자처럼 바라본다는 뜻이 아니다. 세상 속에 던져져서 허우적거리며 자기 힘으로 헤엄쳐야 한다. 스스로 자신을 살리는 행위이다. 실천적인 자신으로 나아가는 첫발이다. 말에 조리가 있든 없든, 논리적이든 아니든 나는 내 자아를 묻어둔 채 살아갈 수 없다.

나는 이런 내 자아와 더불어 10대 시절을 보냈다. 랭보 식으로 말하면 무서운 귀신의 자식 같은 영혼을 키워 가던 시기였다. 시를 향한 출발이라는 전율할 만한 사건은 이 시기와 깊은 관련이 있다. 일본이 패전했을 때 열여섯 살이던 나는 도스토옙스키의 세계에 빠져 있었다. 『카라마조프가의 형제들』의 세계는 당시 내가 살고 있던 세상을 그대로 반영한 듯했다.

다음 해에 『지하 생활자의 수기』[133]를 읽고 그 감동을 알리기 위해 교내 문예지를 발행했다. 내 문학 활동의 첫걸음이자 사회 참여와 실천의 첫걸음이었다.

개인의 확립은 전후 일본 헌법에 명기된 기본적 인권과 관련해서도 필요불가결하다고 생각하지만 내 경우에는 그 정도로 머물지 않는다. 단 한 번뿐인 인생에서 나 개인(자아)은 인식을 초월해서 생명의 원천과 우주의 법칙('태초에 말씀이 계시니라'와 같은 최초의 말씀)에까지 도달해야 한다. 마침내 그 최초의 말씀을 체현하고 거기에 흡수되어 합체하고 삼켜진 뒤 소멸해야 한다. 그래야 개인(자아)은 우주의 섭리를 대신한 불멸의 존재로서 되살아날 수 있다.

이는 전혀 논리적이지 않다. 황당무계한 소리 같지만 존재는 본래 인간의 논리를 위해 있는 것이 아니다. 존재는 여러분의 이해를 초월한다. 문제는 여러분이 존재에 참여할 수 있는가, 그러기 위해 자신을 포기할 수 있는가이다.

자아를 인간 의지의 범주에서 우주로 확장해 보자. 소자아와 대자아로 나누어 생각하면 이해하기 쉽지만, 나 개인(자아)은 하나이므로 나누어서 생각하지 않겠다. 나에게 일상 세계나 우주공간의 사건은 별개의 것이 아니며 소자아는 대자아의 세계로 변해야 한다. 랭보 식으로 말하면 구리가 나팔로 변모하는 셈이다. 소자아가 대자아로 변모하는 일은 나의 최대 관심사이지만 소재가 없이는 나팔 또한 나오지 못한다. 랭보의 말을 뒤집으

133) 지하 생활자의 수기 : 도스토옙스키의 중편소설. 주인공인 지하 생활자는 사회에 적응할 능력이 없는 사람으로 삶에 대한 불안과 은밀한 증오에 시달리고 있다. 그는 철저히 고립된 곳에 도피처를 마련한 뒤, 그 초라하고 고독한 공간에서 바깥세상의 가치 있는 것들을 비웃으며 자신의 존재를 입증하려고 애쓴다. 지극히 반어적이고 신랄한 어조로 쓰였다. 도스토옙스키의 작품을 구분하는 하나의 전환점이었고 이후 대작 소설들의 철학적 서문 역할을 한다.

면 나팔의 근원은 여전히 구리이다. 내가 여전히 사람이라는 점은 바뀌지 않는다.

개인(자아)이 소멸하는 듯 보여도 실은 그렇지 않다. 개인(자아)은 살아있을 뿐 아니라 계속해서 변모한다. 전혀 그렇지 않아 보이는 순간에조차 변화는 계속된다. 그러니 개인(자아)의 확립과 개인(자아)의 소멸은 대립하거나 모순되지 않는다.

개인(자아)이 우주의 본원에 다다르고자 하는 욕망은 어쩌면 귀소 본능일지도 모른다. 사람은 어디서 와서 어디로 가는가. 이에 대한 여러 설명이 있지만 지금 나에게는 별로 설득력이 없다. 어디에선가 이유가 있어서 태어나고 어디론가 이유가 있어서 이동한다는 느낌만은 확실하다. 틀림없이 어디선가 와서 어디론가 돌아간다.

여름이 끝날 무렵의 햇살만 봐도 그렇다. 그럴 때면 나는 괜히 솔직한 기분이 들어서 스스로도 알지 못하는 큰 손에 내맡기고 싶어진다. 어제까지의 나에게는 전혀 집착하지 않고 자신을 벗어던진다. 그리고 새롭게 다시 태어난다. 변모란 이렇듯 풍경이 새로워지고 자신이 새로 태어나는 것이다. 자기 의지만으로는 불가능하다. 어떤 큰 존재의 손에 이끌려 무의식의 경지에 도달할 때 비로소 달성된다.

개인은 불가해한 존재일까? 당연히 그렇다. 시적 표현은 언제나 명확해야 한다. 그렇다고 해서 모든 내용이 논리적으로 딱 맞아 떨어지면 재미없고 지루하다. 나는 불가해하고 전율을 느끼게 하는 요소가 숨어 있는 시에 매혹된다.

개인(자아)은 삶에 대한 인간의 강렬하고 적극적인 의지로 만들어지는 것일까? 내 경험상 개인(자아)은 자신의 가장 약한 부분, 비밀스러운 세계, 고독의 한가운데서 태어나는 듯하다. 이것이야말로 내 삶의 핵심이고 누구에게도 양도할 수 없는 부분이다. 그것이 바로 나 개인(자아)이다. 그러나 나 개인(자아)은 그저 내 소유물만은 아니며 결국에는 만인을 위한 존재가 된다. 시도 같은 이치로서 존재해야 한다. 나 개인(자아)은 분명히 내 것이지만 한편으로는 내 것이 아니다. 여기에 우리 삶과 시의 가장 중요한 비밀이 숨어 있다.

– 시에 대한 단편 41(『후네』 제93호, 1998년 10월)

42. 시와 무의식

시에서 무의식은 왜 중요할까? 무의식은 시의 한 유파인 초현실주의에만 한정된 문제일까? 다른 시인들에게는 별로 상관없는 내용일까? 모든 예술과 시 전반의 근간과 관련된 문제는 아닐까? 나에게 꿈이 중요한 이유는 단 하나이다. 존재를 해방해 주기 때문이다. 여러 가지 관념이나 인습 혹은 상식에서 존재가 해방되는 순간은 우리가 잠들어서 꿈꿀 때뿐일지도 모른다.

제라르 드 네르발은 "꿈은 제2의 인생"이며 "뼈로 만들어진 손잡이를 열자 전율이 흘렀다."라고 기록했다. 존재가 해방되는 순간, 스스로 자유로워지기 위해 첫걸음을 내디뎠을 때의 떨림을 단적이고 명확하게 표현한 말이다. 일찍이 브르통은 네르벨, 노발리스, 랭보와 로트레아몽을 시 세계에서 주목할 만한 중요한 선구자로 꼽았다. 초현실주의에 찬동하는 사람이든 그렇지 않은 사람이든 이를 가벼이 지나쳐서는 안 된다. 존재의 해방과 자유는 시를 비롯한 모든 예술의 근간에 관한 문제인 까닭이다.

네르발과 노발리스에게는 중요한 공통점이 있다. 시대와 국적은 다르지만 두 사람 다 시를 쓰기 시작할 무렵 괴테에 심취해 있었다는 점이다. 각자 시의 도달점은 다르지만, 시에 대한 탐구 과정은 노발리스의 '백과사전'[134]식 단편처럼 얼핏 마술적으로 보인다는 점도 유사하다.

또한 노발리스는 네르발이 말한 "꿈은 제2의 인생"의 "뼈로 만들어진 손잡이"의 전율을 격렬하게 체험했고, 『하인리히 폰 오프터딩엔(푸른 꽃)』과 같은 작품을 통해 누구도 범접하지 못한 시의 극점을 기록으로 남겼다. 일본에서 그는 '독일 낭만파'나 '마술적 관념론' 등으로 분류되지만 나에게 노발리스는 유일한 시인의 길이자 성실한 리얼리스트이다. 한편 괴테는 『서동 시집』[135]에서 페르시아의 하피즈에 경도되어 있다. 이는 단순한 이그조티시즘[136]이나 남방 동경이 아니라 그의 생애를 관통하는 영혼의 필연적 이치이다.

1998년이 저물어갈 무렵 내게 그해 최대 뉴스는 이집트의 알렉산드리아에서 고대 도서관이 복원된다는 소식이다. 고대 알렉산드리아의 대철학자이자 시인인 플로티노스의 모든 업적도 모여 있다고 한다. 괴테나 네르발이 살아 있었다면 얼마나 기뻐했을까. 고대 도서관의 출현으로 시에 대한 우리의 개념도 크게 바뀔 듯하다.

시 한 편의 출현에는 어떤 의미가 있을까. 마테를링크는 다음과 같이 말했다.

"시 한 편이 태어나면 천 킬로미터 너머에 사는 농부의 생활까지 바뀐다."

---

134) 노발리스는 말년에 백과사전적 연구를 거듭하여 관념론에 토대를 둔 철학 체계 초안을 만들거나 시를 썼다. 이러한 정신세계가 그의 작품 『꽃가루』와 『신앙과 사랑』에 잘 나타나 있다. 세계를 우화적으로 해석함으로써 시, 철학, 과학을 통합하고자 했다.

135) 서동 시집(West-östlicher Diwan) : 독일 시인 괴테의 시집. 하이템과 줄라이카가 주고받은 연가(戀歌) 형식으로 이루어져 있다. 중세 페르시아 시인인 하피즈의 시집 『디반(Divan)』을 읽고 동방의 신비로운 자연과 건강한 관능에 자극받아 쓰기 시작했다. 그가 1814년에 고향인 프랑크푸르트 암마인에 갔을 때, 친척 빌레머의 약혼녀인 마리아네를 알게 되어 그녀에 대한 노시인의 정열이 불타올랐다. 그녀 역시 마음속으로는 시인의 사랑에 응답하였는데, 그것이 바로 하이템과 줄라이카와의 사랑으로 표현되었다고 볼 수 있다.

136) 이그조티시즘(exoticism) : 이국의 정취에 탐닉하는 경향. 이국주의

알렉산드리아 고대 도서관의 복원은 전 세계인의 감성이나 의식, 사고 방식, 그 방향성에 이르기까지 섬세하면서도 커다란 영향을 미칠 것이다.

*

무의식의 영역은 우리가 의식하지 않아도 존재하는 생명의 영역이다. 내 심장이 정지하면 나는 죽는다. 이는 중요한 사실이므로 종일 조심해야 마땅하다. 하지만 현실적으로 아침마다 잠에서 깼을 때 심장에 손을 대고 아직 움직이고 있는지 확인하는 일은 거의 없다. 그보다는 이제부터 해야 할 오늘의 일을 떠올리기 바쁘다. 우습지 않은가? 심장이 정지했거나 정지할 위험이 있다면 무엇보다 심장 상태를 확인하는 일이 중요할 텐데 말이다.

말하자면 내가 의식하든 아니든 심장은 무의식의 영역에서 스스로 움직인다. 나는 심장의 움직임을 의식할 필요가 없고 실제로 의식해도 소용없다. 확실한 것은 무의식이 없으면 나 또한 존재할 수 없다는 점이다. 의식 여부와 상관없이 내 존재의 열쇠를 쥐고 있는 부분은 의식이 아니라 무의식이다. 내 행위가 무의식의 영역과 지나치게 멀어지면 내 존재 자체가 위험해 질 수 있다는 뜻이다.

시는 어느 영역에 속할까? 시는 의식의 세계에서 살고 있으므로 내 시도 당연히 의식의 세계에 걸쳐 있다. 그러나 그것이 전부는 아니다. 깊이 생각할수록 시는 내가 일상적으로 의식하지 않는 무의식의 영역에 뿌리내리고 있음을 알게 된다. 생명의 영역에 속해 있으면서도 자신이 생명을 소유했다고 생각한 적은 없는가? 자기 힘으로 살아 있는 것도 아닌데 자기 스스로 살아있다고 생각한 적은 없었는가?

내가 사는 집 앞에는 몇백 년이나 된 커다란 은행나무가 있다. 이 나무는 자신의 의지로 살아 있다고 생각할까? 지금 저녁 해를 맞으며 조용히 잎사귀가 나부끼는 모습은 그야말로 자연이고 자유이며 스스로 존재하는 모습 그대로이다. 무의식에 몸을 맡기고 있어서 깨어 있는지 잠들었는지조차 확실하지 않다. 생명의 영역 자체이다. 내 시가 그 영역에 속하기를 바란다면 잘못일까?

여러분은 길을 걷다가 문득 내가 왜 살아 있는지 생각한 적이 있는가? 이는 정상적이고 당연한 생각이다. 생명이 당신에 속해 있는 것이 아니라 당신이 그 불가해한 생명에 속해 있기 때문이다. 익숙하고 눈에 익은 풍경이지만 문득 낯설어 보일 때가 있다. 그러다 자세히 보면 늘 보던 풍경이다. 이편에 의식 세계가 있고 저편에 무의식 세계가 있는 게 아니다. 생명과 비생명 세계, 가공과 현실, 진실과 허위처럼 존재는 두 개가 아니다. 인간은 이 두 가지를 함께 가지면서 두 개의 심연에 던져져 있다.

"나 자신 혹은 곤란한 존재"란 이 단적이고 명쾌한 말은 아키야마 가즈오[137]가 번역한 장 콕토의 책 제목이다. 제임스 조이스를 비롯한 많은 현대 작가에게 대단히 매력적인 테마이자 타이틀이다. 내 최근 시집의 제목인 『일그러진 초상』도 『존재의 어려움(La Difficulté d'êre)』이라는 콕토의 책 제목에서 비롯되었음을 고백해야겠다.

내게 소원이 있다면 내 시를 무의식의 세계, 의식되지 않는 세계, 맹목과 작열의 생명 세계에 영원히 맡겨 두는 것이다. 다만 그로 인해 일상의 의식 세계는 한없이 우습고 황당무계한 세계로 변하리라. 시인은 그런 광기의 세계를 두려워해서는 안 된다. 그 세계야말로 자신이 던져져 있는 공간이다. 달아나려 해도 소용없다. 계속 살아가야 한다. 자신에게 허락된 유일한 장소다.

무의식의 세계나 생명의 세계는 높은 수준의 지식으로 인식해야 할 대상 같지만, 그저 단순히 살기 위한 장소이고, 그저 단순히 나는 그 세계를

137) 아키야마 가즈오(秋山和夫, 1929~2000) : 일본의 교육학자, 프랑스 문학자, 치바(千葉) 대학 교수(1947~2005)를 거쳐 오카야마(岡山) 대학 명예교수 역임

충실히 살아내는 것만으로 족하다고 생각한다. 사물의 이치를 꿰뚫어 보는 세계는 이 맹목의 세계를 끝까지 살아낸 다음에나 존재하리라. 내 시가 이 맹목적 세계의 불꽃으로 타올라서 마침내 명징해지기를 바랄 뿐이다.

– 시에 대한 단편 42(『후네』 제94호, 1999년 1월)

43. 나는 나 자신의 증인

"나는 아무 데나 허투루 관심을 두는 사람이 아니다. 나는 나 자신을 위한 단 한 명의 증인이다."

앙토냉 아르토[138]의 이 말이 오래도록 기억에 남아 있다. 40년도 넘게 지난 지금도 머릿속에서 사라지지 않는다. 오히려 시간이 흐를수록 내 시와 삶에서 더욱 중요해졌다.

1960년대 이후 인쇄물이나 전파매체를 통해 각종 정보가 쏟아져 들어온다. 정보는 세상에 발맞춰 살아가거나 어떤 일을 하려면 꼭 필요한 요소이다. 하지만 결코 되돌릴 수 없는 단 한 번뿐인 삶을 온전히 살아가는 데 반드시 필요한 정보란 그리 많지 않다.

삶에는 어떤 경로에 의해 이미 취사 선택된 정보가 아니라 내가 직접 보고 만지고 관계 맺은 대상들이 더 중요하다. 그 정보를 통해 지금 이 순간 세상에서 무슨 일이 일어나고 있는지 파악한다. 내 피부로 느끼고 내 눈으로 세상의 근원을 바라본다. 감성의 역할이 진실로 중요한 이유가 여기에 있다.

---

138) 앙토냉 아르토(Antonin Artaud, 1896~1948) : 프랑스의 시인이자 연출가. 저서 『연극과 그 분신』에서 '잔혹의 연극' 이론을 밝혔다. 연극은 대사뿐만 아니라 몸짓, 조명, 음향 등의 종합적 효과로 관객을 집단적 흥분 상태에 빠뜨리고 무대와 신비적인 일체감을 자아내야 한다고 주장했다. 그의 이론은 전위극뿐 아니라 언어와 예술 전반에 걸쳐 큰 영향을 주었다.

누구도 내 삶을 책임져 주지 않는다. 스스로 마무리 지어야 한다. 하지만 그전에 생각해봐야 한다. 나라는 존재는 무엇일까? 나는 어떤 인생을 살아야 할까? 나는 내 의지로 태어나지 않았다. 그래도 살아야 한다. 그렇다면 내 삶에 무엇을 바라야 할까? 위에서 아르토가 말한 '나 자신'이란 대체 무엇일까?

나 자신을 외부에서 찾는 한 증명할 수 있는 나는 존재하지 않는다. 내가 증인이 된 이상 그곳에는 내가 있어야 한다. 거기에 자신의 삶이 있어야 한다. 스스로 이해할 수 있는 자신의 삶 말이다. 세상에 던져지듯 태어났을 때 나는 백지였다. 삶은 거기서부터 시작한다. 내 삶은 여러 가지와 섞여서 복잡하다. 삶은 그것들과의 싸움이다.

나는 다른 사람의 삶을 살 수 없다. 내 삶을 살 뿐이다. 당연히 타인의 삶의 증인이 되지 못한다. 내가 누구를 좋아하거나 누가 나를 좋아하는 것과는 별개의 문제다. 자신의 삶을 홀로 살아내야 한다. 그러니 자신의 삶을 증언해줄 사람은 단 한 명, 나밖에 없다는 사실도 분명하다. 자신의 삶은 다른 누군가가 증언해 주지 못한다. 이토록 명백한 사실에 아르토는 왜 집착했을까?

아르토는 단 한 번뿐인 삶을 온전히 자신이 원하는 대로 채우고 싶어 했다. 외부와의 합체, 또는 외부의 강요를 거부했다. 그 뜨거운 소망이 이 글 서두에 가득하다. 그 문장이 지금의 나를 격려해 준다.

*

"나는 나 자신을 위한 단 한 명의 증인이다."라는 말은 내 삶의 과정을 전부 내가 책임진다는 뜻이기도 하다. 여기서 한 가지 중요한 개념이 생겨난다. 엄밀히 말하면 이 삶은 본래 내 것이 아니다. 따라서 어떠한 결정도 내릴 수 없다. 삶이 어리석은 방향으로 흘러갈지라도 내 결정이 아니므로 아르토가 말한 증인은 시행착오의 총체적 증인이기도 하다.

실제로 외부와 전혀 섞이지 않은 원시의 자신으로 돌아가기란 지극히 어려운 일이다. 그곳에 닿기 위해 고군분투하는 과정을 위한 증인이 나인 셈이지만 그것도 그리 나쁘지 않다. 여기서 중요한 점은 시행착오 과정보다 과정에 존재하는 소망이다. 내가 도달하려는 원시의 자신이 어떠한 존재이고, 그 존재가 무엇을 바라는지 알고 싶다. 살았다는 증거나 흔적보다 이 소망이 훨씬 중요하다. 그 소망을 위해 시행착오를 감내하는 내 삶의 총체가 있기 때문이다.

나의 원시적 삶이란 무엇일까? 모든 것이 흘러드는 하나의 장소 같은 세계이다. 그곳은 자아의 세계이다. 이상하게도 거기에는 나라는 존재가 없다. 벌레, 짐승, 초목, 사람이 어울려 사는 곳이다. 나와 함께 움직이고 모두 함께 고동치고 맥박이 뛰는 장소이자 삶이다. 여기에는 나 개인의 삶이 지닌 독자성이 없다. 내 삶의 내부와 외부를 가르는 인식이나 판단도 없다. 나 자신의 삶을 살면서 세상을 순례하는 셈이다.

시코쿠에서도 태평양 연안에 면한 작은 마을에 내 임시 거처가 있다. 늦은 밤 그곳에서 내면에 깊이 몰두해 있노라면, 문득 내가 세상으로 가득하여 타자에 점령되어 있다는 사실을 깨닫는다. 그렇게 깨달음을 얻으며 나는 삶의 충만함을 느낀다. 아르토가 증인이라고 했던 '나 자신'은 이러한 교감(correspondence)의 순간을 배제한 존재가 아니었을까 싶다.

도식적인 머리는 자신에게 몰두하는 순간을 단순히 외부로부터의 도피라고 치부할지 모른다. 하지만 사실은 그 반대이다. 콕토도 이 순간을 가리켜 '도피'가 아니라 '침입'이라고 강조하지 않았던가. 자신에게 몰두하는 행위는 사건과 사물을 인지하고 그에 대응하는 것으로 끝나지 않는다. 자신의 삶에 편입하여 살아야 한다. 자기탈환과 세계의 발견은 따로 일어나지 않는다. 자기 내부에서 동시에 발생한다.

앞서 말한 아르토의 말은 나 자신의 내면에 집중하라고 촉구한다. 이는 자기 소멸, 세상에 대한 몰두, 타자로 살아가는 것과 모순되지 않는다. 모두 같은 의미이다. 카프카가 시행착오와 과실로 점철된 삶의 증인이었다 해도 "희망은 여기에 없지만 하늘에 있다."라고 하며 '희망'을 완전히 버리지 않았다는 점에 주목할 필요가 있다. 희망이 없으면 후회, 분노, 과오의 삶, 시행착오, 악몽조차도 없기 때문이다.

사르트르는 "인간은 허무한 정념이다."라고 했지만 "인간은 소망을 품는 존재"일지도 모른다. '지옥과 천국'을 함께 보라는 뜻이다. 사르트르는 "실존주의는 휴머니즘"이라고도 했는데 나는 '신'을 배제하지 않는다. '실존' 역시 '신'의 범주에 속할 테니 말이다.

– 시에 대한 단편 43(『후네』 제95호, 1999년 4월)

44. 과정을 둘러싼 메모

바람은 부는 것이 아니라 부는 과정이 바람 그 자체
불지 않는 바람이 있을까? 빛나지 않는 태양은?
흐르지 않는 강은? 흐르지 않는 시간은?
시간은 흐름이니까 그렇다면 흐름이란 무엇일까? 아무도
모른다 하지만 댐의 호수처럼 한 곳에서
기다려서 고인 시간이 별안간 생기는 경우가
있을까? 타오르기 시작할 때조차 붉지
않은 불이 있을까? 차가운
불이라는 게 있을까? 벼락 없는 번개는?
사상 없는 사상은? 한 번도 산 적 없는
아마도 줄곧 텅 비어 있었을 공간
비정한 마녀 빗자루의 검은 구멍, 해안에 닿기 전에
얼어붙어 지금 테이블 가장자리에서 나를 응시하고,
졸고 있는 내 심장을 노크하는 파도인 채의
삶이 있을까?

이 시는『후네』동인인 게이다 유스케[139]의 첫 번역서『카플린스키[140] 시집』에 실린 작품으로「바람은 부는 것이 아니다」의 전문이다. 이 시에서 첫 행에 나오는 '과정'이라는 말과 그 말이 시의 테마임에 특히 주목하고자 한다.

부는 과정이 바람 그 자체
불지 않는 바람이 있을까?

여기서 '바람'을 삶이나 시라는 말로 바꿔 보면 어떨까? '부는'이라는 동사는 움직임이나 느낌으로 바꿔도 좋다. 이 얼마나 강렬한 첫 행인가. 이 시행을 두고 다음 구절이 떠올랐다.

"시는 결과가 아니다. 과정 자체이다."

일본이 패전한 뒤 몇 년이 흘렀을 무렵 같은 패전국인 독일의 시인 고트프리드 벤[141]의 에세이에서 읽은 구절이다. 패전으로 초토화된 현실을 딛고 시의 방향을 모색하던 나에게 이 한 마디는 결정적인 충격으로 다가왔다. 카플린스키는 이 시의 후반부에서 다음과 같이 말한다.

139) 게이다 유스케(経田佑介, 1939~) : 일본의 시인. 홋카이도 출생. 이바라키 대학 교육학부 졸업. 이바라키 현대시인회 회장. 계간지『후네』동인. 시집에『아름답고 광활한 바다』, 에세이집『시혼(詩魂)으로 노닌 세월』등 다수의 저서가 있다.

140) 얀 카플린스키(Jaan Kaplinski, 1941~) : 에스토니아의 시인, 철학자, 평론가, 번역가. 대표작에『밤은 모든 것을 되살린다(Evening Brings Everything Back)』『시 모음집(Collected Poems)』이 있다. 동양 철학의 영향을 받았다. 국제적 문제나 진보, 자유주의 사상에 큰 관심을 갖고 다방면에서 활동했으며, 노벨문학상 후보로 거론되기도 했다.

141) 고트프리트 벤(Gottfried Benn, 1886~1956) : 독일의 시인, 의사. 첫 시집『시체 공시장 외』는 전통 서정시 옹호자들의 공분을 불러일으키며 독일 시단에 큰 충격을 주었다. 주로 표현주의와 니체의 영향을 받았다. 신화와 원초적 세계에서의 자아 상실과 도취를 노래했다. 말년에는 예술적 형식에 치중한 절대시를 추구했다. 대표적인 시집으로『아들들』『서정 시집』, 수필집『프롤레메이어』『표현의 세계』, 자서전『이중 생활』등 다수의 저서가 있다. '독일 어문학아카데미 게오르그뷔흐너 상'을 받았다.

사상 없는 사상은? 한 번도 살았던 적 없이
(중략)
(그런) 삶이 있을까?

"사상 없는 사상"이 활보하는 시대, "한 번도 살았던 적이 없는" 삶이 떼를 지어 살아 있는 척 우글거리는 시대를 빗대어 시인은 "부는 과정이 바람 그 자체"라고 노래한다. 아주 통렬한 구절이다. 카플린스키의 시구로 인해 반세기 전 내 마음속에 숨어 있던 고트프리트 벤의 말이 새삼 선명하게 떠올랐다. 아무것도 생략하지 말라. 시인에게는 신속한 대답이 아니라 계속해서 이어나갈 질문이 필요하다.

"시의 업적에 마음 쓰는 시인이 있다. 시에 사는 시인도 있다. 얀 카플린스키는 분명히 후자에 속한다."

미국의 선불교 시인인 샘 해밀이 『카플린스키 시집』 해설에 쓴 글이다. '시에 산다'는 말은 대체 무슨 뜻일까? 깊이 생각해볼 문제이다.

*

삶이란 무엇일까? 어떤 일이 발생하는 장소라고 해도 좋다. 아무 일도 일어나지 않는 삶은 삶이 아니다. 생동하는 만물에 민감하게 반응하고 자신의 감성을 열어젖히는 것이 삶의 필수조건이기 때문이다. 태초에 삶이 있던 것이 아니다. 감성을 열고 놀라며 발견하는 가운데 삶이 이루어진다. "시에 산다"는 말은 시인이 시의 과정에 살고, 시의 과정 자체가 된다는 뜻이다. 빌려온 물건처럼 살지 않겠다는 의미이리라.

기성의 관념에 따른 삶은 논외로 하더라도 자기 완결을 위해 일어나는 자기 모방도 경계해야 한다. 모색 과정을 잃으면 자신의 삶도 잃는다. 감성을 닫아 아무 상처도 받지 않는 안전지대에 있거늘 그런 사람에게 무슨 삶의 과정이 일어나겠는가? "타기 시작할 때조차 붉지 않은 불" "벼락

이 없는 번개"는 불도 아니고 번개도 아니다. 삶이란 불이 타오르는 과정이다.

감성은 창(窓)이다. 사람은 감성을 통해 먼 곳에 닿을 수 있지만 동시에 많은 것이 유입되어 삶이 바뀐다. 감성으로 인해 폐쇄적이고 편협한 한계에서 벗어나서 개방된 만인의 삶이 이루어지며, 사람은 자신의 삶을 객관적으로 바라보는 타자로 변모한다. '섬세함과 부드러움'은 과정을 살아낸 사람에게만 존재한다. 아찔한 과정을 거쳐서 태어난 시에 사람들이 열광하는 것은 당연하다. 그렇다고 해서 시가 격렬하기만 한 것도 아니다.

얀 카플린스키는 명민한 문명 비판가이다. 그는 문명 속에서 산다. "시인은 문명 비판가여야 한다."는 말은 일본에서 전후에 등장한 아레치(荒地)파[142] 시인들의 표어이기도 했다. 그렇다면 그들의 삶은 "부는 과정 그 자체"였을까? 그렇지 않았다면 이 말은 시인의 허언으로 끝날 것이기에 두려움이 앞선다.

– 시에 대한 단편 44(『후네』 제96호, 1999년 7월)

142) 아레치(荒地)파 : 1947년에 창간된 시문학지 『아레치(荒地)』를 중심으로 활동한 아유카와 노부오(鮎川信夫), 다무라 류이치(田村隆一) 등의 모더니즘 시인들을 가리키는 말. 영국 시인 T.S. 엘리엇이나 오든, 파운드 등의 영향을 받아 언어적 창작 외에도 시에 문명과 사회에 대한 비판을 도입했다. 제국주의 전쟁 당시 전체주의를 외면하고 시 창작을 핑계로 도피했던 점을 반성한 데 치우쳐 개인주의적 입장을 관철하게 되었고, 기술적으로 암유를 중시하여 시가 난해해짐으로써 일본 현대시가 대중에게서 멀어진 가장 큰 원인을 제공했다. '아레치', 즉 '황무지'라는 이름은 T.S. 엘리엇의 시집 이름에서 땄다.

45. 시는 어떻게 읽어야 하는가

한 편의 시는 어떻게 읽어야 할까?

독자 마음대로 읽으면 된다. 어떻게 읽어야 한다거나 이렇게 읽으면 안 된다는 원칙은 없다. 다른 예술도 마찬가지다. 누구나 지킬 수 있을 것처럼 쉬워 보이지만 실제로는 몹시 어려운 일이다. 특히 예술이나 시에 관련된 사람, 지식인들이라면 더욱 주의해야 한다.

우선 이 글의 서두에 거론한 원칙을 생각해 보자. 한 편의 시를 이렇게 읽어야 한다는 규칙은 전혀 없다는 말은 대체 무슨 뜻일까? 시를 읽는 법이 아니라 쓰는 법에 대해서도 같은 질문이 가능하다. 시에는 반드시 지켜야 할 원칙이 없다는 뜻이기도 하다. 정확하게 쓰는 법이나 읽는 법과 같은 표준적 기준이 전혀 없으며, 있어서도 안 된다. 시의 생명은 자유다. 이것이 시와 시 표현의 원칙이다.

여기에 중요한 문제가 있다.

시를 쓰는 사람이든 읽는 사람이든 먼저 자신의 머릿속에 있는 표준적인 시의 기준을 떨쳐야 한다는 점이다. '시란 이런 것이고 이렇게 읽어야 한다'는 생각을 버리는 행위야말로 이 글에서 말하고자 하는 핵심이다. 한 편의 시를 표준적인 기준에 맞춰 읽기란 어렵지 않다. 그런데 이 기준을 없애고 새로워진 머리로 작품을 대한다면 여러분은 거기에서 무엇을 보게 될까? 앞에서 '시는 읽는 사람의 자유에 맡겨야 한다'라고 했다. 자유에 대한 가장 큰 문제는 지금 눈앞에 있는 작품을 읽는 사람 자신이 진정으로 자유로운가 하는 점이다. 시를 자유롭게 읽는 것을 방해하는 요인은 사실 자기 안에 있다. 시를 읽기는 쉽지만 읽었다 해도 시에 전혀 다가가지 못하는 경우가 있다. 이 점이 가장 어렵다.

한 편의 시를 제대로 이해하려면 좋은 시의 본보기 같은 작품과 비교하며 읽어서는 안 된다. 기존의 지식이나 선입관을 일체 배제하고 시에 쓰인 말 속으로 자신을 열고 들어가야 한다. 그때 어설픈 비평가 의식을 개입시킨다면 그것만으로도 시를 읽을 자격을 상실한 것이다.

A의 시와 B의 시를 비교할 수는 없다. 시에서 중요한 점, 독자가 읽어내야 하는 점은 그 시가 쓰인 동기, 즉 그 시를 지어낸 작가 자신의 내적 필연이다. 시에서 읽어내야 하는 점은 의미나 테크닉의 우열이 아니다. 시 속에서 떨고 있는 시인의 선명한 감성과 심장의 고동이다. 시 읽기에서는 그 점이 가장 중요하다. 말은 언뜻 그 자체만으로 무언가를 표현하는 듯이 보인다. 하지만 시에서 말은 하나의 전달 수단이다. 작가의 체험을 전달하는 매체에 지나지 않는다. 시를 읽는 사람은 시어 자체의 의미보다 그 시구를 쓴 작가의 동기, 감성, 의식, 사고의 움직임을 민감하게 파악해야 한다. 시를 분석하고 산문적으로 해석하려는 사람에게는 어려운 작업이다. 그러나 시에 아무런 선입견도 갖지 않고 감성을 열고 직접적이며 종합적으로 접근하는 사람에게는 시의 전모가 겉으로 드러난다. 단순한 말의 의미를 넘어 작가라는 인간을 드러낸다고 해도 좋다.

작가가 표현한 전부를 독자 스스로 모든 것을 열고 받아들인다는 것이 그리 어려운 일은 아니다. 누구나 쉽게 할 수 있다. 이쯤 되면 시의 문제는 작가의 문제로 돌아간다. 독자는 자신의 생명적인 부분을 채워주는 요소가 없거나 시인이 시를 써야 했던 내적 필연성 혹은 충동이 결여된 작품에는 감동을 받지 못한다. 시는 의미뿐만 아니라 작가의 모든 체험, 감성, 의식, 사고, 전인격적 요소까지 전달한다. 전달 수단이나 표현 방법을 아무리 능수능란하게 꾸미더라도 명쾌하고 순수한 독자의 눈은 속이지 못한다. 무언가를 만들어내고자 하는 사람이라면 명심할 일이다.

일찍이 아레치파에 속했던 시인들은 시에 대해 '의미의 부활'을 주장했지만 나는 시가 단순히 '존재'할 뿐이라고 생각한다. '의미'는 작품을 통해 시인이 독자에게 일방적으로 전달하는 게 아니다. 독자는 '존재하는 것', 즉 작품을 통해 자신에게 필요한 의미를 발견하고 공유하려는 소망을 가지고 있다. 작가는 작품 속에 '존재'해야 한다. 작품은 작가와 동위원소이다. 그 이상의 것이 없어도 그것만으로 혼자 걸어가는 존재이기 때문이다. 아레치파의 시인들을 형식주의[143]라고 비판했던 기타조노 가쓰에는 어느 글에서 "시는 전인격적인 것이다"라고 주장했다. 시인에게 형식은 단순한 형식이 아니라 시인의 전부라는 뜻이다.

"시는 머리가 아니라 코로 냄새를 맡아야 한다."라고 했던 아레치파 시인 다무라 류이치는 '존재'라는 것을 알고 있었던 듯하다. 그는 기타조노 가쓰에가 주재했던 예술지 『바우(VOU)』[144] 출신이다. '코'를 상실한 시인이 많지만 민감한 '코'를 가진 독자가 많다는 사실을 시인은 알아야 한다.

한 편의 시는 어떻게 읽어야 할까?

---

143) 형식주의(formalism) : 1910년대 중반부터 1920년대 말에 걸쳐 러시아의 문학연구가와 언어학자들이 중심이 되어 전개한 문학비평 운동. 작품 분석에 작자의 심리나 선험적 원리를 개입시키지 않고, 창작과정 자체의 재현을 노리며 기교 · 예술적 방법, 리듬 · 운(韻) 등을 중요시하던 경향을 가리키기도 한다.

144) 바우(VOU) : 일본의 시 · 문화예술 동인지. 1935년 기타조노 가쓰에와 이와모토 슈조(岩本修蔵)가 결성한 바우클럽의 동인지로 추상주의 이론과 방법적 실험의 장으로서 시, 음악, 건축, 공예 등 종합적 예술 운동을 지향했다. 전방위적 시 운동의 대표 동인지로서 일본 국내뿐 아니라 국제적으로도 호평을 받았다. 니시 가즈토모를 포함하여 구로다 사부로(黒田三郎), 기무라 고이치(木原孝一), 다카노 기쿠오(高野喜久雄), 시라이시 가즈코(白石かずこ) 등 당대의 전위적인 시인들이 다수 참가했다.

정보에 지배당하고 관리되는 머리만으로는 시를 제대로 읽지 못한다. 갓 태어난 작품을 기존의 문학 관념의 척도로 읽으려 해도 마찬가지다. 시를 읽는 눈은 그러한 관념으로 오염되지 않고 자신의 생명적인 것에 근거하며 생기 있고 깨끗한 눈이어야 한다. 독자가 그런 눈으로 읽어주고 온몸으로 맞아들이기를 시는 바라고 있음이 틀림없다. 정보와 관리는 사람의 감성과 사고력을 심각하게 왜곡시킨다. 제2차 세계대전의 마지막까지 일본의 승리를 의심하지 않고 죽고 죽이던 젊은이들이 아직도 생생하게 기억난다. 그리고 1999년, 패전 때와는 비교도 안 될 만큼 어마어마한 정보와 관리 아래서 가이드라인 관련법[145]부터 유사입법(有事立法), 개헌까지 급속도로 전개되기 시작했다. 적극적인 참전 준비였다. 그 속에서 성전(聖戰)을 지지한 '기미가요'를 국가로 부활시켜 행사 때마다 제창하고 있다. 오늘날 이 엄청난 불황 속에서 국가적 대개혁이 촉구되는 중에도 여론조사에 나타난 내각 지지율은 그리 낮지 않다.

나는 이러한 사실을 주시한다. 현대의 정보와 관리를 어설프고 대수롭지 않게 여기지 않는다. 그렇다고 대단하게 여기지도 않는다. 인간의 본성은 삶과 생명을 바라기 때문이다. 국가는 변해도 사람의 본성은 변하지 않는다. 인간은 오염되기 쉽지만 끝까지 오염되지 않는 부분도 있다. 어리석지만 뼛속까지 어리석지는 않다.

시로 무엇을 할 수 있을까? 시인이 절망하지 않고 빛을 추구하는 한 시는 사람들을 눈뜨게 하고 그들에게 희망과 위로를 줄 것이다. 몇백 년, 몇천 년 전의 고전을 마음으로 끌어안고 계속 지켜나가는 사람들은 누구일까? 지식인을 자처하는 일부 사람들이 아니다. 현재 끊임없이 탄생하는

145) 가이드라인 관련법 : 1960년에 체결한 미일상호협력 및 안전보장 조약을 근거로 주일미군과 일본의 유사시 협력 내용을 다룬 미일방위협력 지침. 1997년 가이드라인을 발표하고 1999년 관련법이 중의원에서 통과되었다. 일본의 재무장과 군사대국화를 촉진하고 한반도를 비롯한 주변국에 위협으로 작용한다는 점에서 일본 주변국의 거센 반발을 야기했다.

작품을 가장 마지막에 골라서 애독하는 사람은 독자들이다. 그들은 작품을 추구하며 그것이 없으면 안 되는 사람들이다. 그러한 요소를 지니지 못한 작품은 모조리 사라질 것이다.

– 시에 대한 단편 45(『후네』 제97호, 1999년 10월)

46. 시의 보편성에 대하여 1

시는 내가 의식하면 멀어지고 의식하지 않으면 다가온다.

의식할 때의 나는 내가 아니다. 내가 나를 의식하지 않을 때 비로소 나는 나 자신이 된다.

시를 쓸 때도 그렇지 않을까? 먼저 시를 머리에서 없애야 한다. 나를 잊고 시를 잊고 나를 지울 때 나 자신으로 충만해지고 시로 가득 차오른다. 내가 시 자체가 되었을 때 태어나는 시가 있다면 그 시야말로 가장 좋은 시이다.

고대 로마의 시인은 "깨어있을 때보다 자고 있을 때 세상의 이치를 더욱 잘 깨달을 수 있다"라고 했다. 나는 깨어서 움직이고 있을 때도 자고 있는 듯한 상태에 빠진다. 익숙한 풍경 속을 걷고 있는데 문득 주변이 낯설어 보이면서 내가 이방인처럼 느껴지거나 세상의 비정상적인 모습이 한눈에 들어오는 순간이 그러하다. 스스로 각성하거나 분열하여 상대적인 존재가 되었는데 어떻게 존재와 세상의 전체 모습을 파악할 수 있을까? 더구나 그것과 일체가 되다니. 잠 속에서 사람은 존재 또는 세상과 하나가 된다. 그 속에서는 자신과 타인의 경계선이 거의 사라진다.

시는 내가 만드는 것이 아니다. 처음부터 이 세상에 가득 차 있었고 도처에 있으며 누구라도 쉽게 손에 넣을 수 있다. 애당초 시는 모든 사람의 내면에 충만해 있었다. 그럼에도 사람은 시에서 멀어졌다. 그 이유에는 지식이나 지나친 의식도 포함된다. 사람은 자신으로 인해 부자유스러운 건지도 모른다. 모두가 훌륭한 사람이 되어야 할 필요는 없다. 여러분은 그저 여러분 자신으로 존재하면 족하다. 시도 마찬가지다.

시가 갖는 보편성은 지금까지 서술한 바와 같다. 인간은 시간과 공간에 제약받는 존재이고 그 머릿속에 들어있는 보편성의 개념은 상대적이다. 시의 보편성은 그 범주 안에 갇혀 있지 않다. 어느 일정한 한계 내에서만 통용되는 보편성은 진정한 보편성이 아니다. 한 시대나 지역에서 절대적으로 여겼던 인식이 다른 시대나 지역에서는 통용되지 않는 경우가 허다하다. 시의 보편성은 그런 범위를 초월해서 존재해야 한다. 시인의 눈은 인간의 그런 거짓말과 편견을 꿰뚫는다.

보편성은 여러분이 진정한 자신이 되었을 때 비로소 얻어진다. 보편적 요소가 없는 시적 표현은 사람의 마음을 울리지 못한다. 시인은 시에 보편적 요소를 가득 채워서 살아있는 사람이 느끼도록 써야 한다. 랭보는 "나란 존재는 타자이다."라고 했는데, 시인의 존재를 이보다 더 정확하게 표현한 말도 없다. 로트레아몽도 "시는 만인을 위로하는 것"이라고 했다. 시인이란 상상력을 생동감 있게 표현하는 존재라는 뜻이다. 나는 상상력을 공감능력이라고 해석한다. 보편성이 사유 속에 존재하지 않는다는 점이 중요하다. 보편성은 그저 존재 속에만 있다. 존재에 속해 있다. 시인은 존재하는 사람이다. 온갖 사물과 세상이 시인을 향해 밀려든다. 시인은 도가니다. 만물의 화염으로 태워지는 존재이다.

*

각각의 존재는 더욱 큰 존재가 끌어안는다. 존재는 자신을 끌어안는 더 큰 존재를 지향한다. 그 큰 존재의 요소를 품고 반영한다. 나는 그것을 열망한다. 나라는 보잘것없는 존재는 더욱 큰 시원(始原)의 존재에 흡수되어 있다. 그렇지 않으면 존재하지 못한다. 시인은 결코 자신의 하찮은 의지로 삶을 영위하지 않는다. 자신을 낳은 어느 시원적 존재의 의지에 스스로를 내맡긴다. 그러한 경지에 도달하기 위해 다시 한 번 십자가의 성 요한의 말을 되새겨 본다.

인식할 수 없는 것에 도달하기 위해서는
인식할 수 없는 곳을 통과해야 하고
맛볼 수 없는 곳까지 도달하기 위해서는
맛볼 수 없는 곳을 통과해야 하고
소유할 수 없는 곳까지 도달하기 위해서는
소유할 수 없는 곳을 통과해야 하고
그대가 없는 것에 도달하기 위해서는
그대가 없는 곳을 통과해야 하고

–「모든 것에 도달하기 위한 양식」,
십자가의 성 요한, 『가르멜산[146] 등반』 중에서

40년 전 나는 이 시 뒤에 다음과 같은 메모를 남겼다.

'의미에서 무한히 멀어질 것. 자아에서 해방되어 자기중심으로 무한히 다가갈 것, 자기 힘에 충실할 게 아니라 어둠의 순화에 따를 것.' 단순한 사유는 무의미하다. 메모를 쓴 뒤 40년 동안 그런 방향성을 갖고 살아왔는지 자문해 본다.

나는 지금 어느 지점에 서 있다. 여기가 어딘지는 모른다. 지금이 전부다. 내 과거에 대해서는 아무런 관심도 없다. 어떻게 이곳에 도착했는지도 분명치 않다. 그런 것은 아무래도 좋다. 좌우지간 내 의지가 아니라 어

146) 카르멜 산(Mount Carmel) : 이스라엘 서북부에 위치한 산. 높이 554m이며 지중해 해안 가까이에 있다.

떤 존재의 힘이 나를 여기까지 옮겨주었다는 사실만은 확실하다. 로트레아몽은 "나는 태어났다는 은총만으로 충분하다."라고 했다. 나도 이 말에 공감한다. 그 이상의 소망은 없다. 모든 것에 감사한다.

이로써 내 40년 전 노트 속 메모는 나도 모르는 사이에 꾸준히 달성되어 왔는지도 모른다.

– 시에 대한 단편 46(『후네』 제98호, 2000년 1월)

47. 시의 보편성에 대하여 2

나는 '보편성'이라는 말을 자의적으로 해석해서 사용하지 않는다. 고전 작품들도 어느 시대의 누가 만들었으므로 절대적이라고 하기는 어렵다. 일본어사전 『고지엔』[147] 3판에는 '보편성'이라는 말이 다음과 같이 풀이되어 있다.

① 모든 것에 통용되는 성질.
② 모든 경우에 해당하는 가능성.

'보편성'이라는 말을 사용할 때면 이 뜻에 충실하고 그 범위를 이탈하지 않도록 주의한다. '모든 것', '모든 경우'란 어느 특정한 시대, 특정한 사람에게만 통용되는 기준이 아니다. 어느 나라 어느 시대의 헌법이나 법률, 세상의 일반적인 상식이나 인습, 온갖 기성의 관념도 결코 보편적이지 않다는 뜻이다. 그러면 시는 대체 어디에 바탕을 두고 있을까? 나라가 망해도 예술은 남는 이유가 뭘까? 인간은 왜 고흐의 그림이나 랭보의 시에 감동할까? 여기서 한 발 더 나아가 '태초에 말씀이 계시니라'라는 성경 구

147) 고지엔(廣辭苑) : 일본의 대표적인 일본어사전으로 이와나미쇼텐(岩波書店) 출판사에서 간행하고 있다.

절을 생각해봐야 한다.

시의 바탕은 내 머리가 아니다. 내 어느 것에도 얽매이지 않은 벌거벗은 감성에 의거한다. 광기일지도 모른다. 내가 태어나기 훨씬 전인 고대에 있었던 '태초에 말씀이 계시니라"라는 구절에 접근하기 위해서는 일상의 규칙들을 깨고 무수한 착란을 통과해야 한다. 이런 의미에서 시는 엄청난 도박이다. 시인은 보편성을 추구한다. 시인 자신을 추구한다. 하지만 항상 분열되어 녹초가 된다. 그럼에도 추구한다. 계속 추구한다. 시시포스[148]의 신화는 이렇게 태어났다. 지금 나는 막연히 생각한다. 보편성은 지금 여기에 없는 게 아니라 어디에나 있는 게 아닐까? 나와 여러분, 모든 사람, 모든 물건에 이미 처음부터 부여받지 않았을까? 미래가 아니라 발밑에서, 외부가 아니라 내 안에서 추구해야 하지 않을까?

보편성에 접근하기 위해서는 이미 있는 것, 지금까지 내가 얻은 것, 소유하고 있던 모든 것을 먼저 버려야 한다. 나를 계속 머물게 하는 물건이 하나라도 있다면 보편성에 접근하지 못한다. '보편이 먼저인가, 개인이 먼저인가?' 지금 유럽 중세의 스콜라 철학[149], 개념실재론[150]이나 유명론[151]의 세계를 헤매고 있는 게 아니다. 어디까지나 내 개인의 은밀하고 이름도 붙일 수 없는 체험과 행위 세계의 문제다. 내가 나로 존재하기 위해서는 설령 그 시도가 실패나 헛수고로 끝날지언정 어떠한 교리도 수용해서는 안

---

148) 시시포스(Sisypos) : 그리스 신화의 등장인물. 못된 짓을 많이 하여 커다란 바위를 산꼭대기로 밀어 올리는 벌을 받아, 산꼭대기에 이르면 바위는 다시 아래로 굴러떨어지고 다시 산꼭대기로 밀어 올려야 하는 고역을 영원히 되풀이해야 했다.

149) 스콜라 철학(Scholasticism) : 중세 철학의 일종. 기독교 신앙을 체계적으로 정리하고 이를 이성으로 입증하고 이해하려 했다.

150) 개념실재론(Begriffsrealismus) : 개념은 실재(實在)하며 의식에서 독립하여 존재한다는 주장. 스콜라 철학의 유명론(唯名論)과 대립하는 입장이다.

151) 유명론(Nominalism) : 개념실재론을 부정하는 대립이론. 개체적 존재(物)만이 참된 실재이며 추상적 개념이나 명사, 보편적(普遍的) 존재는 '물 뒤에 있는 이름'(nomina post res)에 불과한 개념일 뿐이라는 이론이다.

된다. 내게는 결과가 아니라 과정이 필요하기 때문이다.

보편성은 어떠한 성질일까? 가령 플랑크 상수, 광속도, 만유인력 상수 등의 '보편상수'에 대해 일본어사전 『고지엔』은 '물리학의 기본법칙의 표현에 나타나는 상수로서 이론적으로 도출할 수 없는 값'이라고 정의한다. '이론적으로 도출할 수 없는 값'이 '보편상수'라는 점에 주목해야 한다. 하늘이나 바다, 산, 강, 나무, 동물, 사람이 이론적으로 어떻게 해석되든, 바람에 흩날리는 한 송이 민들레에도 햇빛이나 만유인력 등의 '보편상수'는 작용한다. 이유는 모르지만 마침 그에 공명하는 공감능력을 지닌 내가 지금 여기에 있다. 여기서 중요한 점은 '태초에 말씀이 계시니라'가 아니라 '나는 의심하지 않는다, 고로 존재한다'이다.

'그 값을 이론적으로 도출하기 전'에 '보편상수'가 있듯이 보편성은 이론이 형성되기 전부터 이미 사물이나 존재 속에 깃들어 있다. 내가 주장하는 '존재의 시학'의 근거가 이것이다.

한 편의 시나 한 장의 그림은 기존의 문학이나 예술에 속하지 않는다. 나, 현실, 사물, 존재에 속해 있다. 시나 그림은 문학이나 예술의 탐구 과정이 아니라 사물이나 존재를 탐구하는 과정에서 탄생했다. 이런 의미에서 물리학이나 식물학, 고고학도 내게는 전율이 이는 훌륭한 시 작법이다. 더욱 범위를 넓히면 교육이나 농업, 의학, 도시계획, 정치에도 그 근간에는 참신하고 생생한 시가 있어야 한다.

최근 내 머릿속은 식물학자 마키노 도미타로[152]의 생애에 대한 생각으로 가득하다. 그는 나에게 시인으로서 가장 존경스럽고 모범적인 삶의 방

152) 마키노 도미타로(牧野富太郎, 1862~1957) : 일본의 식물학자. 식물채집에 몰두하여 초등학교 2학년 때 자퇴한 뒤 독학으로 '식물 분류학의 거인'이라는 명성을 얻었다. 1889년 일본식물에 처음으로 학명을 붙인 이래 신종 1,000여 종, 신변종 1,500여 종을 발표하였고 수십만 점의 식물표본을 남겼다. 주요 저서로 『일본식물지도편』 『대일본 식물지』 『마키노 식물도감』 『식물수필』 등이 있다.

식을 보여주었다. 지치지 않는 호기심, 정열, 탐구심, 사물에 대한 끝없는 겸허함, 전인미답(前人未踏)의 도전, 이는 하나같이 시인에게 필수적인 요소다. 그의 가는 붓, 식물화 한 장에 나는 전율을 느낀다.

윌리엄 블레이크는 상상력이 풍부한 화가로 알려져 있다. 하지만 그는 "나는 직접 본 것만 그린다. 세부적인 부분을 그리지 못하는 화가를 나는 신뢰하지 않는다."라고 말했다. 식물학자인 마키노 도미타로는 상상으로 식물을 그리지 않았다. 식물을 앞에 두고 그 생태를 속속들이 파악하여 세부적인 모습을 극도로 명료하게 그렸다. 감상으로 인한 왜곡이 없다. 그는 오직 식물 그 자체만 그린다. 때로는 정령처럼 보이기도 한다. 그렇다고 마키노 도미타로의 작품에 상상력이 없는 건 아니다. 오히려 그 반대다. "마키노는 식물의 화신인가?"라는 말을 들을 만큼 식물에 깊이 빠져 있었다. 이러한 소문이 돌았다는 자체가 마키노의 절대적인 상상력=공감능력을 증명한다.

사물을 직접 느끼기 위해서는 감각이 중요하지만, 보편성을 추구하는데 결정적인 능력은 상상력이다. 고(故) 다무라 류이치는 "프란시스코 고야[153]의 동판화에는 사실만 그려져 있다. 그뿐이다."라고 말했다. 고야의 상상력을 부정하는 게 아니다. 나도 고야의 동판화를 보고 그의 말에 동감했다. 사물을 직관하는 동시에 그것과 하나가 되어 그리는 행위는 상상력을 표현하는 최고의 경지라고 생각했다. 다무라의 말은 안이한 공상을 함부로 비약하지 않고 감정에 빠져 허우적거리지 않으며 눈과 손으로 살아가는 작가의 진수를 보여준다.

153) 프란시스코 고야(Francisco Goya, 1746~1828) : 스페인의 화가. 주로 로코코 풍의 왕족 초상화를 그리던 궁정 화가였으나 나폴레옹군의 공격과 병으로 청력을 상실한 후로는 작품 세계가 절망과 공포, 악마적인 분위기로 바뀌었다. 사회를 조롱하고 귀족을 비판하며 인간 내면을 표현한 작품이 많다. 대표작에 〈카를로스 4세의 가족〉, 〈옷을 입은 마하〉, 〈나체의 마하〉 등을 비롯하여 다수의 자화상을 남겼다.

*

빛이 만물을 골고루 비추듯 보편성은 자신의 외부가 아닌 내부에 이미 존재해 있다. 그 보편성에 이르기 위해서는 감각과 사물의 어둠을 끝까지 찾아다녀야 한다. 불교적으로 들리겠지만 사실 서양의 작가들, 십자가의 성 요한이나 단테, 괴테, 노발리스의 작품에서도 이러한 보편성이 드러난다. 보편성은 특별한 사람만의 특권이 아니다. 누구나 체험할 수 있는 개념이다. 절대적인 상상력은 곧 절대적 공감능력이다. 또한 그 무엇도 의심하지 않는 어린아이 같은 순수함이 필요하다. 이러한 보편성에 적합한 자가 바로 시인이다.

– 시에 대한 단편 47(『후네』 제99호, 2000년 4월)

48. 시의 보편성에 대하여 3

존재는 철학적 사변의 세계에 있지 않다. 어떠한 개념의 세계에도 속하지 않는다. 존재는 지금 여기에 있다. 불타는 생명의 순간이 존재이다. 존재는 해석 이전에 있다.

이를 다음과 같이 말할 수 있다. 존재는 네가 무심코 살았던 한순간에 있고, 자각한 순간 사라져버린다고. 자각되어 꾸며진 당신은 당신이 아니다. 혼자서 식사를 하는 당신, 바닥에 누운 당신, 창 너머 바깥을 바라보는 당신, 생각에 잠긴 당신, 조금씩 나이를 먹어가는 당신, 그 뒤에 들러붙어 당신에게 보이지 않는 것 그것은 뭘까? 그것이야말로 당신 자신이 아닐까.

시는 존재에 속한다. 시는 당신에게도 보이지 않는 당신 자신에 속해 있다. 시는 개인의 은밀한 장소에서 태어나 다른 개인의 비밀스러운 장소로 은밀하게 통한다. 시는 존재에 속한다. 어떠한 개념이나 사변의 세계에서 태어나지 않는다. 시는 보다 직접적인 생명의 소유이고 생명에 속한다. 이런 의미에서 시는 머리가 아니라 직관에 속한다고 할 수 있다. 감각이야말로 존재의 지각이자 창(窓)이고 접점이기 때문이다.

시와 예술에는 곤충과 같은 예민한 감각이 요구된다. 굳은 머리와 길들여진 감각으로 이처럼 고통스러운 시가 처음 생겨나는 세계에 어찌 접근할 수 있겠는가? 감각은 지성이나 이성과 대립하지 않는다. 지성이나 이성의 역할에 대해서는 다음에 서술하겠지만 감각은 기성의 관념, 도덕, 인습 등과 대립한다. 이러한 기성의 관념, 도덕, 인습 등에 젖은 태만한 머리로는 감각을 처음 발생시킨 작품을 만난 순간 대부분 "무슨 의미인지 모르겠어."라는 한마디를 남기고 도망가 버린다. 그것이 얼마나 도전적인 독성을 가졌는지도 모르고 말이다.

시는 감각에 속한다. 감각은 어둠이다. 감각은 끓는 어둠이다. 시는 맹목적인 어둠의 세상에서 태어난다. 시인이란 그 어둠의 화염에 불타는 존재다. 진실한 시나 예술에는 모두 어둠의 낙인이 찍혀 있다. 이 점에 주목해야 한다.

오해를 무릅쓰고 말하자면 여기서 감각을 존재로 치환해도 된다. 살아 있는 것은 모두 감각에 의존하기 때문이다.

사람을 포함한 모든 종은 외부에 대한 예민한 감각이 쇠약해졌을 때 소멸한다. 사람이 키우는 생물은 이미 자기 힘으로 살아가지 못한다. 길들여진 현대인은 외부에 대한 예민한 감각이 급속도로 쇠약해지고 있다. 언젠가는 쇠약해진 감각마저 필요치 않게 될 것이다. 일개 생명체로서 개인이 존재하는 밑바탕이 위험해지고 있다. 감각의 평준화와 과보호는 앞으로도 계속될 것이다. 그렇다고 삶에 대한 불안감이 줄어들거나 해소되지는 않는다. 나란 존재는 무엇일까? 이 질문은 아마 인류가 멸망할 때까지 멈추지 않으리라. 현대인의 삶에 대한 감각은 까마득한 선대의 사람들과는 비교도 안 될 만큼 쇠약해졌다. 그런 감각을 날카롭게 벼리며 암흑과 대치하는 사람들이 있다. 그들을 나는 시인이라고 부르겠다.

*

감각은 우리가 머무는 곳이다. 우리는 감각이 곧 존재의 세계라는 사실을 깨달아야 한다. 감각은 암흑이고 폐쇄된 공간이다. 자신의 뜻과 상관없이 우리는 그곳에 던져졌다. 그런 의미에서 감각은 근원적인 자유를 빼앗긴 곳이다. 감각이 가득 차면 기쁨이 되지만 가득하지 않으면 절망이 된다. 감각, 즉 존재의 세계는 항상 위협적이고 불안하다. 감각은 우리가 머무는 곳이고 우리는 그곳을 떠날 수 없다. 이 폐쇄된 암흑과 불안의 세계는 그 자체가 지옥이다.

여기서 한 가지 중요한 사실은 이 거처는 내가 선택하지 않았다는 점이다. 감각은 태어나서 처음으로 나에게 주어졌지만, 오히려 내가 감각에 종속된 듯하다. 감각에 던져졌다는 생각이 강하게 든다. 이 세계를 낳은 존재보다 더 큰 존재가 있음을 확실하게 깨닫는다. 어쨌든 나는 내 감각의 세계에서 달아날 수 없다. 랭보는 이렇게 말했다.

"감각을 좇아 끝까지 가라, 미지를 향해."

*

존재는 하나의 존재로 봉해져 있다. 새는 새이고 뱀은 뱀이며 사람은 사람이다. 각각이 제각각으로 봉해져 있다. 문제는 자기가 자기를 낳은 게 아니라 더욱 큰 존재가 있다는 점이다. 이를 깨닫게 하는 것은 감각이 아니라 다른 능력이다. 나는 이를 상상력이라고 부르고 싶다. 인간이 지닌 감각의 세계는 단순하지 않다. 저주와 기도로 가득 차 있다. 감각과 상상력의 도가니이다. 이곳에서 사람은 분명히 다른 무엇으로 변해간다.

나는 상상력이 인간의 여러 가지 능력 중 하나라고 생각지 않는다. 상상력은 극도로 근원적인 인간의 능력이다. 비약하자면 이 암흑세계에서 한 줄기 빛이 되어 삶을 이끄는 수단이 될 수도 있지 않을까 싶다. 그렇지 않다면 다음과 같은 릴케의 명언이 어찌 존재했겠는가.

"경험을 통해 더욱 높은 존재로."

랭보나 릴케는 시인이 지옥에 갇혀 있기만 한 존재가 아니라는 사실을 지옥의 경험을 통해 확실히 깨달은 자들이다. 스베덴보리는 다음의 말을 남겼다.

“지옥은 어디에나 있고 사람의 수만큼 많다.”

지옥의 암흑이 얼마나 깊은지는 개인마다 느끼는 감각의 크기와 상상력에 따라 달라진다.

이러한 문제를 외면할 때 시의 보편성 문제는 사변(思弁)에 그치고 만다.

– 시에 대한 단편 48(『후네』 제100호, 2000년 7월)

49. 시의 보편성에 대하여 4

강물이 흐르는 것. 꽃과 풀이 바람에 흩날리는 것. 새가 하늘을 나는 것. 해가 기울고 별이 빛나는 것. 고독한 그가 살아가는 것. 재해가 일어나고 또다시 평안을 찾는 것. 보편성은 우리가 사용하는 언어나 사유가 아니라 이처럼 날마다 일어나는 상황 속에 있다. 시인은 이를 감지하는 자여야 한다.

보편성은 널리 존재하는 것, 또한 분명하게 존재하는 것이다. 이는 우리 인간의 손으로 만들어낸 인공의 것이 아니라 우리도 모르는 사이에 이미 세상 모든 존재 안에 숨겨져 있다. 무심(無心)하고 순결한 모든 존재 안에 말이다. 맨 먼저 시인은 자신이 고집하던 모든 것을 내던지고 그것들과 같아져야 한다. 플로티노스는 "태양을 보려면 눈은 태양과 같아져야 한다."라고 말했다.

보편성은 침묵 속에 있다. 태곳적부터 내려온 깊고 깊은 침묵 속에 있다. 언어는 일절 존재하지 않는 세상에 있다. 한순간 스쳐 지나가는 바람 속에서 시인은 그것을 인식해야 한다. 보편성은 우리에게 주어진 것이 아니다. 본디 우리가 보편성에 속한 존재이다. 다만 인간은 그곳에서 아득히 먼 곳으로 추방당했을 뿐이다. 인간의 자부심은 모든 악의 근원이다. 나는 나 자신도 아닌 채, 나를 잃어버린 채 살아간다. '이것이 나다'라고 내세울 만한 흔적은 어디에도 없다.

하늘을 나는 새와 함께, 흘러가는 강물과 함께, 저무는 해와 함께, 아무것도 없는 무일물의, 절대 고독에 당신이 눈을 떴을 때, 바람이 불고 바람에 속한 스스로를 당신이 감지했을 때, 당신은 비로소 당신으로부터 해방된다.

당신은 당신을 필요로 하지 않게 된다. 당신은 나중에 무엇이 되어도 상관없다. 남극해의 고래든 한 송이 산나리 꽃이든 하늘에 흘러가는 구름이든 눈송이든 당신을 배신한 친구든 상관없다. 그들로 인해 당신이 잃은 것은 아무것도 없다. 만물이 당신에게 흘러들어와 풍족해지고 당신은 한없이 커진다.

"나는 타자이다."라고 랭보는 말했다. 그리고 르네 샤르는 "잘 떠났네, 랭보여."라고 했다. 나도 그 말에 동의한다. 시인의 영혼이 지향하는 바는 무한히 확대되는 자아, 만인이 된 자아, 우주의 호흡으로 살아가는 자아다.

*

시의 보편성 문제는 얼마나 많은 사람의 공감을 불러일으키는가 하는 표현상의 문제 혹은 전달의 문제로 여겨지는 경향이 있다. 하지만 보편성은 이런 부차적 수단의 문제가 아니다. 시인에게 가장 중요한 본질적 문제다. 먼저 표현 방법을 포함한 전달 이전의 문제로 보아야 한다. 그 시가 보편성을 내재하고 있는지 아닌지에 대한 문제이다. 이는 시에서 가장 중요한 문제이며 기교로 얻어지지 않는다. 보편성은 그야말로 시인의 피와 살로 얻어진 삶의 증거이며 그것이 시에 내재하여 있어야 한다. 시의 보편성은 결국 표현 및 전달 이전의 문제이며, 시인의 삶이 존재하는 방식이나 삶의 태도에 관한 문제로 생각해야 한다. 즉 보편성은 그 시인이 살아온 삶 속에서 찾아야 한다.

한 시대에만 통용되는 관념, 한 지역과 한 국가에서만 통용되는 관념을 좇으며 살아가는 시인에게 시의 보편성은 아무 상관 없는 문제이다. 꾸밈없는 감성을 열어놓은 채 살아가려는 사람들에게만 가치가 있다. 시는 늘 그런 사람들의 몫이다.

*

보편성이란 무엇일까? 다시 말해 보편성은 본래 누구나 지니고 있는 속성이다. 다만 보편성은 지극히 깊고 은밀하게 존재한다. 만약 겉으로 드러내면 순식간에 대중의 비난과 질타를 받을 수도 있다. 보편성은 누구에게도 꺼내놓지 못할 은밀한 존재다. 하지만 이는 내 자신의 생명이다. 나는 그것을 아무도 볼 수 없게 숨겨둔다. 나는 그것을 지켜야만 한다. 어쩌면 보편성은 이러한 마음가짐 속에 포함되어 있는지도 모른다.

보편성이란 무엇일까? 보편성은 그렇게 몇백 년, 몇 천 년 동안 사람들이 남몰래 소중히 지켜온 것이다. 많은 사람들은 시대를 막론하고 그것을 겉으로 드러내지 않고 숨겼으며 더러는 이를 밝혀내려는 자가 있으면 그것을 방해해왔다. 시인은 이처럼 불을 훔치려는 자가 아닐까?

*

보편성은 원망도 아니며 꿈도 아니다. 보편성은 인간이 태어났을 때 이미 지니고 있는 속성이다. 어쩌면 보편성은 인간이 태어나기 전부터 이미 준비되었는지도 모른다. '태초에 말씀이 계시니라'라는 구절에서 '말씀'이 인간 이전을 가리키듯 보편성도 인간이 소유하기 전에 이미 신이 갖고 있던 것인지도 모른다(37. 태초에 말씀이 계시니라 참조). 신의 소유이기에 모두가 원하고 모두에게 주어졌다. 그것이야말로 시인이 희구하고 지향하는 보편성이 아닐까.

다시 반복하지만, 시의 보편성은 사고와 논리의 세계에 속하지 않는다. 보편성은 살아있는 심장의 고동과 더불어 존재하는 시의 가장 중요한 명제이다. 참으로 보편적인 시는 당신을 속박하는 일체의 관념에서 벗어나 날개를 단 듯 자유롭다. 그러한 시는 생기가 돌며 빛이 난다. 그리하여 결코 구태의연하지 않고 스베덴보리의 천사처럼 시간이 흘러감에 따라 더욱 새로워진다.

– 시에 대한 단편 49(『후네』 제101호, 2000년 11월)

50. 사물과 상상력

“늘 보던 눈에 익은 풍경이지만 그 풍경을 보고 있노라면 어쩐지 눈물이 난다.”

이 짧은 문장을 접했을 때 나는 겨우 두세 번 만났을 뿐인 시인 하바라 사치오[154]의 진수를 맛본 것 같았다. 그는 당시 부임지였던 가고시마 현(鹿兒島縣) 아이라 군(姶良郡)에서 고즈넉하게 지내며 로버트 프로스트[155]의 시를 번역하기도 했으나 시코쿠의 마쓰야마(松山)로 돌아간 뒤 세상을 떠났다. 화가 세잔에게 관심이 많아 세잔에 대한 독창적인 글도 썼던 그는 풍경에서 대체 무엇을 보았을까. 그가 세상을 떠난 지도 7, 8년이 흘렀지만 서두의 문장은 내 뇌리에 박혀 사라지지 않는다. 풍경을 보며 서성이다가 문득 고개를 돌려 옆을 보면 하바라 사치오의 검은 그림자가 언뜻 비친 듯해서 뒤돌아보기를 망설인 적도 있다. 생트 빅투아르 산[156]을 세잔은 어

154) 하바라 사치오(葉原幸男, 1918~1995(?)) : 일본의 시인. 『하야토(續隼人) 일기』,『속 하야토 일기』등의 시집이 있으며, 로버트 프로스트의 시를 번역했다.

155) 로버트 프로스트(Robert Lee Frost, 1874~1963) : 미국의 시인. 농장의 생활 경험을 살려 소박한 농민과 자연을 노래해 현대 미국 시인 중 가장 순수한 고전적 시인으로 꼽힌다. J. F. 케네디 대통령 취임식에 자작시를 낭송하는 등 미국의 계관시인적(桂冠詩人的)인 존재였고 네 차례에 걸쳐 퓰리처상을 수상했다.

156) 생트 빅투아르 산(La Montagne Sainte-Victoire) : 폴 세잔의 고향인 프랑스 남부 엑상프로방스에 위치한 산. 세잔의 초기 작품에는 풍경을 구성하는 여러 요소들 가운데 하나로 등장했으나 1886년부터는 엑상프로방스 지방을 주로 그리면서 이곳은 세잔 회화의 중심 주제

떤 눈빛으로 바라봤을까?

당신은 아끼는 안경이나 주위의 소소한 물건과 언젠가는 헤어져야 한다. 그 순간이 왔을 때 당신은 그 물건들을 방금 처음 만난 것처럼 바라보겠는가? "저런! 이제 깨달았소? 나는 줄곧 당신 곁에 있었는데." 안경은 당신을 보며 다정히 미소 지으리라.

*

눈에 보이고 귀에 들리는 것들이 발단이자 최초의 신호이다. 하지만 당신이 깨닫지 않으면 당신의 내면에서는 아무 일도 일어나지 않는다. 나중에 문득 떠올려 보아도 괜찮다. 거기에 무엇이 있었는지 뒤돌아보지 않고 멈추어 서지 않으면 당신과 사물 사이에, 그리고 당신의 내면에는 어떤 일도 일어나지 않는다. 감각은 살아 있다는 증거이다. 사물의 소재에 둔감한 생물은 자기 힘으로 살아가지 못한다.

항상 던져주는 먹이만 받아먹으며 보호받는 동물원의 동물과 애완동물들이 자신의 생명을 자력으로 지키고 살아가기란 쉽지 않다. "나는 앞으로 무엇을 해야 할지 모르겠어."라며 투덜거리는 약자가 있다. 그 약자를 가축으로 삼는 이는 대체 누구일까? 자기 자신의 눈, 귀, 혀, 피부 감각으로 자기 삶의 소재를 스스로 확인하지 못한다면 그런 삶을 어찌 '자신의 삶'이라고 부를 수 있을까. 모든 삶은 삼라만상과의 만남에서 비롯된다.

도로의 교통표지판, 지도, 안내판에 주의를 기울이고 상점이나 식당에도 들르지만, 길가의 여러 사물에는 눈길조차 주지 않고 지나쳐가는 사람에게 길가의 사물은 어떤 반응을 보일까? 그 사물들은 무심한 행인들과 전혀 무관하다. 거리를 지나쳐간 사람들의 내면에도 사물과의 교류는 일절 발생하지 않는다. 그저 지나쳐가는 사람의 삶에서는 그 어떤 새로움도

가 되었다.

기대하기 어렵다.

감각은 살아있다는 증거이다. 모든 생명체의 유지를 위해 예민한 감각은 필수불가결하다. 하지만 여기에는 아래의 의미가 암시되어 있음을 주목해야 한다. 모든 생명체는 그 주위를 에워싼 사물과의 상관관계에 따라 삶이 결정된다.

*

감각과 사물의 첫 만남은 극적이다. 그 만남을 시작으로 향후 삶의 모든 인자가 싹트고 암시된다. 그렇다고 인간의 삶이 거기서 끝나지는 않는다. 사물과의 만남, 접촉을 통해 대체 무엇이 시작되는가. 앞으로 펼쳐질 시공간을 물들이는 처절한 드라마야말로 '삶' 자체이다. 그 과정과 행위의 총체 역시 삶, 인간 또는 시라 부를 수 있지 않을까. 이것을 이해할 필요는 없다. 삶과 시는 그저 때 묻지 않고 순수하게 살아가야 한다. 삶과 시는 살아가는 자체가 중요하며 그것이 전부다.

내 삶과 시는 나로 인해 물들어간다. 하지만 이는 내가 나의 의지로 낳고 만드는 것은 아니다. 나는 단지 나를 낳아준 어느 근원적이고 거대한 힘을 향해 나를 열어젖히고 힘을 뺀 채 그 위대한 의미에 나 자신을 내맡길 뿐이다. 감각은 발단이다. 나무, 물, 산, 하늘이 보인다. 공기가 느껴진다. 바람이 내 머리카락과 피부에 닿는다. 사물과 풍경이 내게 알려준다. 어둠은 무수한 목소리들로 가득하다. 나는 그 목소리에 귀를 기울여보지만 무엇을 말하는지 알 수 없다. 그때 나무 한 그루가 내게 살며시 귓속말한다.

"당신이 들어야 하는 목소리는 그리 많지 않아요. 지금 지상에서 무슨 일이 일어나고 있는지, 지금 우주에서 어떤 별이 태어났는지, 천사들이 왁자지껄 떠드는 이야기는 어찌 되든 상관없죠. 당신은 당신의 운명에 대해, 당신의 미래에 대해 들려주는 목소리에 가만히 귀를 기울이기만 하면 돼요. 보세요. 저기 저쪽 말이에요."

시인 나비라 사치오는 가고시마 현 아이라 군의 길가에 서서 무엇을 보고 무엇을 들었을까. 시집 한 권을 펼쳐 들고 그는 그곳에서 무엇을 읽고, 무엇을 들었을까. 그는 대체 무엇에 감동하고 무엇에 눈물을 흘렸을까.

*

창을 연다. 풍경이 보인다. 바람이 들어온다. 나는 모든 것을 잊은 채 넋을 잃고 풍경을 바라본다. 나는 종일 넋을 잃고 풍경을 본다. 내 삶이 그곳에서 싹튼다. 누군가 알려줄 때보다도 내 전부가 똑바로 그리고 뚜렷이 보인다. 나는 용서를 구하고 용서받는다. 나는 사물을 보고, 듣고, 냄새를 맡는다. 나는 어디로 가는가? 바로 '쿠오바디스[157]'다.

나는 사물들 사이에서 태어나 무수한 사물들을 두루 돌아다닌다. 무수한 목소리를 듣고, 사물과의 만남 속에서 나는 태어난다. 내 삶은 늘 처음인 듯 새롭게 시작된다. 넓은 하늘에 방금 피어오른 흰 구름을 보며 '저것이 나로구나' 하고 느끼는 때가 있다. 만물에서 벗어나 '자유'를 느끼는 순간은 의식에서 자신이 사라졌을 때이다. 공허로 인한 두려움과 커다란 기쁨이 세상과 내 안에 그득하다.

'상상력' 즉, 눈에 보이고 귀에 들리는 만물에 대한 무한한 공감, 그 과정의 총체가 바로 우리의 '삶'이다. '상상력'은 무엇을 향해 열려있는가? 아마도 상상력은 터무니없이 거대한 공허를 향해 있을 것이다. 거기에는 내가 존재한다. 나는 끝없이 먼 곳에서 아직 본 적 없는 나를 향해 만물 사이를, 그리고 천국과 지옥을 맴도는 불가사의한 존재이다.

– 시에 대한 단편 50(『후네』 제102호, 2001년 2월)

157) 쿠오바디스(Quo Vadis) : 폴란드의 작가 헨리크 셴키에비치(Henryk Sienkiewicz, 1846~1916)가 1896년 발표한 장편소설. 쿠오바디스는 라틴어로 '주여, 어디로 가시나이까'라는 뜻이다. 1세기 로마를 배경으로 고대적 세계관과 기독교 신앙의 투쟁이라는 역사적 대사건을 조명했다. 1905년 노벨문학상을 받았으며 이 소설은 영화로도 제작되어 큰 반향을 일으켰다.

51. 비유에 대하여 1

한 편의 시, 한 폭의 그림은 결국 비유일까? 안타깝지만 그렇다고밖에는 달리 할 말이 없다. 소위 생활시, 형이상학시, 사실화, 추상화라는 명칭도 장르를 불문하고 무언가의 표현과 비유라는 점에서 동일하다. 사람이 만들어낸 온갖 표현은 모두 지어낸 사람의 비유다. 비유가 아무리 사실에 가깝기를 바란다 해도 비유가 사실일 수는 없다. 거기에는 인간이 있으며 인간을 비유한 데 불과하다.

사실이란 침묵이다. 하늘, 강가의 돌멩이, 곤충의 사체 또는 낙엽이 당신에게 한마디 대답이라도 해준 적이 있었던가. 그들은 말없이 존재한다. 말은 비유다. 인간은 평생 돌에 관해 이야기해도 돌이 되지 못하며 돌에 가까워질 수조차 없다. 인간은 돌에게서 추방당했다. 색채, 형상, 소리 또는 한자, 가나문자, 그 소재와 표현수단이 무엇이든 인간의 표현은 모두 언어이다. 언어라는 존재도 그 본질은 비유이다. 언어가 사물 또는 사실 자체가 될 수는 없으며 그것들을 정확하게 전달하지도 못한다.

"아! 만 권의 책이 슬프다."라고 말한 시인이 있다. 맞는 말이다. 하지만 그것을 딛고 넘어서려 했던 시인들도 많았다. '사물과의 조우. 비유의 부정' 1920년대 초기 초현실주의 작가들이 지향한 말이다. 이를 말 그대로 해석하면 분명히 인간 삶의 금기를 타파한 것이었다. 한마디로 말해 언어의 부정이다. 언어를 포기한 인간이 온전히 사물 그 자체가 되고자 하는 이른바 인간의 불가능성에 대한 도전이었다.

초현실주의 작가들의 이런 표현은 직접적으로는 말라르메[158], 발레리[159]의 상징주의를 지향했다. 그들이 시도했던 오토마티즘, 프로타주, 데칼코마니, 오브제 등에는 단순히 표현이라는 차원을 넘어선 삶의 근원을 향한 통렬한 패러디, 즉 '블랙 유머'가 포함되어 있음을 간과해서는 안 된다.

제2차 세계대전 후 일본에서 초현실주의에 관심을 가졌던 많은 시인들의 과오는 초현실주의를 표현기법으로 접근했을 뿐, 삶의 근원적인 문제로 인식하지 않았다는 점이다. "나는 실제로 오토마티즘을 구사해보았지만 별거 아니었어."라고 말한 시인도 있었다. 하지만 오토마티즘은 사실 표현기법의 차원으로 생각할 일이 아니다. 작품의 난센스, 즉 절망과 파괴를 앞에 두고 통곡하고 한탄하며 포복절도하면 그만이다.

초현실주의 작가들이 지향했던 사물에의 도달 역시 소위 한순간의 유머에 불과하다. 인간은 이제 다시 사물에서 떨어져 나와 뜻하지 않게 새로운 언어와 표현을 획득했다. 이를 인간의 숙명이라 일컬어도 무방하다. 결국 인간은 언어에서 벗어나지 못하며, 설령 초현실주의 작가의 방법을 동원한다 해도 살아있는 인간이 사물과 합체하기란 불가능하다.

'사물과의 조우. 비유의 부정', 이를 달성하는 길은 '죽음'밖에 없다. 그렇다면 초현실주의 작가들의 이 명제는 진정 무의미한 난센스일까? 다시 처음 이야기로 돌아가자. 비유는 대개 인간의 본질에 속한다. 그런데 비유

---

158) 스테판 말라르메(Stéphane Mallarméé, 1842~1898) : 19세기 프랑스의 대표적인 상징파 시인. 대표작으로는 『목신의 오후』,『던져진 주사위』 등이 있다. 감정이나 사상을 그대로 표현하지 않고 영상과 음악에 의해 암시를 구하는 시풍을 개척했다. 이후 발레리, 지드, 클레델을 비롯한 작가들에게 깊은 영향을 주었다.

159) 폴 발레리(Paul Valery, 1871~1945) : 20세기 전반 프랑스의 시인 · 비평가 · 사상가. 말라르메의 전통을 확립하고 재건하여 상징시의 정점을 이루었다. 저서는 『매혹』『구시장』『잡기장』『영혼과 무용』『외팔리노스』 등이 있다.

는 비유에서 생겨나지 않는다. 비유가 비유에 갇혀있지 않는다는 점에 주목해야 한다. 비유는 무언가의 비유다. 언어는 어떤 사물이나 상황의 표현이다. 그래서 언어는 언어가 아니라 사물이나 상황, 즉 침묵의 영역으로 늘 되돌아와야만 하는 숙명을 지녔다. 초현실주의 작가들이 외친 '사물과의 조우, 비유의 부정'을 '침묵과 삶의 재생'으로 바꿔 표현해도 다르지 않으리라. 다시 말하지만 언어는 언어에서 생기는 것이 아니라 언어가 없는 세계에서 생겨난다. 그런 연유로 비유는 늘 새로운 인간에 의해 새로워져야 하는데, 비유의 본질이 여기에 있다.

*

벌써 20년도 더 지난 일이다. 도쿄 신주쿠(新宿) 역 서쪽 출구의 한 선술집에서 시인 핫토리 신로쿠[160] 씨와 처음 만났다. 파리 대사관과 모로코 대사관에서 오래 근무했고, 브랜디에 관한 책을 펴낸 분이기에 선술집에서 소주를 마시는 모습은 초현실적이었다. 모로코에 머물렀을 때 랭보가 걸었던 흔적을 더듬어 찾아갔다는 이야기를 듣고 질문했다. "초현실주의는 대체 무엇일까요?" 핫토리 씨는 곧바로 대답했다. "초현실주의는 혁명이죠. 마르크스주의가 혁명을 일으켰듯이 말입니다." 나는 이만큼 단적인 표현을 들은 적이 없었다. 엉겁결에 일어나서 악수를 청했다. 비유를 새롭게 하는 것은 단순히 문장을 꾸미는 정도가 아니다. 인간의 삶을 새롭게 하는, 바로 혁명이다.

더 까마득한 옛날이었다. 1927년 '일본 초현실주의 선언'을 기초한 기타조노 가쓰에와 우에다 도시오 두 시인이 제2차 세계대전이 끝난 뒤 각자 이유를 들어 초현실주의를 부정했다. 부정도 명확한 답변이기에 기타조노와 우에다 두 시인에게는 초현실주의에 대한 질문을 하지 않았다. 다만 기

160) 핫토리 신로쿠(服部伸六, 1919~1998) : 일본의 초현실주의 화가, 시인, 번역가.

타조노 씨는 기즈 도요타로[161] 씨를 몹시 아꼈으므로 분명히 초현실주의나 실존주의에 깊은 이해와 관심이 있었을 것이다. 그리고 『일본 전위(前衛) 시 운동사』라는 방대한 저서를 남긴 나카노 가이치[162] 씨와도 다카다노바바(高田馬場)의 찻집에서 자주 만났는데, 초현실주의에 대한 의견은 핫토리 신로쿠 씨와 비슷했다. 하지만 문헌적 측면에서 매우 귀중한 그의 저서도 강한 도그마로 관철되어 있지는 않다.

"초현실주의는 문학과 예술 운동이 아니라 새로운 정신 운동이다."

앙드레 브르통의 명언이다. 이 말을 비유에 적용해서 생각해보면 비유 또한 수사법 차원에만 머물지 않는다. 감성과 의식, 사유의 상태, 즉 삶의 방식의 문제로 귀결된다. 핫토리 신로쿠 씨가 "초현실주의는 혁명이다."라고 했는데, 여기서 혁명이란 예언을 포함한다. 초현실주의 작가들이 주장했던 비유에 대한 부정은 비유 곧 기만을, 온갖 관념의 기만을 박탈하는 것이었다.

"낡은 비유에 의존해 살아가는 이들의 금기를 파헤쳐서 백일하에 드러내는 것이야말로 초현실주의가 아니겠는가?"라고 주장했던 그들의 단언이 바로 작금의 세태에 대한 예언은 아니었을까. 여기에 현실 세계가 있고 저기에 초현실세계가 존재하는 것이 아니다. 브르통은 "초현실도 현실이다."라고 했다. 현실은 두 종류가 아니라 그저 하나의 현실이 있을 뿐이다. 모든 사상에서 항시 깊은 균열을 발견해내는 사람이 진정한 초현실주의 작가다. 시인은 그러한 사람이어야 한다.

– 시에 대한 단편 51(『후네』 제103호, 2001년 5월)

161) 기즈 도요타로(木津豊太郎, 1921~1986) : 일본의 초현실주의 시인.
162) 나카노 가이치(中野嘉一, 1907~1998) : 일본의 초현실주의 시인.

52. 비유에 대하여 2

인간이 표현하는 문학이나 조각, 그림 등을 모두 비유이자 암시라고 말할 수 있다. 그중에서도 시적 표현은 비유를 단적으로 나타낸 경우다. 비유는 결국 무엇의 비유인가? 무엇을 표현하든 결국 표현하는 자의 비유, 작가의 알리바이가 아닐까?

"나는 여기에 있습니다."

가령 그것이 풍경이든 정물이든 추상적 형태이든 피사체는 그리는 사람의 감성, 의식, 사유, 희망을 순간적으로 잡아두는 수단에 불과하다. 비유는 자신의 모든 존재를 증명하는 알리바이임이 틀림없다.

'인간의 표현은 비유이며 그것은 인간의 그림자'라고 일본의 외딴 섬에 사는 내가 힘주어 말한 이 말이 귀에 들어갈지는 의문이다.

"인간은 어떤 존재의 그림자이며, 예술은 그 그림자의 그림자일 뿐이다."

이는 내가 하는 말이 아니라 고대 그리스의 어느 유명인이 남긴 말이다. 이천 년보다 더 오래된 고대에도 상식이었던 이 말을 오늘날 아시아의 한 벽지에서 절실히 체감한 한 인간이 있다는 뜻이다. 비유에 대해서는 앞의 장에서도 다루었는데 비유도 이 정도로 고민해보면 인간의 삶이, 즉 내 삶조차 어떤 유일적 존재의 그림자일 뿐이다. 다시 말해 인생이 비유에 불과한 셈이다.

"그림자와 비유는 근원을 추구한다."

이는 인간과 그 손으로 만들어진 존재의 숙명이다. 여기에는 인간 존재에 대한 중요한 문제가 있지만 일단 차치하고 여기서는 표현과 관련된 비유로 한정해서 이야기하겠다.

인간의 표현 활동 속에서 드러나는 방향성을 관찰하면 표현 활동으로 비유된 인간의 소망이 어디로 향하는지 그 방향도 저절로 알게 된다. 피카소는 "사물에서 출발하라. 거기에서 어디로 가든 상관없지만 작가는 사물에서부터 출발하라."라고 말했다. 화가는 비유와 예술에서 출발해서는 안 된다. 화가는 비유가 아니라 늘 사물로 돌아가 백지상태에서 출발해야 한다. 화가가 스스로 만들어낸 비유와 표현에 안주하면 그림의 존재 이유는 사라진다. 피카소는 또 "나는 늘 파괴합니다."라고도 했다. 파괴가 계속되는 동안에만 창조 행위도 지속된다. 늘 사물로, 백지로 돌아가야 한다. 이는 모든 예술과 시 창작 행위에 해당하는 말이다.

시는 감각에서 출발한다. 시각, 청각, 후각, 촉각 등의 감각은 사물을 최초로 인지하며, 대부분 사물에 속하는 세계다. 감정은 감각을 느낀 후에 뒤따르기 때문에 대개 감정과 감각을 일체화하거나 동일시하는 경향이 있다. 하지만 감각은 사물에 속하고 감정은 인간에 속한다는 사실을 정확히 구분할 줄 알아야 한다. 이는 시를 쓸 때 중요한 점이다. 각각의 감각, 곧 사물과의 충돌에서 출발하지 않는 심정시는 기성의 관념이나 도덕을 토대로 삼는 경우가 많다. 심정시에 내포된 기존의 인간관을 파괴한 시가 사물에 대한 직접적 감각을 훨씬 잘 살린 시다.

감정보다 더 원초적인 감각의 세계로 언제나 되돌아가는 일은 인간의 삶을 새롭게 하며 시를 새롭게 소생시키는 비책 중 하나다. 새로운 비유를 위해서는 기존의 비유를 버리고 백지로 돌아가서 사물을 향해 자신의 감각을 열어야 한다. 이 길밖에는 달리 방법이 없다.

"감각을 좇아 끝까지 가라. 미지에 도달할 것이다."

시인의 방법론은 랭보의 이 말에 모두 함축되어 있다.

시적 행위는 언제나 시 이전으로 돌아간다. 비유가 비유에서 나오지 않고, 항상 비유를 낳는 본체가 있듯이 시에서는 시가 나오지 않는다. 시는 언제나 시가 없는 곳에서 발생한다.

"시인이여, 말에 현혹되지 마라."

언어를 새롭게 하는 이가 시인이다. 일본 근현대시의 재평가도 이런 관점에서 이루어져야 바람직하다.

– 시에 대한 단편 52(『후네』 제104호, 2001년 8월)

53. 시와 비전

— 미야자와 겐지를 기리며 1

시를 떠올릴 때 비전은 중요하다.

"시란 무엇인가? 그리고 그 중심 과제는 무엇인가?"라고 누군가 내게 물으면 나는 "시는 비전이다. 그 중심 과제도 비전이다."라고 대답하겠다. 다시 말해 시는 일상의 차원에 갇힌 존재가 아니다. 상상력의 세계에서 공유할 수 있는 보편적이고 개방된 존재이다. 지식 세계에서는 형이상과 형이하의 세계를 분리할지 모르지만 시 세계에서 그 둘은 동일하다.

시에서 형이하의 세계와 형이상의 세계 간의 경계는 존재하지 않는다. 형이하의 세계, 즉 감각으로 느끼는 이 세계의 전부가 형이상이다. 반대로 아무리 훌륭한 형이상이라도 작가의 감각을 통하지 않고 작가가 그것에 살지 않는 한 시와는 아무런 관계가 없다. 비전은 형이상의 문제다. 하지만 시와 예술에서 비전은 작가의 생활을 포함하여 전 인격을 짊어지고 있으며 작가가 살면서 피로 얻은 것이다

시적 경향은 아무래도 상관없다고 생각한다. 생활시나 가벼운 샹송, 정치비판을 담은 사회시, 언어를 기호화한 추상시, 비주얼시 등 어떤 명칭이든 좋다. 거기에 작가가 살아온 생생한 삶의 흔적을 담아냈다면 그걸로 그만이다. 내게 시는 오직 한 종류다. 시가 지은이의 전 인격을 짊어진 삶의 증거라는 점이 중요할 뿐이다. 여기서 시인의 삶이란 대체 무엇인가에 대

해서도 고려할 필요가 있다. 시는 어떻게 생겨났을까.

시인은 주어진 삶을 단순히 수동적인 감정 또는 심정으로 받아들여 살아가는 존재가 아니다. 시인 랭보식으로 말하자면 감각과 아픔을 통해 기괴한 뿌리와 영혼을, 자신의 삶이라 말할 수 있는 비전을 싹 틔워 키워나간다는 점이 중요하다. 그런 삶을 향한 능동적 인자(因子)를 품고 있지 않은 작품은 아무리 잘 만들어졌어도 매력이 없다. 그 인자는 자신의 비전과 동등하기 때문이다.

시의 핵심을 비전에 두는 견해는 일본 근현대시에서 찾아보기 어렵다. 시를 일상의 희로애락에 대한 표출 도구로 여기고, 비유와 은유, 수사법의 우열로 일관한다면 일본의 시는 여위고 피폐해져 갈 것이다. 일본 근현대시가 매력적이지 않고 빈약한 이유는 상상력을 경시하는 풍조 탓이 아닐까? 그렇다고 이 시대에 뛰어난 비전 시가 없었다는 말은 아니다. 일례로 미야자와 겐지[163]의 시를 들어보겠다.

*

시집 『봄과 아수라』는 시인 미야자와 겐지의 특징을 단적으로 보여준다. 그중에서도 가장 유명한 시는 누이동생 도시에 대한 심정을 표현한 「영결(永訣)의 아침」「무성통곡」 등이다. 하지만 나는 시인 미야자와 겐지의 진가를 유감없이 보여주는 작품은 시집 서두에 실린 「서(序)」와 그의 최고의 작품인 「굴절률」이라고 생각한다. 「굴절률」은 짧으므로 전문을 인용한다.

163) 미야자와 겐지(宮沢賢治, 1896~1933): 일본의 동화작가이자 시인. 생전에는 무명에 가까웠지만, 사후에 작품이 널리 알려지면서 높은 평가를 받았고, 특히 『은하철도의 밤』이 영화와 애니메이션 등으로 제작되어 일본 국내뿐 아니라 세계적으로 유명해졌다. 농업학교 교사이기도 했고, 가난하게 살아가는 농민들을 위해서 새로운 농업과학을 연구, 보급하는 일에 온 힘을 기울였다. 『주문 많은 음식점』 『첼로 켜는 고슈』 등 100여 편의 동화와 『비에도 지지 않고』를 포함하여 400여 편의 시를 남겼다.

나나쓰모리산[164] 이쪽이
물속보다 훨씬 환하고
아주 거대한데
나는 울퉁불퉁 얼어붙은 길을 밟으며
울퉁불퉁한 눈을 밟으며
저기 오그라진 함석 구름을 향해
음침한 우편배달부처럼
(그리고 알라딘 램프의 요정처럼)
서둘러야 한다

먼저 「굴절률」이라는 제목부터가 시집 전체 또는 작가라는 존재가 띠고 있는 만만치 않은 불안과 초조, 리얼리티를 잘 나타내고 있다. 작가는 시 안에서 자신을 '우편배달부' '알라딘 램프의 요정'에 비유하면서 '서둘러야 한다'고 토로한다. 비전의 사냥꾼에게 자신의 모든 것을 걸었던 시인 미야자와 겐지의 진면목이 이 시에서 생생하게 드러난다. 사실 이 작가는 비전을 위해서라면 어떤 어려움도 마다치 않고 오로지 비전의 사냥꾼으로서 매진했다. 누이동생 도시의 죽음조차 작품의 소재로 삼았다. 시집 중 『진공용매(眞空溶媒)』 『고이와이(小岩井) 농장』 『아오모리(青森) 만가』 등에는 비전 시인의 특징이 생생하고 스릴 넘치게 나타나 있다.

『봄과 아수라』가 '심상 스케치'라는 이름을 내걸고 보통 시집과 다르다는 점을 강조했다는 사실도 주목할 만하다. 그런데 '심상'이란 무엇일까? 그렇다. 마음의 이미지다. 마음에 떠오르는 형상, 바로 비전이다. 『봄과 아수라』는 시인 미야자와의 비전과 그가 본 것, 그 자신이 살아온 비전

164) 나나쓰모리(七森)산 : 일본 혼슈 북동부에 위치한 이와테 현의 산지. 7개의 산으로 이루어졌으며 이 가운데 미테노모리(見立森)는 미야자와 겐지가 사랑한 경관으로 유명하다.

을 스케치 형식으로 정리한 작품집이다. 이 시들을 여타의 시와 같은 문학 관념으로 해석하거나 기성의 인본주의적 모럴을 염두에 두고 심정적으로 읽다 보면 무의미한 시가 대부분임을 깨달을 것이다. 비전 시는 한마디로 말해서 낡은 관념의 세계가 아니라 비합리적이며 체험적인 세계에 속한다. '심상'을 심정의 영역으로 인식하려 한다면 그것은 잘못된 독법 중에서도 한참 잘못된 독법이다. 시, 특히 비전시를 산문적이고 분석적으로 읽어서는 안 된다. 종합적 직관으로 단숨에 핵심을 읽어내야 한다.

비전시는 언뜻 보기에 관념시와 혼동하기 쉽지만, 비전시는 형이상학의 세계가 아니라 감각으로 느끼는 일상의 물질적 세계임을 주목할 필요가 있다. 이는 극심한 고통을 동반한 작가의 상처에서 기인하는 경우가 많다. 시집 『봄과 아수라』에 담긴 시들, 그림 「달밤의 전봇대」, 소설 『은하철도의 밤』 같은 작품은 아름답다기보다 악몽과도 같은 작가의 깊은 상처에서 나는 전율을 느낀다.

새로운 비전의 출현은 새로운 시작법의 출현이기도 한다. 『봄과 아수라』는 그 작품이 창작된 1922부터 1923년을 배경으로 감상하기를 권한다. 당시 시인들이 사용한 친숙하지 않은 과학용어, 유럽식 지명과 인명, 마그리트[165]풍의 등장인물, 게다가 기묘하게 기교를 부린 문체는 아직 문학운동으로서의 초현실주의가 태동하지 않은 시기였음을 감안할 때 상상을 초월하는 전위적 스타일이었다. 이를 경박한 '다이쇼 로맨스[166] 보이'의 모더

165) 르네 마그리트(René François Ghislain Magritte, 1898~1967): 벨기에의 화가. 1920년대 중반까지 미래파와 입체파 성향의 그림을 그렸다. 이후 초현실주의로 전향해 신비한 분위기의 고정관념을 깨는 소재와 구조의 작품을 발표했다. 역설의 미학을 직설적으로 나타낸 『이것은 파이프가 아니다』, 일본 애니메이션 〈하울의 움직이는 성〉에 모티브를 준 〈피레네의 성〉, 영화 〈매트릭스〉의 모티브 중 하나인 〈겨울비〉 등이 대표작이다.

166) 다이쇼 로맨스(大正 romance) : 일본의 근대 문화와 예술의 르네상스라 일컬어지는 다이쇼 시대(1912년~1926년)의 분위기를 주도하던 문예사조, 문화사상을 지칭하는 말이다. 유럽을 중심으로 전개된 '낭만주의'의 영향을 받아 개인의 해방과 새로운 시대를 향한 긍정적 이상으로 가득한 풍조를 가리킨다.

니즘으로 치부하는 경향이 있지만, 그것은 오로지 '그쪽(비전의 세계)'을 목표로 한 미야자와 겐지의 '다른 쪽(관념 세계)'을 향한 통렬한 패러디라고 생각한다. 미야자와 겐지는 일본인이며 일본의 도호쿠(東北) 지방 사람이므로 시는 분명히 그 지역에 뿌리를 내리고 있다. 하지만 미야자와 겐지 자신은 다른 나라의 다른 민족이라도 상관없는, 현실 세계를 넘어선 보편적 비전의 세계를 지향했다.

장 콕토는 이처럼 상상력이 넘치는 시를 두고 "이는 현실에서의 도피가 아니라 반대로 현실로의 침입이다."라고 말했다. 이는 마치 미야자와 겐지의 『봄과 아수라』『은하철도의 밤』을 위해 준비해둔 말처럼 생각되었다.

– 시에 대한 단편 53(『후네』 제105호, 2001년 11월)

54. 시와 비전

— 미야자와 겐지를 기리며 2

시는 벌거숭이로
이론이 닿을 수 없는 경계를 모색한다
그것은 결사의 작업이며
이데올로기 아래에서 시를 쓰는 일은
조잡한 직관의 이론에 굴복하는 짓이거니

이와테 현(岩手縣) 미야자와 겐지 기념관에 전시된 그의 자필 메모 글이다. 여기에 그의 시와 삶에 대한 태도를 이루는 근간이 분명히 드러난다. 아울러 시에 몸담은 우리에게도 시가 무엇인지를 생각하게 하는 매우 중요한 문제를 시사하고 있다. 다양한 전시 자료들 중에 별로 눈에 띄지 않는 이 한 장의 종잇조각을 접하고 나는 충격을 받았다. 이런저런 생각이 머릿속에서 뒤엉키다가 50년 전쯤 어느 잡지에서 읽었던 시 제목이 선명하게 떠올랐다. 르네 샤르가 랭보의 출발을 기리며 쓴 시 제목이었다. 그것은 "잘 떠났네, 랭보여"였는데 여기에 빗대어 말하면 "말 잘했네, 겐지여"이다.

미야자와 겐지는 다양한 작품을 남겼다. 하지만 더욱 중요한 업적은 그가 단순히 시를 쓴 사람이 아니라 시를 살다 간 사람이며, 시를 추구하고 시를 위해 목숨을 버린 사람이라는 점이다. 이 메모는 그런 사실을 바로 보여준다.

*

'시는 벌거숭이로'라는 구절은 시란 아무 옷도 걸치지 않으며 화장도 하지 않는 벌거숭이라는 말이다. 시는 수사를 깊이 연구하는 이의 몫이 아니다. 오히려 언어의 사술(詐術)을 벗겨내야만 드러난다. 시가 스스로 존재하기 위해서는 최소한의 필수 언어만 있으면 충분하다. 시에서 불가결한 요소는 지금 막 생겨난 '벌거숭이'의 광채와 향내, 그리고 신선함이다.

'시는 벌거숭이로'라는 구절이 이 메모에서 더욱더 중요한 이유는 다음 행으로 이어지는 관련성에 있다. '이론이 닿을 수 없는 경계를 모색한다' 이 말은 무슨 뜻일까. 이 구절은 이론이 닿을 수 있는 경계의 범위 안의 시, 즉 일반적으로 신뢰받는 문학 이론, 사회 통념, 철학, 도덕률 등은 전혀 적용되지 않는 미개하고 혼돈스러운 영역을 탐구하는 시가 '벌거숭이'의 시임을 암시한다. '벌거숭이'의 시는 일반적 개념이나 통념에 부합하지 않는다. 기존의 상식과 인습을 뒤엎는 위험 인자를 내포하므로 벌거숭이의 시를 '모색하는 것', 즉 살아가는 것은 결국 '결사의 작업이며'라는 다음 행으로 이어진다.

일본 근현대시에서 전위시의 계보를 연구한 나카노 가이치 씨의 『전위시 운동사의 연구』라는 방대한 저서에서도 이만큼 단적으로 선명하고 강렬하게 전위 정신을 표명한 말은 찾지 못할 것이다. 시에서 전위란 무엇인지 밝혀야 한다. 미야자와 겐지는 생전의 유일한 시 작품집인 『봄과 아수라』를 시집이라 부르지 않고 '심상 스케치'라고 했다. 당시 시를 읽던 관습대로 『봄과 아수라』의 작품을 감상하는 것을 거부했다.

'심상'은 '심정'이 아니다. 심상은 눈으로 보는 것이다. 미야자와 겐지의 눈에 비친 것을 나는 미야자와 겐지의 '비전'이라고 해석했고, 이 책을 '비전'의 스케치 모음집을 감상하듯 읽었다. 이 책을 통해 미야자와 겐지는 독자가 지금까지 가지고 있던 문학과 시에 대한 가치관으로 이 책을 평가하지 말고 독자 자신의 벌거벗은 감성으로 바로 보고 똑바로 인식하기를 바랐으리라. 서두에 인용한 그의 메모는 실제로 이러한 '비전'을 살아가는 자가 쓴 시의 선언문으로 해석할 수 있다. 비전은 관념이 아니라 구현되는 것이다. 이제 막 혼돈에서 생겨난 비전은 지금까지의 어떠한 관념에도 속하지 않기에 무어라 명명하기 어렵다.

"인간은 빵만으로는 살 수 없다"라는 말이 있다. 인간은 감각이나 사물의 세계만을 살아갈 수 없으며, 상상력의 세계도 소유해야 한다. 미야자와 겐지는 그저 빵을 위해서만 살아간 사람이 아니다. 감각과 사물의 세계에도 공헌했지만, 그가 '결사'의 생각으로 살아간 곳은 상상력의 세계, 즉 자신의 '비전' 세계였다.

윌리엄 블레이크의 "자연은 예술을 모방한다."라는 말은 비전을 살아간 블레이크에게 어울리는 표현이지만 비전을 잘 모르는 사람에게는 황당무계한 말이다. '시는 사실이 아니라 진실을 표현한다'라는 말도 이해하기 어려운가? 물론 사실 없이는 진실도 없다. 사실은 언뜻 보기에 진실보다 우위에 있는 듯하다. 하지만 개별 사실들을 관통하는 보편적 법칙이 나타날 때 '사실은 진실을 드러내는 하나의 표현'이라는 말에 공감할 것이다. 이를 앞서 언급한 블레이크의 말에 대입시키면 "자연(사실)은 예술(진실)을 모방(표현)한다."가 된다. 아마 이 문장은 이해하기 쉬울 것이다. 여기에 숨겨진 열쇠는 '상상력'이다. 블레이크와 미야자와 겐지에게 감각의 세계는 지옥이었다. 비전은 이런 지옥에서 상상력을 지닌 자의 것이다.

시인에게 체험은 시인 스스로가 상상력의 세계를 얼마나 살아왔는가라는 문제와 결부되어야 한다. 미야자와 겐지의 '심상 스케치'는 그가 보고 체험한 것이다. 작가의 '리얼리티' '존재 증명'이라고 말할 수 있다. 이는 아름다움을 위해서라기보다도 진실을 위한 글이라고 말하는 편이 적절하다.

*

서두에서 언급한 미야자와 긴지의 메모에서 '직관'이라는 표현은 가장 중요하다. 직관은 일체의 사물을 분석적으로 인식하는 능력이 아니라 종합적, 전체적으로 단번에 인식하는 능력을 말한다. 미야자와 겐지는 이 직관을 시의 기초로 삼았다.

"이데올로기 아래에서 시를 쓰는 일은 조잡한 직관의 이론에 굴복하는 짓이거니"

여기에 말하는 이데올로기는 처음에 등장한 이론 중에서도 '조잡한' 것으로 분류된 사상이며 이러한 이론을 신봉하는 굳은 머리에 시인의 중요한 직관이 굴복해서는 안 된다고 경고하고 있다. 미야자와 겐지의 이러한 '직관'이 첫 행의 '벌거숭이'와도 밀접하게 연관되어 있음에 주목하자. 그는 다양한 지식, 관습, 기대, 욕망 등에 일체 오염되지 않은 상태의 직관을 최상으로 여겼다. 또한 갓 태어나 아무것도 걸치지 않은 벌거숭이의, 인간 세계의 의식이 아직 물들지 않아서 거의 신이라고 불릴 만한 존재가 지닌 능력이라고 해석했다.

미야자와 겐지의 이 메모는 매우 긴밀하게 작성되었기에 주의 깊게 읽어야만 한다. '시인은 엉성한 이론에 이끌리지 않고 최상의 직관을 좇아 이론이 닿을 수 없는 경계인 시를 알현할 수 있는 자'라는 뜻이 메모의 전체적 맥락이 아닐까.

'이론이 닿을 수 없는 경계', 여기에는 인간의 의식이 미치지 않는 무의식과 꿈, 그리고 광기까지 포함한 세계이다. 『심상 스케치』 『봄과 아수라』 『은하철도의 밤』 등에는 우리의 일상적 의식을 불안하게 만드는 이미지의 섬광이 곳곳에 나타난다. 이론이 닿지 않는 불가해 한 요소는 사실 동서고금의 시나 예술에서도 여러 예를 찾아볼 수 있으며 그런 점이 매력으로 인정받던 때도 있었다. 특히 20세기의 다다이즘, 초현실주의와 그 후의 시에 있어서 중요한 요소가 되었다. 미야자와 겐지가 그러한 현대시의 선험적 역할도 했음을 간과해서는 안 된다.

미야자와 겐지의『봄과 아수라』가 앙드레 브르통의 '제1회 초현실주의 선언'보다 먼저 출간되었으니 그의 작품이 유럽에서 일어났던 초현실주의 운동의 영향을 받았다고는 보기 어렵다. 하지만 미야자와 겐지는 상상력, 비전, 삶의 방식에 있어서 대체로 초현실주의와 공통된 기조를 보인다. 앙드레 브르통은 "꿈은 제2의 인생이며, 뼈로 만들어진 손잡이를 열자 전율이 흘렀다."라는 말을 남긴 제라르 드 네르발을 초현실주의의 선험자로 간주했다. 그렇다면 이 벌거숭이의 직관으로 이론이 닿을 수 없는 경계를 결사적으로 모색했던 동양의 시인 역시 초현실주의의 선험자 중 한 사람으로 보아도 크게 틀리지 않을 것이다. 미야자와 겐지 연구의 권위자 아마자와 다이지로[167] 씨는 초현실주의에도 정통할 테니 이에 대한 그의 의견이 궁금하다.

*

여기 소개한 미야자와 겐지의 메모는 현재의 시와 관련해서 우리가 지표로 삼을만한 요소를 지니고 있다. 미야자와 겐지가 보여준 시작법을 한마디로 요약하면 시란 자신의 의식이나 의지로만 만들어지지 않는다는 것이다. 시 그리고 시를 창작하는 자신의 삶조차도 무언지는 모르겠으나 자신보다 위대한 어느 존재의 손에 그것을 맡기고, 그와 합체되기를 염원할 때 비로소 '시'를 얻을 수 있다.

위에서 언급한 르네 샤르의 시 중에서 기억에 남은 구절이 있다.

167) 아마자와 다이지로(天澤退二郎, 1936~) : 일본의 시인, 불문학자, 아동문학작가, 번역가, 미야자와 겐지 연구가.

"시인은 우주의 혼례식장으로 밀려들어 간 자이다."

앞장에서 소개한 미야자와 겐지의 시 「굴절률」의 한 구절인 '서두르는 알라딘 램프요정' 앞에는 바로 그러한 광경이 펼쳐지지 않았을까? 개인을 뛰어넘는 광대한 무의식 세계의 에너지에 자신을 합체시킬 수는 있지만 이는 매우 어려운 일이다. 하지만 시인에게 그러한 잠재력이 없는 것도 아니다.

– 시에 대한 단편 54(『후네』 제106호, 2002년 2월)

55. 시를 어떻게 읽을 것인가 1

어느 화가가 그은 한 줄의 선은 다른 화가와 구별되는 그 화가의 전부다. 다른 화가도 마찬가지다. 각각의 선은 각기 다른 화가의 특징을 보여준다. 어느 음악가가 감지한 음의 한 구절, 어느 시인이 써넣은 시 한 행과 시어의 연결은 그 음악가나 시인에게 그 시점을 기준으로 자신의 전부이자 존재 증명이다.

한 줄의 선 또는 한 행의 언어 연결은 화가나 시인이 펜과 언어를 다루는 연습을 얼마나 했는지 보여준다. 그뿐만이 아니다. 더 중요한 의미가 있음을 알아야 한다. 한 줄의 선, 한 행의 언어 연결에는 작가의 기술, 계산, 의도만이 아니라 작가 자신조차 명확하게 파악하지 못하는 작가 자신의 감성, 의식, 무의식, 다양한 감성, 기질, 그리고 그 당시의 신체적 컨디션, 일상생활, 성장 내력, 판단력, 사고의 특징, 그것들이 일체가 되어 자아내는 독특한 분위기와 향기 등 모든 것이 드러난다. 다른 사람과 혼동 없이 그 사람만이 명확히 구별되어 나타나며, 예민한 사람이라면 한눈에 알아볼 정도다.

선 한 줄이 아니라 그림 한 장으로 완성되었을 때는 더욱 분명하다. 그런데도 이를 꿰뚫어보지 못한다면 아주 둔감하거나 자기 생각이 아닌 다른 사람에게서 빌린 지식과 잣대로 가늠하려는 사람이다. 작품이 거기에 있는데 왜 보지 못하는가. 나는 사람이 본래 무관심하거나 둔감하지 않다고 생각해왔다. "나는 아무것도 몰라."라고 말하는 사람조차 생명적인 부분에 대한 감지 능력은 잠재적으로나마 간직하고 있기 마련이며 전부 사라지지는 않는다.

작품을 어떻게 볼 것인가? 알기 쉽게 결론부터 말하면 타인에게서 빌린 지식이나 잣대 말고 자신의 눈으로 보라는 것이다. 누구나 지니고 있는 진정한 자신의 눈으로. 나는 그저 그 진정한 자기를 향해 그리고 그것을 위해 글을 쓸 뿐이다. 나는 시를 이해하거나 해석하려고 하는 사람을 위해 시를 쓰지 않는다. 몇몇 시인에게 칭찬을 받으려고 쓰지도 않는다. 살아있는 모든 사람이 지닌 숨겨진 잠재력을 믿고 그것을 위해 쓸 뿐이다.

*

작품을 어떻게 볼 것인가? 나는 간단하게 결론을 내렸지만 앙드레 지드[168]는 다음과 같이 말했다.

"작품에 다가간다는 건 쉽지 않다. 작품은 과도하게 난해하다."

작품을 아주 쉽다고 말하는 나와 작품은 과도하게 난해하다고 말하는 지드. 이는 모순일까? 나는 작품을 벌거숭이의 눈으로 바라보면 한눈에 그 전모를 알게 되어 전혀 어렵지 않다고 말했다. 하지만 한편으로는 모두가 이해하기 쉬운 평이한 시 같아도 그중에는 아주 난해한 작품이 존재한다는 점을 짚고 넘어가자.

작품은 변하지 않는다. 그저 거기에 존재할 뿐이다. 작품이 보이는지 아닌지는 모두 보는 사람의 문제다.

"소는 어째서 소인 걸까? 소는 강아지나 염소와 어떻게 다를까?"

---

168) 앙드레 지드(Andre Gide, 1869~1951) : 문학의 여러 가능성을 실험한 프랑스 소설가. 『신 프랑스 평론』 주간으로 프랑스 문단에 새로운 기풍을 불어넣었고, 20세기 문학의 진전에 지대한 공헌을 했으며 소설 『사전꾼들』은 현대소설에 지대한 영향을 미쳤다. 주요 작품에 『좁은 문』이 있다. 1947년 노벨문학상을 수상했다.

어린아이들은 그 이유를 전혀 모르지만 "저기, 음매 음매 소가 있어."라며 눈을 반짝이며, 그 전모를 존재로서 파악한다. 그림 한 장, 시 한 편도 이와 마찬가지다. 그림 한 장, 시 한 편도 근본적으로는 소와 마찬가지여서 존재 전부가 다른 존재와 별개로 그곳에 존재한다.

시 한 편이 존재하는 이유는 소나 피어난 꽃처럼 누군가가 이해하거나 해석하기 위해서가 아니다. 사람의 존재 자체가 누군가에게 이해 또는 해석되거나 평가받기 위해 존재하지 않는다는 점을 먼저 스스로에게 투영해서 이해해야 한다.

완전하고 정확한 이해와 해석은 없다. 모든 해석은 오해다. 앙드레 지드가 말한 '과도하게 난해하다'라는 표현에는 그 밖에 다른 뜻도 들어있지만 주로 위에서 언급한 의미를 품고 있다고 생각한다. 이해와 해석을 바라지 않는다면 사람 또는 작품은 무엇을 위해 거기에 존재하는 걸까? 여기서 중요하게 대두하는 개념이 바로 '공감'이다. 작품을 어떻게 볼 것인가? 그것은 비평하는 사람의 눈이 아니라 공감이다.

*

작품을 머리로 해석하지 않는다. 모든 비평과 해석에서 벗어나 작품과 직접 대면한다. 당신이 작품을 보려 한다면 우선 일체의 선입견을 버리고 그 작품을 통째로 벌거숭이로 상대하는 길밖에 없다. 작가의 이름, 직함 따위에 휘둘린다면 어리석은 판단이다. 가능한 한 그런 껍데기는 무시하는 편이 낫다.

선 한 줄, 말 한마디의 미묘한 떨림, 표정, 냄새 등 작가의 의도나 계산을 초월해서 작가와 작품만 봐야 한다. 공감하자. 당신이 아무 기대도 없이 작품 앞에 벌거숭이로 서면 작품은 그 전모를 당신 앞에 드러낼 것이다. 그 모습이 작품의 전부다. 조금도 난해하지 않다. 소나 풀이나 꽃처럼 말이다.

"한 장의 그림, 한 편의 시는 깊은 땅속의 미로와 미궁을 빠져나와 지금 거기에 나타났다."라고 허버트 리드는 말했다. 작품은 그 누구도 짐작할 수 없는 기나긴 암흑의 방랑 끝에 두둥실 떠오른 거품과 같다. 사람, 지금 당신의 눈앞에 있는 사람이 실은 그런 거품이 아닐까. 고대 그리스의 철학자는 "인간은 그림자이며, 예술은 그 그림자의 그림자다."라고 했다. 그의 말에 빗대면 "인간은 거품이며, 작품은 그 거품의 거품이다."라고 해도 좋을 것이다. 한 편의 시를 쓴 사람도, 그것을 읽는 사람도 다 같이 땅속의 미궁을 헤매고 있다면 바로 거기서 공감이 이루어질 가능성이 크다. 한 편의 시가 추구하는 존재 이유는 오직 공감뿐이다.

– 시에 대한 단편 55(『후네』 제107호, 2002년 5월)

56. 시를 어떻게 읽을 것인가 2

고독은 나만의 공간이자 내 전부이다. 내가 태어나서 무언가를 이룰 수 있었던 것은 모두 이 남모르는 장소에 있다. 내가 사물을 보거나 누군가를 사랑하거나 시를 쓸 수 있는 것은 모두 이 공간 덕이다. 내가 이 세상에 태어나서 내 것이라고 분명히 말할 수 있는 단 하나가 바로 고독이다.

고독. 성가시기도 하다. 고독이 싫어져도 도망치지 못하고 다른 누군가에게 양도하지도 못한다. 누구라도 깨닫게 되면 고독하다. 고독을 어떻게 살아가는가가 삶인 까닭이다. 고독이 성가신 또 다른 주된 이유는 고독의 본질이 자유이며 무엇이든 가능하다는 점이다. 인간은 고독 안에서는 어떤 일에도 침범 당하지 않는다. 깨끗한 상태로 있고자 한다면 그것도 가능하다. 하지만 그런 연유로 고독은 결국 다른 것의 공격에 노출될 운명에 놓인다.

친근하고 간단한 예로 '수신제가치국평천하(修身齊家治國平天下)'라는 말이 있다. 여기서 '수신'은 자기 자신의 행동을 바르게 하려는 노력이다. 일본의 과거 학제에서는 '제가(가정을 정돈하고 부모에 대해 효를 다함)'와 '치국(나라를 다스리고 임금에 충성을 다함)'과 더불어 '수신'이 도덕교육의 주요 과목이었다. '수신'은 전 교과목 중에 가장 중요했다. '수신'은 개인의 개별성을 결코 인정하지 않았다. 하지만 고독 안에서의 개별성과 그 자유까지 파고들지는 못했다.

1945년 일본 제국주의는 맥없이 무너졌고, '수신' 교과서도 홀연히 사라졌다. 하지만 일본의 연호나 기미가요의 법제화처럼 당시 기성세대의 머릿속에 새겨진 '수신'의 축을 이루던 정신은 쉽게 사라지지 않았다.

*

고독은 강한 독소를 지녔다. '세상은 적이다'라는 말도 있으니 이 말은 자신을 자각하는 첫 징후일까? 시는 은밀히 쓰인다. 아무도 모르게 마치 암호처럼. 그 일례로 내가 가장 잘 아는 나 자신의 작품으로 설명해보자.

나는
커서 어엿한 선원이 되었을 때
그리 많은 것을 갖고 있지 않았다
마스카라를 칠하고 걸었고
시장에 가서도 가끔 양배추나
당근을 사 오는 게 고작이었다
레코드판이 돌고
창문에 지옥을 그린 하리에가 붙어 있어도
내 마음은 나에게
더 이상 아무런 감흥도 주지 못했다
할아버지들은
집에 들어앉아 약간의 땅떼기를 가졌고
올해로 세 살 먹은 손녀가 있었다

나는
내 마음에 맺힌 피를 부드럽게
닦아 주었다

– 니시 다쿠[169], 「트로이온스(Troy ounce)」 전문, 『커다란 돔』(1956)

---

169) 니시 다쿠(西卓) : 니시 가즈토모의 1964년에 개명하기 전 이름이다.

〈옮긴이 주〉

* 트로이온스(Troy ounce) : 야드파운드법에서 쓰는 무게의 단위. 귀금속이나 보석류의 무게를 잴 때 사용한다. 1트로이온스는 480그레인으로 약 31.1034그램에 해당한다.
* 하리에(張繪) : 그림에 다른 색의 종이를 붙여 인물, 꽃, 새, 풍경 등을 표현하는 그림.

「트로이온스」[170]는 한마디로 말해 실없고 황당무계한 시이다. 당시는 태평양 전쟁이 끝난 후 암시장이 흥하던 시대였다. 한국전쟁 특수를 타고 간신히 일어선 사람들이 이처럼 심각하지도 않고 별것도 아닌, 인생을 누쳐버리는 시를 쉽게 받아들일 리 없었다.

발표 당시 어떤 여성시인이 내게 말했다.

“당신은 좋은 할아버지를 두셔서 행복하겠어요.”

나는 깜짝 놀랐다.

“그런가요? 그야 뭐…….”

그런데 그 사람은 연타를 가하듯 다음과 같이 말했다.

“구로다 사부로였던가요? 행복한 사람은 시를 쓰지 말라고 했었죠.”

이 사람은 아무것도 읽지 않았구나, 라고 생각하며 나는 대답했다.

“나는 인생 따위에 흥미가 없어요. 내가 행복하든 불행하든 상관없으니까요.”

인간의 행복과 불행은 다른 사람이 짐작할 수 없는 은밀한 고독의 영역이다. 나는 이 시에서 무엇을 표현하고 전달하고자 했을까. 전달이라는 말보다는 무엇을 고발하려고 했을까. 말하지 않아도 빤한 그 여성시인 같은 소시민적 발상을 고발하고자 했다. ‘할아버지들은 / 집에 있으면서 땅을 조금 소유했다 / 올해 세 살 되는 손녀딸이 있었다’ 그 여성시인은 이 부분

170) 트로이온스(troy ounce) : 야드파운드법에서 쓰는 무게의 단위. 귀금속이나 보석류의 무게를 잴 때 사용한다. 1트로이온스는 480그레인으로 약 31.1034그램에 해당한다.

을 내 인생의 고백으로 파악했던 모양이다.

외할아버지는 일찌감치 이혼하고 딸(내 어머니)을 남의 집에 보냈다. 외할아버지는 광물을 좋아해서 시코쿠, 주고쿠(中國) 지방의 광맥을 헤매고 다녔지만, 이 시에서 표현한 할아버지는 다르다. 이 부분은 그 여성시인이 바라던 바대로 훈훈한 소시민적 상징으로 지어낸 이야기다. 문제는 왜 이런 이야기를 시에 등장시켰는지 작가의 동기와 의도를 감지해주길 바랐다.

하지만 작가 자신조차 그 동기와 의도를 완전히 알지는 못한다. 혹시 완벽하게 이해시키려는 의도로 만들어진 작품이 있다면, 그 작품은 단연코 얄팍하기 짝이 없어서 읽고 싶은 마음도 들지 않을 것이다. 「트로이온스」에는 나의 변칙적인 유년시절과 태평양전쟁의 발발부터 패전, 전후 시기에 걸친 나의 청소년기에 겪었던 다양한 경험들이 선명하게 반영되어 있다. 그중에서도 이 시를 둘러싼 시니컬한 분위기가 마음에 걸린다. 이러한 분위기가 단번에 생기지는 않았겠지만 일본 제국주의의 전쟁 시대와 패전 후의 경험으로 인한 인간과 국가에 대한 불신이 깔렸음은 부정하지 않겠다. 이 시를 짓기 얼마 전에 나와 막역했던 동갑내기 숙부가 자살을 했다. 그의 부친은 시코쿠의 신관(神官) 단체 회장까지 역임한 사람이었다. 신사(神社)가 전쟁 중에 어떤 역할을 했는지 나도 조금은 알고 있었기에 아들의 자살에 무력했던 그 아버지가 바보처럼 보였다(전쟁으로 많은 젊은이들의 목숨을 앗아가고 겨우 살아 돌아온 아들마저 허망하게 자살하게 만든 것이 이 나라의 신이란 말인가?).

이 시의 마지막 3행 '나는 / 내 마음에 번지는 피를 다정하게 / 닦아 주었다'에서도 솔직하지는 않았다. 어쩐지 분위기가 시니컬하다. 하지만 그 대목도 전쟁과 숙부의 죽음에서 비롯된 인간과 신에 대한 불신이 배경에 깔려있다. 제목 '트로이온스'는 보석 등을 계량하는 무게 단위다. 이 시에서 그린 삶은 대체 어떤 트로이온스인가. 각자 추측해보길 바란다. 이 제목은 '나를 이 세상에서 사용케 하는 신이시여, 내 무게는 당신이 소중히 여기는 보석보다도 가볍지 않습니까? 하지만 아무리 작아도 내 삶은 보석과 같습니다'라고 하는 풍자와 페이소스, 분노 등이 내포된 시임을 암시한다.

*

시는 개인의 경험에서 탄생하지만, 그 개인은 엄밀히 말해서 아무도 짐작할 수 없는 고독한 개체이다. 개인의 모든 체험은 일단 그 고독의 영역에 던져지고 다듬어져 시가 되어 나타난다. 시는 작가의 은밀한 고독의 영역에서 태어나며 독자는 그것을 다시 은밀한 자신의 고독 영역에서 맞이한다. 누구도 범할 수 없는 그 고독의 영역에서 시는 작가를 벗어나 고독을 바라는 사람의 것이 된다. 시는 고독 안에서 공유되며 인간의 삶의 방식까지 바꾸는 힘을 지닌다.

– 시에 대한 단편 56(『후네!』 제108호, 2002년 8월)

57. 신변잡기에 대한 고찰

신변잡기를 작품에 쓴다 해서 비난받을 일은 아니다. 무엇을 위해 썼는지가 중요하다. 단지 자신의 근황보고나 심정 토로에 불과한 내용으로 이루어져 있다면 시시한 작품으로 끝나고 만다. 신변잡기는 얼마든지 써도 좋다. 지금 눈에 보이고, 귀에 들리고, 냄새나고, 피부에 와 닿고, 당신의 존재를 충족시키고, 결여되고, 위협하는, 지금 이 순간 당신의 감각으로 포착한 것이 당신의 전부이기 때문이다.

창을 타고 흘러내리는 빗방울을 눈으로 좇는 프랑시스 퐁주[171]와 북유럽의 작은 나라 에스토니아 공화국[172]의 얀 카플린스키도 비슷한 시를 쓴다. 사가 노부유키[173] 씨를 만날 때마다 퐁주의 「사물의 편」에 대한 이야기를 들려주곤 했다. 카플린스키는 그렇다 치고 퐁주의 빗방울만 해도 시 속에

171) 프랑시스 퐁주(Francis Ponge, 1899~1988) : 프랑스의 시인 겸 비평가. 대개 돌멩이 · 물 · 스포츠맨 등 일상적이고 친근한 사물이나 현상을 시의 제재(題材)로 삼았다. 인간마저 사물화(事物化)한다 하여 사물주의(事物主義)라 불렸는데 이러한 시 창작과 철학적 시도는 젊은 시인과 작가들에게 큰 영향을 끼쳤다. 주요 저서에 『사물의 편』 『집대성』 등이 있다.

172) 에스토니아 공화국(Republic of Estonia) : 동부 유럽 발트해(海) 연안 끝에 위치한 나라로 핀란드와 접해 있다. 1721년부터 제정러시아의 지배를 받아 오다가 10월 혁명 후 1918년에 독립했으나 1940년 다시 구 소비에트 사회주의 공화국연방에 강제 소속되었고, 구소련의 해체와 더불어 1991년 연방을 탈퇴하여 독립했다.

173) 사가 노부유키(嵯峨信之, 1902~1997) : 일본의 시인. 일본 근대시의 아버지인 하기와라 사쿠타로(萩原朔太郎, 1886~1942)를 사사했다. 대표시에 「히로시마 신화」가 있다.

작가가 없다. 작가가 아니라 빗방울만 존재한다. 카플린스키의 시는 그 빗방울을 계속 끝까지 뒤쫓아 가서 빗방울은 마침내 큰 바다에 이른다.

감각에 느껴지는 신변은 시인을 충족시키고 마침내 보편에 이른다. 랭보는 감각을 통해 '구리는 언제까지고 구리가 아니라 결국 나팔이 된다'라고 했다. 자신이 신변을 쓰는 것이 아니라 신변이 자신을 부추겨 쓰게 만든다.

쓴다는 행위는 거기에 확립된 자신이 있어서가 아니다. 시란 자신을 전달하기 위해서도 아니다. 사물이나 상황이 이미 확립되어 관념 속에 안주해 있는 나를 파괴하고 그 혼란 속에서 새로운 나를 만들어낸다. 그 발견과 경이, 꾸밈없는 감성이 나를 쓰도록 만든다. 여기에는 이미 지금까지의 나는 없다. 신변잡기지만 거기에는 갓 태어난 내가 있다는 사실이 중요하고, 그 참신함이 작품의 매력이다.

나는 무언가에 속한다. 나는 나의 범주에 속하지 않는다. 나는 모든 것에 속한다. 나는 나를 잃었을 때나 나를 포기했을 때 갑자기 나타난 세상을 앞에 두고 놀라워해야 한다. 세상은 늘 처음 것처럼 내 앞에 있다. 다시 말해 '내가 살아있는 이유는 이것이며, 이러한 것이다'라고 말할 수 있을 때 나는 분명히 시인이라고 내세울 수 있다.

물방울이 전부다
물방울은 말한다
"당신이 없어도 괜찮아요"
물방울은 내가 없어도 사라지지는 않는다
또 하나의 빗방울이 나타나면 그에 딱 달라붙어
좀 더 큰 물방울이 되어
하나의 물줄기가 되어 유리창을 흘러내린다
나는 이미 그 순간

어디에도 없다

*

'형이하가 이편에 있고, 형이상이 저편에 있다'는 말이 아니다. 사물은 무엇인가. 예컨대 이 테이블 위에 있는 컵은 바로 내 눈앞에 있고 손만 뻗으면 닿겠지만, 나로부터 거의 무한이라 해도 좋을 만큼 먼 존재이다. 나는 컵의 존재를 모른다. 나는 무심결에 컵의 흉내를 내보고 싶을 때도 있지만, 컵은 내 마음 따위에는 아무런 관심도 보이지 않는다. 형이하는 형이상이다. 온갖 사물은 신비롭고 수수께끼 투성이다.

내가 지금 사는 방은 좁다. 책과 탁자와 항상 깔려 있는 이부자리와 전자피아노와 카세트 플레이어와 잘 나오지 않는 소형 텔레비전 정도이다. 창문 오른쪽과 왼쪽으로 삐져나온 옆집의 지붕사이로 예리하게 잘린 듯한 하늘이 보인다. 구름이 연이어 나타났다가 사라져 간다. 구름의 모양은 매일 다르다. 구름은 언제 보아도 싫증이 나지 않는다. 집을 나서면 50여 년 전 전쟁 때 불타지 않고 남은 고치의 번화가 주변에 우산과 구두를 수선하는 집, 당구장, 목욕탕, 창호 파는 가게, 찻집, 술집, 생선가게, 채소가게, 잡화점, 세탁소, 막과자 가게 등 없는 게 없다. 사람도 많지만 고양이가 좀 더 많을지도 모르겠다. 곳곳에 내가 좋아하는 골목이 있다. 집집마다 담벼락에 붙은 포스터는 99퍼센트가 공산당 선전용이다. 마치 공산당 이외에는 드나들면 안 되는 마을 같다. 나는 해질녘 생선 굽는 냄새가 풍겨오는 뒷골목에서 서쪽 하늘에 찬란히 빛나는 태백성[174] 보기를 좋아한다.

신변잡기. 이 마을의 하루를 기록하는 것만으로도 꽤 긴장감 있는 한 권의 책이 완성될 듯싶다. 제임스 조이스의 소설 『더블린 사람들』과 『율리시스』와 예전에 보았던 모로코의 카스바[175]를 무대로 한 영화가 머리를 스

---

174) 태백성(太白星) : 저녁 무렵 서쪽 하늘에 보이는 '금성'(金星)을 이르는 말.
175) 카스바(casbah) : 북아프리카의 독특한 성채. 카스바는 요새라는 뜻이며 높은 언덕이나 단

치기도 한다. 3년쯤 전에 영락없는 에트랑제(étrange, 이방인)처럼 이 마을에 섞여들었고 그런 느낌은 점점 짙어지는 듯하다. 갈수록 흥미롭고 스릴도 있다.

구체(具體)는 보편이고, 보편은 구체에 깃든다. 그것은 둘이 아니라 하나이다. 존재는 개별적이고 구체적이다. 그런 까닭에 보편적이다. 이를 순순히 직감적으로 순식간에 알아차리는 사람이 시인이다. 알아차리기는 그리 어렵지 않다. 방해물이 있다면 그것은 필시 자신이다.

이천 년 전 알렉산드리아[176]의 플로티노스는 "둘은 없다. 하나가 되는 길뿐이다."라고 하면서 "태양을 보려면 눈은 태양과 같아져야 한다."라고 했다. 자신은 자신에게 속하며 자기 범주 안에 갇혀있는 한 아무것도 볼 수 없다는 뜻이다. 자신에게 갇혀있지 않고 모든 것에 편재하며 자신은 거의 존재하지 않는다는 사실을 아는 사람, 적어도 스스로 얽매이지 않고 자신으로부터 자유롭다는 사실을 잘 아는 사람이야말로 시인이라 불릴 만하다. 경이로 가득 찬 세상에 뛰어들겠다는 목적 하나만으로 살아가고 싶다. 그렇기에 이 세상에 태어난 사실을 감사히 여긴다.

– 시에 대한 단편 57(『후네』 제109호, 2002년 11월)

구(段丘) 위에 지은 성채 안에는 왕궁과 병영 등이 있다. 모로코 라바트에 있는 우다야 카스바와 파스의 카스바 등은 관광지로도 유명하다. 알제의 카스바는 영화 〈망향(望鄕)〉과 〈알제의 전투〉의 무대가 되어 널리 알려져 세계문화유산에 등재되었다.

176) 알렉산드리아(Alexandria) : 기원전 332년 나일 강 서쪽 끝에 알렉산드로스 대왕이 이집트 북쪽, 지중해 연안에 건설한 항만 도시.

58. 감수성과 상상력

사람은 모두 각자의 생활을 영위하며, 다른 사람은 대신해주지 못한다. 사람은 모두 각자 살아가고, 각자 고유한 삶을 마감한다. 상부상조는 할지라도 결국 자신의 삶은 자력으로 살아가는 길밖에 없다. 모든 생명체는 절해고도처럼 본질적으로는 한량없는 고독과 절망을 지니고 있다. 이 고독한 삶과 삶을 이어주고 충족시키는 것이 있다. 감수성과 상상력이다. 감수성과 상상력이 결핍된 사람은 타인의 고통과 슬픔, 기쁨을 느끼지 못한다.

우선 감수성은 창구이다. 상상력은 감수성을 인식하는 데서 출발한다. 감수성은 사물과 현상, 상상력을 연결하는 접점이며 사람이 세상을 발견하고 세상에 참여하는 계기를 마련해준다. 감수성과 상상력을 분리하여 생각해서는 안 된다. 상상력도 사물이나 현상과 동떨어져 있지 않다는 점이 중요하다. 상상력은 단순히 공상이나 환상을 불러내는 능력이 아니다. 우리가 살아가는 이 세상이 무엇인지를 발견하고 고독한 삶을 공유할 때 필요한 위대한 힘이다.

상상력은 현실에서 도피하기 위한 능력이 아니라 현실을 발견하는 능력이다. 고립되어 전혀 쓸모없고 잡동사니에 불과한 삼라만상을 있는 그대로 바라보는 호기심 어린 눈길과 감응의 힘, 그 속에서 메타모르포제를 이루어내는 자신, 이 삶을 무한히 발전시켜 주는 힘을 나는 상상력이라 부르고 싶다. 상상력은 사물과 현상에 대한 공감능력, 즉 상상력은 공감과 같다고 봐도 무방하다.

보편적인 것은 어디에 있는가? 보편이란 무엇인가? 나는 그 답을 상상력의 세계에 두고 싶다. 각자의 생활과 생활에 따른 부수적인 것들은 고립되어 있다. 그 고립을 발견하고 공유하는 능력, 개인 속에 만인을 안고 살아가는 힘인 상상력 속에 보편성적인 것이 있다. 상상력은 사람을 생기 있게 만들고 상상력이 쇠퇴하면 사람은 무기력해진다. 사람의 행복과 불행도 상상력으로 좌우된다.

*

상상력을 감수성의 세계와 분리해서 생각해서는 안 된다. 감수성의 세계는 사물과 직결된다. 즉, 사물과 현상이 상상력을 환기시킨다. 피카소는 "먼저 사물에서부터 출발하라."고 했고, "사물에 대한 호기심이 나를 이끌어왔다."라고 아인슈타인[177]은 말했는데 이 말은 피카소의 말을 재차 강조해준다. 주어진 관념과 영상, 신호에 대해서가 아니라 사물에 대한 자신의 감각기관을 모두 동원하여 마주 보아야 한다. 상상력은 그 사물의 세계로 침투해 간다.

상상력은 어떤 특별한 인간에게 주어진 특출한 능력이나 재능이 아니다. 인간이 살아가는 데 가장 근원적으로 중요한 능력이자 모든 사람에게 필요한 능력이다. 그 능력을 잃어버리는 순간 인류가 멸망 위기에 처할 만큼 중요한 능력이다. 행복을 바라지 않는 사람은 없다. 그 행복의 열쇠는 물건, 돈, 건강이 아닌 상상력, 즉 공감 능력이다. 북유럽의 시인 얀 카

177) 알베르트 아인슈타인(Albert Einstein, 1879~1955) : 독일 출생의 이론 물리학자. 고전 역학으로써 빛의 운동을 설명할 때의 한계를 극복하고자 고안한 특수 · 일반 상대성 이론이 대표 업적이다. 이 밖에도 광양자설, 브라운 운동 등 이론 물리학에 공헌하여 1921년 노벨 물리학상을 수상했다. 나치의 유대인 탄압을 피해 미국으로 망명한 후 미국의 원자폭탄 연구인 맨해튼계획의 시초를 이루었으나 종전 후에는 반핵 운동에 앞장섰다.

플린스키의 친구들이 새로운 에스토니아를 건국할 당시 가장 먼저 어린이들을 위해 전 세계의 장난감을 모아서 '장난감 박물관'을 만들었다는 사실에 나는 깊이 감동했다. 발트해에 인접한 몹시 춥고 작은 나라이지만 에스토니아는 머지않아 세계에서 가장 행복한 나라가 될 게 분명하다.

*

시인의 책무는 무엇일까? 다름 아닌 세상의 발견과 그에 대한 참여다. 시인은 전적으로 세상에 참여하기 위해 자신을 새롭게 해야 한다. 벌거숭이의 꾸밈없는 사물과 현상은 우리 주위에 없다. 모두 기성의 관념과 인습, 언어로 가려져 있다. 이미 뻔한 것들의 위선적인 베일을 벗겨내고 원시의 세계로 되돌아가려는 사람이 바로 시인이 아닐까? 시인은 낡은 언어의 세계에 기대어 사람들의 마음을 억지로 유혹해서는 안 된다. 애드거 앨런 포가 말한 '경악'의 세계를 사람들로 하여금 각성하게 만드는 역할이 시인의 몫이 아닐까?

낡은 언어와 질서의 파괴. 세상에는 태초의 불이 타고 있다. 시인은 그 불에 탈지라도 끊임없이 되살아난다. 되살아날 때마다 시인은 맑고 새로워진다. 시인은 오직 세상과 자신을 새롭게 해야 한다. 그렇기에 시인은 사물과 현상을 향해 모든 감각기관을 열어놓고 자신을 남김없이 지워야 한다. 세상은 감각기관을 통해 시인에게 밀려들어 오고, 시인은 밀려들어 온 세상에 점유 당한다. 시인이 고집할 게 아무것도 없다. 만인이 시인을 만족시킬 것이다. 시인은 만인이다. 시인은 이 세상을 살고 만인의 삶을 산다.

시인은 감수성을 열고 세상을 살아간다. 상상력은 나무처럼 똑바로 시인을 인도하여 어디로든 뻗어 나간다. 중요한 사실은 사물 속에 규칙이 숨어 있다는 것이다. 상상력은 시인의 약삭빠른 계산의 의지가 아니라 이 규칙에 따라 뻗어 나간다. 이는 시인의 성장을 촉진시키는 힘이다. 세상을 공감하는 능력, 감수성과 상상력이 시인을 안내한다. 생명은 유한하다. 그러나 상상력은 무한하다. 인간은 유한한 생명 속에서 무한을 지닌 생명체라 할 수 있다.

시는 시인이 쓴다기보다 감수성과 상상력을 통해서 시인에게 주어진다. 자신을 고집하는 사람에게 시는 끝내 찾아오지 않는다. 감수성과 상상력이 결핍된 사람은 지옥에 있어도 그곳이 지옥이라고 깨닫지 못한다. 시인에게 지워진 숙명은 지옥의 심연에서부터 천국까지 두루 미친다. 감수성과 상상력은 생명이 유한하여 주어진 것이다. 만인의 삶을 품은 시는 로트레아몽의 말처럼 "만인을 치유하는 것"이기도 하다. 유한한 생명 속에서, 유한하기에 뜨겁게 타오르는 열정이 시를 낳는다. 그 열정과 에너지가 시를 헤아리는 척도이다.

– 시에 대한 단편 58(『후네』 제110호, 2003년 2월)

59. 픽션(허구)과 현실

픽션(허구)은 표현의 한 방법이라기보다 모든 표현의 본질에 관한 문제이다. 모든 장르의 창작자와 관련된 문제를 내포하고 있다. 어떤 소재(매체)— 언어, 선, 색채, 음, 몸짓 등을 이용해서 무엇인가를 표현한다면 그 표현 자체가 이미 사실과 동떨어진 다른 무언가로 나타난다는 뜻이다. 표현은 결코 사실의 재현이 아니며 또 다른 어떤 것이다.

표현된 작품과 사실 사이의 이 커다란 차이는 무엇일까? 모든 작품이 곧 픽션(허구)이라면 이 표현행위는 무엇에 의해 촉진되고 무엇을 지향할까? 그 행위의 근본적 동기가 표현에서는 중요한 요소이다. 무엇을 위한 표현인가? 표현이란 무엇인가? 이 문제는 작품(표현)에 내재한 근본문제이다.

표현과 사실 사이의 거리, 표현의 허구성을 이해하는 열쇠가 모두 여기에 있다. 하지만 우리는 그보다 먼저 평소에는 별로 생각해본 적 없는 문제, 즉 사실이란 무엇인지에 대해 고찰해 볼 필요가 있다. 우리가 일반적으로 현실이라고 부르는 일상의 사물과 현상은 모두 이름과 의미를 부여받은 이른바 길들여진 현실이다. 벌거벗은 현실이 아니라 이름과 의미, 즉 하나의 관념으로 뒤덮인 현실이다. 우리는 그 약속된 사항을 현실이라고 믿으며 관념과 인습의 세상에 안주한 채 하루하루 살아간다.

표현이라는 행위를 자연발생적이라고 여기는 사람들에게 현실이란 머릿속의 관념일 뿐 진정한 현실과는 거리가 멀다.

"나는 현실을 소중히 여기며 하루하루 살아간다."라고 말하는 사람들은 벌거벗은 현실을 직시하지 않고 벌거벗은 현실을 은폐하는 기성의 관념과 도덕, 인습에만 매달리고 있는 셈이다.

종합적 직관과 시적능력에 대해 탁월한 견해를 밝힌 베르그송은 경험주의자들을 다음과 같이 준엄하게 비판했다.

"경험주의의 잘못은 기성의 개념에 따라 의도적으로 구성된 경험을 진정한 경험의 밑바탕에 깔았다는 점이다."

기성의 관념에 따라 구성된 경험이란 길들여진 현실, 약속 사항에 대한 세상의 경험이다. 여기에는 '놀라움'과 '발견'이라는 진정한 경험은 없다.

픽션(허구)의 중요한 역할이 여기서 부각된다는 사실을 간파했는가? 위에서 예로 들었듯이 픽션은 기성의 관념과 도덕에 흠뻑 젖어 있는 사람들에게 일격을 가하여 각성시킨다. 현재 표현에 관계된 사람은 자의적인 욕구를 따르지 않고 사물을 제대로 볼 줄 아는 사람이어야 한다. 기성의 관념과 도덕의 세계에 안주하지 않고 꾸밈없는 자신의 감성으로 사물이나 현상과 직접 대치하는 사람, 그리고 일상의 경이로움과 발견으로 살아가는 사람, 표현하는 사람에 가장 적합한 사람은 이렇듯 생생한 감성의 소유자가 아니겠는가. 픽션(허구)은 현실을 가린 기만의 베일을 벗기고 그 자리에 놀랄 만한 진정한 현실을 출현시킨다.

카프카의 픽션인 『심판』과 『변신』은 작가의 체험과 현실에서 태어났다고 해도 틀리지 않는다. 어떤 철학자는 카프카 작품의 특징을 '종교적 유머'라고 했는데, 픽션(허구)의 중요 요소인 아이러니가 들어있다는 점을 주목해야 한다. 미야자와 겐지의 픽션(허구) 『봄과 아수라』와 『은하철도의 밤』 등에서도 벗겨진 베일 밑의 현실이 역설적 형태로 곳곳에서 드러나 있음을 간과하지 못한다.

미야자와 겐지 문학의 가장 큰 매력은 이 역설에 있다고 해도 과언이 아니다. 모든 표현에서 중요한 점은 동기이다. 표현하는 자의 내적 심연에서 만들어낸 그 형태에는 반드시 처음으로 등장한 충격적인 표현양식이 아로새겨져 있을 것이다. 이런 점에서 진정한 픽션(허구)은 명명백백 현실의 산물이다. 픽션(허구)은 기성의 관념을 뒤엎고 불처럼 뜨거운 현실을 드러낸다. 표현은 현실의 변혁이며 새로운 자기발견을 그 계기로 삼아야 한다. 그런 계기를 가진 픽션(허구)은 능력이며 그 능력은 우리의 하루하루의 삶을 소생시킨다.

*

인간에 의해 만들어진 문학, 미술, 음악, 연극 모두 이 허구의 정신을 내포한다. 픽션을 산출하는 이 허구정신의 핵심에 나는 시 정신을 두고 싶다. 왜냐하면 시는 픽션(허구)을 어떠한 이해타산도 없이 가장 단적이며 순수하게 구현하기 때문이다. 그리고 픽션(허구)이 추구하는 점이 '진실'이듯 시 또한 마찬가지로 '진실'을 추구하기 때문이다. '아름다움'은 '진실'의 속성이다. 표현하는 사람은 '진실'을 추구해야 하며, '아름다움'을 추구해서는 안 된다. '진실'은 '아름다움'이지만 '아름다움'이 곧 '진실'은 아니다.

픽션(허구)과 모든 표현은 어떤 형용이 아닌 그 자체이고 그 실체여야만 한다. 표현된 작품은 어떤 해설도 도움도 없이 그 자체로 존재해야 한다. 시는 존재다. 그것은 어떠한 형용도 아닌 하나의 실체다. 실체는 힘이다. 시는 힘이다. 시는 그런 이유로 해석을 필요로 하지 않는다. 실체는 소원을 포함한다. 픽션(허구)은 소원을 포함한다. 그 실체에 종속되었다는 사실을 알아챘을 때 당신은 비로소 살기 시작한다. 그때까지 당신은 살아있다고 보기 어렵다. 당신은 그때 비로소 자신의 실체를 얻는다. 그리고 그 세상이 무엇인지를 당신의 눈으로 확인할 것이다. 진정한 픽션(허구)에는 그처럼 당신을 변화시킬 힘을 가졌다. 표현하는 사람이 발견한 현실(체험)은 픽션(허구)을 통해 우리의 현실이 된다. 예술의 혁신성과 보편성은 그 안에 존재한다. 예술이 우리의 존재 증명인 이유도 여기에 있다.

– 시에 대한 단편 59(『후네』 제111호, 2003년 5월)

60. 삶 그리고 시

시의 테크닉에 대해 생각해 보자. 음악의 약음(弱音)효과를 시에서는 어떻게 표현해야 할까? 그림으로 비유하면, 미묘한 색채의 대조나 한 줄의 선으로 표현된 내용이 한 편의 시에서는 어떻게 나타날까? 시나 그림, 음악도 감수성의 산물이다. 그림과 음악의 테크닉은 시의 테크닉이기도 하다.

하지만 이 문제는 시의 음악성이라든지 시의 시각적 효과라는 식으로 쉽게 생각할 문제는 아니다. 시의 비유나 은유와 같은 테크닉의 문제도 아니다. 시적 분위기, 시의 부가가치라고 하는 어리석은 문제가 아님은 말할 필요도 없다. 결론부터 말하면 이는 시인의 시적 직관력과 구조적 정신, 그리고 작품에 이르는 과정에 관한 문제다.

시와 예술에서 모든 테크닉(표현방법)은 시와 예술을 위해서가 아니라 살아있는 인간의 내적 필연에 의해 출현했다고 봐야 한다. 전체의 균형, 보기 좋은 모양은 필요하다면 파괴해도 좋다. 표현방법(테크닉)은 표현해야 할 대상이 있기에 생겨난다. 표현할 필요가 없는 사람에게 표현방법이 왜 필요하겠는가? 예를 들어보겠다. 많은 작품의 우열을 가리는 심사에서 테크닉은 물론 중요한 요소이다. 피상적이고 표준적인 평가의 기준을 도입하거나 혹은 그런 기준에 완전히 의지한다면 정작 더 중요하고 새로운 것을 채택하지 않을 위험이 있다. 기존의 표현 상식이나 기준을 부정하고 파괴했을 때 언제나 새로운 시와 예술이 탄생한다. 심사하는 사람이 이를 모른다면 곤란하다.

20여 년 전 도쿄에서 유명한 선생님의 시 창작교실에 다녔다는 사람이 내게 작품을 보여주려고 가져온 적이 있다. 그중에 다음과 같은 부분이 있었다.

'그리고 그리고 그리고'

나는 어쩐지 절박함이 느껴져 "재미있군."이라고 했더니 그 사람은 시를 가르치는 선생님이 이렇게 말하더라고 했다. '그리고'라는 표현은 시에서 지양하는 편이 좋다. 굳이 써야 한다면 한 번으로 족하다." 나는 다카하시 신키치[178]가 '접시 접시 접시 접시'라는 한 단어만으로 한 편의 시를 지었던 예가 있으므로 '그리고' 만을 수십 차례 사용한 시가 있어도 좋겠다고 생각했다. 무엇보다 시에서 모든 단어는 대등하고 평등하므로 접속사나 조사라고 해서 가벼이 여긴다면 그것은 시인답지 못한 처사다.

작품에서 눈여겨보아야 할 점은 그 작품의 동기다. 그 사람이 작품을 쓰게끔 충동질하는 것이 그 작품의 필연성이고 리얼리티다. 작품은 작가의 전부를 표현한다. 작자의 감성, 의식, 지성, 기질, 경험, 인격 등 작가가 지닌 전부를 작품은 분명히 나타낸다. 나아가 진정으로 감동적인 작품은 그러한 자신을 무너뜨린다. 작품에서 주목해야 할 점은 바로 그 작가의 삶의 태도이다.

178) 다카하시 신키치(高橋新吉, 1901~1987): 일본의 다다이스트 시인. 다다이즘은 1차 세계대전 말기에 일어난 반항적, 퇴폐적 경향을 띤 예술운동으로 '다다'는 '무의미함'을 뜻하며 반전통, 반예술, 반문명, 반권위 등의 특징이 있다. 다카하시 신키치는 소설가로 집필활동을 시작하여 다다이스트 시인으로 활동하였으며 차츰 불교 · 선(禪)에 흥미를 느껴 독자적인 시적 경지에 올라 '다다의 신키치'라 불리었다. 1971년에는 선에 관한 시가 영역되어 '선 포엠의 시인'으로서 서구에서도 높은 평가를 받았다. 시집으로 『다다이스트 신키치의 시』,『시와 선』등이 있다.

시의 테크닉은 그 시인의 삶의 태도에서 생겨난다. 섬세한 시는 섬세한 시인의 삶의 태도에서 생겨난다. 무책임한 작품은 무책임한 인격을 나타낸다. 진정으로 감동을 주는 작품도 그 작품을 쓴 사람의 삶의 태도에서 생성되기 마련이다. 시는 시 이전의 삶의 태도에서 기인하지만 삶의 태도에 관한 문제는 더 깊이 생각할 필요가 있다.

*

시는 깊은 침묵 속에서 태어난다. 사람은 깊은 침묵 속에서 어떻게 살아갈까? 삶의 방식이 중요한데 사람은 그 삶을 자신의 의사로 바꾸거나 관리하지 못한다. 삶이란 원래 그러하다. 내 삶이 내 의지로 생겨나지 않았다는 사실은 내 삶도 내 의지를 초월한 어떤 위대한 손에 맡겨졌다는 뜻이기도 하다.

나는『후네』이전에 발간한 소책자 형태의 시문학지『겐손(現存)』창간호 후기에서 '초자아'라는 말을 사용한 적이 있다. 시는 스스로 제어할 수 없으며, 개인을 초월하는 존재라고 느꼈기 때문이다. 내 삶은 나를 초월한 존재가 만들어냈으니 내 삶도 나뿐 아니라 나를 만든 손에 맡겨지고, 내 시도 내가 아닌 나를 만들어낸 존재에 속한다는 사실을 어느 순간 분명히 이해했다. 내가 삼십 대 중반에 쓴 시를 모은 시집『무엇이 우리의 영혼을 잠재우는가』에 당시의 그러한 삶의 태도가 반영되어있다. 시를 쓰면서 나는 무엇을 살았을까, 한마디로 말해 '타자'라고 생각한다.

시는 내가 쓴다기보다 내게 다가왔다. 나는 다가온 시의 대변자이며 기록하는 사람에 지나지 않는다. 나는 시를 받드는 사람이지만 시가 나에게 속할 리는 없다. 내 몸에 발생하는 이러한 일상적 상황은 무언가 큰 의미가 숨겨진 신호이자 시련이고, 비밀의식이다. 나는 욥[179]처럼 이 비밀의식

179) 욥(Job) : 구약 성경「욥기」의 주인공. 재산 · 지위 · 자식을 잃는 가혹한 시련 속에서도 믿음을 굳게 지킨 인물이다.

을 읽고 이해하기 위해 살아야 한다. 따라서 나 자신의 직관력을 한층 날카롭게 벼려야 한다. 자아로서의 작은 집착, 자기 과신을 완전히 끊어버려야 한다.

오직 자신에게만 집착하고, 자신에게 얽매이는 사람의 시라든가 인간의, 인간에 의한, 인간을 위한 시에는 어떠한 매력도 보편성도 없다. 유감스럽게도 인간은 하나의 씨앗이고 내가 그 씨앗에 속한다는 사실을 부정하지 못한다. 그러나 이 씨앗은 인간이 만들어내지 않았으며, 이 씨앗이 인간에게 속해 있지 않다는 것만은 확실하다.

'우선 다 함께 빛나는 우주의 작은 먼지가 되어 방향 없는 하늘에 흩날리리라'(미야자와 겐지, 「농민예술개론강요(農民芸術概論綱要)」에서 발췌) 이 구절은 자아를 초월해서 시원의 존재를 향하며, 시인의 날카로운 직관이 무엇을 지향하는지 단적으로 드러나 있다. 식물, 동물, 광물, 날씨 등 『봄과 아수라』『은하철도의 밤』을 쓴 미야자와 겐지는 이 감각적인 세상에서 미지, 상상력, 비전의 세계로 들어간다. 언뜻 단순한 관념의 세계처럼 보일지 모르지만 이는 시인이 살아가는 삶의 방식, 바로 그 세계이다. 시인은 피를 흘린다. 이 피로 얻어진 것이 음색, 선, 색채, 언어의 테크닉이 되어 읽는 사람의 심금을 울린다.

– 시에 대한 단편 60(『후네』 제112호, 2003년 8월)

61. 하나의 실험

—「시의 발견」 연재를 마치며

2003년 7월 17일부터 9월 24일까지 토요일을 제외하고 매일「시의 발견」이라는 제목으로 60회 분량의 연재물을 고치신문(高知新聞) 조간에 발표했다. 이 연재는 지금까지 내가 얻은 결과물을 집약한다기보다 미지의 것에 도전한다는 의미로 시작한 하나의 실험이었다. 아무런 사전준비도 없이 게재되기 나흘 전에 초안도 없는 원고를 보내는 일을 60회 동안 지속할 수 있을지가 이미 하나의 실험이었다.

「시의 발견」은 '시를 발견했다'는 결과의 발표가 아니라 '현재도 계속 시를 발견하고 있다'는 시의 발견 과정에 독자도 참여시켜서 시의 발견을 공유하고자 했다. 따라서 이 시도는 당연히 성공할 수도 실패할 수도 있었기에 그런 점에서도 하나의 실험이었다. 아울러 현재 시인이라고 칭하는 사람들 사이에서 회자하는 '일반인들은 시를 모른다'라는 말이 사실인지 한번 시험해보고 싶었다.

이 실험은 어쨌든 9월 24일에 끝났다. 그러나 실험하는 당사자가 보기에는 연재 기간 중의 그 실험은 실험도 무엇도 아니었다. 번복도 못 하고 고치지도 못하는 일회성의 생방송과도 같았다. 독자들에게는 시시한「시의 발견」이었을지도 모르지만, 어쨌든 2003년 여름 내가 느낀「시의 발견」이라는 현장감은 이 글에서 어느 정도 드러나 있었으리라.

'아무런 사전준비도 없이 대본도 없는 생방송'을 60회나 계속한다는 데 상당한 긴장감이 있었다. 본래 시란 아무런 사전준비 없이 느닷없이 나타나는 법 아닌가. 「시의 발견」에 대해서도 무엇인가 사전준비가 있었다면 그것부터가 새로운 '발견'이 아니다. 이미 지나간 과거의 「시의 발견」이 되는 셈이다. "시는 결과가 아닌 과정 그 자체이다."라고 제2차 세계대전 직후 서독의 시인이 말했지만 이와 비슷한 표현이 에스토니아 시인 얀 카플린스키의 시에도 등장한다.

> 바람은 부는 것이 아니라 부는 과정이 바람 그 자체
> 불지 않는 바람이 있을까?

'부는 과정이 바람 그 자체'라는 표현은 모진 바람 속에 몸을 맡기고 이를 향해 감성을 열어야만 나올 수 있다. 「시의 발견」을 연재하면서 내가 고집했던 점도 새롭게 다가온 '오늘, 지금 막 여기에 흐르는 시간'의 과정에 내 몸을 맡기는 일이었다. '지금'은 혼돈과 미지로 가득하다. 형이하(감각의 세계)와 형이상(상상력의 세계)이 부글부글 끓어오르는 카오스다. 여기에 몸을 맡기고 스스로를 여는 것이다.

낡고 경직된 기성의 관념과 그것에 깊이 빠진 심정이 '지금'이라는 극적인 순간을 가려서 보이지 않게 한다. 「시의 발견」은 하루하루의 일상 속에서 끊임없이 일어날 만한 일, 시를 쓰지 않는 사람에게도 일어날 수 있는 일, 본래 누구나 체험 가능한 일들을 내 체험을 통해 독자들에게 맛보게 하려는 시험이었다.

「시의 발견」의 연재 첫 회는 7월 17일자 조간신문에 실렸는데 제1장의 제목은 '시 이전'이었다. '시 이전'에 대해서는 이 글 「시에 대한 단편」을 연재하면서도 종종 다루었기에 『후네』 독자들에게는 친숙한 주제일 것

이다. 결국, 시는 써지는 것이 아니라 이미 그 사람 속에 깃들어 있다는 이야기다. 시는 생활 속에서 생겨나며 살아있는 모든 사람의 것이라는 내용을 내 삶에 입각해서 신문을 구독하는 다양한 독자들이 참여하기 쉬운 형태로 써 나갔다. 이를 테면 「시의 발견」 도입부가 그렇다. 제1장 '시 이전'은 총 8회로 끝맺었다. 제2장부터는 드디어 본 주제인 '시의 발견'을 다루었지만, 이때 신문사에서 그 장의 주제가 연재물 전체 주제와 동일하다며 난색을 보여 이견 없이 그 자리에서 제2장의 제목을 '자기 모색'으로 바꾸었다. '자기 모색'이란 대체 무엇일까? 이런 제목으로 대체 무슨 글을 쓸 수 있을까? 몇 회를 쓸 수 있을까? 짐작도 못 한 채 어쨌든 남은 50회를 매일 써야 했다. 제2장 '자기 모색'의 첫 회를 '나는 불안을 응시한다'라는 문장으로 시작했다. 그런데 '일이란 막상 부딪쳐보면 생각보다 쉽다'라는 말을 절감할 정도로 '자기 모색'을 고민하는 동안 백지상태에서 무언가가 시작되었고, 글은 잘 진전되었다.

제2장 10회의 '진정한 나를 찾아서'를 쓰고 있자니 제3장의 주제가 극히 자연스럽게 떠올랐다. '현실과 삶'이다. 이 장은 8회의 '언어 세계의 틈으로 드러나는 것' 그것이 현실이고 삶의 모습이라는 결론으로 마무리했다. 제4장은 '여행 중'이라는 제목으로 가장 길게 15회를 연재했다. 이 장은 실제 차 안에서 지은 즉흥시로 시작한다. 내 여행은 정서적인 부분을 찾는 여행이 아니라 존재를 찾는 여행이므로 여러 우연한 만남, 사건, 발견이 존재하며 나 자신도 새로워진다는 내용이다.

여기까지 쓰다 보니 이 연재의 중심적인 주제가 저절로 떠올랐다. 그것은 『후네』에 실었던 「시에 대한 단편」에서도 중요한 주제 가운데 하나인 '상상력의 역할'이었다. 이 글은 제5장으로서 연재되었다. 여기에는 폴 엘뤼아르[180]의 시 「자유」와 '자유는 도사[181]지역의 산간에서부터'라고 내걸었던 고치 지역의 메이지 자유민권운동 구호를 인용했다. 우리의 삶과 시에서 상상력과 자유라고 하는 기본적 문제를 제기했다. 마지막 제6장 '존재의 시'는 나의 시론 주제이기도 한데, 이것 역시 제5장 '상상력의 역할'을 연재하던 중에 필연적으로 떠올랐다. 이 장에서는 삶이란 활활 타오르는 불의 과정(프로세스) 그 자체이며, '시인이 사는 삶이란 편협하고 폐쇄된 허술한 삶이 아니라 타자를 향해 열린 만인의 삶'이라는 점을 카플린스키의 시 등을 인용해서 이야기했다.

신문 지면에는 지금 말한 '제○장'이라고 쓰지 않고 소제목의 주제만 표기했다. 제2장부터는 연재를 하던 중에 떠오른 주제들이었는데 막상 끝내고 보니 이 여섯 개의 장들이 마치 보이지 않는 손에 의해 아주 잘 짜인 듯해서 불가사의한 느낌마저 들었다. 내 바람을 들어준 듯했다. 「시의 발견」은 내 의지가 아니라 무언가의 손에 맡겨져서 그 손이 나를 움직이게 해서 쓴 것이다. 결과적으로 내 시론은 조금도 희석되지 않고 있는 그대로 고스란히 드러났다. 신문을 읽은 일반 독자들의 느낌은 어땠는지 궁금하다.

집필하는 동안 개념적이거나 관념적이지 않고, 구체적인 사물과 현상에 주목하면서 가능한 한 많은 시를 거론하려고 했다. 의무교육을 받은 사람이면 누구나 쉽게 읽을 수 있는 문장으로 썼고, 독자를 무시하지도 독자에게 아부하지도 않으며 사적인 감정이 섞이지 않도록 주의했다. 연재 시작 후 여러 날에 걸쳐 실로 다양한 의견을 접했다. 고치 현의 시를 포함하여 문학관계자들은 별 반응을 보이지 않았지만, 독자들의 공통된 반응은 '이

180) 폴 엘뤼아르(Paul Éluard, 1895~1952) : 프랑스의 시인. 다다이즘 운동에 동참했다가 나중에는 초현실주의의 대표적인 시인으로 활약했다. '시인은 영감을 받는 자가 아니라 영감을 주는 자'라고 한 말은 유명하다. 가장 잘 알려진 시 「자유」가 수록된 『시와 진실』, 『독일군의 주둔지에서』는 프랑스 저항시의 백미로 꼽힌다.

181) 도사(土佐) : 일본 시코쿠 고치 현에 있는 시(市).

해하기 쉽다'였다.

'시는 시를 쓰는 사람의 전유물이 아니다. 시를 쓰지 않는 사람까지 포함해서 시는 모든 사람의 것이다'라고 첫머리에 쓴 문장이 주효했을지도 모른다. 어쨌든 현대시에 대해 깊게 파고든 이 연재가 시와 관련 없는 사람들에게 이해하기 쉽게 받아들여졌다는 사실이 나에게는 경이로움이었다. 한 권의 책으로 만들어보자고 했던 사람도 수십 명이었다. '현대시는 일반인들에게 읽히지 않는다'라는 신화는 사실무근이었다.

– 시에 대한 단편 61(『후네』 제113호, 2003년 11월)

62. 시의 주제 1

21세기에 들어서면서부터 최근 수년간 일상의 시간은 그 이전과 다름없이 흘러가지만 사람들의 의식과 모습, 세태는 20세기와는 다른 징후를 보이기 시작했다. 나는 시와 관련된 사람이므로 이런 징후를 분석적이고 개념적으로 논평할만한 입장은 아니지만, 우리 일상생활의 변화만 보더라도 개개인이 거대한 관리 시스템이 의도하는 대로 집약되어 있다는 점을 알 수 있다.

최근에는 산간지역에 사는 사람들도 자동차를 몰고 슈퍼마켓에 물건을 사러 나가지만 채소, 과일, 생선, 육류의 생산과 유통 현장을 일반소비자가 짐작하기는 어렵다. 구매하는 손님들의 손발의 움직임이나 표정은 일방적으로 가차 없이 감시카메라의 렌즈에 노출된다. 그럼에도 소비자는 슈퍼마켓을 찾아야 하는데 구매는 물건 값만 지불하는 것으로 끝나지 않는다. 소비세라는 명목으로 책정된 세금을 함께 지불해야만 원하는 상품이 손에 들어온다.

쇼와 시대[182]에는 적어도 최소한의 필수 품목이라고 할 만한 주식인 쌀

182) 쇼와(昭和) 시대 : 1926부터 1989년까지 약 64년간 히로히토 천황의 재위 시기. 일본 제국주의 체제 확립과 제2차 세계대전 참전 및 원폭 투하로 인한 패배까지 모두 이 시기에 벌어졌다. 이후 국민주권과 기본인권의 존중 및 평화를 내세운 새로운 헌법을 제정하여 민주국가로 재탄생했다. 경제적으로는 한국전쟁 특수와 도쿄 올림픽 개최로 고도 성장기를 맞았고

과 목욕 요금만큼은 물가통제령을 통해 약자인 소비자를 보호했다. 헤이세이 시대[183]에는 약자가 사정없이 무시당했으며 예전에는 '왕'이라 불리던 소비자도 이제는 싸잡아 '한없는 약자', '어리석은 놈' 취급을 받게 되었다. 이러한 현실을 직시하기란 몹시 참혹한 일이다. 차라리 눈을 감고 사는 편이 낫다. 그러나 그러는 중에도 현실은 계속 변모하고 앞으로 나아간다. 군사체제 강화가 이 참혹한 전진에 박차를 가하고 있다. 재산관리, 신변관리, 정신관리는 비약적으로 진보했고 개개인의 사생활은 벌거벗겨진 상태나 다름없어질 것이다. 그때 시와 관련된 사람들 각자의 의식은 어떻게 될까.

일본 근현대시의 성쇠(盛衰)는 메이지, 다이쇼, 쇼와를 지나 헤이세이 시대를 거치면서 개개인에게 일어나는 자의식의 성쇠와 중첩되는 듯하다. 제2차 세계대전 중에 나타난 구어자유시의 몰락은 개별 자아의 몰락과 중첩되었다. 전후에 활발해진 시의 다양화는 개별 자아의 다양화를 보여준다. 2000년대 전반의 시가 그 시대를 사는 우리 각자가 앞으로 취해야 할 자아의 존재방식과도 밀접하게 연관되어 있음은 두말할 필요도 없다.

나는 시와 관련된 사람으로서 지식인의 말보다 직접 내 눈으로 확인하는 쪽을 신뢰한다.

이 짧은 글에서는 서두에 슈퍼마켓에서 물건을 사는 이야기만 언급했지만, 최근에는 전철이나 기차역, 그리고 길을 걸으면서도 사람들의 표정이 어둡고 공허해 보여 더욱 신경이 쓰인다. 전쟁 당시와 전쟁 후의 사람들의 표정을 떠올려보지만 그와는 다른, 단적으로 말해서 희망이 없는 얼굴이랄까.

세계적 수준의 경제대국으로 발돋움했다.

183) 헤이세이(平成) 시대 : 쇼와 시대에 이어 아키히토 천황이 1989년에 재위한 후 현재에 이르고 있다.

최근 '성공파' '실패파'라는 말이 빈번하게 쓰인다. 재력, 지식, 체력적으로 더 우수한 사람이 '성공파'이고 그 반대가 '실패파'일까? 빈틈없고 요령 좋은 사람을 그렇지 않은 사람과 차등을 두어 '성공파'라 하는 걸까? 이 '성공파' 중에도 우위는 따로 있어서 자타공인 '성공파'라 부를 만한 사람은 국가권력의 중추에 있다. 이들이야말로 사람의 목숨을 좌지우지할 권한을 뜻대로 행사할 수 있는 극소수의 권력자들이지 않을까? 시를 쓰는 사람은 이 '성공파'와 '실패파' 중 어디에 속할까? 혹은 어디에 속하고 싶어할까? 그에 앞서 나는 묻고 싶다. 시는 대체 약자의 것인가? 강자의 것인가? 어떤 시인은 "시는 만인을 치유한다."라고 했다. 프란츠 카프카는 "나는 내 약점으로 쓴다(펜으로 할퀸다)."라고 일기에 기록했다. '시는 시를 쓰지 않는 사람을 포함한 모든 살아있는 사람들의 것'이라고 나는 최근에 발간한 졸저『시의 발견』의 서두에 썼다.

시는 어디에 있을까? 시는 재력과 권력을 차지한 승자의 편이 아니라 슬퍼하는 사람, 괴로워하는 사람, 실의에 빠진 사람, 상처 입은 사람, 낙담한 사람, 실패한 사람, 버림받은 사람의 편에 있다. 피카소의「압생트[184]를 마시는 여자」에 마음이 빼앗기는 이유도 거기에 한 편의 시=눈물이 있기 때문이다. 시인 구로다 사부로는 "행복한 사람은 시를 쓰지 말라."라고 했다. 이 '행복'은 인간의 궁극적인 행복이라기보다 좀 더 단순한 이른바 '소시민적인 행복' '중간층 의식' 정도의 행복으로 받아들여도 좋다. 구로다 사부로는 그런 '착한 아이'와 '우등생'이 만연한 세상에는 시가 존재하지 않음을 말하고자 했다.

21세기는 이제 막 시작되었는데 사람들은 희망 없는 얼굴을 하고 어디로 가는 건가. "쿠오바디스" 당신은 어디로 가는가. 시를 쓰는 당신은? 나

184) 압생트(absinthe) : 19세기 후반 프랑스에서 서민들이 즐겨 마셨던 술. 향쑥 · 살구씨 · 회향 · 아니스 등을 주된 향료로 써서 만든 증류주이다.

는 시에 관련된 한 사람으로서 지금 새로이 시가 있을 곳을 스스로 명확하게 확인해야 한다.

시는 어디에 있을까? 시는 나를 떠나서는 존재하지 않는다. 시는 내가 있는 곳에 있다. 나는 나여야만 한다. 다른 사람의 눈에 비친 내가 아니며 거짓된 내가 아닌, 어쩌면 누구도 모르는, 자기 자신조차 동떨어진 듯 느껴지는 한 치의 거짓도 없는 나여야만 한다. 내 시라고 부를 만한 시는 그곳에서만 생겨난다. 나는 어디에도 가지 않는다. 지금 여기가 아무리 불합리한 장소일지라도 나는 여기에 있고, 나에게 주어진 단 한 번뿐인 생명을 직시한다. 좁쌀보다 작은 이 기적의 불씨를, 불의 축제를……. 내가 이러한 삶을 사는 한, 시 또한 사라지지 않으리라.

시에서 중요한 점은 시를 쓰는 이유, 즉 시가 있을 곳이다. 표현은 부수적으로 생겨난다.

무엇보다도 쓰는 동기, 무엇이 작가를 움직이고 있는가가 중요하다. 나는 이를 '시의 주제'라 생각한다. 표현의 독창성도 주제에 의해 생겨나고 빛깔을 띤다. 시의 주제란 당연히 내 삶 그 자체이면서 내가 살아있는 시대이기도 하다. 그곳에 살아있는 사람들은 타자라기보다 나 자신이다. 나는 타자이고 타자는 또한 나이다.

누가 시를 쓰는가? 모든 사람이 시로 표현하려 한다. 나는 그 대변자에 지나지 않는다.

시에 사용하는 말은 내가 선호하는 말이 아니다. 현재를 사는 사람들이 지금 사용하고 있는 말이다. 내 소유가 아니다. 나는 사람들이 사용하는 말을 잠시 빌려서 시를 쓸 뿐이다.

시의 주제에 대해서는 전후 아레치파 시인들이 발 빠르게 다뤘다. 이는 전쟁 전의 모더니즘시가 주제를 상실하고 형식주의에 빠졌다는 비판에서 시작되었다. 시의 무상성(無償性)에 대해 시는 유상(有償)이 아니면 안 된다는 점도 거론했다. 시의 주제에 대해서도 인간성의 부활을 주창했다. 지금 돌이켜보건대 전후 시의 출발로 치면 적절하기도 했고 용맹스러웠지만 약간 성급하고 관념적인 면도 있었다.

시의 주제는 인식의 대상이 아니라 삶 그 자체인 일상 속에서 싹트며, 자신의 모든 존재를 걸고 가꾸어야 하는 대상이기 때문이다. 시의 주제는 어떤 것의 대용품이 아니다. 내 시의 주제는 나 자신이 가지고 있어야 한다. 21세기의 주제는 미리 결정된 바가 없다. 앞으로 살아갈 시인의 발자취로 기록될 것이다.

– 시에 대한 단편 62(『후네』 제114호, 2004년 2월)

63. 시의 주제 2

순애(純愛)라는 말이 최근 유행하고 있다. 순애는 의식적, 의지적인 사랑이 아니라 무의식적이고 불가피한 끌림이다. 의식과 의지가 더해지지만 그보다 강하며 자신을 억누르지 못하는 무언가가 작용한다. 일체의 이해타산을 포함하지 않기에 순도 높은 무상(無償)의 사랑이다. 이는 동경과 닮았다. 동경은 이미 알고 있는 사실이 아니라 미지의 것에 대한 생명의 맹렬한 연소이다. 동경에도 의식적이거나 의지적이지 않고 무의식적으로 불가피하게 자신을 밀어붙이는 억누를 수 없는 충동이 작용한다. 순애나 동경이나 모든 것이 명명백백해졌다고 자부하는 현대인에게는 비웃음을 살 테지만 나는 이들이 시의 충동과 닮았다고 생각한다.

"시가 시작되는 순간 나는 가슴이 조이는 듯한 기분에 사로잡힌다." 라고 딜런 토마스는 말했다. 일찍이 푸시킨[185]과 로르카도 비슷한 말을 했다.

"영감 없이 작품에 임하지 마라."

파울 클레의 이 말도 딜런 토마스의 말과 비슷하다. 신비한 감각은 순

185) 푸시킨(Pushkin, Aleksandr Sergeyevich, 1799~1837) : 러시아 시인·작가·극작가. 러시아 리얼리즘의 기초를 확립하여 러시아 근대 문학의 시조라고 불린다. '삶이 그대를 속일지라도'라는 시로 친숙하다. 『예브게니 오네긴(Evgeni Onegin)』『대위의 딸』 등의 작품이 있다.

애, 동경, 시를 밀어붙인다. 신비한 감각은 미지를 경외하는 감각이라 해도 좋다.

모조리 간파했다. 지구도 생명도 모두 알아버렸다. 이 세상에 불가사의한 것은 아무것도 없다고 굳게 믿는 사람과 시와 예술은 무관하다.

"알면 알수록 미지의 영역은 넓어진다. 호기심이 나를 이끌어주고 잡아당긴다."라고 말한 과학자 아인슈타인은 시인 타고르를 존경했던 모양이다. 아인슈타인의 이 말은 타고르의 말이기도 하다. 미지의 세계로 이끄는 유혹과 동경이 사라지면서 최근 시와 예술은 따분해졌다. 아무런 놀라움도 발견도 없이 오직 자명한 사실만 구구절절 늘어놓으니 시시할 따름이다. 시는 쓰는 방식이 아니라 삶의 방식에 관한 문제이기 때문이다.

지난 호에서 제기했던 시의 주제에 대한 문제를 위의 관점에서 생각해보면 어떨까. 나는 20대 때부터 30대까지 아레치파 시인을 상당수 만나보았고 새롭게 알게 된 분들도 많다. 내가 아레치에 대해 말을 꺼내려고 하면 그들은 "아레치가 아닐세. 한 사람 한 사람 각각 별개라고."라며 손사래를 쳤다.

그러나 아레치파 시인들은 1947년 창간된『시가쿠(詩學)』와 1951년에 시작된 연간 간행물『아레치(荒地)시집』에 많은 작품과 논평을 발표하였고, 그 작품들은 아레치라는 전후 시의 공통된 이념과 문학관을 보여준다.『바우(VOU)』와『신료도(新領土)』를 출발점으로(미요시 도요이치로[186] 씨처럼 예외도 있지만) 전후 아레치파를 형성하여 예전에 자신들이 속했던 모더니즘계의 '형식주의'를 타파하고 무상(無償)이 아닌 유상(有償)인 시의 '주제'를 획득해야 한다고 주장했다. '시인은 모름지기 문명비평가여야 한다'는 주장이다.

---

186) 미요시 도요이치로(三好豊一郎, 1920~1992) : 일본의 시인. 전쟁 중에 시 잡지『고원(故園)』발행. 전후에는 일본 시단을 주도했던 시문학지『아레치』창간에 참여. 제1시집『죄수(囚人)』는 일본 전후 시에서 선구적인 역할을 한 시집이었다.『여름의 문턱』으로 다카미준상(高見順賞)을 수상했다.

아레치파 시에서 '주제'의 발상 근거는 아래의 세 가지로 집약할 수 있다.

1. 모더니즘 비판.
2. 시의 유상성(有償性).
3. 시인은 문명비평가여야 한다(이는 다소 사르트르의 앙가주망을 연상시키지만, 그 수준까지는 발전하지 않은 듯하다).

이 세 가지는 시의 깊은 곳과 밀접하게 연관되어 있다. 이 글에서는 간단히 요점만 정리하겠다. 첫 번째 항목은 아레치파 시인들이 대체로 의고전적(擬古典的)[187] 경향에 치우치지 않고 단카와 같은 정형시와도 한 획을 그었다는 점에서 '신체시초'[188] 이후에 등장한 모더니즘에 입각한 것으로 보인다. 다만 전쟁 전에 등장한 다양한 전위적 시운동이 내포하고 있던 요인을 좀 더 깊이 탐구하지 않고 간단히 모더니즘으로 일괄하여 형식주의로 치부하는 바람에 잃어버린 점도 많다. 특히 초현실주의 탐색은 거의 이루어지지 않았다. 이를테면 다음과 같은 대응도 있다.

일본의 초현실주의 선언은 1927년 우에다 도시오, 기타조노 가쓰에 등의 시인들이 주도했지만 두 사람 모두 전후에는 초현실주의를 부정했다. 우에다 도시오는 전후 기타조노 식의 관점에는 신(神) 또는 신과의 대극의 시점이 결여되어 있다고 거듭해서 집요하게 비판했다. 전후에도 다키구치

187) 의고전주의(擬古典主義) : 고전 예술을 규범으로 하는 문학 · 예술상의 경향. 서구의 계몽주의 문학의 예에서처럼 전통적 형식을 따르다 보니 내용의 천박한 모방으로 끝나는 경우도 있었다.

188) 신체시초(新体詩抄) : 일본의 신체시는 일본의 근대시사에서 대체로 메이지 시대의 문어 정형시 형태의 시를 말한다. 신체시라는 말은 1882년 도야마 마사카즈(外山正一), 야타베 료키치(矢田部良吉), 이노우에 데쓰지로(井上哲次郎)의 3인에 의해 간행된 『신체시초』에서 처음으로 사용되었다. 이는 기존의 일본의 와카(和歌)와 하이카이(俳諧)의 전통을 탈피한 시의 근대화를 위한 시도로서, 서양의 시를 본보기로 하여 모방한 것이다.

슈조[189]와 몇몇이 초현실주의 운동을 지속했지만, 그들은 애초 브르통이 주창한 초현실주의의 초심에 해당하는 '에스프리 누보(새로운 정신)'[190]에서 한참 벗어나 미학에만 치우쳐 있었다. 이로써 미학만으로는 새로운 표현이 나오지 않는다는 점을 증명한 셈이다.

이러한 일본 초현실주의의 미적지근한 태도를 신랄하게 비판하고, 시에 담긴 무의식과 초현실을 깊이 있게 연구할 책임을 회피함으로써 아레치파의 시적 주제는 결과적으로 관념적이며 현실성이 결여된 경향으로 흘러갔다. 식역[191]의 체험, 기성의 관념을 뒤엎는 직접적인 삶의 표현보다 더 강렬한 것이 또 있을까. 브르통의 초현실주의는 본래 이처럼 삶에 대한 충격을 목적으로 삼았을 뿐이지 브르통 자신도 말했듯이 문학과 예술에 봉사하는 것은 아니었다. '시의 유상성?' 시가 어떤 도움을 주어야 할까? 또는 도움이 될까? 시는 그저 거기에 존재하는 것만으로 족하다. 틀림없이 그저 거기에 '존재하는' 것만으로…….

브르통의 초현실주의 운동은 시가 '역사적으로 자리매김 되고 정당화되는' 것을 최초로 거부했다. 유상이 아니라 무상으로 오직 거기에 존재하는 것. 시는 그러한 것이다. 시의 주제는 자신의 외부에 있지 않고 내부에 있다. 자신의 삶 그 자체이다. 자신의 삶이 없는 곳에 시가 있을 리 만무하며, 그 삶이 다른 무엇으로도 증명되거나 정당화될 필요가 없다. 한마디로 모더니즘이라고는 하지만 우리는 초현실주의라는 이 하나의 사조와 다시 한 번 진지하게 마주해야 한다. 브르통은 "나는 오직 한 사람, 나 자신의

189) 다키구치 슈조(滝口修造, 1903~1979) : 근대 일본을 대표하는 시인, 미술평론가, 화가. 다다이즘, 전위예술을 포함하여 일본의 정통 초현실주의의 이론적 지주. 『초현실주의와 회화』 『시와 실재』 『7개의 시』등의 저서가 있다.

190) 에스프리 누보(L'Esprit Nouveau) : 제1차 세계대전 전에 프랑스 시인 아폴리네르(G. Apollinaire)가 시론 「새 정신과 시인들」에서 추구한 새로운 자유시의 이상으로, 프랑스 예술계의 예술 혁신 운동 정신.

191) 식역(識閾) : 인간이 감각기관으로 감지할 수 있는 지각의 경계점.

증명이다."라고 했다. 내 삶은 100퍼센트 내가 짊어져야 한다는 뜻이다. 여기서 상당히 난감한 점은 이미 자각했다고 믿은 자신의 삶이 실은 진짜 내 삶이 아니고, 진짜 자신의 삶은 탄생이나 죽음처럼 스스로 인지하기 어렵다는 사실이다.

시의 주제는 이미 인지된 것일까? 시의 주제는 이미 인지되어 주어진 것일까? 나는 그렇지 않다고 생각한다. 내 시의 주제는 내가 발견해야 하고, 오로지 내가 발견한 것만이 내 시의 주제라고 할 수 있다. 시가 어떤 보편적이고 '성스러운' 것을 포함한다면 그것은 내가 의식적, 의지적으로 선택한 부분이 아니다. 내 선택이 아니라 내게 주어진 것이다. 내 삶과 마찬가지로 시 역시 나에게 주어신 것이어야 한다.

내가 나라는 것을 자각하는 그 자체로 이미 살 가치가 사라지는 법이며, 내 삶도 시도 내 것이어서는 안 된다는 말이다. 나는 나의 광원(光源)을 향해 걸어가야만 한다. 나를 이끌어 주는 어느 거대한 손에 나를 내맡긴 채. 이것이 내가 오랫동안 추구해온 '존재의 시학'의 발단이다.

– 시에 대한 단편 63(『후네』 제115호, 2004년 5월)

64. 침묵을 시작하라!

존재란 파도처럼 다가오는 것.
존재란 우리들이 알아차리지 못해도 그 자리에 있는 것.

강이 흐른다, 그가 없어도.
꽃이 바람에 흔들린다, 그가 없어도.
새가 날고 있다, 그가 없어도.
날이 저물고 별이 빛나기 시작한다, 그가 없어도.
고독한 그가 살아있다, 그가 없어도.
그럼에도 언젠가 그는 그를 발견한다.
강은, 꽃은, 새는, 별은, 가만히 그것을 기다리고 있다.

존재는 우리가 사용하는 말이나 사고하는 머릿속이 아니라 날마다 발생하는 사건 속에 있다. 보편성 또한 그 각각의 사건 속에 있다. 우리가 인식하기 전부터 이미 그곳에 있다. 나는 그것을 '존재' 라고 부르고 싶다.

당신은 다양한 사물을 가지고 있다. 마음에 드는 유리컵도 가지고 있다. 그러나 그 사물들에도 언젠가 이별의 순간이 찾아온다. 그때 당신은 지금 처음 만난 듯 그 사물들을 본다.

"아, 드디어 알아차려 주었군요. 나는 쭉 당신 옆에 있었어요."라고 하며 유리컵은 그 순간 다정하게 미소를 지으며 당신을 바라볼 것이다.

존재란 대체 무엇일까? 눈에 보이고 귀에 들리는 것은 발단이고 최초의 신호이자 사인이다. 하지만 당신이 알아차리지 못하면 그것은 아무것도 아니다. 사물은 그곳에 있을 테지만 사물에게 당신은 아무것도 아니기 때문이다.

(중략)

나무가, 산이, 하늘이 보인다. 공기 냄새가 난다. 바람이 네 머리를, 피부를 스친다. 사물이, 풍경이, 내게 가르쳐준다. 내가 존재한다는 것을. 한 그루의 나무가 귀엣말을 한다. "당신이 들어야 할 소리는 그리 많지 않아요. 당신은 당신의 운명에 대해 이야기해주고 있는 단 하나의 목소리에만 귀 기울이면 돼요. 보세요, 저기 당신의 '존재'의 목소리가 들리는 쪽을요."

'존재'에 대한 위 문장은 작년 여름 고치신문에 60회에 걸쳐 연재한 「시의 발견」 중 후반부에 발표한 내용이다. 이 「시의 발견」은 이미 발견한 시에 관한 리포트가 아니었다. 매회 연재하는 그 순간에 경험한 새로운 시적 체험과 발견의 현장에 독자들이 참여하길 바라는 마음을 바탕으로 해서 계획 없이 시작한 매우 스릴 있는 연재였다.

60회가 어떻게 이어질지 적잖이 걱정스러웠지만 어쨌든 첫 글은 내 일상에서부터 시작했다. 거기서부터 필연적으로 '현실이란 무엇인가?'라는 고민이 생겼고, 내 여행이 그렇게 시작되었다. 여행의 체험에서 자연스럽게 시의 핵심인 감각과 상상력의 세계로 이어졌다. 마지막은 나의 최대 관심사인 '존재'의 세계로 확장했다. 이 「시에 대한 단편」도 어느새 60회를 넘겼다. 그때그때 떠오른 「시에 대한 단편」을 매호에 게재했으므로 계획된 것은 아니었다. 그러나 시와 관련해서 반드시 기록해두고 싶은 내용을 써 내려갈 작정이었다. 문득 지나간 15년을 돌이켜보니 이 「시에 대한 단편」의 중심 주제, 즉 내 시의 관심사는 '존재'였다. 내가 살아있는 것 또한 '존재'와 이어져 있다는 생각이 든다.

「시의 발견」은 연재가 끝나자마자 신문사에서 한 권의 책으로 묶어냈는

데 1년 정도 지나고 보니 '시의 발견'이라는 제목을 '존재의 발견'이라고 붙였어도 좋았을 것 같다. 기존 발표 내용을 이 지면에 다시 반복한 까닭은 서두의 한 문장이 『후네』의 「시에 대한 단편」과도 깊이 관련되어 있다고 여겼기 때문이다.

이 서두의 문장 마지막에 '존재'의 소리라는 표현이 나온다. '존재'의 소리에 귀를 기울인다는 것은 어떤 의미일까. 『후네』의 독자들은 기억하겠지만 『후네!』 65호부터 69호에 걸쳐 스즈키 슌(鈴木俊) 씨가 번역하여 독일의 조각가 에른스트 바를라흐[192]의 사진과 조각을 기리는 엘프리드 스페테키(Elfriede Szpetecki)의 시를 게재했다. 그 후 이 글은 『그리고 모든 존재가 귀 기울인다』라는 제목으로 시집이 발간되어 큰 호평을 받았다. 스즈키 슌 씨는 독일 현대시의 연구자이며, 독일 현대 시인 18인의 원폭시와 반전시 143편을 묶은 『현대 독일 시집』을 일본어로 번역하기도 했다.

나는 제2차 세계대전으로 인해 일본과 마찬가지로 괴멸상태에 빠졌던 독일의 시인과 예술가들이 어떤 삶의 방식을 지녔는지 궁금했다. 그 후 나에게도 바를라흐의 조각을 볼 기회가 있었는데, 실로 전율할 만한 작품이었다. 어째서 전율했을까? 그것은 스즈키 슌 씨가 번역한 시와 조각사진집의 제목에 단적으로 표현되어 있다. 일본 현대시는 이 수준에 이르렀을까?

"모든 존재가 귀를 기울인다."

나는 지금 새삼 이 말 앞에 서 있다.

*

나는 올 여름, 40년 만에 독일에서 태어나 스위스에서 지낸 막스 피카

---

192) 에른스트 바를라흐(Ernst Barlach, 1870~1938) : 독일의 조각가 · 화가 · 극작가. 어느 파에도 속하지 않는 표현주의 작가로서 신(神)에 대한 탐구를 중요시했다. 대작으로는 마그데부르크 대성당의 전쟁기념상이 있다. 주요 저서로 『죽은 낮』 『불쌍한 사촌』 등이 있다

르트[193]의 『침묵의 세계』에 몰두해 있다. 30대에 읽었을 때는 이해가 부족했지만 그 후 정보의 범람과 소음의 과잉 시대를 겪고 나서 다시 읽어보니 전후 유럽을 살았던 한 인간의 깊이 있는 체험을 바탕으로 한 위대한 계시록이라는 생각이 들었다. 이 책의 본문 첫 장에는 마리아 컬름(Maria-Culm) 사원 제단에 새겨진 괴테의 일기에 다음의 말이 기록되어있다.

"언어는 성스러운 침묵에 기초한다."

그리고 이 『침묵의 세계』의 마지막 대목은 키르케고르[194]의 말로 마무리된다.

"오늘날의 세상이, 아니 생활 전체가 병들어있다. 만일 내가 의사라서 어떻게 치료하면 좋을지 내게 묻는다면 나는 이렇게 대답할 것이다. '침묵하게 만들라!' 실제로 인간들을 침묵으로 이끌어라. 지금과 같은 상태로는 신의 말씀이 들리지도 않으리라. (중략) 그러니 침묵하게 만들라!"

여기에서 하나의 결론을 얻었다. '존재'의 목소리를 듣기 위해서는 침묵이 필요하다. 앞서 말한 괴테의 말을 빌리자면 시인의 말은 '성스러운 침묵에 기초'하므로 자신의 깊은 내면의 침묵에서 빚어내야 한다. 시인에게 말을 부여하는 것은 '존재'뿐이다. 일본의 시가 쇠약해진 한 원인은 현대 일본인들의 생활이 침묵과는 거리가 멀기 때문이다. 나는 이번 여름에는 가급적 혼자 조용히 지내려고 한다. 지금 세상에서 일어나는 다양한 일들이 내 안으로 밀려들어 온다. 이를 위한 하나의 그릇이 되고 싶다.

– 시에 대한 단편 64(『후네』 제116호, 2004년 8월)

193) 막스 피카르트(Max Picard, 1888~1965) : 스위스의 저술가, 의사. 기계화된 의학 산업에 염증을 느껴 의사를 그만두고 글쓰기를 시작했다. 문화비판적 시각에서 글을 썼고 치열하면서도 진지하며 인간을 포용하는 글로 깊은 울림을 주었다. 1952년 헤벨문학상을 수상했다. 대표작에 『침묵의 세계』 『인간의 얼굴』 『신으로부터의 도주』 『우리 안의 히틀러』 등이 있다.

194) 쇠렌 오뷔에 키르케고르(Soren Aabye Kierkegaard, 1813~1855) : 덴마크 철학자. 실존의 문제를 제기하여 실존 철학과 변증법 신학에 큰 영향을 끼쳤다. 저서에 『이것이냐 저것이냐』 『죽음에 이르는 병』 『불안의 개념』 등이 있다.

65. 형식(표현)과 본질, 새로움이란 무엇인가

어느 날 시를 쓰는 젊은 동인 한 명이 나에게 물었다.

"최근 전국의 시문학지와 시집 그리고 시와 관련된 이벤트나 미술전, 서점 등에는 수많은 정보지들로 넘쳐나고 있습니다. 하지만 그런 정보지에 담긴 기발한 아이디어나 뛰어난 기술을 접해도 그리 놀랍지 않습니다. 왠지 일시적인 현상 같아 허무하기만 합니다. 니시 선생님은 예전부터 시와 예술은 새로운 것이어야 한다고 말씀하셨습니다. 하지만 아무리 발상이나 기술이 새롭다 할지라도 내용면에서 충실하지 않으면 진정한 감동은 얻지 못한다고 봅니다. 이에 대해서 선생님은 어떻게 생각하십니까?"

나는 이렇게 대답했다.

"올해가 2004년이군요. 실은 지금으로부터 정확히 50년 전인 1950년 중반에도 당신과 똑같은 질문을 한 사람이 있었습니다."

"예술은 변하면 변할수록 시시해진다. 형식만 새롭게 바꾼다고 해서 예술이 좋아질 리 만무하다."

러시아 미술학자 바이들레의 말인 듯하다. 당시 20대 중반이었던 나는 전위를 표방하는 기타조노 가쓰에의 『바우(VOU)』에 속해 있었는데 그의 말은 몹시 충격적이어서 그대로 받아들이기 힘들 정도였다. 그 뒤 1960년대와 1970년대에 생겨난 시와 예술의 폭풍 같은 변모를 예의주시하면서 예술 발생의 근원을 확실하게 파악하고 넘어가겠다고 결심했다. 즉 '형식과 본질'의 관계에 대해서 말이다. 내가 이 문제를 처음부터 자각하지 못했던 건 아니다.

기타조노 가쓰에 씨로부터 『바우』 가입을 권유받았을 때 처음 한 번은 거절했다. 하지만 그 뒤에 한 가지 조건을 걸고 가입하기로 했다.

기타조노 가쓰에 씨의 전위 정신은 배우고 싶지만 내 표현방식만큼은 내 뜻대로 하고 싶다(나는 기타조노 가쓰에 씨의 시적 기교나 형식을 답습하고 싶지는 않았다)'는 조건이었는데, 바로 그 자리에서 승낙을 받았다. 내가 지금 당신의 질문에 대해 뭐라고 대답하고 싶은지 짐작이 가는가? 그렇다. 바로 '표현과 본질'의 문제이다. 나는 그것을 일반론이 아닌 내 경험에 비추어 구체적으로 설명하고 있다. 위에 언급한 바이들레의 말도 실은 단순한 일반론이 아니다. 1940년대 예술에 대한 통렬한 비판이자 1910년대부터 1920년대에 걸쳐 일어난 '에스프리 누보'의 아류에 대한 경고이기도 하다.

지금 언뜻 보기에는 텔레비전이나 인터넷 등을 통해 세계의 표현형태가 동시다발적으로 전해지고 있는 듯 보인다. 하지만 정작 중요하고 필요한 내용이 하나도 빠짐없이 전부 전해진다고 생각하는가? 실제로 지금 이 순간에도 세계 각지에서 시와 음악과 그림은 계속 생겨나지만 우리에게 전해지는 작품은 극히 일부이다. 또한 받아들이는 입장에서도 세간의 잣대에 좌우되지 않고 자신의 감성과 내면에서 솟구치는 욕구대로 정보를 취하고 있는가?

나는 당신의 질문이나 바이들레 씨의 경고를 하찮게 여기거나 표현에 대한 아주 사소한 의견이라고 치부하지 않는다. 표현이란 살아있는 자신의 크기만큼 분명히 자신의 존재를 증명하기 때문이다. 게다가 그 표현이 많은 사람들이 공유하는 내용을 포함하고 있다면 단순히 작가의 소유물로 그치지 않고 감상자의 것이 되기도 한다. 따라서 만약 표현(작품)의 내면에서 흘러나오는 은밀한 소리를 듣지 못한다면 감상하는 쪽의 존재마저 의심받을 것이다.

여기서 표현(작품)에 대해 작가와 감상자 양쪽에게 중요한 점은 피아니시모[195]도 놓치지 않는 '섬세함'이다.

또 다른 하나는 자신이 지금 어디에 있는가라는 자신의 존재의 장에 대한 문제이다. 예컨대 시를 쓰는 사람은 표현이라는 현장에 있겠지만 그보다 먼저 이 순간의 역사적이고 지리적인 조건 속에 산다. 그 씨줄과 날줄의 교차점에 지금 자신이 있다. 거기에 카나리아처럼 자신이 걸쳐져 있다면 그 자리를 날카롭게 포착해야만 한다.

더구나 그 좌표축은 시시각각 움직인다. 지금 이 순간 자신이 어디에 존재하는지 확인한다는 건 인류가 어디로 가고 있는지를 묻는 것만큼이나 어려운 일일 테니, 상당한 정보처리능력을 지닌 특별한 자들이 아니고서는 불가능한 일이라고 여길지 모른다. 지금은 지식 과신의 시대이며, 종합적 직관력보다도 분석 능력이 신뢰받는 시대이므로 불가능하다고 생각하기 쉽지만 실상은 더 소박하고 단순한 문제다.

한 사람이 살아가는 장소는 자신의 감각 기관이 일상적으로 작동하는 곳이다. 유심히 살펴보면 역사적이고 지리적인 조건도 손에 닿지 않는 먼 곳에 있지 않다. 지금 여기에 구체적으로 존재한다. 시인이란 그 의미만 놓고 보자면 결코 공상적이고 로맨틱한 두뇌의 소유자는 아니다. 시인은 모름지기 사물이나 사상에 대해 냉철해야 하고 살아있는 눈을 가져야 한다. 왜냐하면 시인은 어느 정도 한정된 역사적, 지리적 조건에 구애받으므로 시공간을 초월해서 보편적이며 거의 본능적이라고 여겨지는 근원적 생에 대한 욕구와 공감, 정열을 품고 있기 때문이다. 그러한 감각이 취약

195) 피아니시모(pianissimo) : 음악에서 '매우 여리게'를 뜻하는 말.

해지는 것을 그냥 두지 않는 사람들이다. 그렇기에 시인의 삶은 항상 새롭고 그것에 맞게 표현도 필연적으로 새로워야만 한다. 당신은 아마 고전도 집중해서 읽을 것이다. 그중 타고르와 괴테는 어떤가?

"무척 새롭습니다. 지금 내가 있는 그대로 공유할 수 있는 새로운 떨림이 있습니다."

"왜 그럴까요? 타고르나 괴테도 모든 것을 흡수해서 자기 변화를 꾀하기 때문이지요. 멈추지 않는 것, 그것이 시인들이 지닌 비밀일지도 모릅니다."

"당신은 현대 작품에서 남에게 보이기 위한 새로움과 진정한 새로움을 어떻게 구분하십니까?"

"괴테도 타고르도 인간입니다. 그들 작품의 매력도 인간이지요. 작품을 통해 좋든 싫든 작가의 모든 면이 고스란히 드러납니다. 감성, 의식, 사고, 성격 그리고 품성까지도 그 사람의 모든 면이 작품에 나타납니다. 여기에서 중요한 점은 그 작품을 지은 의도와 동기까지 작품 속에서 확실히 드러나느냐는 점입니다. 나는 작품을 접할 때 종래의 기성 문학과 예술, 개념에서 빌려온 잣대를 버리고 내 벌거벗은 감성과 마주합니다. 그렇게 하면 그 작품을 지은 사람이 어떤 사람인지 또 그 작품의 필연도 명확하게 떠오릅니다. 작품을 사이에 두고 사람과 사람이 대면하거나 대화를 하는 일은 별로 어렵지 않습니다.

하지만 유감스럽게도 그런 작품과 만날 기회는 흔하지 않습니다. 두꺼운 화장과 억지로 껴입은 듯한 의상이나 자세, 그 속의 빈약한 내용이라면 달리 방도가 없습니다. 앞에서 당신이 한숨을 쉬었던 것도 당연하지요. 해변의 모래사장에서 다이아몬드나 루비를 발견할지도 모릅니다. 시대를 막론하고 좋은 작품이 탄생할 가능성과 필연은 있습니다. 부디 포기하지 마십시오.

인간이 머무는 곳이라면 작품은 계속해서 탄생할 겁니다. 여기서 작품보다 인간이 우선이라는 점이 중요합니다. 그 인간이 고갈되면 모든 것도 끝이 납니다. 작품 이전에 작가 자신이 성장해 합니다. 작품을 생산하는 토양을 비옥하게 만들어야겠지요. 문제는 당신도 알아차렸겠지만 형식(표현) 이전에 인간(본질)이며, 그 인간(본질)의 살아가는 방법에 따라 형태(표현)도 결정된다는 점입니다. 어쨌든 삶에 대한 정열이 작품을 빛내는 요소라는 점은 시대를 초월하여 만국 공통의 진리입니다. 또한 그 정열은 남에게서 빌려온 것이 아니고 자신의 독창적인 형식(표현)을 반드시 창조해 냅니다. 그 작품의 독창성을 나는 '새로움'이라 부릅니다."

– 시에 대한 단편 65(『후네』 제117호, 2004년 11월)

66. 시는 생활에서 부수적 존재인가

현관 입구에 놓인 작은 테이블, 그 테이블 옆에 놓인 의자에 앉아 나는 모자를 벗고 담배에 불을 붙인다. 남쪽 방의 창을 통해 햇살이 비쳐들고 그 너머 조금 떨어진 곳에는 느티나무 같은 키 큰 나무가 몇 그루 서 있다. 그 위를 구름이 흘러간다. 나는 다시 예기치 못한 장소로 흘러들어왔다. '흘러들어왔다'라고 하면 표류하는 느낌인데, 내가 어디에 있든 어릴 적부터 그 감각은 항상 나를 따라다녔다.

부모님과 함께 이곳저곳 이사를 하면서 쉽사리 익숙해지지 않는 곳도 있었으나 제법 이른 나이에 그런 감정을 잘라냈다. 새로운 장소에서 처음 보는 것과 처음 접하는 것들에 가슴이 뛰며 스스로 변모한다. 조금 꺼려지기도 하고 실패한 적도 있지만, 그런 긴장감이 내가 살아있음을 느끼게 해주는 듯해서 큰 매력을 느꼈다. 지금은 욕심을 부리지 않는다. 그곳이 어디든 상관없다. 나는 스스로 선택하지 않는다. 흘러들어 간 곳이라도 나는 감사하다. 나를 받아주는 장소가 아직 존재한다는 사실에 감사하다.

나는 그 신기한 장소를 신기한 기분으로 바라본다. 이곳은 시를 쓰거나 생각하기에 좋은 장소이다. 시코쿠 고치의 번화가에 있는 카스바풍의 분위기와는 전혀 다르게 이곳의 하늘은 광활하게 펼쳐져 있다. 플로티노스가 살았던 고대 알렉산드리아의 지중해의 파도가 철썩이는 듯하다. 나에게 어떤 친구가 이렇게 말했다.

"너는 생활 감각이 부족해."

그 말에 나는 이렇게 대답했다.

"너는 식사나 빨래를 어떻게 하는데? 나는 전부 내 손으로 해결해. 집안일이라면 하나부터 열까지 전부 내가 직접 하거든."

그러자 그가 말했다.

"네가 얼마나 하는지는 모르겠지만 어쨌든 너는 다른 생활인들처럼 보이지 않아. 사람들은 모두 생활을 너보다 훨씬 소중히 여긴다고. 생활이 전부니까. 생활도 모르는 녀석이 어떻게 다른 사람을 감동하게 하는 시를 쓰냐?"

아주 오래전 일지만 나는 그 후로도 같은 말을 여러 사람들에게서 들어온 터라 이 말을 또렷이 기억한다. 그렇다면 이쯤에서 이 '생활'이라는 말을 정리해보자.

대체 생활이란 무엇인가? 의식주, 사람과 사람 사이의 관계 속에서 생겨나는 다양한 사건들과 희로애락 그리고 눈에 보이고 손으로 만져지는 모든 사물들과의 연관성, 병, 건강, 재산관리 등. 이를 통틀어 생활이라고 한다면 생활은 본인 스스로가 아무리 얽히고 싶지 않아도 이 세상을 살아가는 한 어느 정도는 얽힐 수밖에 없지 않을까. 친구여, 너는 언짢은 표정을 지을지 모르지만 확실히 말해두겠다. 나는 생활을 하기 위해 태어나지도 않았고 생활하기 위해 사는 것도 아니다. 나도 지금 생활은 하고 있지만 최소한의 생활이며 더 간소해지기를, 삶의 마지막 순간이 다가오면 생활의 냄새 따위는 말끔히 사라지기를 바라고 있다.

생활이란 무엇일까? 나는 내가 중요하다고 생각하는 일을 하며 살고 싶다. 내가 열중할 수 있는 일이 당신에게는 보이지 않고 이해하기도 힘들지 모른다. 하지만 그것 없이는 나는 살아가지 못한다. 내게 중요한 일을 소중히 여기고 그것을 위해 살고 싶다. 물론 최소한의 의식주 생활은 필요하겠지만, 생활은 살아가기 위한 목적이 아니라 어디까지나 자신의 삶을 살기 위한 수단이라 말하고 싶다(이 부분을 잘 생각해보기 바란다). 즉 생활은 나에게 일차적이 아니라 이차적인 문제이다.

여기서 시와 생활의 중요성이 부각된다. 즉 시는 생활의 부수적 요소도 아니고 생활에 종속되지도 않는다는 점이다. 만약 시가 삶에 필수불가결한 존재라면 시는 삶의 이차적 문제인 생활에 속해서는 안 된다. 시는 무엇과도 바꿀 수 없는 삶의 일차적 목적이어야만 한다. 일차적인 존재. 삶에 꼭 필요한 일차적 요소이며 삶을 빛내주는 것은 그리 많은 조건이 필요치 않다. 생활 차원에서 일어나는 다양한 욕망의 충족을 삶의 일차적 목적이라고 여기기 쉽다. 그러다 보면 일차적 삶에 대한 욕구를 상실하여 단지 생존하는 데 급급한 인생으로 끝난다. 자신이 사는 단 한 번뿐인 이 소중한 삶을 스스로 살아내는 것, 그것은 대체 무엇을 위해서인가? 이런 내 질문에 그 친구는 아마도 조금 허무한 표정을 지으며 대답할 것이다. "그렇게 생각하니까 네가 아직도 철부지라는 거야. 생활에 뒤처져 있고." 하지만 사람들은 생활의 차원에서 작은 욕망에 울고 웃으며 진정한 삶을 충족할 수 있을까?

나는 허무한 표정을 짓는 그의 옆모습이 오히려 가엾게 느껴지리라. "배 터지게 먹고 돼지나 되든가."라고 대꾸하고 싶다. 내가 원하는 것은 날개다. 왜 수단에 불과한 생활을 목적으로 삼아서 일차적인 삶의 목적을 놓치고 마는가. 극단적으로 말해서 그것은 상상력의 빈곤 때문이다.

인간의 삶에서 일차적으로 중요한 것은 침묵이나 상상력의 세계에 있다. 이것은 누구나 지닌 삶의 비밀이라 해도 좋고 타인은 엿볼 수 없으며 쉽게 드러나지도 않는 것이라 해도 좋다. 빼앗을 수도 제거할 수도 없다. 그렇기에 일차적 목적이다. 눈에 보이는 감각적 차원에만 갇힌 사람은 그 은밀한 보물이 보이지 않으며 그 가치도 알아보지 못한다. 상상력이 라는 날개를 얻었을 때 사람은 비로소 깨닫는다. 나는 예전부터 상상력을 사물 혹은 타인에 대한 공감 능력이라고 말해왔는데 여기서 다시 한 번 상기시키고자 한다.

눈에 보이는 세계와 보이지 않는 세계. 감각으로 포착한 세계와 포착하지 못한 세계. 형이상과 형이하의 세계. 생활과 상상력의 세계. 이들은 전혀 다른 별개의 두 세계처럼 보일지 모른다. 하지만 사실은 눈에 보이는 세계이면서 동시에 눈에 보이지 않는 세계이기도 하고, 형이하가 형이상의 세계이며 감각은 상상력의 세계로 통하는 창이다. 상상력은 침체한 생활에 활력과 생기를 불어넣어 소생시키는 역할을 한다고 말하고 싶다.

'놀기 위해 태어났다'라는 말은 생활 도피적인 말일까? 아니면 생활을 모르는 사람의 변명일까? 아니면 생활을 꿰뚫고 있는 사람이 하는 말일까? 나는 요즘 이 말이 점점 좋아진다. 깊고 깊은 함축과 사랑이 느껴진다. 나도 요즘에는 생활이 점점 좋아진다. 어느 먼 중세나 고대의 세계가 거기서 보이는 듯해서다. 브뤼헐[196]의 그림 같은 정겨운 생활 말이다.

– 시에 대한 단편 66(『후네』 제118호, 2005년 2월)

196) 피테르 브뤼헐(Pieter Brueghel, 1530~1569) : 네덜란드 화가. 북유럽 르네상스의 대표적인 화가로 꼽히며 자국의 풍경과 종교 및 신화, 농민 생활을 주로 그렸다.

67. 시에 다가가는 법

머릿속에는 현대시의 현상에 대해 많은 생각이 떠오른다. 이들을 일반론적 형태로 파악하고 설명한다면 하나의 문제 제기는 될지 모르지만 여간해서는 개개인이 품고 있는 시의 심층까지 도달하지는 못한다. 표현의 핵심(하나의 작품이 한 개인의 비밀스러운 지하 속 미로를 돌고 돌아서 어떻게 탄생하는지)까지 파악한다는 건 대단히 어렵다.

어떠한 작품이 좋은가라는 질문은 어떤 생존방식(인간)이 좋으냐는 질문과 일맥상통한다. 예를 들어 A 씨와 B씨에 대한 비교가 근본적으로는 난센스이듯 A씨와 B씨의 작품을 비교하는 것도 근본적으로는 무의미하다. 작품에는 작가의 감성, 자질, 의식, 사고, 더 나아가 그 사람이 사는 환경이나 형편까지 담겨 있다. 따라서 A와 B는 같지 않고 각각 다른 인간이다. 세간의 상식대로(자신의 판단이 아닌 세간의 척도로) A와 B를 비교한다면 그 우열은 쉽게 가려질지 모르나 A와 B 각각의 삶의 핵심부까지 건드렸다고 보기는 어렵다. 작품은 단순히 기술이나 이론에 의해 태어나지 않는다. 다른 사람을 통해 대충 듣고서는 다 알지 못하는 개인의 심층에서 발생한다. 개인의 전적인 경험을 떠받치고 있다는 사실이 그 증거라고 해도 좋다.

간단히 말해 작품을 접한다는 것은 작가의 고통에 다가가는 일이다. A를 안다는 말은 A의 고통을 안다는 뜻이다. A의 작품을 볼 때 A의 작품에 들어있는 내적 필연, 즉 A가 지닌 삶의 방식과 그 고통까지도 감지해내야만 한다. 강단에 서서 청중을 대하는 정치가나 철학가의 시선이 아니라 조용히 일대일로 가식 없이 그리고 겸허하게 스스로를 개방하고 작품 또는 그 사람과 마주해야 한다. 서두에서 '표현의 핵심에 다가간다는 건 대단히 어렵다'라고 한 이유는 남에게 빌린 지식이나 잡다한 선입견으로 가득 찬 머리를 내던지고 가식 없는 자신의 감성으로 작품과 사람에게 다가간다는 건 의외로 어렵다는 말을 하기 위해서였다.

작품이나 사람에게 다가가는 것은 자신의 경험 영역을 넓히고 자신을 변혁하는 일이다. 꾸밈없는 사람은 많은 것을 받아들이고 변모할 수 있다. 이는 새로운 자기 발견과 살아가는 기쁨으로 이어진다. 좋은 작품이나 좋은 사람과의 만남은 그 사람에게 평생의 기쁨으로 남는다. 하지만 그럴 기회(사실 그럴 기회는 아주 많다)를 만나기 위해서는 우선 스스로가 살아가는 방식을 바꾸고 자신의 무지를 깨달아야 한다. 무엇보다 스스로 벌거숭이가 되어야 한다.

*

최근 몇십 년 만에 다시 읽고 있는 막스 피카르트의 『침묵의 세계(Die Welt des Schweigens)』는 나를 가장 나답게 만드는 데 좋은 입문서이다. 다양한 관습이나 정보를 떠나서 사물이나 현상과 마주할 것, '침묵'으로 샤워를 할 것. 그럴 때 자기 안의 깊은 내면에서 무언가가 끓어오른다. 자신을 뒤흔드는 무언가가 있다. 나는 내가 아니게 되고 나는 타인들로 가득 채워진다. 두려움이 나를 엄습하지만 뭔가 알 수 없는 에너지가 내 안을 가득 채운다. 나무가, 하늘이, 소리가, 그리고 색채가 훨씬 깨끗하게 보인다.

갑자기 떠오른 생각인데 지난 호에서 나는 '시는 생활의 부수적인 것'이 아니며, 단 한 번뿐인 삶이기에 그런 삶에 시는 필수불가결한 일차적 목적에 속한다고 썼다. 이에 대한 독자들의 반응은 극명하게 둘로 나뉘었다.

그중 하나는 '생활도피이자 시 지상주의다'라는 의견이다. 꽤 오랫동안 시를 읽거나 써 온 사람들이 이런 반응을 보였다. 반대로 내 글에 솔직하게 공감해준 쪽은 독자들이었는데 대다수가 시를 쓰는 사람들이 아니었다. 대체 어떻게 된 일일까?

사실 시인들 가운데는 자신의 체험 고백이나 생활상의 심정 토로를 시라고 여기는 경우가 많다. 반대로 시를 쓰지 않는 사람들이 시에서 얻고자 하는 바는 개개인의 생활 고백이나 심정 토로가 아니다. 그들은 '사랑'과 '진실'과 '미'를 희구한다. '사랑'과 '진실'을 삶의 근본 목적으로 여기고 그것을 추구하는 것이 '생활도피'이며 '시 지상주의'란 말인가? 나는 앞글에서 그런 삶의 근본 목적에 대하여 굳이 언급하지 않았다. 사랑이라든가 진실이라든가 신이라는 말은 의식적으로 일체 사용하지 않았다. 사랑도 진실도 신도 개념적 언어 세계의 것이 아니라 개개인의 내면 깊은 곳에 숨겨진 것이다. 이는 지식으로 이해할 대상이 아니라 체험할 대상이다. 내가 '근본적인 것'이라고 말하면 그 말이 무엇을 의미하는지 여러분들도 금방 알아차리리라 믿는다.

보들레르[197]도 랭보도 오자키 호사이[198]도 산토카[199]도 '생활도피자'가 아니라 '생활침입자'라고 하면 어떨까? 만약 이들을 '생활도피자'라고 한다면 동서고금의 위대한 시인이나 예술가들이 모두 '생활도피자'이고 '시 지상주의자'로 전락하지 않겠는가. 시의 이러한 지극히 초보적인 문제를 이 자리에서 거론하는 데 대해 독자 여러분의 양해를 구한다. 현대시의 현상을

197) 보들레르(Charles Baudelaire, 1821~1867) : 프랑스의 상징파를 대표하는 시인, 비평가. 시집 『악의 꽃』은 죄의 성서라고 일컬어질 만큼 병적인 감각, 세상의 추함과 악함, 어두운 면을 그려 새로운 시 세계를 열었다.

198) 오자키 호사이(尾崎放哉, 1885~1926) : 자유하이쿠의 대표적 시인. 대표작에 「봄의 산 너머 연기가 피어오르다」「한 사람의 길이 저물다」 등이 있다.

199) 다네다 산토카(種田山頭火, 1882~1940) : 오자키 호사이와 더불어 자유하이쿠의 대표적 시인.

생각해볼 때 시를 쓰지는 않으나 진지하게 시를 갈구하는 사람들이 무엇을 생각하는지, 그 초보적인 문제야말로 죽어가는 시를 되살려줄 중요한 힌트가 숨겨져 있다고 여기기 때문이다.

시를 쓰기는 쉽다. 누구라도 시다운 시를 쓸 수 있다. 하지만 시를 읽기란 그리 만만치 않다. 왜냐하면 시는 감수성을 필요로 하며, 지혜가 아닌 경험의 세계이기 때문이다.

피카르트의 『침묵의 세계』를 일본어로 번역한 사노 도시카쓰의 저서 『따라 쓰기』에는 내가 하고자 하는 말이 들어있다.

"왜 우리는 침묵을 잃어 가는가? 침묵은 항상 존재하므로 이를 테면 이용 가치가 없어서이다. 목적을 추구하는 데 급급한 현대인들은 이용 가치가 없으면 바로 무시해 버린다. 하지만 다시 생각해 보아야 한다. 모든 절대적인 가치 즉 사랑, 선의, 경건, 성실함 등은 이용할 가치도 없는 '신성한 무용지물'이다. 이 모든 가치야말로 결정적 작용이다. 무엇보다도 이러한 절대적 가치는 존재한다. 그 가치들이 존재함으로써 작용한다. 작용함으로써 존재하는 것이 결코 아니다."

이것을 시와 예술 작품에 적용하면, 베스트셀러라서 좋은 작품으로 존재하는 게 아니라, 작품이 작품으로 '존재함으로써 작용한다(영향을 미친다)'고 바꿔 말해도 좋을 듯하다. 이 경우에도 작품을 대하는 자의 바른 태도와 자세가 필요하다.

– 시에 대한 단편 67(『후네』 제119호, 2005년 5월)

68. 미지와의 만남 1

나는 당신의 등 뒤에 있는 지옥이 보인다. 끝없는 낭떠러지다. 그 너머에는 더욱 거대한 폭포가 있다. 폭포는 굉음을 내며 떨어지지만 소리는 들리지 않는다. 물안개로 둘러싸인 폭포가 어렴풋이 보인다. 지독한 고통일까? 낭떠러지. 물안개를 내뿜는 폭포. 아무 소리도 들리지 않는다. 나는 마치 진공에 빨려 들어가듯 꼼짝 못 하고 선 채로 폭포 쪽으로 끌려간다. 물안개가 걷히고 희끄무레하지만 이따금 반짝거리는 것은 하얀 백합꽃인가? 숨이 멎을 듯 신비롭다. 나팔 모양의 그 꽃은 내게 눈길조차 주지 않고 세상을 향해 피어있다.

*

나는 꿈에서 깬 듯 주위를 둘러본다. 담배, 재떨이, 시계, 펜, 메모지, 책, 악보, 피아노, 의자, 의자 위에 놓인 옷, 하얀 벽, 창, 창밖의 나무, 나비, 작은 새, 하늘을 떠가는 구름 등. 나는 그것들을 바라본다. 마치, 마치 오! 처음 보는 것인 양. 나는 지금 여기에 흘러들어온 해초 같은 존재로 느껴진다. 나를 둘러싼 이것들과는 무관한 듯한, 그것들에게 추방당한 듯한 느낌이다. 혀가 마비되고 기절한 듯한 느낌이다. 몸이 줄어드는 느낌이다.

슬프다거나 쓸쓸하다는 심정적인 것이 아니다. 빌헬름 보링어[200]의 유명한 저서『추상과 감정이입』에 나오는 '동굴 속에서 두려워하는 감정'을 유발하는 듯하다.

자신의 몸이 사물이라고 생각되는 물질적이고 감각적이며 직접적인 느낌을 원초적 존재 감각이라고 부를 수 있을까? 내 주변에서는 날이 갈수록 예전에 알았던 사실이 급속하게 사라지고 기묘한 미지가 증식하기 시작했다. 세상은 지금 내 앞에 태초의 모습으로 나타난다. 창밖에 바람이 분다. 아, 이 바람은 지금 처음 분다. 지구상에서 지금 막 생겨난 바람이다. 나는 바람의 순수함과 싱그러움에 감탄한다. 한밤중에 길을 인도하는 무언가가 있다. 그것이 무엇인지는 모른다. 나는 나의 무력함을 통감한다. 나를 그 무언가에 의지할 수밖에 없다.

새로운 날이 찾아온다. 그것은 무언가를 재촉하듯 불화살처럼 나에게 쏟아진다. 나는 눈을 뜰 수 없다. 하지만 분명히 무언가가 나를 거세게 재촉한다. 아무것도 알지 못하는 나는 무엇에 의해서인지, 무엇을 위해서인지도 모르고 그저 재촉당할 뿐이다. 그것은 다그친다.

'눈을 뜨라, 보라, 참여하라'

아무것도 보이지 않지만 어쨌든 미지의 바람이 불고 나는 전율한다. 눈먼 오이디푸스[201]는 지독한 고난을 겪으며 미지에 대한 첫 경험 속으로 들어가야 했다. 내가 지금껏 겪은 경험과 지식은 산산조각이 난다.

---

200) 빌헬름 보링거(Wilhelm Worringer, 1881~1965) : 독일의 미술사학자. 추상미술이 서구의 고전적 사실주의 미술보다 열등하지 않으며 독자적인 미적 가치가 있다고 주장하여 유럽 미술계에서 추상미술의 영역이 확장되는 데 기여했으며, 프랑스 후기 인상파에 대치 개념인 표현주의라는 용어를 처음 사용했다. 주요 저서에『추상과 감정이입』『고딕 형식의 문제』『이집트 미술』등이 있다.

201) 오이디푸스(Oidipous) :그리스 신화에 나오는 인물로 테베의 왕인 라이오스와 이오카스테의 아들. 숙명으로 인해 아버지인 라이오스 왕을 살해하고 어머니 이오카스테와 결혼한다. 후에 진상을 알고 좌절해 스스로 두 눈을 파내고 여러 나라를 떠돌다 죽는다.

"거울을 빠져나가는 오르페"[202](장 콕토)

그 경외의 감촉이 일상생활을 헤쳐 나가는 나의 감촉이라고 해도 될까.

"희망은 있다. 하지만 여기에는 없다. 하늘에 있다."

카프카가 한 이 말은 50년이 지난 지금도 내 머릿속을 떠나지 않는다. 카프카의 말대로라면 나는 살아있지만 아무것도 보지 못한다. 알 수도 없다. 느낄 수도, 얻을 수도 없다. 분명한 점은 희망은 여기에 없으며 절망만 남았다는 사실이다. 하지만 카프카의 이 말이 의미하는 바는 나를 한 가지 의문에 빠뜨렸다.

'우주'는 도대체 어디에 있는가? 카프카는 '여기에 없다'고 하면서도 '희망은 있다'고 확신에 차서 말한다. 이는 그의 단순한 바람이 아니라 이미 보았던 경험이 아닐까? 앞에서 언급한 카프카의 말은 자신이 놓인 상황과 경험을 다소 냉철하고 유머러스하게, 펠릭스 벨치[203] 식의 표현을 빌리자면 카프카의 '종교적 유머'를 특징짓는 말로 봐야 한다. 인생을 산 정상을 향해 계속해서 헛되이 돌을 밀어 올리는 시시포스에 비유하는 것은 상상력이 결여된 방관자들밖에 하지 않는다. 문제는 당시에 시시포스의 내면에 무슨 일이 일어나고 있었는가 하는 점이다.

중요한 것은 결과가 아니라 과정이다. 과정이 모든 것을 말해준다. 그런 의미에서 나는 지금 여기서 다시 한 번 십자가 성 요한의 작품을 떠올린다. 『가르멜산 등반—어두운 밤(The Ascent of Mount Carmel-The Dark

---

202) 오르페(Orphée) : 1925년에 프랑스의 작가 장 콕토가 지은 희곡. 그리스 신화에 나오는 오르페우스와 그의 아내 에우리디케(Eurydike)의 이야기를 극으로 꾸민 것으로, 1926년에 초연되었다.

203) 펠릭스 벨치(Felix Weltsch, 1884~1964): (오스트리아-헝가리 제국(현 체코) 출생의 유대인 철학자, 작가, 출판인. 카프카의 친구였으며 프라하 동인회 회원으로 활동했다. 막스 브로트(Max Brod, 1884~1968)와 공동으로 「직관과 개념. 개념 형성 체계의 기본특성」이라는 철학논문을 집필했으며 프란츠 브렌타노의 철학적 교의에 맞섰다. 후에 팔레스타인으로 이주하여 예루살렘 대학 도서관장을 역임했다.

Night)』에 나오는 다음 말을 인간이 참된 삶을 살아가기 위한 필수방법론으로써 인용하고자 한다.

> 인식할 수 없는 것에 도달하기 위해서는
> 인식할 수 없는 곳을 통과해야 하고
> 맛볼 수 없는 곳까지 도달하기 위해서는
> 맛볼 수 없는 곳을 통과해야 하고
> 소유할 수 없는 곳까지 도달하기 위해서는
> 소유할 수 없는 곳을 통과해야 하고
> 그대가 없는 것에 도달하기 위해서는
> 그대가 없는 곳을 통과해야 하고

이 글은 '모든 것에 도달하기 위한 양식'이라는 제목으로 기록되어 있는데 40여 년 전 이 글을 접했을 때는 몹시 엄격하게 느껴졌다. 하지만 지금은 매우 친근하고 당연한 말처럼 들린다. 이는 어떤 특별한 사원 안에서 이루어지는 수행이 아니다. 아주 흔한 일상 가운데 느닷없이 불가피하게 다가오는 것을 애써 피하지 말고 참여하고 몰두하라는 의미가 아닐까?

기이한 환상세계의 이야기가 아니다. 우리가 당연히 내 집인 양 여기며 하루하루를 보내는 이 일상의 사물과 현상 세계에 대한 이야기다. 우리는 우리 몸에 일어나는 현상을 포함해서 거의 모든 것이 굳건한 약속 아래 지켜지고 있다고 믿는다. 하지만 그 지식과 인습은 결코 불멸의 존재가 아니다. 눈앞에 놓인 사물과 현상이야말로 부정하려 해도 부정할 수 없는 것이다. 비록 이해할 수 없는 일이라 해도 그것을 외면한다면 현실과 멀어지고 자기 존재를 상실하게 될 것이다. 극한 상황이나 거대한 균열은 어느 먼 곳이 아니라 우리 일상의 모든 곳을 아무도 모르게 잠식해 들어가고 있지 않을까? 단 한 번뿐인 삶, 우리는 그 누구도 아직 본 적이 없는 세계를 처음 살아갈 뿐이다. 기존에 알고 있던 것은 여기에 없으며, 본래 모든 것은 미지였다.

– 시에 대한 단편 68(『후네』 제120호, 2005년 8월)

69. 미지와의 만남 2

상상력은 살아있는 존재에게만 부여되었다. 생명체 중에서도 인간에게만 주어져 인간을 인간답게 부각시킨다. 상상력은 인간만이 지닌 고유한 능력이다. 죽은 자에게 상상력이 있을까? 죽은 자에게도 살아있는 자와 마찬가지로 상상력이 있기를 바란다. 그래서 내가 말을 걸면 죽은 자라도 응답해주길 바라지만 이는 어디까지나 살아있는 자의 희망일 뿐이다. 냉엄한 현실이다.

살아있는 자는 이 무한한 우주에 대답해 줄 이 하나 없는 혈혈단신의 한없이 작은 존재다.

신에게 상상력이 있을까? 신에게도 기쁨이나 슬픔이 있을까? 신에게 만약 상상력이 있다면 신은 내 질문에도 대답해줄 테지만 신은 인간이 한탄하거나 소리쳐도 아무런 대답도 하지 않는다. 오직 무서운 침묵만이 서서히 나를 덮쳐온다. 신조차 침묵하는 이 우주 역시 우리의 상상력이 만들어낸 존재가 아닐까? 신은 없다. 하지만 그렇기 때문에 신은 있다. 이는 매우 비약된 표현인데, 거기에 인간의 가장 큰 특징이 있는 듯하다.

*

고독을 감싸는 한량없고 얼어붙을 것 같은 끝없는 침묵. 두려움과 전율. 고독은 자체만으로 악이나 다름없다. 인간 이외의 생물에게 고독은 선도 악도 아니다. 그저 단순한 고독 그 자체이기 때문이다. 고독 또한 인간의 상상력이 만들어낸 산물일 것이다.

나는 귀를 기울인다. 아무것도 들리지 않는 광대한 공간을 향해. 나는 갓 태어났을 때부터 늘 이렇게 끊임없이 귀를 기울이는 존재였다. 나는 그것이 무엇인지 알고 싶었다. 내가 누구인지, 내 삶의 의미를, 이 질문에 대한 작렬하는 대답을.

*

고독은 단순한 상태가 아니다. 내가 무언가를 이루어내는 유일한 장소이자 나만을 위한, 내 모든 가능성으로 가득 찬, 내가 살아갈 가치가 있는 단 하나의 장소이다. 나는 되도록 멀리까지 도달하기를 바란다. 그러기 위해 나는 변모한다. 끝없이 변화하고 변모한다. 나 자신에게서 탈피한다.

하지만 여기서 유념할 점은 나를 부추겨서 움직이게 하는 힘은 내 의지가 아니라 다른 무언가의 유혹이며, 나는 다만 그것에 이끌려 움직일 뿐이라는 점이다. 나는 아직 이 세계의 법칙에 대해 아무것도 모른다. 이제 막 태어났으며 이 세계가 불가사의하고 모든 것이 미지이기 때문이다. 나의 모든 탈피나 변모는 내 스스로가 아닌, 나를 이 세상에 존재하게 만든 무언가의 손에 좌우된다.(여기서 주의해야 할 점은 '나를 이 세상에 존재하게 만든 무언가'라는 말을 '인간도 결국 생물계의 서자'라는 식으로 곡해하지 말았으면 한다. 그렇게 받아들이는 사람은 이미 상상력이 결여되었다고 봐야 한다. 상상력이 결여된 사람은 이 한 문장과 아무 인연도 없다. 일본의 시를 시시하게 만드는 것도 이런 안이한 사고라고 생각한다.)

저 머나먼 미지에 도달하고자 하는 욕망은 나만의, 혹은 특별한 몽상가의 욕망만은 아니다. 앞글에서 인용한 십자가의 성 요한의 글에도 이 같은 욕망이 잘 나타나 있으니 다시 읽어보기를 권한다.

"인간이란 먼 곳을 향한 정열이다."

아우구스티누스가 했던 이 말은 미지를 추구하는 욕망을 가장 단적으로 나타낸다. 내가 자연계의 한 생물이 낳은 자식이라는 점은 틀림없는 사실이다. 날마다 내 눈과 귀, 혀 그리고 피부에 비치는 사물과 현상, 즉 내 감각을 통해 날마다 그러한 사물이나 사상과 공존한다. 이는 내가 살아있다는 증거이며 나는 내가 살아있다는 사실에 새삼 놀란다. 하지만 그게 끝이 아니다.

*

감각은 인간이 미지로 향하는 출발점이자 무언가를 내다보는 창이다.

"감각의 현혹을 통해 미지로 나아간다."

랭보의 이 말은 몇 번이고 되풀이해도 매번 감탄스럽기만 하다. 특히 이번 장의 주제와 이보다 더 어울리는 말은 없는 듯하다. '감각을 통해'라는 말은 살아있음을 뜻한다. 상상력은 뿌리 없는 풀이 아니다. 상상력은 살아있는 존재에 의해 재배당한다.

삶의 방향성은 처음부터 자각하지 못한다. 비등점에서 끓어오르는 삶의 '현혹을 통해서' 서서히 모습을 드러낸다.

처음에는 두려움을 느낀다. 몸이 옥죄는 듯한 두려움과 전율이 시의 첫 단계에 나타날 것이다. 딜런 토마스와 F. G. 로르카[204]를 막론하고 예로부터 시인들은 시의 출현을 그렇게 느꼈다. 그들은 펜을 들기 전에 무릎을 꿇고 기도했다. 신비한 감각은 시를 쓰는 데 중요한 요소이다. 시는 결코 본인의 의지와 계산으로 써지지 않는다. 시는 비합리적이다. 합리적이고 분석적인 두뇌로 시를 쓰기란 불가능하다. 그래서 시인은 낭만주의자이거나 신비주의자일 리가 없다. 시인은 어디까지나 리얼리스트이다.

---

204) 페데리코 가르시아 로르카(Federico García Lorca, 1898~1936) : 에스파냐의 시인, 극작가. 연극의 보급, 고전극 부활에 힘썼다. 시집 『노래의 책』『집시 가집』으로 유명하며, 극본으로 『피의 혼례』『베르나르다 알바의 집』 등이 있다.

시인은 인간의 전부를 고스란히 지닌 리얼리스트이다. 그 일부를 어떤 속셈을 위한 악의적 관념으로 일그러뜨리거나 배제하지도 않는다. 신비한 감각은 시인의 척추를 통해 뇌수로 올라간다. 나무줄기를 통해 수액이 올라가는 원리와 같다. 릴케는 다음과 같이 말했다.

"체험을 통해 시인은 더 높은 곳으로 올라간다."

이 경우의 '체험'이란 단순히 일상적 체험이 아니라 발견이나 경이로움을 동반하는 아찔한 체험, 일종의 신비한 체험이라 해석해도 좋다.

자기 변모를 동반하지 않는 체험을 어찌 자신의 체험이라고 말할 수 있을까? 경이로움 속에서 자기를 잃어버린 듯한 체험이야말로 진정한 체험이라고 할 만하다. 모든 시와 예술은 현실적이어야 한다. 하나의 시 안에는 정치, 사회, 문화, 생활, 철학, 윤리 이 모두를 포함하고 있어야 한다. 이른바 사회시, 서정시, 형이상학시, 생활시, 예술시 등으로 분류하는 일은 한 편의 시가 가진 전체적인 면을 감상할 수 없게 방해한다.

추상주의 예술의 창시자인 몬드리안[205]위 마지막 에세이의 내용은 '나의 추상에 대한 길'이 아닌 '나의 현실주의에 대한 길'이었음을 주목해야 한다. 마찬가지로 칸딘스키[206]는 '내적 필연' '내적 경험'이라고 했는데 이것 역시 스스로 현실주의자임을 증명한 말이다. 초현실주의 작가인 브르통은 분명히 "초현실주의는 현실주의이다."라고 했다. 이런 현실주의의 밑바탕에는 사물과 현상을 종합적, 전체적으로 단번에 포착하는 직관력의

205) 피터르 코르넬리스 몬드리안(Pieter Cornelis Mondriaan, 1872~1944) : 근대 미술의 대표 작가로 불리는 네덜란드의 화가. 수평선과 수직선, 3원색과 3무채색만으로 그렸고, 나치 독일의 발흥에 불안을 느껴 미국으로 건너간 뒤에는 역동적이고 활기찬 분위기의 색띠와 연속무늬를 주로 사용했다. 대표작에 「햇빛 속의 풍자」「빨간 나무」「빨강, 파랑, 노랑의 구성」 등이 있다.

206) 바실리 칸딘스키(Wassily Kandinsky, 1866~1944) : 추상미술의 아버지이자 청기사파의 창시자로 불리며 사실적인 형체를 버리고 순수 추상화의 탄생이라는 미술사의 혁명을 이루어냈다.

복원, 즉 전적인 생명의 회복이 깔렸다. 이 20세기 전위작가들의 사고는 그 후 단순한 미학으로 전락했다는 시각도 있지만, 초심으로 돌아가서 다시 한 번 면밀히 살펴봐도 좋으리라. 일본 예술계의 이러한 초현실주의 재탐구는 지극히 피상적이었다고 밖에 보이지 않는다.

– 시에 대한 단편 69(『후네』 제121호, 2005년 11월)

70. 그냥 부르고 싶어서 부르는 것이 아니다

남미 칠레의 싱어송라이터인 빅토르 하라[207]가 지금까지 살아있다면 68세쯤이리라. 그 나이면 아마 지금도 활동하고 있지 않았을까? 빅토르 하라는 1973년 9월에 발발한 군사 쿠데타 직후에 구속되어 사형당했다. 당시 그의 나이 35세였다. 그 빅토르 하라가 했던 말이 요즘 내 머릿속에서 떠나지 않는다.

'그냥 부르고 싶어서 부르는 것이 아니다.
이 기타에는 사리분별이 있어서 부르는 것이다.
단순히 좋은 소리가 나서, 그저 소리가 좋아서 부르는 것이 아니다.'

지금 이 말을 염두에 두고 그 나라의 텔레비전과 라이브공연에 등장하는 가수들의 모습을 본다면 당신은 어떤 생각이 들겠는가? 각설하고, 시와 관련된 분들을 위해 위의 말을 이렇게 다시 써보았다.

---

207) 빅토르 하라(Victor Jara, 1932~1973) : 칠레의 시인, 연극연출가, 문화예술운동가. 미국의 문화적 침략에 맞서서 라틴 아메리카의 전통 가치와 문화적 정체성을 지키려 했던 '누에바 깐시온' 운동에 앞장섰다. 군사독재 정부에 항거하는 시민들에게 〈우리 승리하리라〉를 부르며 용기를 북돋다가 진압 중인 군인들에게 피살당했다. 민족예술학교를 설립했고 칠레대학교 연극연구소 상임연출가를 역임했다. 칠레 연극비평가 대상을 수상했다. 대표곡에 〈한 노동자에게 바치는 기도〉 〈선언〉 등이 있다.

'그냥 쓰고 싶어서 쓰는 것이 아니다.
이 하얀 종이에는 사리분별이 있어서 쓰는 것이다.
단순히 말을 알아서, 그저 말을 잘해서 쓰는 것이 아니다.'

시를 쓰는 사람이라면 가슴에 손을 얹고 가만히 자신을 돌아보자. 내가 이 글에서 빅토르 하라의 말을 인용한 이유도 그의 음악을 보다 깊이 이해하기 위해서가 아니다. 빅토르 하라가 "당신도 시를 쓴다면 내 말에 대해 한마디 해보라."라는 질문을 던지는 듯해서였다. 나는 이 질문을 무시하지 못한다. 위와 같이 말을 바꿔본 것은 내가 그 질문을 정면으로 받아들였다는 증거이기도 하지만 그것만으로는 설명이 부족하다. 빅토르 하라의 말에 대한 내 느낌을 좀 더 나누고 싶다.

빅토르 하라의 말에서는 노래에 대한 아주 명확한 신념과 결의가 엿보인다. 그 배경에는 남들은 알지 못하는 그만의 우여곡절과 생생한 경험이 감춰져 있는 듯하다. '사리분별'이라는 말은 그런 경험 없이는 나오지 않기 때문이다.

'이 기타에는 사리분별이 있어서 노래하는 것이다.' 노래에는 단순한 기분이나 심정에 의존하지 않고 생생한 경험으로 얻은 사리분별, 만인이 공유할 수 있는 것이 들어있어야 한다고 했다. 노래란 감성은 물론 지성과 더 나아가 전인격까지 뒤흔들 수 있다는 의미이기도 하다. 덧붙여 노래는 감각적인 열광과 같은 일과성이 아니라 노래를 듣는 사람의 삶의 방식까지도 바꿀 수 있어야 한다는 뜻이다. 그는 '사리분별'을 위해 노래한다고 했다.

나는 노래를 그저 감각적이고 심정적인 것으로 치부해서는 안 된다고 주장하는 빅토르 하라의 말에 주목한다. 시와 관련된 사람들은 그 '노래'라는 말을 '시'로 바꾸어 생각해보라. 일본현대시의 존재 이유는 과연 무엇일까 라고 말이다. 그런데 이 '사리분별'이란 무엇일까? 빅토르 하라는 '나에게는 사리분별이 있다'고 하지 않고 '이 기타에 사리분별이 있다'고 표현했다.

'기타에 사리분별이 있다.'

나는 이 말에 악기를 소중히 여기는 음악가의 진면목이 들어 있다고 생각한다. 실제로 악기는 어떤 명인이나 달인에게도 그 이상의 것을 요구하며 그 요구는 무한하기 때문이다. 나는 이 말을 다음과 같이 다시 써보았다.

'하얀 종이에는 사리분별이 있다.'

실제로는 아무것도 쓰지 않은 하얀 종이에 선뜻 무언가를 쓰기란 쉽지 않다. 자기 생각에는 좋은 내용을 쓴 듯한데 하얀 종이는 '좋은 내용을 썼다'고 생각하지 않고 '왜 이런 하찮은 글로 나를 더럽히는가' 하고 무표정하게 구시렁거리는 듯해 보인다. 하얀 종이에 담긴 사리분별을 나는 아무리 애를 써도 이기지 못한다. 하지만 나는 그 하얀 종이에 담긴 최고의 사리분별(신과 같은 영지)을 위해 계속 도전을 할 따름이다. 빅토르 하라도 이런 생각을 했는지 어떤지는 모른다. 하지만 나는 그렇게 해석하고 싶다. 그리고 다음 행은 이렇다. 이 또한 놓치지 말아야 한다.

'단순히 좋은 소리가 나서, 그저 소리가 좋아서 노래하는 것이 아니다.'

여기까지 살펴보면 빅토르 하라가 노래에 원하는 바는 '미'가 아니라 '진실'이라는 점을 잘 알 수 있다. 외관이 아니라 내실 말이다. 노래는 '미'를 위해 봉사하는 것이 아니라 '진실'을 위해 봉사하는 것이라는 그의 신념이 느껴진다. '사리분별'이라는 말도 '미'가 아닌 '진실'에 속한다. 모두를 배반하지 않은 '진실', 그의 확신에 찬 노래가 수많은 사람의 주목을 받는 이유는 진실이 존재하기 때문이다. 여기서 그의 노래는 이미 빅토르 자신의 의도를 뛰어넘었다는 사실에 주목해야 한다. 그는 이 말의 첫머리에 뜬금없이 다음과 같이 말했다.

'그냥 노래하고 싶어서 노래하는 것이 아니다.'

이는 분명히 그가 자신을 위해, 자기만족을 위해 노래하지 않겠다는 선언이다. 개개인을 초월한 보편적 '진실'과 만인을 위한 '사리분별', 말하자면 '예지'를 위해서 자신의 노래가 봉사하고 있다고 말하는 듯하다. 말하자면 그는 이미 랭보가 말한 '타인'이 된 것이다. 그가 전하고자 하는 가장 중요한 핵심일지 모른다.

구속받지 않을 것, 자유로울 것. 이는 시와 노래의 발생적 원천에 필요불가결한 요소이다. 머릿속으로는 그렇게 생각하지만 그리 쉬운 일은 아니다. 자신이 '타인'으로 바뀌는 것과 진정한 자유를 획득할 수 있는 요인이 이 지점에 놓여있기 때문이다. 이는 달리 말하면 하얀 종이에 내가 쓰는 것이 아니라, 하얀 종이의 '사리분별'이 나로 하여금 쓰게 만든다는 뜻이다. 어쩌면 내가 노래하는 것이 아니라 무언가가 나에게 노래를 시킨다고 말해도 틀리지 않으리라. 빅토르 하라의 노래에 담긴 '사리분별'을 그런 뜻으로 해석하고 싶다. 다시 인용해보자.

'이 기타에는 사리분별이 있어서 노래한다.'

나는 빅토르 하라의 표현이 적절하다고 생각한다. 기타의 '사리분별'은 분명 얄팍한 지혜가 아니다. 그리고 훌륭한 시와 노래에는 응당 모두 이런 개개인의 의도를 뛰어넘는 보편적 요소가 그 바탕에 깔렸다.

– 시에 대한 단편 70(『후네』 제122호, 2006년 2월)

71. 시와 로고스

시를 쓰는 사람이나 시에 관심이 있는 사람에게 한 가지 묻고 싶다. 시와 파토스(pathos), 거기에 에토스(ethos)와의 관계의 중요성에 대해서 저마다 일가견을 가졌을 터인데 그렇다면 시와 로고스의 관계는 어떠한가. 우선 파토스와 에토스, 로고스 대해서는 다양한 해석과 생각들이 분분하여 논의가 잘 진척되지 않으므로 여기에서는 다소 어려운 철학적 담론은 잠시 미루자. 우선 일반적으로 상용되는 쇼가쿠칸(小學館) 출판사의 『현대국어풀이사전』의 정의를 살펴보겠다.

* 파토스(pathos) : 이성에 대한 마음의 감정적인 측면. 정념. 격정. 정열. (반)로고스 · 에토스
* 에토스(ethos) : 어느 민족이나 사회집단이 가진 관습과 습속. (반)파토스
* 로고스(logos) : 1. 언어. 언어를 모체로 표현된 이성. 또는 그 이성의 움직임. 파토스
  2. 그리스 철학에서 말하는 우주의 진리. 이법.

시와 예술은 열렬하고 순수한 정열의 산물이며, 정체되고 사문화된 기성의 관습이나 상식을 파괴하고 참신한 생명력을 복원하려는 움직임을 가

진다는 점에서 이견은 없으리라 생각한다. 즉, 삶의 혁신성의 기초에는 파토스와 시가 존재한다. 반면 낡은 형식을 중시하는 전통파는 어느 시대에나 이와 대립했다. 하지만 전통파가 본보기로 삼는 선도자라고 할지라도 이전 시대에는 자기 세대의 혁신자였기 마련이다. 그러므로 나는 선도자를 형식적으로 중시할 일이 아니라 그 형식 안에 감춰진 선도자의 삶의 방식과 정신을 배워야 한다고 생각한다. 다시 말해서 시의 본질은 시대를 막론하고 혁신성과 그것을 재촉하는 삶의 근본에 뿌리박힌 파스토에 있다. 현재 일본의 현대시와 현대 예술이 극도로 쇠약해진 이유는 이 파토스의 현실에 있다 해도 틀리지 않는다. 이시카와 다쿠보쿠는 러일전쟁에 승리하여 한껏 들뜬 당시 상황에서 이렇게 말했다.

"우리의 이상은 이미 '선'이나 '미'에 대한 공상이 아니다. 일체의 공상을 단호히 거절했을 때 거기에 남는 단 하나의 진실—'필요', 이것이야말로 우리가 미래에 구해야 할 전부이다."(「시대 폐쇄 현상—강권, 순수자연주의의 최후 및 내일의 고찰」[208] 중에서)

여기서 '필요', 즉 자신의 내면에서 아무리 억눌러도 뿜어져 나오는 무엇과도 바꿀 수 없는 자기존재의 증거인 파토스의 전인간적 현상을 이 한마디로 전부 설명하는 듯하다.

이 글의 앞 대목은 더욱 엄격한 어투가 느껴지는데 다쿠보쿠는 굳이 따옴표를 붙여서 강조표시까지 해가며 "모든 아름다운 이상은 전부 허위이다."라고 단정 지었다. '필요'라고 쓴 것을 보니 다쿠보쿠의 파토스는 관념 속이 아닌 문학 이전의 일상적 현실 안에서 그 파토스가 그를 표현으로 몰아가고 있음을 알 수 있다. 다쿠보쿠의 '리얼리티 선언'이라고 해도 과언

208) 시대 폐쇄 현상—강권, 순수자연주의의 최후 및 내일의 고찰 : 이시카와 다쿠보쿠가 우오즈미 세쓰로(魚住折蘆)의 「자기주장의 사상으로서의 자연주의」에 대한 반론으로 1910년에 쓴 에세이. 아사히신문에 게재할 목적이었으나 글을 쓴 당시는 실리지 않았고 저자 사후에 발표되었다.

이 아니다.

다쿠보쿠의 「시대 폐쇄 현상」은 거의 백 년 전에 쓰인 에세이인데 작금의 현실에 비춰보아도 박진감이 느껴진다. 이는 어디에서 유래하는 것일까? 나는 다쿠보쿠의 일생을 통틀어 정열, 그 파토스를 무엇과도 바꿀 수 없는 시의 원천으로서 존중한다. 하지만 그것만으로 통찰과 예견 능력을 얻지는 못한다. 메이지 시대에 일어난 구어자유시운동 중에 언론인들이 다쿠보쿠에게 끼친 영향을 과소평가해서는 안 된다. 다쿠보쿠 자신도 그 운동에 참여했던 한 사람이었으니 말이다. 예를 들자면 그가 구어자유시운동에서 얻은 새로운 정보나 지식, 그것에 대한 적극적인 공격, 그러면서 배양된 지성과 비평정신, 즉 로고스의 움직임을 「시대 폐쇄 현상」에서 읽어내야 한다.

진실을 바라는 힘은 로고스에 있다. 파토스만으로는 정념과 정서의 영역을 벗어나기 어렵고, 그것은 자폐적 나르시시즘처럼 미의 포로로 전락할 우려가 있다. 앞에서 보았던 『현대국어풀이사전』에서 에토스의 반대어는 파토스이다. 에토스에 대한 파토스의 힘이 일관성을 유지해야 하고 그 시대의 관습이나 습속을 개선하기 위해서는 파토스에 로고스의 힘이 더해져야만 한다. 사전에는 사전 나름의 역할이 있기에 에토스의 반대어가 파토스라는 설명에 이의를 제기할 생각은 없지만 나라면 파토스의 옆 자리에 로고스를 넣겠다. 사전에서는 로고스를 '말' '이성' '이성의 움직임'이라고 설명했는데 '이성'이란 진실을 요구하는 힘이므로 중요하며, 그 점에서 로고스는 파토스와 합체해 힘을 발휘할 수 있기 때문이다.

다쿠보쿠의 「시대 폐쇄 현상」은 파토스와 로고스가 합체해서 태어났다. 실로 시대를 예견한 책이라고 할 만하다. 교활한 이해타산이 담긴 요령 좋은 두뇌는 냉정하게 말해서 이성이라고 하기는 어렵다. 참된 이성은 진실 이외에 아무것도 요구하지 않는다. 따라서 참된 이성은 '선(善)'을 지향한다.

"선한 것은 하나가 되는 것이다."

이것은 신플라톤주의[209]를 대표하는 알렉산드리아의 플로티노스기 말한 명구다. 최고의 파토스와 최고의 로고스가 하나로 합체된 상태를 설명하는 말로 해석된다. 시란 그 의미만 놓고 보면 진실을 추구하지만 궁극적으로는 선과의 일치를 희구한다.

*

선의 전제는 정상적인 파토스와 로고스의 합체라고 생각한다. 이때 정상이란 무엇인지, 또는 인간의 의지에 근거한 것인지 궁금하다. 위에서 살펴본 『현대국어풀이사전』의 두 번째 항목에서 로고스란 '그리스 철학으로 우주의 진리, 이법'이라고 정의했다. 나는 로고스 즉 이성이 여기에서는 '우주의 이법'이란 점에 주목한다. 바꿔 말하면 이성은 인간의 것이면서도 우주의 이법에 합치해야 한다. 즉 이성은 인간에게 속했다기보다 우주의 시원적 의지에, 그 이법에 속한다는 의미이다.

'태초에 말씀(로고스)이 계시니라'라는 구절에서 말씀은 무엇에 속하는가? 이것 역시 위에 쓰였듯이 인간에 속하는 것이 아닌 우주의 시원에 해당하는 말(로고스)이다. 인간을 초월한 것에 속한다는 뜻이다. 시의 보편성도 한 시대의 인간이 생각해낸 이상에 근거한 것이 아니라 역시 '태초에 말씀(로고스)이 계시니라'와 같은 그 우주의 이법으로 이루어진 것이어야 한다. 선도 인간에 속해서는 안 된다.

플로티노스나 플라톤까지 언급하지 않더라도 파스토와 로고스는 원래

209) 신플라톤주의(neo-Platonism) : 플라톤 철학의 계승과 부활을 내세우며 3~6세기에 로마 제국에서 성행했던 철학사상. 만물은 하나의 근원에서 단계적으로 산출되고, 다시 하나의 근원으로 돌아갈 수 있다고 여겼고, 정신과 영혼을 중시하는 엄격한 금욕주의적 성향을 보였다. 이는 소아시아와 이집트 등에서 전래된 종교사상과 신비주의 철학을 사변적으로 종합한 것이었다.

한 인간에서 따로따로 분리될 수 없다. 일체된 상태였으며 본디부터 서로 다른 두 개체가 아니었다. 작금의 인간이 처한 위기와 시의 쇠퇴 원인은 파토스와 로고스가 각기 따로 기능을 발휘하기 때문이다. 이때 선은 당연히 소실되며, 그보다 먼저 교활한 지혜로 인해 진실을 구하는 참된 이성(로고스)까지 맹목적으로 변해간다.

'태초에 말씀(로고스)이 계시니라'와 같은 우주적 이성은 오늘날 우리에게서 점점 더 멀어지는 듯하다. 지금 우리에게 필요한 것은 어쩌면 '어리석음'일지도 모른다.

– 시에 대한 단편 71(『후네』 제123호, 2006년 5월)

72. 나는 무한정 먼 나에게 다가간다

내 경우 시는 거의 내가 쓰는 것이 아니라 무언가가 나에게 다가와 나를 다그쳐서 눈이 번쩍 뜨여 써내려간 적이 많다. 이 중수필도 거의 예기치 못한 상태에서 태어났다. 스스로도 이상한 느낌이 들 정도이니 분명 우연이라 부를 만하다. 사전에 계획하고 일정에 따라 완성된 것을 우발적이라고는 하지 않는다. 나는 계획도 세우지 않고 준비도 하지 않은 채 바로 글을 쓰기 시작했으므로 이는 틀림없이 우발적이다. 하지만 세간이, 아니 인간이 돌발적으로 떠올린 것이라도 거기에는 반드시 떠오른 이유와 오랜 준비와 제반 요건이 축적되어 있다고 본다.

머릿속이 말로 가득 찼을 때는 작품이 다가오지 않는다. 말없이 텅 비었을 때, 자신의 감각과 사물이 자유로이 접촉할 때 작품은 갑자기 폭발적으로 솟아난다. 나의 수많은 경험이 일제히 눈을 떠서 소용돌이치며 나를 덮친다. 예기치 못한 일이지만 결코 우발적이거나 남의 일이 아니다. 그 순간이야말로 나 자신이 살아있다고 실감할 수 있는 때이다. 이때 자각하지는 못해도 삶의 묘한 필연(어떤 큰 손의 감촉이라고 해야 할지)이 느껴진다. 나는 이 순간이 다가오기를 기다린다. 그 기다림으로 인해 살아있다는 느낌마저 든다.

내가 언어를 선택하는 것이 아니라 그 무언가가 내게 준 것이다. 나는 그것을 불가항력처럼 받아들여 단지 베껴 쓸 뿐이다. 혹은 그 무언가가 내 안에 침투하여 나를 점령하고, 나는 텅 빈 채 그 무언가로 변하여 그의 뜻대로 내 시를 완성한다. 나는 때로 그것에 불만을 느껴 몰래(그러면 안 된다고 생각하면서도) 수정을 해보지만, 작품이 좋아지는 일은 거의 없었다. 이는 두려운 일이다. 나는 시를 쓰기 시작했을 때부터 장 콕토의 다음 말을 머리에 새겨두었다.

"재빨리 겨누고 쏴라! 과녁을 빗나가지 마라."

지금 고백하건대 1954년에 간행된 내 첫 시집 『물의 장식』에는 흡사 두 종류의 작품이 혼재되어있는 것처럼 보인다. 1950년 전후에 쓴 작품이 대부분인데, 전쟁 직후 종이 공급과 인쇄 사정이 열악한 탓에 발행이 늦어져 그사이에 조금 수정을 했다. 서두에 예로 든 「초여름의 식탁」과 「속새류 군락 발생 단계」 등을 당시 『시학』에 발표한 작품이 그에 해당한다. 이들 작품에는 타인의 눈을 의식하는 내가 들어있다. 하지만 다른 대부분의 작품, 특히 「황혼의 발라드 Ⅰ, Ⅱ」 「조개껍데기를 위한 밤」 「축제」 「달이 거리를 삼켰습니다」 「별사탕 있는 풍경」 등은 처음 해둔 메모 그대로였고 거의 손을 대지 않았다. 남의 눈을 의식하지 않은 이 작품들이야말로 거짓 없는 나 자신이 지금도 숨 쉬고 있는 듯하다.

두 번째 시집 『커다란 돔』 이후 현재까지 예술파로서 여러 차례 주목을 받았지만 말의 기교(테크닉)는 오히려 배제했다. 문학이 아닌 미술이나 음악에서도 테크닉의 과시나 그 흔적이 보이면 아직 미숙하다는 느낌도 든다. 그보다는 인격과 정신의 빈곤함이 느껴져 유쾌하지 않다. 다만 작품에 손을 대는 것과 퇴고는 별개의 문제이므로 퇴고를 전면적으로 부정하지 않는다는 사실을 이 글을 통해 밝혀둔다. 작품의 비중은 작가와 같으며. 작가보다 크지도 작지도 않다. 이런 점은 오롯이 보는 이에게 전해져야만 한다. 이런 점에서 재빨리 메모를 하려면 극도의 집중력이 필요하다.

오자나 탈자, 일상적인 말의 취향이나 버릇, 독자에 대한 영합과 치장을 순간적으로 배제하는 훈련을 일상적으로 해야 한다. 즉 무심하게 살아가는 삶의 방식과 표현소재(수단)에 대한 더없는 엄격함이 요구된다. 이것을 장인정신이라고 바꿔 말해도 좋다. 즉 소재에 대한 경의이다.

시를 쓰기 시작한 지 60여 년이 흘렀다. 내 염원은 조금이라도 진정한 나에게 다가가는 것이었다. 거짓된 나에게서 멀어지고, 그런 나를 장사지내는 것이었다. 시 작품에 대해서만이 아니다. 이를테면 1967년에 출간한 시론집『상상력과 감각의 세계』가 그 일환이었고, 이 글도 그 방향과 일치한다. 시인으로서의 영예와 그것에 대한 야망 등은 차치하고, 기성의 문학개념과 사회통념, 사문화된 낡은 윤리에 맞서는 항시 투명하고 오염되지 않은 눈길을 신선하게 유지할 수 있는지가 시를 쓰는 나에게는 전부이자 필수 과제였다.

어둠에서 빛으로—이는 동서고금을 막론하고 시를 쓰는 사람들의 영원한 과제이다. 무엇이 사람을 시로 이끄는가. 적어도 자신의 힘은 아니다. 시는 그 범주에 속하지 않기 때문이다. 자기 안에 있는 올바른 것. 그것은 자신이 태어나기 이전의 것이다. 나는 태어났으므로 그것을 잃었다. 올바른 것—갓 태어난 아기의 눈에 반짝하고 나타났다 사라지는 것을 다시 회복하기 위해 간절히 바라는 것은 다름 아닌 올바름이다. 시를 지음으로써 그 세계가 조금씩 드러난다.

– 시에 대한 단편 72(『후네』 제124호, 2006년 8월)

73. 시의 표현에 대하여 1

'시에 대한 단편'은 주로 시에 대한 사색을 담으려고 시작했다. 그런데 가끔 다음과 같은 감상을 『후네』로 보내주는 분들이 계신다. 이에 공개적으로 시와 관계된 다른 분들과 함께 생각해보려 한다.

"얼마 전부터 『후네』를 읽으면서 이런 느낌을 받았습니다. 작품 중에 너무 안이해서 마치 일기 수준의 산문을 행만 나누어놓은 듯한 시, 시시한 신변잡기를 늘어놓은 시들이 눈에 띕니다. 제 오해일까요? (중략) 니시 씨가 말하는 '시는 기교가 아니다'라는 생각을 부정하려는 의도는 아닙니다. '그저 유려하기만 한 시'는 사람의 마음을 감동시키지 못합니다. 그런데 단순히 유려하기만 한 시 '이전'의 시가 많다는 생각이 듭니다. 물론 전부 그렇다는 건 아닙니다. 하지만 그럴 바에야 차라리 '유려한 시'를 읽는 편이 더 재미있을 듯한데요."

'일기 수준의 산문을 행만 나누어놓은 듯한 시' '신변잡기를 늘어놓은 시' 그렇다. 삶에 대한 감상을 고백하거나 푸념을 늘어놓는 시는 읽기에 지루하다. 나 역시 그런 글을 시로 인정하고 싶지 않다. 작품을 공개한다는 건 작품이 저자를 떠나 홀로 서는 일이지만, 어디까지나 그 작품은 저자의 분신이므로 작품에 대한 책임은 모두 저자에게 있다. 그러므로 저자에게는 표현이 매우 중요하다. 화가는 선 한 줄, 피아노 연주자는 한 음의 울림, 시인은 단어 하나의 미묘한 뉘앙스가 바로 자신을 나타내므로 언어와 관계되는 일을 하는 시인은 하나의 단어라도 예사로 흘려보내서는 안 된다.

특히 시를 다룰 때는 어떤 말을 고르고 어떤 말을 뺄지 온 신경을 집중해야 한다. 나는 많은 사람들이 사용하여 진부하고 손때 묻은 상투어나 미사여구, 한자숙어 등을 경계한다. 낡은 관념으로 가득한 말을 마치 자신의 말인 양 태연히 사용하는 저자들의 말에 대한 무책임함, 나아가 독자를 배려하지 않는 무관심을 용인할 수 없다. 시인이란 언어를 새로 태어나게 하는 사람, 언어에 새 생명을 불어넣을 줄 아는 사람이어야 한다. 나는 시에서 가장 핵심적인 부분이 비유라고 생각하지만 직유나 은유는 웬만하면 사용하지 않는다. 결코, 표현을 우습게 여긴다는 뜻이 아니다. 내가 언젠가 '시는 기교가 아니다'라고 했던 말은 최근의 기교 과잉 풍조를 비꼰 것이다. 내 시는 최대한 기교가 눈에 띄지 않도록, 기교를 사용할 필요가 없도록, 그 필요성에 주목하여 기교 없는 시를 지향하고 있는데, 기교가 없는 표현법 역시 하나의 기교라고 한다면 이해할 수 있으리라.

그럼 표현의 일반론에 대해 이야기해보자. 서두에 인용한 감상문은 『후네』에 대한 독자의 의견이므로 『후네』의 입장에서 답변하겠다. '일기 수준의 산문을 행만 나누어놓은 듯한 시' '신변잡기를 늘어놓은 시'에 대해 『후네』 편집자의 한 사람으로서 사견을 밝히자면, 나는 어떤 형식이든 그것이 시를 내포하고 있고, 언어가 안이하지 않다면 아무 문제 없다고 생각한다.

『후네』는 분명 시문학지이지만, 이른바 문예라는 세계에서 나누는 단카, 하이쿠, 센류[210], 소설, 시 등의 협소한 시선으로 시를 다루지 않는다.

---

210) 센류(川柳) : 17자 5 · 7 · 5의 음수율로 이루어진 일본 고유의 정형시. 하이쿠에 비해 규칙이 다소 느슨하다. 하이쿠와 형태는 같으나 센류에는 계어(季語: 계절과 관련한 핵심 시어)가 들어있지 않다.

전통적인 단카나 하이쿠 등의 세계에는 일정한 형식이 정해져 있고, 그 형식을 전제로 선생과 제자라는 관계가 생겨나며, 그 틀 안에서 기교를 겨룬다. 자유시가 그러한 좁은 세계에 매인다면 자유시는 자유를 잃고 자멸하고 만다. 자유시라면 시는 모든 예술(표현)의 핵심이라는 좀 더 광활한 시선으로 '일기 수준의 산문'이든 소설 · 시나리오 · 동화와 같은 픽션이든 신변잡기 같은 논픽션이든 형식에 구애받지 말고 온갖 형식을 동원하여 시 자체에 내포된 표현의 가능성을 추구해야 한다고 본다. 물론 거기에 시가 있는가, 과연 시란 무엇인가 하는 동서고금을 막론한 인간 정신의 영위를 통한 끊임없는 탐구가 필수적이다.

최근에는 자유시의 세계에서도 갖가지 상이 제정되어 상으로 우열을 가리는 풍조가 만연하지만 『후네』는 시를 그러한 얄팍한 차원에 두고 생각하지 않는다. 제임스 조이스, 장 콕토, 생텍쥐페리, 헨리 밀러 같은 다양한 형태의 작품이 그런 협소한 시 문학의 세계에 등장할 리 없다. 일본의 문학전집은 소설이 중심이라 시는 실리지 않는다. 이 또한 어떤 의미에서 시를 들러리 취급하는 것이며, 그로 인해 소설도 풍부한 상상력과 재미를 잃었다고 생각한다.

서두에 소개한 독자의 의견 중에서 '단순히 유려하기만 한 시 이전의 시'보다는 '유려한 시'를 읽는 편이 낫다는 대목에 있어 이는 시와 관련된 사람이 하는 말치고 다소 태만하다고 생각한다. 엄청난 발견이 들어있지 않은 이상 나는 그 시를 '유려한 시'라고 인정하지 않는다. 눈동냥으로 흉내 낸 이른바 '유려한 시'는 얼마든지 있어도 나는 그보다 오히려 '시 이전의 시', 지금까지 시로 인정되지 않았던 형태의 시 중에 진정으로 참된 시가, 새로운 시가 숨어 있지 않을지 고민한다. 그것을 찾는 일은 시의 가능성을 넓힌다는 점에서도 매우 중요하다.

서투르거나 초보적으로 보이는 시, 이 첫 산물 속에 희미하지만 시의 동기, 시의 기원이 숨어있다. 비록 그것이 '일기 수준의 산문을 행만 나누어놓은 시'나 '신변잡기를 늘어놓은 시', 혹은 한 장의 편지글일지라도 그 안에서 시의 원석을 발견했을 때의 기쁨, 그것이 바로 『후네』가 추구하는 점이다. 메이지 시대 『신체시초』 이후 백몇십 년 동안의 자유시의 흐름을 가만히 살펴보면 이러한 생각이 무모해 보일지도 모른다. 그러나 가능성에 대한 적극적인 탐색을 멈추고 현재와 같은 좁은 시단에 안주한다면 일본의 시에 미래는 없다고 생각한다.

『후네』는 표현의 장이다. 표현의 장이기에 응당 표현을 소중히 여긴다. 여기서 말하는 표현이란 지금까지의 시 개념을 그대로 계승한 것이 아니라 현재를 살아가는 시인의 내적 필연에 의해 용솟음친 새로운 표현이기를, 『후네』가 이러한 시적 표현의 장이 되기를 바란다. 따라서 『후네』는 어떤 시 기법이 좋다는 모범 답안을 두지 않는다. 표현은 개인의 것이다. 그 표현을 만들어내는 시의 토양, 즉, 시 이전의 시인 개인을, 표현을 만들어내는 저자 자신의 감성, 의식, 사고방식을 소중히 여기고자 한다. 좋은 작물이 자라나려면 좋은 토양이 필요하다. 햇빛도 들지 않는 공장에서 재배한 작물은 한계를 갖고 있다.

『후네』는 '유려한 시'를 늘어놓기보다는 '진정한 시'의 싹이 움트는 시를 싣기 위해 그 기반이 되는 토양을 만들고 싶다. 너무 느긋한 얘기일지 모르겠지만, 점점 초라하게 메말라가는 현대시가 기사회생하려면 이 방법밖에 없다. 시의 싹이란 바로 삶에 대한 열정과 논리이다. 표현이란 그 결과물로 꼭 글자가 아니라 다른 어떤 방식이라도 좋다. 글자는 그중 하나에 지나지 않는다. 물론 내가 『후네』의 현재 모습에 만족한다는 뜻은 아니다. 의견 보내주신 데 대해 깊은 감사를 전한다.

– 시에 대한 단편 73(『후네』 제125호, 2006년 11월)

74. 시의 표현에 대하여 2

지난 호에 소개했던 독자 의견 중 다 싣지 못한 내용이 있어서 이번 호에서 마저 소개하겠다. 이번 호에서는 지난 호에서 다룬 내용보다 한 발짝 더 들어가서 시의 핵심에 대해 논하려 한다. 나 개인에 대한 질문이기는 하지만 다른 시 관계자 분들과 함께 고민을 나누고 싶다.

"모든 기교의 거북함을 극복하고 기적처럼 빛나는 시가 가장 이상적이겠지만, 그런 시는 평생 단 한 편도 쓰지 못할지 모릅니다. 물론 그런 높은 지향점을 바라보고 노력한다는 건 매우 중요합니다. 하지만 그저 우연에 맡기고 기다리기만 하면 하늘에서 내려오는 걸까요? '하늘에서 내려온다'가 니시 시인의 핵심 시론이지만, 저는 그 의견에 반은 긍정하고 반은 부정합니다. 시가 '써지는 것'이라는 생각은 대체로 수긍합니다. 하지만 하늘에서 내려오는 것을 받아들일 자세도 갖추지 않고 그저 멍하니 하늘을 바라보기만 해서는 설령 시가 내려오더라도 그 시정(詩情)을 전달할 수 있을까요? 표현의 문제는 거기에서 생겨나며, 이는 기교의 문제와도 관련이 있다고 생각합니다. 이에 대해 니시 씨는 어떻게 생각하십니까?"

시에 대해 매우 진지한 이 질문에 우선 경의를 표한다. 보내주신 의견의 앞부분은 지난 호와 상당 부분 겹치므로 '하늘에서 내려오는 것'과 관련된 뒷부분을 중심으로 내 의견을 말하고자 한다. 물론 이 역시 앞부분이나 앞 장(73. 시의 표현에 대하여 1)의 내용과 밀접한 관련이 있으니 부디 앞 장의 내용과 비교해가며 읽어주기 바란다.

우선 '시는 하늘에서 내려오는 것'이라는 내 생각에 대해 질문해주신 독자는 '시는 써지는 것'이라는 내 생각에는 대체로 수긍한다고 했다. '하늘에서 내려오는 것'과 '써지는 것'은 같은 개념일 것이다. 시는 작가의 노력만으로 쓰지 못하며, 시에는 자신을 초월한 어떤 거대한 존재의 힘, 이를테면 하늘의 계시와도 같은 번뜩이는 착상이 필요하다는 점에서 질문해주신 분과 내 의견이 일치한다. 질문자가 문제로 제시한 그다음 부분을 보면 내가 '하늘에서 내려온다'고 표현한 내용에 대해 '받아들일 자세도 갖추지 않고 그저 멍하니 하늘을 바라보기만 해서는 설령 시가 내려온다 해도 그 시정을 전달할 수 없을 것'이라고 했다. '하늘에서 내려오는 것'에 대해서는 '그저 우연에 맡기고 기다리고만 있으면……', 나아가 '받아들일 자세도 갖추지 않고 그저 멍하니 하늘을 바라보기만 해서는……'이라고 하셨는데 아마도 질문해주신 독자는 나를 상당히 낙천적이라고 생각하는 듯하다.

이 의견을 접하는 순간, '아, 나도 이분 말처럼 멍청히 입만 벌리고 있다가 진정한 시를 만난다면 얼마나 좋을까.'라는 생각이 머리를 스쳤다. 아무래도 그런 일은 없을 테니 말이다.

질문자는 아마 내가 연재한 '시에 대한 단편'을 1회부터 73회까지 18년간 빠짐없이 읽으셨던 것 같다. 또 최근에 출간한 내 수필집 『시의 발견』도 읽으신 듯하다. 여기서 중심 명제 중 하나가 '시 이전' 혹은 '시 창작 이전'이다. 그 명제를 이 문제에 대입해보면 '하늘에서 내려오는 것'을 '받아들이기' 위해서는 시를 쓰는 사람은 펜을 들기 전, 그러니까 '시 창작 이전'에 충분히 자세가 갖추어져 있어야 한다. 진정한 시를 쓰고자 하는 사람은 시를 쓰기 전부터 이미 '하늘에서 내려오는 것'을 포착하고 그것에 젖어들어야 한다. 이를 받아들이는 능력은 시인이 되고 싶은 사람이라면 하루도 빠짐없이 고민하고 노력해야 할 일이다.

내가 '시 이전'을 강조해온 이유는 어떻게 해야 시인이 될 수 있는가, '하늘에서 내려오는 것'을 포착하기 위한 시인의 조건은 무엇인가를 밝히고 싶었기 때문이다. 다시 말해서 나는 시를 받아들이는 능력이 무엇인지를 밝히는 데 가장 많은 에너지를 할애했다. 그런데 질문하신 분은 '받아들일 자세도 갖추지 않고 그저 멍하니 하늘을 바라보기만 한다'라고 힐문하고 있다. 왜 이러한 견해차가 생겼을까? 질문하신 분의 글을 자세히 살펴보면 나와 질문하신 분의 커다란 차이점을 금방 알 수 있다.

먼저 질문하신 분은 '받아들일 자세도 갖추지 않았다'라고 했는데 여기서 '갖추나'라는 말이 꺼림칙하다. 나보다 높은 존재의 계시를 받을 '지세'를 보잘것없는 내가 감히 갖출 수 있겠는가. 하늘의 계시에 걸맞은 '자세'란 나 자신이 오롯이 몸과 마음을 바쳐 불필요한 것을 모두 버리고 그 계시를 받아들일 준비를 하고 그 앞에 조아리는 일이라고 생각한다. 이 '갖춘다'는 말 자체가 질문하신 분의 '자세'에 대한 오만을 보여주는 것 같기도 하다.

두 번째로 질문하신 분은 자세가 갖추어져 있지 않으면 '설령 시가 내려오더라도 그 시정을 전달할 수 없다'고 했다. 그런데 '시정을 전달한다'는 말은 과연 어떤 의미일까. 내가 온몸과 마음을 바쳐 받아들인 시정은 두말할 나위 없이 그것을 읽은 사람 앞에 존재할 것이므로 그걸로 충분하다. 이를 마치 텔레비전 뉴스 해설처럼 하나의 사실로서 전달하는 일이 과연 시인이 역할일까?

시정은 그저 그곳에 존재하면 된다. 시인은 그저 그 매개체에 지나지 않는다. 중요한 점은 다 말한 듯한데 질문자는 이어서 '표현의 문제는 거기에서 생겨나며, 이는 기교의 문제와도 관련이 있다'라고 글을 맺었다. '표현'과 기교의 문제 역시 앞 장으로 거슬러 올라가게 되지만, 이 질문과 내 의견의 차이는 대부분은 이 '표현'이라는 문제와 관련 있는 듯하다.

즉 질문하신 분은 '자세'란 하늘에서 내려오는 시정을 전달하기 위한 '표현' 수단이자 기술이라고 생각한 것 같다. 그 기술이 없으면 시정이 내려와도 그것을 제대로 전달하지 못한다고 생각한 모양이다. 그러나 '하늘에서 내려오는 것'을 포착하고 그것과 한몸이 되는 일은 대학 연구실에서 시를 연구할 때와는 전혀 다르다. 그런 안이한 행위가 아니다.

하늘에서 내려오는 것을 받아들이는 자세는 쓸모없는 것을 배제하고 벌거숭이가 된 나 자신이며, 중요한 것은 '표현' 이전의 '존재'이다. 우선시가 된 내가 그곳에 있어야 한다. 하늘에서 내려오는 것은 어느 순간 갑자기 불화살처럼 나를 관통해 나를 모조리 태워버릴 수도 있다. 풍경은 뒤바뀌고, 보는 것, 듣는 것, 피부에 닿는 공기, 냄새와 같은 모든 사물이 난생처음인 양 내 앞에 나타나 그 가운데서 새로운 내 생활이 시작된다. 나라는 존재는 내게 찾아온(하늘에서 주어진) 시(시정)의 매개체에 불과하므로, 내 오감을 통해 느끼는 감각을 최대한 단순하고 솔직하게, 어떠한 속임수도 없이, 있는 그대로 독자에게 보고할 뿐이다. 그 이상 시인에게 무엇이 필요하랴.

거듭 말하지만 한 편의 작품이 시정을 전달하는지 아닌지는 '표현'의 기교가 아니라 시정의 존재에 달려 있다. 시에는 시 외에 해설이나 변명, 해석과 같은 것이 일절 필요하지 않으며, 그저 시만 있으면 충분하다. 만약 당신이 시인이라면 기존의 다양한 '시에 관한 법칙'에 얽매이지 말고 자유롭게 보고 그대로 기록하면 된다. 물론 당신이 '하늘에서 내려온 것'과 한몸이 된 '시인'이라면 말이다.

"시인은 체험을 통해 높은 곳으로 올라간다"는 여러분도 아시다시피 릴케의 말이다. 이 체험세계란 감각(물리적 세계)과 연결되는 상상력(형이상학적 세계)의 세계로서, 시인은 이 안에서 끝없이 성장해나간다. 시인의 '지식'이나 '시에 관한 법칙'은 이 안에서 나날이 발견되고 연마되고 형성되어 간다.

– 시에 대한 단편 74(『후네』 제126호, 2007년 2월)

75. 작품이란 무엇인가

시를 쓰거나 다른 사람이 쓴 시를 읽을 때 문득 이런 생각이 들곤 한다. 본인도 모르는 사이에 어떤 타자(他者)가 그 사람 안에 들어와 그 타자가 시를 쓰는 사람과 정확히 겹쳐진다. 그리고는 타자가 쓰는 사람을 움직여 시를 쓰게 만든다.

놀랍도록 전율하는 순간이 있다. 한번은 어떤 사람이 내게 로베르트 발저[211]가 쓴 시를 내밀며 당신이 쓴 시가 아니냐고 물은 적이 있다. 확실히 내가 쓴 기억이 있었다. 기억이란 언제 어디서 내가 체험한 것일까? 나는 분명 그런 시를 쓴 기억이 있고, 그런 체험이 내 몸에 되살아나 섬뜩했다.

그러나 그 시는 내가 쓴 게 아니었다. 나는 스위스의 시인 로베르트 발저를 만난 적이 없다. 그 후 나는 프란츠 카프카가 그 시에 심취해 영향을 받았다는 사실을 알고 역시나! 하며 생각했다. 깊은 곳에서 무언가가 맞닿은 것이다.

1950년대의 일이다. 내게는 카프카에 대한 상당히 강렬한 기억이 있다. 단편소설 「가장의 근심」에 나오는 '오드라덱' 이야기를 읽고 내 일인 양 빠

211) 로베르트 발저(Robert Walser, 1878~1956) : 스위스의 소설가, 시인. 대표작으로는 소설 『조수』 『벤야멘타 하인학교—야콥 폰 군텐 이야기』 등이 있다. 단편집 『관찰』이 로베르트 발저를 모방한 것 같다는 평을 들을 만큼 카프카는 애독자 중 한 사람이었다.

져들었다. 마침 그 시기에 『프란츠 카프카 전집』 전 6권이 일본어로 번역되어 나왔다. 고치 시에 있는 서점에서 그중 네 권은 샀는데 나머지 두 권을 구하지 못했다. 책을 구하려고 산요(山陽) 선, 도카이도(東海道) 선의 기차역 헌책방과 도쿄 진보초(神保町) 헌책방을 찾아갔다. 마지막에는 발행소까지 찾아갔지만 끝내 구하지 못해 몹시 낙담했다. 그런데 몇 개월 뒤에 그 책이 재판되어 지방 서점에서도 쉽게 구할 수 있게 되었다. 왠지 김이 빠져서 그 책에 대한 흥미가 사라졌다. '뭐야, 이렇게 쉽게 구할 수 있는 책이었다면 카프카가 아니라 내가 썼어도 될 뻔했잖아.' 하는 생각마저 들었다. 발저가 정신병원에 들어가고 난 뒤 카프카도 그런 마음이었을까 하고 멋대로 상상해보기도 했다.

나는 작품을 통해 그 사람의 상태를 읽는지도 모른다. 상태라고 해야 할까, 그 사람의 체험이라고 해야 할까. 그 사람의 체험, 그 사람이 뱉는 숨까지 내 숨과 완전히 겹쳐질 때 나는 나를 잊고 그 작품에 감동하는지도 모른다.

그러나 이러한 접근법은 때로 비난을 받기도 한다.

"정말 제멋대로군. 책을 처음 읽는 소년, 소녀들처럼 아주 초보 단계라면 몰라도 일정한 단계에 올랐으면 객관적이고 냉정한 자세로 작품에 접근해야 한다."라거나 "시든 음악이든 그림이든 그것을 즐기고 음미하는 것은 딜레탕트[212]다. 만드는 사람은 생각하는 것보다 훨씬 애써서 만든다."라는 비난이었다.

나는 그런 사람을 보면 늘 넌더리가 나지만 이렇게 대답하곤 한다.

"맞습니다. 나도 당신 말에 전적으로 동감합니다. 나도 종종 젊은이들에게 당신처럼 말하곤 합니다. 예컨대 한때 열중하던 작품이라도 상황이

---

212) 딜레탕트(dilettante) : 전문가적인 의식이 없고 단지 애호가의 입장에서 예술 제작을 하는 사람. 이탈리아어의 '즐기다(dilettare)'가 어원이다.

바뀌면 한순간에 퇴색되어 스스로 왜 그것에 열중했는지 의아할 때가 있습니다. 쉽게 말해 착각에 빠져서 자기 본위로 읽는 것입니다. 이는 과거에 자신이 쓴 작품을 보고 실망하는 것과 비슷합니다. 이는 어디까지나 초보적인 단계입니다. 연습을 거듭하면 이러한 착각이나 실패에 빠지지 않고 꾸준히 안정적인 작품 활동을 할 수 있습니다. 아마추어에서 프로가 됩니다.

하지만 이것은 단지 상식일 뿐 정말로 재미있는 작품, 사람을 뒤흔드는 작품은 결코 상식의 세계에서 태어나지 않습니다. 나는 19~20세 무렵 이미 그런 것을 졸업했습니다. 나는 그 무렵 기타조노 가쓰에 시인과 처음 만났습니다. 그는 언어에 관해서는 프로 중의 프로였는데 언젠가 어느 카메라맨에게 '당신은 프로가 될 꿈은 꾸지도 마라'라고 냉정하게 말했습니다. 나는 지극히 마땅하다고 생각했습니다. 진정한 작품은 꾸준하고 안정적이어서는 안 됩니다. 정체를 알 수 없는 광기와 정열에 휩싸여 분출하지 않으면 다른 사람을 매료시키지 못합니다.

앞서 로베르트 발저나 프란츠 카프카에 대해 말했는데 이러한 작가는 백 명에 한 명도 나오지 않습니다. 나도 지금까지 꽤 많은 작품을 접해왔지만 내 발목을 붙잡고 마음을 사로잡은 작품은 솔직히 말해서 그리 많지 않았습니다. 어찌 됐든 나는 언제나 내 마음을 움직인 작품만을 문제 삼아 왔습니다. 널리 인정받고 높은 평가를 받은 작품 세계에 안주하는 당신에게는 이런 내가 몹시 비상식적으로 보이겠지만 내가 추구하는 바는 내가 살아가는 데 필요한 것, 확실한 것, 없어서는 안 되는 것입니다. 좀 더 정확히 말하자면 내가 그것을 위해 생명을 바쳐도 좋을 만한 것, 목숨을 버려도 좋을 만한 것이지요. 그렇지 않고는 결코 자신을 잊고 감동할 수 없습니다. 아시다시피 당신도 나도 인생을 두 번 살지는 못합니다. 나는 스스로 이해할 수 없는 헛된 일에 시간을 허비하고 싶지 않습니다.

하지만 한편으로 나는 아직 갓 태어난 아기이기도 해서 아무것도 모르고 모든 것이 신기하기도 합니다. 모든 것을 아는 당신은 내가 오만해 보일지도 모르지만 나는 여전히 모든 것을 받아들이고 공부하기 바쁩니다. 나는 거의 백지에 가까워서 지금도 이미 내 머릿속에 준비된 것들을 잘 정리하는 지루한 작업을 하지 못합니다. 스스로도 전혀 예측하지 못하고 알지 못했던 내 안에 있는 미지의 내가 불시에 분출한 작품에 대한 기대와 그때까지의 내가 뒤집혀 완전히 새로운 나로 변하고 싶은 기대가 백지를 펼치고 펜을 잡았을 때 어딘가에 숨어있는 듯합니다.

이미 알아버린 인생을 다시 한 번 반복하는 삶을 원고지에 재현하는 일이란 그렇지 않아도 짧은 단 한 번뿐인 인생에서 용납할 수 없습니다. 살아간다는 실감은 마지막까지 자신의 가능성을 탐색할 때 비로소 느껴지는 것이라고 생각합니다. 보들레르가 말한 심해에 던지는 낚싯줄, 카프카가 말한 백지를 놓고 펜으로 글자를 쓰는 행위, 이 모두는 이미 알고 있는 과거가 아니라 아직 모르는 미지를 불러들이기 위해서가 아니었을까요? 앞 장에서도 말했듯이 내 작품은 원래부터 존재했던 내가 나에게 작품을 쓰게 만든 것이 아니라 내가 아닌 무언가가 내게 작품을 쓰게 한 것입니다. 로트레아몽도 말했듯이 나는 그저 주어진 삶의 은총에 감사할 따름입니다. 변명이 길어졌습니다."

감각, 이 질퍽한 혼돈의 첫 번째 인생에서 어느새 탄생한 두 번째 인생을 상상력의 세계라고 부른다 치자. 인간의 체험 가운데 진정한 삶이라고 일컬을 만한 것은 여기서 시작된다. 제라르 드 네르발이 말한 '제2의 인생'은 이를 아주 멋지게 설명해 주는 단어다. 중요한 것은 제2의 인생을 이끌어주는 인도자이다. 그 인도자에 관해서는 처음에 네르발에게 많은 것을 시사해 준 괴테의『파우스트』가 잘 보여준다. 시의 모든 비밀이 아주 오래전의 이런 작품들 속에 숨어 있었다고 생각한다. 상상력의 세계에서 이루어지는 비밀스러운 의식은 자신의 힘이 아니라 타자의 손에 맡겨야 할 일이다. 다시 말해서 시는 자신이 아니라 타자에 속한다.

– 시에 대한 단편 75(『후네』 제127호, 2007년 5월)

76. 무수한 우연 중의 우연

나는 일기예보를 좋아한다. 라디오를 듣고 있으면 일본열도와 이를 둘러싼 바다, 한반도와 중국, 시베리아 대륙의 지도가 선명하게 눈에 그려진다.

"전선이 동해를 따라 남하 중입니다. 이에 따라 도호쿠에서 홋카이도(北海道)까지는 흐리거나 비가 오겠고, 간토(關東)부터 니시니혼(西日本)은 맑고 무더운 날씨가 예상되지만 저녁 무렵부터는 천둥 번개를 동반한 비가 내릴 것으로 보입니다. 태평양 태풍 ○호가 발생해……."

텔레비전에서는 전선이 흰색 선으로 표시되지만 라디오에서는 보이지 않는다. 나는 광대한 하늘에서 태평양 고기압과 시베리아 고기압이 충돌하고 맞서 싸우는 모습을 가만히 눈을 감고 상상한다. 날씨는 서쪽에서 동쪽으로, 일본열도로 치면 하루 정도면 전부 이동한다. 이는 위도 20~40도 지대의 만 미터 상공을 서쪽에서 동쪽으로 강하게 흐르는 제트기류의 영향인데, 일본열도에서는 이런 기상 패턴이 반복되어 왔으리라. 어쩌면 우리 조상이 상륙하기 이전, 심지어 인류가 살지 않았을 때부터 되풀이됐는지도 모른다. 식물, 동물, 미생물, 암석, 모래 등 세상에 존재하는 모든 것들이 천상에서 펼쳐지는 웅장한 드라마의 영향을 받는다. 사람도 예외는 아니다.

내가 하늘의 변화에 흥미를 갖기 시작한 건 초등학교도 들어가기 전인 네댓 살 무렵부터였다. 시코쿠의 무로토자키(室戸岬)에 있는 철탑을 엿가락처럼 휘게 만든 '무로토 태풍'이 1934년에 발생했는데 그때 나는 다섯 살이었다. 고치 시 서쪽에 있는 작은 마을에서 집집이 기와지붕이 날아가고 전봇대 수십 개가 모조리 쓰러졌다. 잡목이나 키 큰 풀에서 떨어진 잎사귀들로 뒤덮여서 땅은 드문드문 보이고 공기에 풀 냄새가 가득해서 숨이 막힐 지경이었다. 어른들이 어수선하게 돌아다니며 큰 소리로 이야기하는 것을 가만히 듣고 있었다. 대부분 농가에는 신문이나 라디오가 없었으므로 사람들은 아침저녁으로 하늘을 관찰했고 바람의 움직임과 기온 변화에 민감했다.

"저 산 위의 구름이 서쪽으로 흘러가면 비가 온단다."

어른들은 내게 그리 가르쳐주었고, 나도 매일 하늘을 올려다보았다. 물과 자연현상에 대한 두려움, 하늘의 불가사의, 내가 그 무렵 어른들에게 배운 것은 그 정도였다. 그것 말고는 어머니가 조선에서 다달이 보내주시던 상자 그득한 책이었다. 이러한 습성은 그 후로도 오랫동안 이어져 내 일상생활에 빠질 수 없는 것이 되었다. 조선 철원의 투명하면서도 떨리는 듯한 광물질의 공기. B29 미군 폭격기 편대의 일렁이는 폭발음을 실어오는 도사 만(土佐湾)의 피부에 달라붙는 습한 공기, 내리쬐는 태양과 소나기구름, 스콜.

1970년 무렵부터 약 20년 동안 살았던 도쿄 신주쿠의 빌딩 8층에서 매일 같이 바라보던 니시타마(西多摩)와 오쿠타마(奥多摩)의 산들이 보이는 간토 평원의 드넓은 하늘. 여름 오후 오쿠치치부(奥秩父) 방향에서 소나기구름이 발생하여 사이타마에서부터 도심 쪽으로 급속히 퍼지며 다가오는 모습을 나는 유심히 바라보았다. 1975년 『후네』를 간행하기 시작한 뒤로는 매일 같이 전국 각지의 동료 문인들이 사는 지역 날씨가 궁금해서 아침,

점심, 저녁으로 일기예보를 주의 깊게 보곤 했는데 이 습관은 지금도 마찬가지다. 그러면서 깨달은 사실은 일본열도가 참으로 좋다는 것이다. 몇 해 전 스위스의 시인이 이와테의 한 카페에서 시 낭독을 한다 하여 고치에서 참석차 간 적이 있다.

"자네, 제네바(Geneva)에서 코펜하겐(Copenhagen)으로 왔군."

이렇게 말하며 그 시인이 내게 악수를 청하던 기억이 난다. 먼 거리는 둘째 치고라도 20도나 기온차가 난다. 고치에서는 냉방을 해야 하는데 이와테 북부는 난방을 해야 할 정도로 춥다. 구름의 모양, 바람, 식물의 모양이나 이파리의 색, 사람들의 표정이나 말까지 다르다. 그런 차이를 실감하자 내 경험의 폭이나 깊이가 훨씬 넓어지는 것을 느꼈다. 살아있어서 다행이라는 삶의 기쁨과 활력을 이럴 때 느낀다.

지금 사는 집은 3년 전쯤 이사한 집인데 창밖을 내다보면 커다란 나무들이 가지를 무성하게 뻗어 마치 밀림을 방불케 한다. 그 위로 펼쳐진 넓은 하늘을 올려다보면 구름의 움직임이 또렷이 보인다. 창을 통해 바라보는 구름의 모습은 하루하루가 다르다. 같은 날이라도 아침, 점심, 저녁이 또 다르다. 구름은 한순간도 같지 않다. 태어나서 지금까지 수많은 구름을 봐왔지만 똑같은 크기와 두께, 모양을 가진 구름을 본 적이 없다. 구름은 한없이 천변만화한다. 아마 인류가 등장하기 전부터 일본열도 상공에는 남쪽의 고기압과 북쪽의 고기압이 충돌하면서 갖가지 구름들이 끊임없이 생겨났으리라.

지금 이 순간 창밖으로 내다보이는 구름은 분명히 다른 누구도 본 적이 없는 전혀 새로운 구름임이 틀림없다. 나는 지구력으로 보자면 과연 어디쯤에 있는 생명체인가. 그런 내가 이 지구상에서 지금 막 생겨난 첫 구름을 본다. 내가 지금 보고 있는 구름과 나의 우연한 만남은 어찌 보면 대수롭지 않지만 무한에 가까운 무수한 우연 속에서 단 하나와 만남이다. 이 사실과 사건은 어떤 인연, 알려지지 않은 불가사의한 필연, 운명적인 만남이 아닐까. 구름과 나는 어떤 인연으로 맺어졌을까. 구름은 흐름을 멈추고 어딘가 내가 모르는 곳으로 데려가 줄까. 백만 년 전 일본에는 사람이 살고 있었을까? 동남아시아나 중국대륙에는 사람이 살고 있었으니 일본에도 사람이 살고 있었으리라. 사람이 살았고, 그 사람들이 매일 하늘을 바라보며 구름의 흐름이나 별의 모습에 매료되었으리라고 상상해본다.

나는 조금이라도 시간이 나면 하늘을 올려다본다. 구름에 마음을 빼앗기는 시간이 지난 30년 동안 점점 늘어났다. 지상의 일을 잊어버리기 위해서가 아니다. 신기하게도 오히려 지상의 세계가 더 명확하게 보인다. 17~8세기 대영제국 시대의 J. 스위프트가 쓴『걸리버 여행기』에 등장하는 휴이넘(Houyhnhnm) 나라의 고귀한 말과 대조적으로 그려지는 추악한 야후(Yahoo)의 모습은 지상의 것이지만 시점은 지상의 것이 아닌 듯하다. 19세기 보들레르의 시「이방인」에서는 구름이 주는 긴박감이 희미하다. 시대의 문제도 있다. 과연 21세기는 어떤 시대일까. 나는 한 치도 가감 없이 이를 주시하려 한다.

뜬금없지만 '신'이라는 문제가 떠오른다. 무한한 우연 중 단 하나의 우연과의 만남임을 깨닫는다면 그것을 단순히 우연으로만 치부하진 못한다. 이런 의구심은 나 스스로도 이해하기 어렵다. 아마 내가 살아 있는 한 풀지 못할 수수께끼이리라. 그런데 이 수수께끼의 배후에 어렴풋한 상이 나타난다. '이 만남의 열쇠는 내가 쥐고 있다'라고. 나는 그것을 '신'이라 부르고 싶다. 나의 신.

그러나 그 신은 내가 죽을 때 나와 함께 사라질 것이다. 그렇다면 이는 진정한 '신'이 아니다. 진정한 '신'은 나와는 관계없이 내가 태어나기 전부터 내가 죽은 뒤에도 영원히 존재해야 한다. 나의 신은 여기에 있다. 나와 함께. 하지만 그것은 나와 함께 사라진다. 나의 신은 진정한 신이 아니다.

인류의 신은 인류와 함께 있다. 하지만 그것은 인류와 함께 사라진다. 그것은 진정한 신이 아니다.

기독교의 신이든 불교의 신이든 이슬람교의 신이든 그것은 오직 기독교, 불교, 이슬람교의 신일 뿐이다. 진정한 신이 아니다. 진정한 '신'이 만약 실제로 존재한다면, 뱀이나 민달팽이, 올챙이의 신이 존재한다면, 인류의 가장 마지막 사람이 사라진 뒤에도 존재할 것이다. 땅 위에 한 마리의 개미만 존재하더라도. 지금 내가 보고 있는 것이 어쩌면 '신'이 아닐까? 나는 한 마리 개미의 시선으로 저 하늘의 구름을 바라보고 있는지도 모른다.

– 시에 대한 단편 76(『후네』 제128호, 2007년 8월)

77. 고독, 내가 사는 곳

'인간의 맹목과 비참함을 볼 때, 전 우주의 침묵을 바라볼 때, 인간이 빛도 없이 방치되어 우주 한구석을 떠도는 모습과 누가 자신을 이곳에 데려놓았는지, 자신이 무엇을 하러 이곳에 왔는지, 내가 죽으면 어떻게 되는지 알지 못하고 아무것도 인식할 능력이 없다는 사실과 마주할 때, 자는 동안 적막한 섬으로 끌려가 눈을 떴을 때, 나는 걸을 힘도 없고 친구도 없고 도와주는 이도 없고 어디에 있는지도 모르며 어떻게 그곳에서 빠져나오는지도 모르는 사람처럼 공포에 사로잡힌다.'

이는 17세기 중반 블레즈 파스칼[213]의 『팡세』에 나오는 말이다. 유럽 계몽기의 탁월한 과학자이자 철학가이며 종교가였던 사람의 말에 영향을 받아서 250여 년 뒤인 20세기 초의 릴케는 『말테의 수기』를 썼다. 깊은 밤 활짝 핀 아네모네 꽃 같은 머리를 한 청년 말테가 파리의 길거리를 떠도는 모습도 그려져 있는데 이는 신약성서 누가복음의 '방탕아'('누구의 아들도 아니'려고 방황했다)를 상기시킨다. 돌아온 '방탕아', 『말테의 수기』 마지막 절 말미에 나오는 바로 이 말이 내 가슴을 세차게 흔들었다.

---

213) 블레즈 파스칼(Blaise Pascal, 1623~1662) : 프랑스의 수학자, 물리학자, 철학자, 종교사상가. '파스칼의 정의'가 포함된 「원뿔곡선 시론」, '파스칼의 원리'가 들어있는 「유체의 평형」 등 수학 · 물리학에 관한 다수의 논문을 발표했다. 철학적 · 종교적 활동에도 적극적이었다. 대표 저작에 유고집 『팡세』가 있다.

'그가 어떤 사람이었는지 그들은 몰랐다. 이제 그는 사랑받기 어려운 자였다. 그는 오직 한 사람만이 사랑할 수 있다고 느꼈다. 하지만 그 한 사람은 아직 사랑하려 들지 않았다.'

개개의 존재 밑바닥에 뚫린 심연, 즉 고독을 표현한 말은 이 문장뿐만 아니라 근 · 현대 문학작품 어디서나 수도 없이 등장한다. 고독은 현대의 문학이나 예술에서 주요테마 중 하나이다. 그런데 지금 왜 고독의 문제에 관해, 특히 파스칼과 릴케의 말이 내 마음을 강하게 끌었던 것일까. 존재에 대해 생각하거나 존재라는 말을 쓸 때, 나는 이 말을 어떻게 해석하면 좋을지 난감할 때가 많다. 사전을 찾아봐도 소용이 없다. 사전은 말의 의미는 알려주지만 사전에서 그 말의 실체를 파악하지는 못한다. 그 말, 존재의 실체를 알려면 그 말의 해석이나 지식이 아니라 그 말이 나타내는 실체를 파악하고, 자신의 전부를 바쳐 그것을 체험하는 길밖에 없기 때문이다. 존재는 내가 파악했다고 해서, 내가 내 전부를 거기에 던진다고 해서 볼 수 있는 것이 아니다. 정말로 확실한 존재는 이곳이 아니라 훨씬 더 먼 곳에서 어렴풋이 보이기도 한다. 나는 1999년에 내 시집의 안내서에 이런 말을 쓴 적이 있다.

'시는 무한히 먼 나 자신에게 다가서기 위한 시도다.'

이 말은 1967년 간행된 내 시론집『상상력과 감각의 세계』에도 실렸다. 처음으로 각성한 곳, 바로 '고독'이다. 그것은 서두에 소개한 파스칼의 말과 일맥상통하는데 여기서 생기는 공포와 전율은 과연 어디서 유래할까. 광대 무한의 무(無), 혹은 어둠 속에 '홀로 놓인', '어디에 있는지도 모르고 어떻게 그곳에서 빠져나오는지도 모르는' 공포라고 파스칼은 말했다. 나 자신도 내 삶의 첫 시작에서 공포를 경험했다. 지금 회상해보면 당시 나는 마치 그물에 걸린 벌레처럼 오로지 그곳에서 빠져나오려고 발버둥 쳤다.

"한순간도 깨어서는 안 된다. 항상 취해야 한다"라고 했던 샤를 보들레르의 말을 부정하기 어렵다. 그러나 '고독'이란 하나의 장소에 지나지 않는다. 어떤 존재가 처한, 혹은 버려진 하나의 장소나 상황에 불과하다. 내가 서두에 언급한 파스칼과 릴케의 말에 다시 한 번 주목하자. 이 둘의 특징은 단순한 한탄 이상의, 자기 자신과 자신이 처한 세계를 응시하는 냉정한 시선이 들어있다는 점이다.

나는 완전한 존재가 아니다, 나는 맹목적이며 결여된 존재이다. 나는 버려진 추방자이다. 친구도 없고 도와주는 이도 없고 내가 어떤 존재인지도 모른다. "그는 이미 도저히 사랑받기 어려운 존재였다."(릴케) 이는 한마디로 '부재감'이다. 내가 말한 '무한히 먼 나 자신'이라는 말도 이 '부재감'의 표현 중 하나이다.

고독과 부재감이 오랫동안 나를 따라다녔고 나에게 시를 쓰게 했다는 느낌이 든다. 나는 원하는 힘, 욕구가 강했기 때문인지 항상 세계 구조의 근원으로 눈을 돌렸다. 탈출을 포기하고 거짓된 나에게 안주하는 것만큼은 결코 불가능했다. 파스칼의 말도 릴케의 말도 단순히 고독한 상황을 정서적으로 토로한 데 그친 것이 아니다. 자기 존재와 세계를 바라보고 거기서 선명한 실체를 추구한 것, 그리고 그 과정을 조금도 생략하지 않고 성실하게 살아가려는 자세가 엿보인다는 점에 주목하고 싶다.

파스칼도 릴케도 진정한 존재와 빛을 감지하고 인식하고 싶어 한다. 파스칼은 코르넬리우스 얀센[214]의 교리에 이끌려 '불의 회심(回心)'을 겪고 나서 포르루아얄[215]에 들어갔다.

214) 코르넬리우스 얀센(Cornelius Jansen, 1585~1636) : 네덜란드의 가톨릭 신학자. 로마 가톨릭 수도회인 예수회(Jesuits)와 대 신학자 토마스 아퀴나스(Thomas Aquinas, 1224~1274)의 가르침을 정면으로 반박하고, 아우구스티누스의 가르침을 좇아 은혜론과 예정론을 주장했다. 얀센의 사상을 따라 가톨릭교회를 개혁하려 한 운동을 얀세니즘(얀센주의, 장세니슴)이라고 한다.

215) 포르루아얄(Port-Royal) : 프랑스 시토파 여자 수도원. 13세기에 세워져 얀세니즘의 중심지가 되었으며 18세기에 폐쇄되었다.

릴케의 『말테의 수기』 마지막 대목은 '그는 오직 한 사람만이 사랑할 수 있다고 느꼈다' '하지만 그 한 사람은 아직 사랑하려 들지 않았다'로 끝난다. 한 사람, 곧 진정한 존재자는 그가 사랑하고 갈구해 마지않는 존재이지만 그 한 사람은 그에게 아직 눈길도 주지 않는다. 그러나 그는 포기할 수 없다. 그가 살아가는 이유는 오로지 그 한 사람을 위해서이므로.

서두에서 파스칼이 그린 고독의 장소란 살아 있는 모든 사람이 처한 상황이다. 산다는 것이다. 그 사람의 생애는 한마디로 말해서 고독의 장소와 얼마나 대치했는가에 달렸다. 사람마다 각자 사는 방식은 다르다. 그러나 그 사람이 누구도 엿볼 수 없는 자신만의 고독의 장소에서 은밀히 살아가는 하나의 삶, 그것은 아마 본인조차 충분히 자각할 수 없을지도 모른다. 하지만 그것이야말로 둘도 없는 진정한 자신의 삶이었다고 죽음에 직면한 순간에 사람들은 생각한다.

사람의 행복과 불행도 겉만 보고는 알지 못한다. 결국 고독의 장소에서 판가름 난다. 문제는 고독의 장소에서 대체 무슨 일이 일어났느냐 하는 것이다. 다시 말해 사람은 거기에서 무엇을 어떻게 살았는가, 그것이 그 사람의 진정한 삶의 증거(역사)가 아니겠는가. 세상에서 통하는 성과나 직함 등은 하잘것없다. 릴케가 말한 '체험'이란 그러한 세계에 속하지 않는, 고독이라는 눈에 보이지 않는 은밀한 세계의 진정한 '자기만의 체험'이다. 그것은 그의 감각과 상상력의 세계에 속하므로 그 시인에게 속하는 것이라 해도 다르지 않다.

파스칼의 포르루아얄이 중시했던 진정한 것에 대한 탐구는 더없이 준엄하다. 십자가의 성 요한의 가르멜수도회가 설파하는 '모든 것에 도달하기 위한 양식'은 요컨대 불가능이나 미지에서 벗어나지 않으면, 즉 자기를 버리지 않으면 모든 것에 도달하지 못한다는 뜻이다. 파스칼에게는 파스칼만의 삶의 방식과 방법이 있었고, 십자가의 성 요한에게는 요한의 삶의 방식이 있었다. 20세기 스페인의 화가 살바도르 달리[216]는 자기만의 독특한 편집광적 비판으로 십자가의 성 요한에 다가섰다. 모든 인식자를 경멸했던 랭보는 지상의 실천가이긴 했지만 고독과 가까웠다. 이 고독이라는 은밀한 부분에서 랭보는 얼마나 많은 풍요로움을 획득했을까.

이번 장은 근현대인의 고독을 고찰하기 위해 마침 책상에 놓여있던 파스칼과 릴케를 인용했는데, 이 둘을 통해 우리가 자신의 고독을 따져보고 뭔가 시사점을 얻었다면 그것으로 충분하다. 노발리스도 지적했듯이 '병자나 환상가와 같은 불건전한 머리'는 고독의 공간에는 적합하지 않다는 점을 나는 파스칼과 릴케에게서 얻었다.

고독은 우주의 온갖 원초적 원리인 '태초에 말씀이 계시니라'라는 말과도 일맥상통하는 유일한 공간이다. 이 공간에서 필요한 것은 눈뜬 본능(감각)과, 상상력(원초적 오성과 일체된), 천계를 받아들일 수 있는 순수한 마음뿐이다. 불안이나 공포, 슬픔이나 외로움에 그저 심성적, 정서적 반응만을 되풀이한다면 이내 탐미적 나르시시즘에 갇힐 뿐이다.

*

나는 불가해 한 산을 돌파한다. 난생처음 보는 풍경이 나타난다. 어디로 가는지도 모른다. 이미 나 자신이 누구인지조차 확실하지 않다. 그런 것은 아무래도 상관없다. 나는 그저 살아간다. 그저 세상에 태어나 살아갈 뿐이다. 단지 바람이라면 내가 진정한 것에 한 걸음이라도 다가갈 뿐이다. 내게는 희미한 후각이 있다(시각, 청각, 촉각은 웬만해서 믿을 것이 못 된다). 마지막은 영감일까. 나를 이끄는 정체 모를 손의 존재가 느껴진다. 나는 이

216) 살바도르 달리(Salvador Dalí, 1904~1989) : 스페인의 초현실주의 화가. 프로이트의 정신분석학설에 공명, 무의식을 탐구하여 꿈이나 환상 세계를 섬세하게 표현했다. 스스로 '편집광적 비평 활동'이라 부른 창작 방식은 잠재의식과 꿈에서 영감을 찾아, 이상하고 비합리적인 환각을 객관적 · 사실적으로 나타내고자 한 것이다. 20세기 미술사에서 가장 큰 족적을 남긴 작가 중 한 사람이며, 작품들은 큰 명성을 얻었고 작가의 기벽들은 전설이 되었다.

미 그 손에 이끌리고 있다. 내가 살아온 전 과정, 그 전부가 '시'이기를 나는 바란다.

– 시에 대한 단편 77(『후네』 제129호, 2007년 11월)

78. 표현과 체험 1

모든 것은 현재 자신이 겪은 체험에 비추어 말해야 한다. 시도 마찬가지다. 단순한 자신의 견해는 세상에 떠도는 일반적 상식이나 매일 쏟아지는 정보가 파고든 경우가 많다. 온전히 그 사람만의 말이라고 신용하기는 어렵다. 공개된 말은 모두 책임을 수반한다. 말은 단순한 정보의 도용이나 세상의 일반적인 상식, 윤리의 대변이나 해석이어서는 안 된다. 중요한 것은 자신의 체험이 무엇을 내포하는가, 자신이 지금 어떤 삶을 사는가이다. 표현되는 말은 모두 이러한 배경에서 나와야 하며, 비록 본인은 눈치채지 못하더라도 좋건 싫건 그런 배경이 깔려 있다.

나는 상대방의 말로 그 사람이 처한 상황을 판단한다. 그 사람의 감성, 지성, 의식, 사고, 생활 상태, 환경상태, 건강상태, 그 사람이 추구하는 것까지 모든 것들이 본인이 의식하든 않든 말로 표현된다. 말에 둔감한 사람은 어떨지 모르지만 말에 예민한 사람이라면 결코 과장이 아니라는 점을 스스로의 체험으로 공감할 것이다.

화려한 수사로 속일 수는 없다. 특히 시와 관계된 일을 하는 사람은 이 사실을 염두에 두기 바란다. 예컨대 최근 정치인들의 말에 수사가 많아서 국민의 신뢰를 잃고 정치 불신 현상이 나타나는 일면까지도 시와 관계된 사람은 주목할 필요가 있다.

"묵묵히 성심성의껏 적극적으로 최선을 다하겠습니다."

이런 정치인들의 상투적인 문구를 사람들은 얼마나 믿어줄까.

문제는 나이 지긋한 시인들이 이런 투의 말을 무의식중에 내뱉는다는 점이다. 자기가 어떤 말을 하는지 고민을 게을리하는 사람을 어떻게 계속해서 시인으로 인정할 수 있을까. 또한, 시인이라는 사람들 중에서도 편협한 머리로 전국에서 발표되는 몇백 편의 작품을 읽고 우열을 가리고 총괄적 평가를 내리며 비평가입네 하는 자들을 나는 신용하지 않는다. 말이 나온 김에 덧붙이자면 최근 출간된 어느 월간 시문학지를 본 사람이 내게 이런 말을 했다.

"시인은 아직도 '총괄'이란 말을 씁니까? 낡고 기분 나쁜 말이잖아요."

도대체 누가 누구를 어떤 책임을 지고 '총괄'한단 말인가. 질문을 한 사람은 '당신도 시와 관계된 사람이니 그런 말을 쓰지 않겠느냐'는 듯한 말투여서 나는 몹시 난처했다. 총괄자 명단에 이름을 올린 사람들에게 왜 '총괄'인지, 'ㅇㅇㅇㅇ년도 시의 총괄'이라고 하면서 그런 방대한 기획을 고작 잡지 몇 장으로 처리한다는 게 전국의 시인들이 수긍할 만한 일인지 묻고 싶다. 신중히 고려한 기획이라고는 도저히 믿어지지 않는다. 개중에는 총괄자로 인정받고 기뻐하는 사람도 있을지 모르지만 말살된 사람도 많다. 아마 대부분은 본인도 눈치채지 못하는 사이에 누군가에게 '총괄'당하고 '말살'당한다. 만약 이것이 시인의 평상시 말에 대한 부주의에서 비롯된 일이라면 현대의 시인들은 말이라는 문제에서 작금의 정치인과 조금도 다를 바 없다.

시인이 말의 특권계급이 아니라는 점은 반복해서 언급해 왔는데 '총괄한다'거나 '총괄할 수 있다'는 말에서도 그 자부심이 보인다. 말은 필요에 의해 모두가 사용한다. 필요 없어진 말은 자연스럽게 사라진다. 살아있는 지금의 말을, 모두가 사용하고 있는 말을 시인이 빌려 쓸 뿐이다. 나는 말을 사용해서 나를 표현한다. 원래 내 것이 아닌 말로 나를 표현하므로 나는 말에 대해 엄청나게 큰 책임을 느낀다. 말에 대해서는 철저히 자기를 낮추어야 한다.

그러나 내가 쓰는 말이 만약 나도 모르는 아주 먼 곳의 누군가에게 다다라서 그 사람의 마음에 받아들여진다면 그처럼 기쁜 일도 없으리라.

다시 한 번 강조하지만 표현되는 것은 '사람'이다.

"열매는 나무에서 나오고 예술은 사람에게서 태어난다."

20세기 초반의 아방가르드 작가 장 아르프의 말이다. 나는 이렇게 묻고 싶다.

"그렇다면 사람이란 도대체 무엇인가?"

단순히 태어나서 살고 먹고 움직이고 자며 세월을 흘려보낼 뿐이라면 다른 동물과 다를 바가 없다. 천계에서 지옥까지 모두를 껴안으며 절대적인 고독과 절망, 기원, 공감, 희망을 끌어안고 그것에서 벗어나지 못한 채 살아가는 존재가 '사람'이 아닐까.

고독 속에서 겪는 자기만의 체험은 다른 사람이 엿보거나 알지 못한다. 그러나 그것이야말로 진정으로 그 사람 자신의 체험이다. 작품은 거기서 은밀히 빚어지는 것이다. "작품(예술)은 사람에게서 태어난다."라고 했던 아르프의 말에서 '사람'이라는 단어를 재고할 필요가 있다. 아르프가 살던 시대에서 80년도 넘게 지난 지금, 사람이란 과연 무엇인가라는 질문의 답은 점점 더 미궁 속으로 빠져드는 듯하다. 이 글을 쓰고 있는 나 자신조차 확실하게 '사람'이란 무엇인지, 나 자신을 과연 사람이라고 말할 수 있는지 불확실하니 말이다.

60억에 달하는 사람들이 각자 내부에 품고 있는 것은 분명히 내 안에도 모두 감추어져 있으리라. 온갖 범죄자들의 피, 그 피가 내 안에 존재할 가능성도 있다. 나는 그로부터 벗어날 수 없다. 나는 살아가는 동안 그것을 지긋이 바라보며 감내할 뿐이다.

체험이란 이미 다 아는 일을 다시 한 번 되풀이한다는 뜻이 아니다. 체험이란 아무 위험도 없는 안전지대라거나 어제와 똑같이 오늘을 무사히 보내는 것이 아니다. 더욱이 텔레비전을 시청하듯 사람과 사물을 태평하게 대하는 것도 아니다. 체험이란 최초의 체험이고 첫 산물이다. 체험은 그 사람의 당시의 감성과 의식 상태이면서 누구에게나 있는 것이다. 기상천외하다거나 유난히 드문 것이 아니다.

예컨대 언젠가 나는 다다미 방바닥 위를 시시각각 움직여가는 햇빛을 멍하니 바라보고 있었다. 그 햇살은 미묘하게 흔들리고 있었다. 나는 다다미 위에 드러누워 얼굴에 햇볕을 쬐며 태양을 뚫어지게 올려다보았다. 고온 가스로 이루어진 거대한 구(球). 한동안 나는 모든 것을 잊고 그 순간 다다미 위로 쏟아지는 햇빛에 열중했다. 그리고 그것은 나중에 몇 편의 시가 되었다. 햇빛은 어린아이 적부터 친숙해서 특별히 신기하지 않다. 하지만 그때 이글거리며 다다미 위를 흘러가는 빛을 본 것은 틀림없는 내 첫 체험이었다.

최근 내 어린 시절의 문학 동지 호리미 노리히로(堀見矩浩) 씨의 추천으로 메이지 시대의 과학자 데라다 도라히코[217]에게 흥미를 갖기 시작했다. 도라히코를 연구하다 보면 과학자는 결국 시인과 같다는 사실을 새삼 깨달았다.

"과학은 불가사의를 없애는 것이 아니라 오히려 불가사의를 만들어 낸다."(도라히코)

아인슈타인도 비슷한 말을 했다.

---

217) 데라다 도라히코(寺田寅彦, 1878~1935) : 일본의 물리학자, 수필가, 단카 시인. 과학자 특유의 예리한 관찰력을 예술세계와 결합시킨 독특한 문체를 구사하여 수필 계에 신선한 충격을 주었다. 대표작에 『바다의 물리학』『과학과 문학』『풍토와 문학』, 수필집 『용설란 외(龍舌蘭 他)』등이 있다.

"나를 여기까지 이끌어준 것은 호기심이다. 호기심이 나를 끌고 왔다."

시인 에드거 앨런 포는 '시는 경이로움'이라고 했다. 이 세 사람의 말은 완전히 일치한다. 한편 데라다 도라히코는 구마모토(熊本) 제5고등학교 시절인 1898년에 도쿄역 앞 마루젠(丸善) 서점에서 『롱펠로[218] 시집』을 손에 넣었다. 그중에서도 특히 「천사의 발소리(FOOTSTEPS OF ANGELS)」에 깊은 감명을 받았다. 우에다 빈(上田敏)[219]의 일역시집 『가이초온(海潮音)』이 일본 시인들에게 지대한 영향을 준 것은 그로부터 한참 지난 1905년이었으니 도라히코가 서구 시에 관심을 두기 시작한 것은 상당히 빨랐던 셈이다. 시에 관해서도 선진적이었다는 뜻이다.

시가 자신의 체험에서 생겨나는 것이라면 그 체험은 가능한 한 자신의 모든 능력을 투입해서 깊이와 넓이, 그리고 높이를 더해야 한다. 그것이 시와 함께 살아가는 사람의 전부이다.

같은 체험은 두 번 다시 하지 못한다. 똑같아 보이는 체험이라도 그때의 감성이며 인식의 상태에 따라 전혀 달라진다. 매일 걷는 길이 똑같아 보여도 오늘 걷고 있는 그 길은 당신에게 새로운 길이다. 단지 인식하지 못할 뿐이다. 첫 경험 속에 있을 때만 진정으로 살아있는 시간이 아닐까. 그것은 경이적인 시간이며 그 이외에는 죽은 것과 같은 삶이다. 그리고 새로운 체험은 끊임없이 이어진다. 온종일 다다미 위를 조금씩 이동하

218) 헨리 워즈워스 롱펠로(Henry Wadsworth Longfellow, 1807~1882) : 미국의 낭만주의 시인. 모교인 보든 대학, 하버드 대학 등지에서 언어학 교수로 재직하며 소설과 시를 집필했다. 낭만적 · 교훈적인 내용을 평이한 표현에 담은 작품색이 특징이다. 단테의 『신곡』을 미국에서 최초로 번역하기도 했다. 『바다를 건너』 『하이페리온』 등 11편의 소설, 『밤의 소리』 『에반젤린』 등 14권의 시집을 남겼다.

219) 우에다 빈(上田敏, 1874~1916) 일본의 문학자, 평론가, 계몽가, 번역가. 유럽에 유학하여 여러 외국어에 능통했으며 다수의 명 번역을 남겼다. 특히 『가이초온(海潮音)』은 1905년에 유럽시인 29인의 시 57편을 번역하여 최초로 유럽의 상징파 시를 일본에 소개했고, 이는 일본의 현대자유시의 발전에 다대한 영향을 미쳤다. 그 밖에도 『최근해외문학』(1901년) 『문예론집』(1901년) 등 서구문학을 번역하여 일본 근대문학의 기초를 세우는 데 중요한 역할을 했다.

는 햇빛처럼 체험 과정이 삶이다. 이 과정에서 어떤 각인이 찍히는 느낌이 든다. 그 각인이 무엇이고, 각인을 찍는 존재가 무엇인지 알고 싶다.

"시인은 체험을 통해 높은 곳으로 올라간다."

이렇게 말한 릴케는 체험의 시인이다. 그런 의미에서 그의 시는 결코 낭만적이지 않다. 꿈꾸는 사람의 시가 아니라 현실주의자의 시이다. 시는 쓰이기 전에 이미 체험 속에 숨어 있다.

"눈은 눈물 속에 있다."

흄의 유명한 말이다. 눈물은 곧 체험이니 그 속에 눈, 즉 시가 있다는 뜻이다. 제2차 세계대전 이후 활동했던 독일 시인 고트프리트 벤은 이렇게 말했다.

"시는 결과가 아니라 과정 속에 있다."

이 역시 흄의 말과 마찬가지로 시는 관념 속이 아니라 살아가는 과정, 즉 체험 속에 있다는 말이다. 릴케와 흄, 벤 세 사람의 공통점은 시란 관념이나 심정 속에 있는 것이 아니라 살아가는 사람의 현재, 즉 존재와 함께 있음을 주장했다는 점이다. 시를 존재론적으로 보면 과장된 관념이고 심정은 시의 방해물일 뿐이다. 지옥과 천계의 무한한 갈림길에서 은밀히 영위되는 인간의 삶이란 과연 무엇인가. 무엇인지는 알 수 없지만 시는 그것을 반영한다.

진정으로 인간적인 것이란 무엇일까. 나는 잘 모르겠다. 다만 확실하게 말할 수 있는 것은 나는 나 자신조차 잘 모르는 불가해 한 삶을 거의 내 의지마저 배제한 채 대지와 하늘의 운행에 따라 감성을 열심히 닦으며 고스란히 어떤 이의 손에 이끌려 살아갈 뿐이라는 점이다. 옛 시인들이 더듬어 온 길도 분명 이와 다르지 않을 것이다.

무엇을 어떻게 쓸 것인가는 그 여정이다. 나는 그것을 옛사람들이 썼던 말이 아니라 현재를 살아가는 사람들에게 빌린 말로 적는다. 그리고 쓰인 것은 비록 내가 쓰기는 했어도 그것은 어떤 존재가 나를 재촉해 이루어진 것이므로 내게는 속하지 않는다.

– 시에 대한 단편 78(『후네』 제130호, 2008년 2월)

79. 표현과 체험 2

감각 혹은 심정으로 쓴 작품이라도 간혹 깜짝 놀랄 때가 있다. 단순히 작가의 감각세계, 심정세계에 빠져있는 작품은 지루하기 짝이 없어 넌더리가 난다. 더구나 그것이 말뿐이고 피상적이거나 탐미적이며 자기도취에 빠져있다면 더욱 참기 힘들다.

독자는 제멋대로이며 사치스럽다. 작가의 과장이나 작위, 약간의 교태도 바로 간파한다. 독자가 원하는 것은 자신을 어느 정도 계발해주는 작품, 새로운 발견의 계기가 되는 작품, 자신의 삶을 바꾸어주는 작품이다. 다시 말해 독자가 알고 싶어 하는 것은 시인이 아니라 어디까지나 독자 자신이다. 작품은 단순히 그 실마리에 지나지 않는다.

적어도 나에게 독서란 새로운 자기발견의 계기였다. 『신밧드의 모험』『로빈슨 크루소』『모비딕』 각종 과학서적, 동화, 우화. 초등학교 고학년 때는 역사물, 기행문도 읽었다. 가장 몰두해 읽은 책은 에드거 앨런 포의 작품이었고, 나중에 보들레르가 포에게 엄청나게 영향을 받았다는 사실을 알고는 보들레르를 가까이 두고 읽었다. 요네카와 마사오(米川正夫)가 번역한 『도스토옙스키 전집』은 일본 패전 전후인 15~16세 무렵의 내 인생을 바꾸는 계기가 되었다. 내 독서욕심도 그때부터 폭발적으로 증가했다. 읽는 것만으로는 성에 차지 않았고, 어느새 나는 스스로 쓰는 세계에 들어와 있었다.

집과 학교를 이리저리 옮겨 다녀야 했고, 전쟁 탓에 많은 아픔도 겪었지만 내게는 책이 있었고, 시가 있었고, 친구가 있었으며 무엇보다 미지의 세계를 향한 갈망이 있었기에 변신에 변신을 거듭했다. 그것들이 나를 살게 했고 이끌어주었다. 군국주의와는 정반대 성향의 소년이었다. 여러 선인들의 글이 없었다면 지금의 나는 없었다고 자신 있게 말할 수 있다.

미지의 세계를 향한 갈망은 독서에 의해 점점 커진다. 미지의 영역은 독서를 해가면서, 나이를 먹어가면서 점차 넓어지고 커진다. 불가사의한 일이다. 미지의 세계를 향한 여행은 끝이 없다. 나는 이 여행을 이제 막 시작했을 뿐이다. 이 여행에서 더욱 신기한 점은 이 여행이 조금도 지치지 않는다는 사실이다. 나는 늘 설레는 마음으로 좀 더 자세히 보고 싶고 알고 싶은 갈망에 전력 질주한다.

나에게 미지의 세계를 향한 갈망은 시와 한몸이다. 과학에 종사하는 사람도 기본적으로 마찬가지일 것이다. 그러나 시는 무엇보다도 직관력으로 합일과 전체를 지향하므로 속도나 규모 면에서 과학의 선도 역할을 수행해왔다고 생각한다. 시는 미지의 세계에 대한 경외심과 갈망을 내포하고 있으며 그것에 이끌려왔다.

그러나 방법은 결코 쉽지 않다. 몹시 혹독하다. 시는 일시적인 변덕도 아니고 단순히 생각을 늘어놓는 문자의 나열도 아니다. 시험 삼아서 강가 자갈밭의 수많은 돌 중 하나를 골라 그 옆에 당신이 쓴 시를 놓아 보라. 한 편의 시는 하나의 돌에게로, 사물과 현상 사이로 끊임없이 다가가려 할 것이다. 곧 당신은 자신이 쓴 시에 담긴 작은 바람 따위는 깨끗이 사라지고 없다는 것을 깨달을 것이다. 당신을 떠나 자립한 시는 이미 글쓴이의 생각이나 수사학과는 무관하다.

돌에는 어떤 교태나 생각도 통용되지 않는다. 당신은 오늘 본 것을 자신을 지우고 그저 그곳에 늘어놓으면 된다. 그로써 한 편의 시는 조금이나마 돌, 즉 독자에 가까워질 것이다. 당신의 발견에 감동이 있다면 더욱 좋다. 여기서 말하는 감동은 생각이 아니라 전율이자 사물에 대한 깊은 침투의 증거이다.

코르뷔지에가 말했던가? "이름 붙이는 것은 적이다."라고. 패전 직후의 일본에서 나는 이 말에 전율했다. 어떠한 명칭도 해석도 통용되지 않는 벌거숭이, 날것 그대로의 현실. 사실 그것은 처음부터 그곳에 있었지만 이름을 빼앗긴 순간 돌연 미친 듯이 그 본성을 드러낸다. 진정한 현실은 참으로 두려운 것이라서 사람들은 어떻게든 그것을 덮어버리고 숨기려 한다. 현실은 늘 그곳에 있는데 이름 붙이고 길들이고 일그러뜨려서 안전하다고 믿게끔 한다.

상식이나 인습은 진정한 현실이 아니다. 모든 약속된 질서들은 어느 순간 휴짓조각이 된다. 그것들은 분명히 우리의 일상생활과 행동을 지배하므로 현실이라고 해도 틀린 말은 아니다. 그러나 보편적이고 절대적인 현실이 아니라 굳이 말하자면 '제2의 현실'일 뿐이다.

모든 질서, 상식, 인습을 의심하고, 이에 도전하는 사람이 과학자와 시인이다. 그러기 위해서는 벌거숭이로, 순수한 사물, 현상, 현실, 즉 진정한 것에 대한 끝없는 정열이 필요하다. 하지만 그것을 실제로 추구하고 직접 영위하기란 쉽지 않다. 여기에는 항상 두 가지 장벽과 위험이 따른다.

하나는 '제2의 현실'에 안주하는 사람들의 몰이해와 방해이고, 또 하나는 그것이 미지의 세계이기 때문에 언젠가 다리를 헛디뎌 나락으로 떨어질지 모르는 위험이다. 과학이나 시를 탐구하는 사람은 사소한 실수에도 '사기꾼' '멍청이'라는 비난을 면치 못한다. 그것을 관철하려면 몰이해뿐 아니라 조소와 박해와 방해를 견뎌야 하고, 나아가 그것을 뒤엎어버릴 수 있는 에너지와 용기를 가져야 한다. 에너지와 용기의 원천은 한없는 정열이다. 게다가 그것은 자신의 의지나 노력으로 생겨난 것이 아니라 생명의 밑바닥에서 솟구쳐 올라 질주하게 하기 때문에 성가시다.

"세상 모든 책을 읽었건만 내 육신은 슬프다"라는 어느 유명한 시인의 말[220]이 있다. 나는 아직 그리 많은 책을 읽지는 않았지만 여태껏 그런 생각을 해본 적이 없다.

"신이라거나 인간이라는 주제는 이미 수많은 사람들의 입에 오르내렸어. 이제 그만할 때도 되지 않았나?"

오랜 친구에게서 이런 충고를 받았다. 책보다는 실생활에 집중하라는 뜻이리라. 앞서 언급한 독서에 대해 다시 이야기하겠다. 인간에 의해 표현된 말은 모두 표현자의 체험과 생활을 내포한다. 그 사람이 살아온 시대, 환경(시간, 공간)이 짙게 배어있다. 그리고 그 배경 속에서 살아온 삶의 방식, 즉 그 사람의 감성이나 인식, 사고방식이 여실히 드러난다.

말은 체험의 반영이다. 앞선 세대의 말은 현재를 살아가는 내게 단순한 지식이 아니다. 어두운 밤을 항해하는 이들에게 때로는 등대가 되어주고 때로는 새로운 발견의 계기가 되어준다.

만약 만 권의 책을 읽었더라도 미지의 영역은 점점 넓어지기 마련이므로 덧없다거나 싫증난다거나 슬프다는 생각에 빠져서는 안 된다. 알렉산드리아 시에 복원한 고대 도서관의 몇십만 권의 책을 다 읽으려면 나는 앞으로 최소한 300년은 더 살아야 한다. 그것이 불가능하다는 사실이 슬플 뿐이다.

최근 시력이 나빠진 나를 위해 내가 읽고 싶은 책을 찾아와서 내가 원하는 부분을 읽어주는 사람도 생겨났다. 대단히 고마운 일이다. 10년쯤 전에 "눈이 멀고 나니 모든 것이 더 잘 보인다"라고 했던 사람이 생각난다.

---

220) 세상 모든 책을 읽었건만 내 육신은 슬프다(La chair est triste, hélas! et j'ai lu tous les livres. : 프랑스어) : 스테판 말라르메가 남긴 말이다.

고치 시에 사는 존경하는 화가였는데 눈이 먼 뒤로도 그림에 몰두하여 개인전을 몇 번이나 열었다. 나 역시 눈이 보이지 않는다고 해서 시와 관련하여 불편을 느끼는 일은 조금도 없을 것이다. 오히려 고대, 중세, 근세의 음유시인에게 조금이나마 근접하지 않을까 하는 기대감도 생긴다.

사물—꽃, 돌멩이, 물웅덩이, 별들, 햇빛과 같은 것들은 결코 풀리지 않는 수수께끼처럼 그곳에 있다. 사람의 감성세계는 무한하다. 그곳에는 바닥도 천장도 없다. 꽃 한 송이를 앞에 두고 나는 읊조린다. '나는 도대체 무엇일까? 나는 왜 여기에 있을까?' 많은 선배 시인들도 이미 그런 질문을 던져왔겠지만 나 역시 내 삶을 살아가면서 그렇게 중얼거릴 뿐이다. 내 오랜 벗들은 나를 어리석다 할지 모르지만 바로 이 어리석은 삶이 내 삶이라고 대답하련다. 사물과 현상을 향한 경외, 공간과 시간을 향한 두려움에서부터 나 자신을 찾아가는 끝없는 여행이 시작된다. 온갖 유혹과 함정, 미궁, 차례로 나타나는 좁은 문들. 우선 내가 가진 작은 욕망을 끊어내야 한다.

시를 추구하는 방법이 중구난방이어서는 안 된다. 분명히 사람의 지혜를 총동원해도 수행하기 힘든 일이기는 하다. 바로 천지자연의 법칙에 합치해야 하기 때문이다. 괴테의 파우스트가 최후에는 눈이 멀어 한 여자에게 이끌려 천상에 오르듯이 시가 달성되는 것이다. 괴테의 시를 추종한 노발리스는 광물의 세계에 빠져 독자적인 백과사전을 만드는 일에 몰두했다. 이 역시 시를 추구하는 하나의 방법일 터다. 사회 참여나 사회적 행동도 시를 위한 하나의 방법이다. 필요하다면 책을 버리고 거리로 들판으로 나가라!

– 시에 대한 단편 79(『후네』 제131호, 2008년 5월)

80. 열매는 나무에서 나오고

내가 시 창작을 해온 60여 년 동안 좌우명처럼 뇌리에서 떠나지 않는 말이다.

"열매는 나무에서 나오고 예술은 사람에게서 태어난다."

20세기 전기에 활약한 전위 화가 장 아르프의 말이다. 그는 "작품은 정신의 동위원소다."라는 말도 했다. 이해하기 쉽고 의문의 여지가 없는 말이지만 이것을 내 실제 작품 활동에 비추어 생각해보니 그리 간단치가 않다. 먼저 나는 '나무'가 어떠한 생각과 상태로 살아있는지 그 내막을 여전히 알 길이 없다. 또한 열매가 나무에서 열린다는 사실은 알지만, 그 열매가 왜, 어떤 과정(바깥 세계와 나무 자신의 에너지를 쓰면서까지)을 거쳐 결실에 이르는지는 몰랐다. '나무'에 열린 '열매'는 독특한 과정을 거치므로 '사람'에게서 만들어지는 '예술'과는 전혀 다른 차원이라고 여겨져서 시 쓰기와 동일시한다는 건 지나치게 낙천적인 태도가 아닐까 하는 생각도 들었다.

두 번째 문제는 '작품(=예술)은 사람에게서 태어난다'라는 점이다. 사람이 만들어내는 작품은 분명히 사람이 아닌 존재에서는 생겨날 수 없고 사람에게서 태어나는 작품은 사람의 고유한 영역에 속하며 사람 자체의 특징을 고스란히 표현한다는 점에서 이해하기 힘들었다. 문제는 이처럼 중요한 '사람'이 대체 무엇인지 점점 더 아리송해졌다. 수수께끼로 둘러싸인 사람이 만들어내는 이른바 작품이 왜, 무엇을 위해 필요한가, 그 존재 이유는 무엇인가 라는 질문에 이르면 대답은 안갯속에 갇혀버리고 만다.

아르프가 말한 대로 '작품'이 곧 '사람'이 살아온 결과와 결실이라면 나는 우선 '사람' 즉, '나'의 삶, 엄밀한 의미에서의 '나' 자신의 삶을 '내'가 살기 시작해야 한다. '사람'의 삶이란 무엇인가. 아마 대부분의 사람들은 그저 어제에 이어 계속되는 오늘을 자신의 삶이라고 여기며 살아갈 것이다. 예컨대 만일 지금 누군가가 내 앞에서 "오늘 나는 틀림없이 나를 살고 있다."고 말했다 치자. 나는 그 사람에게 물을 것이다. "그렇다면 당신은 노대체 어디에 있는가? 나는 아직 당신을 본 적이 없다."라고 말이다. 그 사람은 놀랍고 기가 막힌다는 듯 나를 물끄러미 쳐다보다 자리를 뜰 것이다.

베르그송은 '인간'의 삶에 대해 다음과 같이 말했다. "대부분의 경험주의자들이 '나의 체험'이라고 말하는 것들은 대개 어떠한 관념이나 인습의 모방에 불과하다." 이를테면 조금 전 내 앞에 나타난 누군가는 참된 그 사람 자신이 아니라 겉모습만 비슷하게 꾸며진 누군가이며, 내가 만나고 싶었던 진정한 그 사람은 아니다. 나는 앞서 '엄밀한 의미에서의 나 자신의 삶'이라고 했는데, 엄밀한 의미에서 그것을 뒷받침할 확증은 없다. 나도 나 자신에게 이것이 '나의 삶'이라고 확신할 수 있는지 의문이며 그것은 근래 들어 더욱 어려워지고 있다.

여기서 내가 아주 예전에 메모해두었던 말이 떠오른다. '시 창작은 무한히 먼 나에게 내가 가까이 다가가기 위한 시도이다.' 여러 가지 관념이나 인습, 지식, 윤리 등에서 탈피하여 원초적이고 순수한 나로 돌아가고자 하는 염원을 담은 메모였다.

나는 지금 테이블 위의 붉고 옹골찬 사과를 바라보며 조금 침울해진다.

이 사과는 지난가을 이 지역 사과나무에 열렸던 게 분명하다. 사과나무는 시간을 허투루 쓰는 법이 없다. 봄부터 가을까지 여름의 뙤약볕을 견디며 열매가 착실히 영글어 간다. 그에 비해 나는 내 몸에 걸친 쓸모없는 것(의복)을 벗어야 한다. 내 80년 세월은 그러기 위한 악전고투에 사용되었다. 내가 지향하는 본래의 나 자신과의 거리는 그동안 얼마나 줄었을까. 이것이 바로 내 열매라고 자신 있게 내세울 만한 것을 만들고 싶지만 아직 요원하다. 붉고 옹골찬 사과도 앞서 언급한 아르프의 말도 훌륭하다. 그런데 아르프는 그 열매를 실제로 본 적이 있을까? 두렵지는 않았을까? 하는 의문이 든다.

조금 집요할지 모르지만 이 말을 다시 상기해보자.

'작품은 정신의 동위원소다.'

작품은 지극히 순수하고 불순물 없는 정신의 결정체라는 뜻으로 해석하면 이해하기 쉽다. 작품의 매력도 그것이 전부라고 생각한다. 하지만 나는 최근 들어 작품을 낳는 모체인 정신이란 것의 성질이나 실체가 무엇인지 궁금하다. 원소란 화학용어로는 동일 원자로만 이루어진 물질이고 구성이나 구조가 가장 간단한 성분이다. 철학에서는 불교 경전의 4대 요소인 땅, 물, 불, 바람, 그리스의 4대 원소인 땅, 물, 공기, 불 등 만물의 근원이자 더는 나누어지지 않는 요소를 일컫는다.

'작품은 정신의 동위원소'라는 말은 작품이 곧 정신의 경계에 있는, 온갖 의도와 고민, 과장이나 개인적 심정, 감회를 모두 배제한 채 정신 그 자체가 형태를 띤 것이라고 이해해도 좋다. 나는 전부터 작품을 그러한 시각으로 접근해왔다. 작품에 대한 대중의 평가는 오히려 배제되어야 할 부수적인 것, 즉 개인적인 심정이나 감회, 포장 따위에 더 역점을 두는 듯하다. 이럴 경우 정작 작품의 진가는 논하지 못한다.

작품이라는 것의 성질을 고려할 때 위의 말은 타당하며 무시해서는 안 된다. 더 엄밀히 살펴보면 정신이란 것이 땅, 물, 불, 바람과 같은 성질을 가진다고 볼 때(최근 나는 하루하루가 땅, 물, 불, 바람과 한몸이 되어 움직인다는 것을 실감한다) 정신은 처음부터 분할되지 않는 원소이며 독자적 성질을 지녔다고 생각한다. 하지만 사람들은 정신을 인간 고유의 것, 인간의 독자적인 것이라고 제멋대로 생각한다. 성급하게 휴머니즘 우위의 관점에서 작품을 평가하는 태도도 철저히 바뀌어야 한다. 땅은 땅, 물은 물, 불은 불, 바람은 바람이다. 에스토니아의 현역 시인 얀 카플린스키의 시가 떠오른다.

바람은 부는 것이 아니라 부는 과정이 바람 그 자체
불지 않는 바람이 있을까? 빛나지 않는 태양은?
흐르지 않는 강은? 흐르지 않는 시간은?
(「바람은 부는 것이 아니다」의 도입부)

사상 없는 사상은? 한 번도 산 적 없는 삶이 있으랴?
(위 인용시의 다음 행)

카플린스키는 시를 다음과 같이 말하기도 한다.

"시는 날숨이요 들숨이다."

인간의 정신도 위의 시에 대입해 생각하면 행동이 있는 곳에 정신이 있으므로 움직이지 않는 정신은 있을 리 만무하다. 만약 정신이 바람과 같은 성질을 가졌다면 그것은 지상에 고정된 것이 아니라 하늘을 날아다니는 것이다. 그렇다면 아르프가 말한 '작품'이란 자유자재로 하늘을 날아다니는 것, 만인에게 씨앗을 옮겨다 주는 것이라는 해석도 가능하다. 책상 위에 놓인 '열매'와 '사람의 작품'을 같은 차원에서 비교할 수 없다는 말이기도 하다. 단, 아르프는 '나무가 되는 열매'에 관해 말하고 있으므로 열매는 나무의 종자를 품고, 그 종자는 또 자연의 순환 속에서 새를 통해 옮겨져 전파된다는 성질도 내포하고 있다. 종자와 전파라는 점에서도 '나무가 되는 열매'와 '사람의 작품'은 동질적 요소를 갖고 있다.

서두에 나오는 아르프의 말은 '사람의 작품'이 애초에 어떻게 태어나야 하는지, 그 '작품'이란 과연 무엇인지, 그 존재 이유는 무엇인지를 단적으로 보여준다고 나는 이해해왔다. 나아가서 근본적으로 '작품'의 효용이나 역할을 만들어낸 '사람'의 삶의 의미까지도 알 수 있기를 열망한다. 만약 불가능할지라도 내가 무한히 먼 나에게 다가가는 것을 포기한 순간 내 삶은 소멸할 것이며, 작품의 근거도 사라질 게 틀림없다.

– 시에 대한 단편 80(『후네』 제134호, 2009년 2월)

니시 가즈토모(西一知) 연보

1929년 1세

2월 7일 요코하마(横浜)에서 아버지 니시 다이스케(西臺助)와 어머니 니시 시즈에(西靜惠) 사이에서 장남으로 태어난다. 2세 때까지 요코하마와 도쿄를 옮겨 다니며 산다. 부모님은 모두 일본 고치 현(高知縣) 다카오카 군(高岡郡) 오치 초(越知町) 출신이다.

1931년 3세

2월에 여동생 다미코(民子)가 태어난다. 그해 여름 아버지를 따라 온 가족이 지금의 함경남도 원산으로 이주한다. 그 후 아버지가 사업을 시작하면서 강원도 철원으로 옮긴다. 3세부터 5세까지 한반도에서 온 가족이 함께 살기도 하고, 고치 현 오치 초에 사는 양할머니인 니시 사카에(西榮)에게 위탁되어 자라기도 한다.

1935년 7세

고치 현 오치초등학교에 입학하기 위해 양할머니가 사는 곳에 혼자 맡겨진다. 초등학교에 입학할 당시부터 이미 책 속의 몽상 세계에 심취한다.

1937년 9세

3학년 초에 강원도 철원초등학교로 전학. 담임인 고지 마(兒島) 선생님과 어머니에게 세심하게 작문 지도를 받는다.

1938년 10세

8월, 4학년 여름방학 초입에 어머니가 가족을 데리고 돌연 아버지 곁을 떠 나 고치 현 오치 초로 돌아오고, 다시 오치초등학교에 들어간다. 오치 초의 하타케야마쇼텐(畠山書店) 서점에서 에드거 앨런 포의 전집과 아라비안나이트, 그리스 신화 등 책읽기에 열중한다.

1942년 14세

고치고등초등학교(高知高等小學校) 1학년을 마친 후 사립 고치조토(高知城東) 상업학교에 입학. 화가인 노부키요 세이치(信清誠一)가 이 학교의 이사장이었으며, 문학과 예술을 사랑하는 교사들이 다수 재직했다. 그 덕분에 전쟁이 한창임에도 자유로운 분위기 속에서 셰익스피어의 작품을 비롯한 역사와 철학 관련 서적 등에 심취할 수 있었다.

1945년 17세

8월 일본 패전. 8월부터 시를 중심으로 한 교내 문예지 발간에 힘을 기울인다. 『도스토옙스키 전집』(요네카와 마사오(米川正夫) 번역) 읽기에 몰두한다.

1946년 18세

교내 문예지 『희망』을 발간한다(2호까지). 같은 해 『인간』을 비롯한 수많은 문예 종합지들이 경쟁적으로 창간되어 두루 섭렵한다. 하나다 세이키(花田清輝)의 연작평론집『부흥기 정신』이 발간되어 자극을 받는다.

1947년 19세

조토상업고등학교 졸업. 학제 개혁에 따라 신설 중학교의 임시교사로 임용된다. 이 무렵 '전위시(前衛詩)'로 방향을 정한다.

1948년 20세

전위파 시인인 기타조노 가쓰에(北園克衛)를 만나기 위해 처음으로 혼자 도쿄로 떠난다. 고치에 사는 시인이자 화가인 오카와 노부즈미(大川宣純)를 포함한 5인과 함께 전위시 문학지인『선인장 섬』을 창간한다(6호까지). 임시 교사를 그만두고 행상으로 생활한다. 암시장이 활개 치던 시절이라 산요선(山陽線)과 도카이도선(東海道線)이 지나는 역 주변의 고서점을 찾아다니며 책을 구해 읽는다.

1950년 22세

정식 교사가 되기 위해 고치대학교 임시 교사 양성학과에 입학. 음악과 마르크스 경제학에 몰두한다. 졸업 후 상경할 때까지 고치에서 교단에 선다.

1952년 24세

2월에 동생 다미코의 동창인 사카모토 나오이(坂本直位)와 결혼한다.

시문학지『LE NOIR』창간(2호까지). 당시 젊은 시인들의 등용문이었던 대표적인 시문학지『시가쿠(詩學)』에 투고하여 작품이 게재된다. 호세(法政)대학 문학부 사학과(서양사)에 입학하여 이후 5년간 서양사를 통신교육으로 졸업한다.

1954년 26세

니시 다쿠(西卓)란 필명으로 첫 시집『물의 치장』(산카쿠키샤(三角旗社) 출판사) 출간. 시문학지『조(像)』창간(8호까지).

1955년 27세

기타조노 가쓰에의『바우(VOU)』, 짓코쿠 오사무(十國修), 기사라기 신(衣更着信) 등이 창간한 시문학지『시켄큐(詩研究)』에 참가한다. 장남 아키히로(晃弘)가 태어난다.

1956년 28세

시집『커다란 돔』(바우클럽[VOU CLUB] 출판사) 출간.

1958년 30세

시집『말라버린 씨앗』(고쿠분샤(国文社) 출판사) 출간.

8월에 교사 생활을 그만두고 상경.『VOU』를 탈퇴하고 사와무라 미쓰히로(澤村光博) 등이 활동하던 시문학지『소조(想像)』에 참가. 사와무라 미쓰히로와 시미즈 도시히코(清水俊彦) 등과 함께 '에스프리 회'(월 1회 모임)을 시작한다.

1959년 31세

도쿄의 간다 진보 초(神田神保町)에 있는 시사창작사(時事創作社)에 취직. 이후 몇 년 동안 시나 예술과 동떨어진 날들을 보낸다. 기독교 서적 전문 유아이쇼보(友愛書房) 출판사에서 출간된 서적을 읽는 데 열중한다.

1961년 33세

아내 나오니, 장남 아키히로와 상경하여 시모샤쿠지이(下石神井)로 이사한다. 호야(保谷)에 거주하는 다무라 류이치(田村隆一)와 교류. 분린쇼보(文林書房) 출판사에 취직(처음으로 단행본을 편집, 시사창작사와 겸직한다).

1962년 34세

작품집 『울림 있는 것』(분린쇼보 출판사) 출간. 필명 니시 다쿠를 버리고 니시 가즈토모로 활동한다.

쇼신샤(昭森社) 출판사의 모리야 히토시(森谷均)와 친밀하게 지낸다. 이후 몇 년간 쇼신샤 출판사의 동거인이 된다. 구로다 사부로(黑田三郎), 미요시도요이치로(三好豊一郎), 야마기시 가이시(山岸外史), 가마치 간이치(蒲池歡一) 등 여러 선배들에게서 많은 가르침을 받는다.

1964년 36세

기즈 도요타로(木津豊太郎), 모리하라 도모코(森原智子)와 함께 동인 시문학지 『겐손(現存)』을 쇼신샤 출판사에서 발간(8호까지). 월간문학지 『혼노데초(本の手帖)』(쇼신샤 출판사 간행)의 교정을 본다. 이후 출판과 작가의 기본을 쇼신샤 출판사에서 체득한다.

1967년 39세

오기쿠보(荻窪)로 이사한다. 니시 가즈토모 시론집 『상상력과 감각의 세계』(쇼신샤 출판사) 출간.

1968년 40세

시집 『무엇이 우리의 영혼을 타락시키나』(쇼신샤 출판사) 출간. 고치에서 판목 목판 화가인 히와자키 다카오(日和崎尊夫)가 상경하여 교류한다. 사와무라 미쓰히로가 제창한 '언어의 모임'(월 1회 모임)에 참가하여 월간 시문학지 『시토시소(詩と思想)』의 기획과 창간에 참여한다. 1970년대에 시마오카 신(嶋岡晨)과 동인들이 만든 시문학지 『바쿠(貘)』의 복간에 참가. 대여섯 종류의 기업 홍보지를 기획하고 창간한다.

1969년 41세

시 세계에 대한 절망감이 깊어져 시 활동은 적은 시기였다. 시문학지 『시토시소』에 시집 평을 쓰고 자신이 편집한 홍보지 『커피공화국』에 100회 연재한 '현대시 안내' 등의 문필 활동을 한다.

1973년 45세

신주쿠(新宿)에 있는 하이쓰 하세가와 아파트로 이사.

1975년 47세

계간 동인 시문학지 『후네』(리얼리티 회) 창간.

추세키샤(沖積舍) 출판사의 오키야마 다카히사(沖山隆久)와 교류를 시작한다.

1976년 48세

시화집『혼례』(그림 히와자키 다카오, 추세키샤 출판사)를 출간.

1978년 50세

시집『꿈의 조각』(추세키 출판사)을 출간.

1980년 52세

시집『리얼리티 총서』, 시론집『리얼리티 선집』의 간행을 시작한다.

1980년대~1990년대, 일본현대시인회, 일본시인클럽 등 중앙 시단의 활동 권유를 모두 거절하고 '리얼리티 회'의『후네』에만 집중한다.

1988년 60세

시집『순간과 유희』를 리얼리티 총서 24집으로 출간.

1990년 62세

초여름에 고치로 귀향. '리얼리티 회'와『후네』는 도쿄해서 해온 그대로 고치에서 진행한다.

1995년 67세

시집『일그러진 초상』을 리얼리티 총서 33집으로 출간.

1998년 70세

고치 시 미나미 모토마치(南元町)에 있는 아파트 '엘리자베스장'으로 이사.

1999년 71세

『니시 가즈토모 시 전집』(추세키샤 출판사) 출간.

2000년 72세

4월에 이와테 현(岩手縣) 다키자와 무라(瀧澤村)에 니시 가즈토모의 시 제목을 가게 이름으로 붙인 '우리들의 이유(점주: 오쓰보 레미코[大坪れみ子] 시인)' 카페가 문을 연다. 니시 가즈토모는 멀리 고치에서 자주 방문한다. 고치에서는 화랑 '별들의 언덕 아트 빌리지' (화랑주인: 히라오카 노조무[平岡望]), 카페 '세잔'에서 시인, 화가들과 교류한다. 8월에『후네』100호를 발간.

2001년 73세

1월 카페 '우리들의 이유'에서 주로 시와 예술을 소개하는 계간 문화정보지『ＣＨａＧ』가 창간된다. 이후 '우리들의 이유'에서 열리는 정기적인 독서회와 시의 합평회 등에 멀리 고치에서 참가한다.

2002년 74세

언더그라운드 인터뷰 테이프 '니시 가즈토모 시론 대화'를 카페 '우리들의 이유'에서 배부한다(제4권까지).

2003년 75세

5월 4일 어머니 니시 시즈에 별세. 7월부터 9월까지 고치 신문사에「시의 발견」을 매일 연재. 11월에『시의 발견』(고치 신문사) 출간.

2005년 77세

3월에 다시 고치를 떠나 도쿄 히가시코가네이(東 小金井)로 이사. 8월에는 이와테 현 모리오카(盛岡)의 재즈 카페 '조니'에서, 10월에는 하나마키 도와 초(花巻東和町)의 '요로즈 테쓰고로(萬鐵五郎) 기념미술관 핫초도조(八丁土藏)'에서 '니시 가즈토모 시 낭독 라이브' 개최.

2006년 78세

11월 '요로즈 테쓰고로 기념미술관 핫초도조'에서 '니시 가즈토모 시의 낭독 과 토크 토론회' 개최.

규슈 미야자키 현(宮崎縣) 노베오카 시(延岡市)에서 시 강연을 한다.

2007년 79세

8월 시와 시론 잡지 『새로운 천사를 위하여…』(오쓰보 레미코 발행)가 창간되어 창간 동인이 된다.

10월 오쓰보 레미코와 재혼.

2008년 80세

한국의 시문학지 『시향(詩向)』에 「체험적 일본 모더니즘 시에 대한 사견」의 연재를 시작한다(연재 도중에 별세하여 연재는 10회로 종료).

12월 도쿄 히가시코가네이를 떠나 이와테 현 다키자와무라(瀧澤村)의 카페 '우리들의 이유' 안쪽 방으로 이사(현재의 니시 가즈토모 기념자료관).

2009년 81세

1월 '우리들의 이유'에서 니시 가즈토모 시낭독 라이브 개최.

2010년 82세

1월부터 쉽게 피로해졌고 2월부터는 누워 지내는 시간이 많아진다. 5월 4일 간암으로 별세. 편집 중이었던 『후네』 139호는 오쓰보 레미코가 완성해서 발행했으며 그 뒤로도 계속해서 발행을 이어가고 있다.

* * * * *

7월 카페 '우리들의 이유'에서 니시 가즈토모를 추모하는 '이와테 산록(岩手山麓) 시 낭송 페스티발'이 열렸다.

2011년 5월 4일 기일을 맞아 카페 '우리들의 이유'에서 니시 가즈토모를 추모하는 '이와테 산록 시 낭송회' 개최.

2012년

5월 임종을 맞이했던 장소인 카페 '우리들의 이유'의 안쪽 방을 '니시 가즈토모 기념 자료관'으로 꾸며서 공개.

6월에는 『니시 가즈토모 시와 시론집』을 묶어서, 시집 『사랑에 대하여』, 시론집 『시에 대한 단편』(편집공방 우리들의 이유) 출간.

2013년

5월 4일 찻집 '우리들의 이유'에서 '니시 가즈토모를 추모하는 시 낭송회' 개최.

8월에는 『니시 가즈토모의 시와 생애』(기념 자료관 정보지 제1호)를 니시 가즈토모 기념관에서 발행.

2014년

5월 4일 찻집 '우리들의 이유'에서 '니시 가즈토모를 추모하는 시 낭독회' 개최.

8월『니시 가즈토모의 시와 생애』(기념 자료관 정보지 제2호)를 니시 가즈토모 기념관에서 발행.

이와테 현 예술제에서 오쓰보 레미코가 '니시 가즈토모를 말하다'라는 주제로 강연.

2015년

도서출판 황금알에서 시론집『니시 가즈토모 시론집』과 시집『우리 등 뒤의 천사』(한성례 역) 2권이 한국어로 번역 출간.

* 이 연보의 1999년까지는『니시 가즈토모 시 전집』 출간을 위해 본인이 직접 쓴 연보를 참고로 했으며, 그 이후는 니시 가즈토모 시인이 타계한 후 오쓰보 레미코 시인이 작성했다.

옮긴이의 말

시 쓰는 행위를 통해 자유를 추구하다

한성례

이 시론집은 니시 가즈토모 시인이 1988년부터 2009년까지 시문학지 『후네(舟)』에 연재한 80편의 에세이적인 시론을 모아 한 권으로 묶은 것이다. 시인이 세상을 떠나고 뒤를 이어 『후네』를 발행하고 있는 오쓰보 레미코(大坪れみ子) 시인이 정리하여 출간했다.

일관된 논리적 흐름에 따라 썼다기보다는 니시 가즈토모 시인이 끊임없이 시에 대해 고민하고 몰두하는 과정이다. 때로는 독자의 질문에 답하기도 하고 주변 사람과의 일화를 예로 들기도 한다. 하지만 이 에세이를 가볍고 느긋하게 읽기만은 어렵다. 글의 첫머리부터 시의 근원을 꿰뚫는 사유가 읽는 사람을 놀라게 하기 때문이다. 각 편마다 이 시인의 시에 대한 상념이 생생하게 살아 있다.

니시 가즈토모는 초기부터 시종일관 초현실주의에 관심을 가졌다. 일본에서는 1928년에 기타조노 가쓰에(北園克衛), 우에다 도시오(上田敏雄) 등이 '일본 초현실주의 선언'을 했다. 니시 가즈토모 시인은 기타조노 가쓰에의 시 · 문화예술 동인지 『VOU』 동인으로 활동하기도 했다. 기타조노 가쓰에를 존경해서 그의 전위 정신을 『후네』에 계승했다. 니시 가즈토모 시인은 초현실주의란 허상을 추구하는 것이 아니라 일상적인 현실을 초월한 현실이 존재하는 개념이라고 정의했다.

이 시론집 곳곳에서 프랑스 시인 로트레아몽(Lautréamont)을 예로 들어 진정한 시인의 자세에 대해 논한다. 초현실주의자들의 선구자인 로트레아몽은 산문시 『말도로르의 노래』를 통해 인간 상상력의 전적인 해방을 지향했다. 이는 전위 정신을 불러일으키는 공감과 상상력을 중시한 니시 가즈토모의 견해와도 상통한다. 로트레아몽은 24세에 요절한 뒤 오랫동안 주목을 받지 못하다가 제1차 세계대전 이후 초현실주의자들에 의해 발굴되어 근대시의 위대한 선구자로 추앙되었다.

니시 가즈토모는 시장에서 쌀이나 콩과 같은 작물을 어떻게 평가하든 작물의 본래 가치가 변하지 않듯이, 걸작은 누가 관심을 두든 말든 처음부터 걸작이고 세월이 아무리 흘러도 걸작으로 남으며, 시시한 작품은 아무리 많은 갈채를 받았다 해도 본래 시시한 작품이고 끝내 시시한 작품으로 남는다고 단언했다.

니시 가즈토모는 이 세상에 태어난 인간은 누구나 신의 은총을 받고 시를 통해 자유를 추구할 수 있다고 믿었다. 시를 쓰는 행위를 통해 자유를 추구했던 니시 가즈토모 시인은 자신의 작품에 대한 세상의 어떠한 평가에도 개의치 않았으며, 스스로 시를 속박하는 모든 규범과 잣대를 멀리했다.

온 생애에 걸쳐 진정한 자유로움을 추구한 시인이었다.